일편독심
2

잊혀[忘却]
독심[讀心]

② 2

천사같은 장편소설

씨큐브

차례

7장

징악징선
懲惡懲善

악은 징계해야 한다. 때때로 이뤄지지 않는다지만 마땅히 그래야 할 일이다.

 그렇다면 악을 징계하는 건 누구의 몫일까?

 그렇게 묻는다면 대부분은 선인의 몫이라 답할 것이다.

 선인은 타인의 안위를 생각하는 마음으로 악인의 비행을 파헤치고, 악인을 규탄하며, 악인을 단죄한다.

 하지만 타인의 안위를 위해 살아왔던 선인이 타인의 안위를 박탈한다는 것은 선인에게 있어 어떤 의미일까.

 결국 우리는 악당을 처벌하기 위해 선인에게 희생을 강요하는 것일지 모른다.

 그것은 또 다른 이름의 징계다.

"해독제가 필요해?"

웃음과 함께 던져진 당소소의 말. 하지만 전혀 웃을 수 없는 내용이었다. 천괴의 머릿속은 무형지독에 대한 생각으로 엉망진창이었다.

'무형지독…. 독천을 죽이기 위해 상상했던 것 중, 가장 최악의 수. 무색, 무취, 무형. 심지어, 죽음에 이르기까지 어떤 변고도 느낄 수 없다.'

천괴는 팔로 코와 입을 막으며 눈을 굴렸다. 독천의 딸이 무형지독을 사용하다니 충분히 있을 수 있는 일이었다. 그런데 왜 하필 지금인가.

'우리가 습격할 당시엔 많은 이들이 있었다. 아직 열여덟에 불과한 소녀가 우리를 구별해서 독을 쓰는 독공을 사용하기엔 어려웠겠지. 그래서 나를 도발해 인명 피해를 최소화하고 무형지독을 쓸 수 있는 무대를 만들었다…. 터무니없는 꼬맹이군.'

천괴는 무형지독이 든 죽통을 내민 채 자신을 바라보고 있는 당소소를 노려봤다. 당소소는 팔이 찔리는 순간까지도 지금 이 순간을 노렸구나. 천괴의 생각이 거기에 이르자 절로 주먹이 꽉 쥐어졌다.

'나는 그 누구보다 독천의 딸을 경계했어야 했다. 철혜검봉, 파랑검객, 청성의 신예는 내 예상을 벗어나지 못했다. 안하무인의 망나니라는 같잖은 소문에 눈이 멀어 내가 수싸움에서 진 것이다.'

그는 정파의 후기지수라 불리던 이들 하나하나를 떠올렸다. 묵전은 우둔했고, 묵이현은 심약했다. 백서희는 너무 정직했으며, 운령은 우유부단했다. 그렇기에 자신의 손 위에 두고 주무를 수 있었다. 오직 당소소만이 예상을 벗어났다.

'그럼, 어떻게 해야 할까.'

"씨발, 씨발! 해독제를 어서 내놔! 빨리! 그렇지 않으면 모두 죽여버리겠다!"

학귀의 괴성에 천괴는 미간을 찡그렸다. 무형지독에 중독된 이상 칼자루는 당소소에게 넘어갔다. 본신의 모든 무력을 쏟아낸다 해도 온 힘을 다해 저항하고 있는 운령을 한 수에 패퇴시킬 순 없었다. 그녀의 재능은 적을 속여 빈틈을 찌르는 자신의 무공과 상극이었다.

생포하라는 명령을 무시한다 해도 시간은 필연적으로 지체될 것이고, 해독제를 탈취하는 데 성공한다 해도 지원군이 당도할 가능성이 컸다. 해독제를 취하지 못하면 그냥 개죽음이다.

'그리고 생포하지 못하고 이대로 물러나도 죽는다.'

사천교류회를 습격한 마당에 호위들을 죽이고 아미파와 청성파의 귀한 후기지수들의 피를 봤다. 심지어 독천의 딸을 다치게 했다. 사천의 사파는 이제 돌이킬 수 없는 곳까지 갔다. 뒤를 돌아본다면 죽음뿐이다. 천괴가 입을 열었다.

"…거래를 하지 않을 수 없게 되었군."

"난 필요하냐고만 물었어. 준다고는 한 적이 없을 텐데?"

"그렇기에 거래다, 당소소."

천괴는 더 이상 그녀를 꼬맹이라고 부르지 않았다. 천괴의 머릿속에서 그녀는 이미 후기지수의 범주를 넘어선 거물로밖에 보이지 않았다. 천괴는 재빨리 머리를 굴렸다.

"해독제를 받고, 우리는 깔끔하게 사라진다."

"내가 아는 깔끔이랑 다른 것 같은데."

"그럼 반대로 물어보지. 무형지독의 발작은 대략 이 각刻. 그 안에 우리가 너희를 죽일 수 없을 것이라 생각하나?"

"……."

당소소는 자기보다 무형지독을 잘 아는 천괴의 말에 순간 식은땀이 났다.

'저 새끼 저거, 이빨깐 거 눈치챈 거 아니야?'

그런 생각이 잠깐 들었지만 이내 고개를 저었다. 눈치챘다면 당장 자신을 인질로 붙잡고 청검각을 빠져나갔을 것이다. 오히려 저 말을 통해 그 의심 많은 천괴마저 속고 있음을 확신할 수 있었다. 당소소는 그의 의도를 생각했다.

'저들은 이 자리에 오래 있다간 죽는다. 지금까지야 생포에 목적을 두고 전력을 다하지 않았겠지만 이제부턴 저놈들에게도 목숨이 걸린 문제다. 심지어 해독제를 받아 빠져나간다고 해도 살 수는 없을 테니까.'

'해독제를 넘기는 순간을 노린다. 거래성사 직전에는 누구나 심리적으로 안심하기 마련. 동료를 죽일 때 자주 겪었던 바야.'

천괴는 겨누고 있던 방천극을 내리며 생각했다. 서로의 눈이 서로의 눈을 바라본다.

'하지만 적은 천괴. 해독제를 받고 우리를 죽이지 않는단 보장이 없어. 게다가 저들이 살려면 우리 목숨이 필요해. 확신이 부족하다.'

'내상을 각오하고 모든 내공을 끌어모은다면 꼬마 도사와 거슬리는 당가의 개 정돈 빠르게 정리할 수 있다. 학귀가 백서희만 맡아준다면…. 당소소를 제압하기는 쉬울 것이다. 무형지독을 다룰 뿐 무공에 깊은 조예가 있는 것은 아니니까.'

'어떻게 확신을 받을 수 있지?'

'청성의 운령은 애물단지. 죽인다고 해도 큰 반향은 없을 것이다. 혹여 움직인다 하더라도 백서희와 당소소를 납치해 간다면 두 세력이 청성의 경거망동을 억제해 주겠지. 답은 이것 하나뿐이다.'

천괴의 확신에 찬 시선. 하지만 당소소는 아직 거래에 대한 답을 도출해내지 못했다. 그녀의 시선은 천괴에게서 이제 학귀에게로 향했다. 그는 피가 나도록 몸을 벅벅 긁어대며 원망에 찬 눈으로 당소소를 바라봤다.

"이 씨, 씨발! 빨리 해독제를 내놔!"

증오에 찬 말투에서 느껴지는 건 오로지 분노뿐. 내외의 조화를 이룬 고수라곤 생각할 수 없을 정도로 이성을 잃고 있었다. 당소소는 학귀를 바라보며 의심을 해봤다.

'연기일 가능성은?'

자신도 연기인 만큼 적도 연기를 하고 있을 가능성. 당소소는 고개를 저었다. 쌍검무쌍의 서술에서 학귀는 그런 부류가 아니었다.

살인을 원하는 마음과 살인을 쉬이 할 수 있는 육체가 부합해 절정의 경지에 이르게 된 학귀. 그가 감정을 통제할 때는 오로지 자신의 쾌락을 추구할 때뿐이었다. 당소소의 눈이 빛났다. 주인공이 그들을 죽일 때 사용했던 계책이 떠올랐다.

"둘 중 하나에게만 해독제를 주겠어."

"…둘 중 하나라."

"누가 받을지는 알아서 결정하시고."

당소소는 일단 천괴를 봤다. 천괴의 얼굴엔 감정이 보이지 않았다. 천괴가 눈을 돌려 학귀를 바라봤다. 학귀가 천괴에게 말했다.

"나, 나에게 넘겨."

"이성적으로 생각해라. 누가 받아야 이 국면을 효율적으로 이끌 수 있는지 생각해."

"그건 바로 나지, 이 친구야."

학귀의 눈에 살심이 번들거렸다. 천괴의 얼굴이 보기 좋게 일그러졌다. 거래에 관한 이야기에 소비한 시간은 일 각. 천괴는 당장이라도 학귀를 설득하고 싶었으나 실랑이를 벌일 시간 따윈 없었다. 천괴는 미간을 좁히며 생각했다.

'지금 학귀는 이성적인 판단이 불가능하다. 어디로 튈지 모르는 변수야. 말로는 설득할 단계를 지났어. 어차피 다 죽일 생각이었다. 학귀를 족쇄에서 풀어주고 멋대로 날뛰게 한 뒤 나는 당소소를 제압해 해독제를 얻으면 된다.'

"좋아. 해독제는 학귀가 받는다."

"그, 그래. 내가 받을 거야!"

"좋아. 학귀에게 주겠어."

당소소가 허리춤에 손을 댔다. 감색 주머니가 천괴의 눈에 걸렸다. 천괴는 시간을 가늠했다. 아직 일 각이 남았다. 모두 죽여버리기에 충분한 시간이다. 당소소가 주머니에서 갈색 환약을 꺼냈다.

"이게 해독제야."

"줘, 빨리 주란 말이야!"

"줄 거야. 줄 건데⋯."

당소소가 환약을 슬쩍 바라보며 운을 띄웠다. 뜸 들임에 학귀의 분노는 임계치에 달했다. 한눈에 봐도 울그락불그락 한 얼굴. 당소소는 환약을 휙 던지며 말했다.

"몸놀림이 굼뜬 당신이 이걸 먹고 살아 돌아갈 수 있을지 모르겠네."

모두가 던져진 환약으로 시선을 돌릴 때 오직 천괴만이 당소소를 바라봤다.

콰아악!

당소소가 환약을 던짐과 동시에 천괴가 움직였다. 나무바닥을 짓이기며 솟아오른 천괴. 운령이 그 움직임에 곧장 반응했다. 천괴를 향해 날아오는 이 빠진 고검.

땅!

천괴는 창대를 올려쳐 검을 튕겨냈다. 운령은 그 여파에 튕겨 나가 바닥을 나뒹굴었다. 운령이 실패하자 이번엔 백서희가 몸을 날렸다. 불혼패

엽공의 웅혼한 성질은 녹초가 된 그녀의 몸 상태에도 불구하고 검기를 뽑아내는 것을 허락했다. 천괴의 입술이 비틀렸다.

'안침풍!'

날아가던 와중 한발을 디딘다. 힘을 쏘아낼 수 있는 지반이라는 활대에 시위가 걸린다. 전사경의 묘리가 담긴 방천극은 검기가 서린 그녀의 검을 교묘하게 피하며 그 초승달 같은 날을 백서희의 목에 걸었다.

팅!

백서희는 화들짝 놀라 검기를 두른 장검을 위로 올려 쳤다. 하지만 급조된 자세에 제대로 된 힘이 실리지 않았다. 안침풍의 묘리에 그녀 또한 튕겨 나갔다.

천괴의 눈에 당소소의 창백한 얼굴이 들어왔다. 당웅과 진명이 기진맥진한 상태에도 불구하고 천괴를 향해 내달렸다. 천괴는 비웃음을 띠며 창을 위로 휘돌려 둘을 튕겨냈다.

"커억!"

"윽!"

천괴는 이제 당소소 앞에 섰다. 파리한 입술, 창백한 얼굴. 흐르는 식은 땀과 애처롭게 떨리는 온몸. 곧 시들어버릴 꽃과 같았다. 그런 꽃에 천괴는 방천극의 날을 걸었다.

"흑림총련으로 같이 가줘야겠어."

"흐흣, 같이?"

당소소가 웃었다. 득의에 찬 천괴의 얼굴이 굳었다. 천괴가 뒤를 돌아봤다. 몸을 일으키는 운령과 백서희, 자리에서 일어나 살기를 쏘아내는 당웅과 진명이 있었다.

"…허. 이런 어리석은 새끼."

천괴는 헛웃음을 터뜨리며 욕을 내뱉었다. 학귀가 없다. 해독제를 받고

도주를 해버린 것이다. 당소소는 파르르 떨리는 입술로 속삭였다.

"배신으로 남을 죽이던 자가, 배신에 당하는 기분이 어때?"

"……."

"내가 너 여기서 뒤진다고 했지, 씨발놈아…?"

그녀의 입에서 튀어나온 욕설. 천괴는 순간 멈칫했다. 그리고 방천극을 당겼다. 하지만 방천극에 걸리는 것은 허공뿐이었다. 당소소는 쓰러져 이미 바닥에 누워 있었다. 천괴를 막기 위해 네 명이 동시에 달려들었다. 천괴는 정신을 차리고 녹초가 된 넷을 튕겨냈다.

진명과 당웅이 긴 자상을 입고 나가떨어졌고, 창대에 맞은 운령은 바닥을 굴렀다. 발에 차인 백서희 또한 멀리 나가떨어졌다. 백서희가 바닥에 닿는 시각까지 포함해 이 각이었다.

아무 이상이 없다. 천괴는 살기 어린 표정으로 당소소를 내려다봤다. 그리고 천천히 입을 뗐다.

"네가, 날, 속였구나."

당소소는 팔을 들어 올려 무언가 던지는 시늉을 하며 입으로 소리를 냈다.

"피슝."

피슝!

거대한 철침이 그의 미간에 박혔다. 시야가 점점 꺼졌다. 천괴가 본 마지막 장면은, 격노하고 있는 독천 당진천의 모습이었다.

* * *

"흐핫, 하핫! 씨발, 살았다!"

학귀는 그렇게 부르짖으며 거리를 내달렸다. 그는 천괴가 항상 마음에 들지 않았다. 언제 자신을 죽일지 모른다는 불쾌감. 동료 살해가 취미인 그에게 환약을 넘겼다간 자신이 버려지리란 합리적 결론에 이르렀다.

학귀는 고개를 돌려 저 멀리 보이는 청검각을 확인했다. 구름처럼 몰려든 무인들이 청랑호를 빈틈없이 포위하고 있었다. 그를 도와 두령의 명을 수행했다면 학귀는 이미 몰려든 고수들에게 죽었을 것이다.

'이성적으로 생각해라? 덕분에 이성적으로 생각해서 살아남았지.'

꾸르륵!

배에서 격렬한 소리가 들려왔다. 학귀의 한쪽 눈썹이 일그러졌다. 참고 달려봐도 배출을 요구하는 몸의 항의는 거세지기만 했다. 학귀는 주위를 둘러보다 그늘진 숲으로 들어갔다.

'독이 배출되는 모양이야.'

학귀는 바지를 까고 자리에 주저앉았다. 구릿한 냄새가 퍼지며 학귀는 몸을 부르르 떨었다. 그때 훤칠한 사내가 눈앞에 나타났다.

"뭐, 뭐야?"

"오른팔이던가?"

"뭐?"

푸슉!

학귀의 오른팔에 주먹만 한 구멍이 뚫렸다. 학귀는 괴성을 내지르며 뒤로 나자빠졌다. 사내는 턱을 쓰다듬으며 고민했다.

"크아아악!"

"천마의 비가 될 고귀한 여인에게 상처를 입혔으니 아쉽겠지만 살아 돌아가겠단 생각은 접었으면 좋겠어."

사내는 학귀의 왼팔에 손가락을 꽂아 넣었다. 마치 두부를 쑤시 듯 그의 손가락은 아무런 저항감 없이 학귀의 팔을 꿰뚫었다.

"크읏, 으악…! 너, 너 뭐야! 뭐 하는 새끼야?"

"음…. 글쎄. 지금은 운류라고 알려줄까."

사내의 푸른 눈이 빛났다. 이번에는 평온한 표정으로 손을 들어 그의 배를 잡아 뜯었다.

"아니다. 마교의 소천마 사마문이라고 알려주는 편이 좋겠네."

고통에 물든 학귀의 표정에 경악이 어렸다.

사마문은 그 표정을 바라보며 만족스런 웃음을 지었다.

＊ ＊ ＊

사천교류회의 분란은 비교적 빠르게 수습되었다.

적진을 꿰뚫고 간다는 정유의 판단 덕분에 지원군이 빠르게 도착했다. 각 문파에서 차출된 대표격의 고수들이 한데 모여 흑림총련의 잔당을 순식간에 소탕했다. 흑림총련을 이끄는 두령은 보복이 두려워 몸을 숨긴 상태. 남은 이들은 희생자들을 추스르고 장례를 치르며 혈사를 마음속에 새기고 아픔을 씻어냈다.

하지만 이 혈사에 대한 책임을 누군가는 져야 했다.

＊ ＊ ＊

새의 지저귐이 창틀을 넘어왔다. 창백한 얼굴의 당소소는 아침 햇살을 받아도 여전히 일어날 기미가 없었다. 침상에 누워 있는 당소소를 바라보는 당진천. 슬쩍 옆을 보니 하연이 고개를 숙이며 창문에 장막을 드리웠다.

"……."

당진천은 정신을 잃은 당소소의 뺨을 매만졌다. 칠혼독을 먹었던 병자의 몸으로 병상에서 일어난 지 얼마나 되었다고 납치를 당해 또 병상에 누운 딸이었다. 그 아픈 몸으로 절정의 고수를 상대했다니. 그는 한 손으로 이마를 감싸며 고뇌의 한숨을 뱉었다.

"후우⋯. 딸아. 차라리 말썽만 피우지 그러느냐⋯."

솔직한 아버지의 마음이었다. 병상에서 일어난 그녀는 더 이상 말썽을 부리지도, 다른 이들을 막 대하지도 않았다. 무례함은 조금도 찾아볼 수 없는 사람이 되었다.

하지만 자신의 몸에겐 한없이 무례해졌다. 당청과 맞서고, 납치를 당해도 별 대수롭지 않은 척했다. 이번에도 그녀는 웃으면서 아무것도 아닌 척을 할 것이다. 고통을 참기 위해 마비독으로 자신의 몸을 속이면서까지 움직였는데도.

언젠가 사라질 사람처럼 행동하는 당소소를 보며 당진천은 불안한 마음을 감출 수 없었다.

"가주 님."

당진천은 당소소의 얼굴에서 손을 떼고 고개를 돌렸다. 온몸에 붕대를 감은 당웅이 무릎을 꿇고 있었다. 당진천은 걱정스런 얼굴로 옆을 지키고 서 있는 하연에게 눈짓을 보냈다. 하연은 고개를 숙이며 방을 빠져나갔다. 당진천은 굳은 얼굴로 당웅을 바라봤다.

"아가씨를 지키지 못한 죄, 목숨으로 갚겠습니다."

"⋯⋯."

당진천은 당웅의 얼굴을 보며 깊은 시름에 잠겼다. 당진천의 기억 속에서 당웅은 기본적으로 성실한 인물이었다.

'하지만 시야가 좁고 견식이 짧아 종종 아집에 빠지기도 하는 경향이 있긴 했지.'

방계, 그것도 세력이 약한 곳에서 태어난 자. 피해의식이 없다면 거짓말일 것이다. 오로지 당가만을 바라봤기에 시야가 좁은 것도 부정할 수 없었다. 하지만 좋지 못한 배경에도 불구하고 당웅은 노력으로 당가의 두 번째 무력집단인 흑풍대의 가장 윗자리에 앉았다. 그렇기에 그를 어찌 처분할지 고심에 잠길 수밖에 없었다. 당진천이 고심하자 당웅은 고개를 더욱 깊이 숙이며 자신의 과오를 덧붙였다.

"흑풍대는 그동안 아가씨를 업신여겼습니다."

"……."

"사실 흑풍대만이 아니라, 당청의 묵인 하에 모든 인원이 아가씨를 업신여겼습니다. 가주 님은 항상 무림맹의 일로 바빠서 자리를 비우셨고, 내정은 결국 당청이 도맡아 처리했기에."

"…그렇군."

많은 감정이 섞인 낮은 목소리. 당웅은 고개를 숙이며 처분을 기다렸다.

당진천이 고개를 저으며 말했다.

"계속 말해보게."

"…예. 당청은 우선 총관을 설득했습니다. 그리고 독봉당의 시비들을 모두 갈아치우고, 새로 들어온 신참들로만 구성했습니다. 독봉당에 들어가는 물품들은 모두 값싼 것이나, 망가진 것들이었지요. 당가의 가풍인 실용을 강조하며 쓸모없는 곳에 돈을 쓸 필요 없다고…."

당진천의 굳은 얼굴이 꿈틀거렸다. 당웅은 말을 끊었다. 당진천은 다시 고개를 저었다.

"더 말해보게."

"나날이 응석받이가 되어가시는 아가씨를, 가문의 어떤 사람들도 좋아하지 않았습니다. 무인들은 아가씨를 무시했고, 시녀들은 보이지 않는 곳에서 아가씨 험담을 했습니다. 당청이 묵인했으니까요. 그리고 무례는 점점 커져갔습니다."

당진천은 눈을 질끈 감았다. 자신이 무림의 일로 단혼사와 같이 바깥으로 나돌며, 당청에게만 가문의 내정을 맡긴 채 가주로서의 일은 전혀 하지 않았다는 사실에 대해선 반성하고 있었다. 당소소가 가문의 소외를 받고 있는 부분도 반성하고 있었다. 그렇기에 다른 자식들에게보다 조금 더 사랑을 주었다.

"독봉당의 시녀를 괴롭히는 일도 묵인되었습니다. 이젠 보이는 곳에서 아가씨 험담을 해도 처벌을 받지 않는 지경에 이르렀습니다. 아가씨에게 들리지만 않는다면 말이죠. 무인들이 아가씨를 의도적으로 피하는 것도 허락되었습니다. 밤마다 애월루를 찾는 아가씨를 호위하는 것은 언제나 흑풍대에 갓 들어온 견습생들의 몫이었습니다."

당웅의 말이 이어질수록 당진천은 스스로의 얼굴을 주먹으로 후려갈기고 싶어졌다. 협행, 올바름, 대의 운운하며 사천당가의 얼굴에 금칠을 하려고 바깥으로만 돌던 나날들. 정작 얼굴을 들춰보니 그 속은 이미 썩어 문드러진 상태였다. 당진천은 당소소가 뱉었던 말들을 떠올렸다.

'아니, 그냥 금화 다섯 닢만 달라고. 아버지라고 불러줄 테니까.'

아주 가끔 가문에 들러 줬던 용돈을 제외하면 그녀가 마음껏 쓸 수 있는 돈은 얼마나 됐을까.

'내가 좋아하는 사람을 만나겠다는데 무슨 참견이야? 꼰대가.'

가문 내에 자신을 좋아하는 사람이라곤 단 한 명도 없었을 것이다. 당청은 쓸모없는 동생에게 투자할 가치가 없다고 느꼈을 것이다. 당혁에게 당소소는 당가의 혈통을 이은 좋은 실험체였을 것이다. 당회는 당소소를 어머니를 죽인 원수로 대하고 있었다.

당진천은 코끝이 아려왔다. 입술을 꾹 다물며 마음속을 벗어나려는 비애를 숨겼다. 당웅은 잠시 말을 멈췄다. 당진천이 계속하라는 손짓을 보냈다.

"…아가씨는 나날이 더 응석받이가 되어가셨고, 아가씨를 비방하는 일은 어느덧 당연해졌습니다. 아가씨는 상처받은 마음을 다른 사람들에게 표출하기 시작하셨죠. 전년도 사천교류회처럼."

"그건, 알고 있네."

당진천은 유독 바빴던 전년도 사천교류회를 떠올렸다. 당청이 주관했던 사천교류회. 당소소는 퉁명스런 얼굴로 후기지수들을 질투하고 다녔다. 당진천은 그녀를 엄하게 꾸짖고, 독봉당에서 두 달간 근신하라는 처벌을 내렸다. 당진천은 그녀의 행동을 이해할 수 없었다.

하지만 이젠 알 수 있었다. 그녀가 후기지수들을 질투했던 이유를.

'모두에게 사랑받으니 부러웠을 테지….'

당웅은 떨리는 음성으로 당진천에게 말했다.

"그리고 전, 호위하는 동안 아가씨를 제대로 돌보지 않았습니다. 저에게 악담을 하셨던 과거를 떠올리면서."

"…그런가."

당진천은 머리가 지끈거리고 온몸이 피로했다. 미간을 좁히며 손가락으로 감은 눈을 꾹꾹 눌렀다. 좋은 일만 하면 좋게 흘러갈 거라 생각했다. 실제로 그랬으니까. 그는 외동이었다. 당가의 모두가 그를 좋아했다. 성품도 괜찮았고, 무재는 뛰어났다. 어떤 권력 다툼도 필요하지 않은 상황에서 순조롭게 가주가 되었다. 가주가 되니 보이는 시선이 달라졌다. 가문을 고깝게 바라보는 시선들, 독과 암기에 대한 부정적인 시선들, 사실상 사파에 가깝게 취급하는 정파의 무인들. 그들에게 아첨하며 협행을 하고, 독과 암기를 올바르게 사용하는 모습을 보여야 한다고 생각했다. 그것이 당가를 빛나게 만들 것이라 생각했다.

그리고 현재에 이르렀다.

"…흑풍대에 아직 당청을 따르는 자들이 있는가?"

"부끄럽게도, 상당수가 있습니다."

"그렇다면 흑풍대주는 어떤 처벌을 받아야 한다고 보는가?"

당진천이 자리에서 일어났다. 당진천은 아무런 감정도 보이지 않았다. 하지만 당웅은 두려워 몸을 떨었다. 그리고 떨리는 몸을 진정시키며 겨우 입을 열었다.

"목숨을 내놓겠습니다."

"알겠네."

당진천이 당웅에게 손을 뻗었다. 그때 당진천의 장포자락을 잡는 여린 손길. 뒤를 돌아보니 당소소가 일어나 있었다.

"안, 돼요…. 죽으면, 행복하지 않아…."

"……."

당진천이 손을 거뒀다. 그리고 당소소 곁으로 다가가 그녀를 끌어안았다. 당소소는 잔뜩 갈라진 목소리로 당진천을 불렀다.

"아, 아빠…."

"왜 그러느냐, 딸아."

"당웅은, 열심히 했으니까…."

당진천이 그녀를 토닥이자 곧 축 늘어지며 잠에 빠져들었다. 그의 손에는 어느덧 수면을 유도하는 약재가 쥐어져 있었다. 처량하게 잠든 그녀의 모습이 당진천의 가슴을 미어지게 했다.

'아빠라는 말은 부끄럽다더니, 부탁이 하고 싶을 때는 잘만 부르는 것 같은데….'

그리고 당소소의 영악함에 못 이겨 웃음이 나왔다. 당진천은 다시 당웅을 바라봤다. 그 또한 당혹스런 표정으로 당소소를 바라보고 있었다. 당진천은 다시 당웅에게 손을 내밀었다. 그 손은 수도가 되어 당웅의 머리를 가볍게 내리쳤다.

"……?"

"자넨 이것으로 죽었네."

"예?"

"흑풍대주 당웅은 죽었다는 게야."

"…아."

당진천은 손을 거두고 뒷짐을 지며 말했다.

"당청의 세력에 대해 잘 알고 있나?"

"어느 정도는 알고 있습니다. 내각은 제독전, 외각은 흑풍대의 다수와 총관이 당청의 세력입니다. 대부분의 시비들도 당청과 당혁의 지휘 하에 있습니다."

"…당가에는, 내각과 외각 말고도 외부에 알려지지 않은 집단이 있다는 건 알고 있나?"

"잘, 모릅니다."

"암풍대暗風隊. 당가의 뒤치다꺼리를 도맡아 하는 부대네. 녹풍대와 흑풍대에서 큰 죄를 짓거나 더 이상 활동할 수 없는 상태가 되었을 때 죽음을 가장하고 암풍대원이 되지. 암풍대에 대해서는 가주인 나와 멀리서 사태를 관망하고 있는 장로들만이 알고 있어."

"처음 듣습니다."

"독과 암기를 다루는 당가의 시작은 깨끗하지 못했네. 우린 그 더러움과 당가를 분리시킬 필요가 있었어. 그걸 암풍대가 담당했네. 다른 이들의 눈을 속여 독물을 입수하고, 때로는 당가의 명예를 더럽히려는 자들을 암살하지. 온갖 추잡한 방법으로 정보를 모으는 것이 기본 중의 기본이었네."

당웅의 인상이 찌푸려졌다. 당진천이 당웅의 기색을 살피며 자리에 앉았다.

"혐오스러운가?"

"……."

당웅은 대답하지 않았다. 당진천이 픽 웃었다.

"난 그런 더러움과 작별을 해야 당가가 비로소 모두의 인정을 받는 정파로 거듭날 것이라 생각했네. 가주의 자리에 앉은 후, 난 암풍대에 관한 모든 권한을 사실상 놓았어."

"그렇습니까."

"하지만, 내 생각이 틀렸더군."

당진천의 눈이 슬픔에 젖었다.

"진정 당가를 깨끗하게 만들려면 그것을 씻어내는 손은 반드시 더러워질 수밖에 없다는 걸…. 난 알아야 했네. 더러움을 가리자고 금칠을 해봤자 결국 내부는 여전히 더러운 상태라는 것을 깨달아야 했네."

"그렇다면 전, 암풍대로 가는 겁니까?"

"그렇네."

당진천은 고개를 끄덕였다.

"암풍대는 아마 장로들의 수족이 되어 있을 게야. 암풍대를 손에 넣어. 그것으로 소소에게 했던 무례와 불충을 속죄하게."

"…목숨을 바치겠습니다."

"자네의 목숨뿐만이 아닌, 가족의 목숨도 걸려 있다는 걸 알고 있어야 할게야."

본래 이런 사안에선 방계의 가족을 모조리 쳐내는 것이 옳았다. 하지만 그랬다간 끝이 없다. 당청의 묵인 하에 당소소를 업신여겼던 모든 이들을 쳐낼 수는 없는 일이었다.

깨끗함을 추구하던 지난날을 잊고, 기꺼이 손에 더러움을 묻힐 각오를 해야 했다.

'당청이 가문을 장악할 수 있었던 데는 내 묵인뿐 아니라 장로들의 조력도 한몫했을 터. 장로들은 독과 암기를 좀 더 요긴하게 쓰고 싶었겠지. 방계에게 떨어지는 이득 또한 덤으로 챙기고.'

장로들은 의로운 인간인 체하는 당진천을 못마땅해 했다. 당청의 말처럼 독과 암기에 관한 연구를 좀 더 공격적으로 해야 한다고 생각했다. 사천당가 이름만 들어도 모두가 공포에 떨던 그 시절을 떠올리며.

'내가 해야 한다.'

당진천은 곤히 잠든 당소소를 바라봤다. 자신이 더러운 칼을 쥐어야 한다. 그 칼로 당청의 세력을 뿌리 뽑고, 썩은 환부를 도려내야 한다. 그래야 비로소 당가가 깨끗해질 것이다.

"난 자네의 충의를 이젠 믿지 않네."

"예."

"소소를 업신여기고 당가를 어지럽힌 모든 이를 숙청해버릴까, 생각하고 있었네."

"……."

"하지만 그래선 안 되겠지. 그래서 난 자네 가족에게 칼을 들이밀게야. 자네가 잘못하면 그들은 죽음보다 더 끔찍한 고통을 겪게 될 걸세."

당진천은 당웅에게 으름장을 놓았다. 당웅은 아무런 대꾸도 없이 고개를 숙이고 있을 뿐이었다. 당진천은 협박의 말을 뱉는 자신에게 본능적으로 거부감이 느껴졌다. 하지만 해야 할 일이었다.

"……."

진저리 나는 불쾌한 감정은 가슴에 담았다. 잊어서는 안 된다. 이 불쾌감이 손을 더럽히는 과정에서도 일선을 지키게 할 것이다. 당진천은 걸음을 옮겼다. 당웅을 지나쳐 침실을 빠져나왔다.

사천교류회에서 발생한 혈사에 책임을 추궁하는 회의가 곧 시작될 것이다. 당진천은 문틀을 넘어 복도로 나왔다.

"아미의 못난 제자가 사천당가의 가주 님을 뵙니다."

병색이 완연한 백서희가 그를 기다리고 있었다.

* * *

고풍스런 침상, 코를 찌르는 약향. 백서희가 의원에게 치료를 받고 있었다. 백서희는 지나친 치료가 불편해 얼굴을 찡그렸다.

"이 정도면 됐어요."

백서희는 팔에 붕대를 감는 의원을 보며 말했다. 의원이 고개를 저었다.

"내부가 진탕되었습니다. 깊은 상처는 없지만, 혈맥에 상처를 입었고 얕은 자상이 많아 안정을 취해야 합니다."

"명심할게요. 지금은 할 일이 있어서."

백서희는 그렇게 대꾸하며 자리에서 일어났다. 문 앞에 서 있는 비구니가 혀를 찼다. 의원은 목례를 하며 자리를 비켜줬다.

"쯧쯧. 무검신니無劍神尼의 제자가 그런 추한 꼴로 다니면 쓰나."

"사부님."

"천괴와 학귀가 습격했더냐? 잘 버텼다."

무검신니가 옷걸이에 걸린 백서희의 저고리를 가져다줬다. 백서희는 금색 저고리를 걸치며 고개를 끄덕였다. 무검신니가 저고리의 매듭을 동여매주며 말했다.

"처음부터 죽일 각오로 습격했다면, 살아남을 사람은 없었겠구나."

"…모르죠."

"왜, 운령의 검이 그리 매섭더냐? 허나 그 아이는 지금 벽에 가로막혔을 터인데."

"아뇨. 죽이러 왔었어도 아마 독화가 막았을 거예요."

"그 일자무식에 무공도 익히지 않은 망나니가 말이냐?"

"…그녀는 달라졌어요, 사부님."

백서희는 천괴와 학귀를 막아서던 그녀의 모습을 떠올렸다. 내공과 무공을 하나도 익히지 않고도 가장 많은 일을 해낸 당소소.

적재적소에 위치하며 사람들을 구해내던 용기와 빈 죽통으로 천괴와 학귀를 속인 지략. 더불어 아미파와 청성파의 무공을 꿰뚫고 있던 박식함까지.

'당소소는 그런 강단과 능력을 갖추고 있으면서, 왜…?'

백서희는 당소소를 떠올리면 떠올릴수록 머릿속에 안개가 끼는 것 같았다. 자신의 재능을 숨기기 위한 행동이라기엔 너무 효율이 떨어지는 방식이었다. 무검신니의 시선이 느껴졌다. 백서희는 겪었던 일을 덧붙였다.

"당소소가 천괴와 학귀를 막았어요. 전 그저 옆에서 도왔을 뿐이에요."

"농담은 그만하거라. 운령은 천괴를, 넌 학귀를 막아섰다는 걸 다 알고 있다. 굳이 무리해서 그녀를 감싸주지 않아도 돼."

"스승님. 일 년 전에 절 질투하던 자를, 제가 왜 두둔하겠어요?"

"글쎄다. 넌 고지식하잖니?"

백서희는 눈을 들어 무검신니를 바라봤다. 무검신니는 그녀의 시선을 마주하는 대신 고개를 돌려 침실의 입구를 바라봤다.

"…곧 사천교류회에서 일어난 이 사건을 어떻게 끝내야 할지 의논하는 회의가 있을게야. 끝날 때까지 몸이나 추스르고 있거라."

"사부님. 전 정말, 아무것도 하지 않았다니까요."

"올곧고 똑 부러지는 널 어떻게 속였는지 모르겠다만, 당문의 천덕꾸러기에겐 무공이 없다는 것을 알고 있잖니. 많이 지친 것 같은데, 푹 쉬고."

백서희의 부정에도 무검신니는 그녀의 어깨를 두드리며 제 생각만을 말할 뿐이었다. 백서희의 눈썹이 꿈틀거렸다.

그녀의 사부는 지나치게 주관이 뚜렷했다. 올바른 것을 추구하나 그 정도가 지나치고, 스스로보기 전까지는 자신의 주관이 정의라고 여겼다. 어떨 때는 보고 나서도.

백서희는 길게 숨을 뱉었다. 이미 무검신니가 그렇게 생각한 이상 그 생각을 바꿀 순 없을 것이다.

'그렇다면, 생각을 바꿔줄 수 있는 사람에게 가야겠지.'

그녀는 머릿속에 당진천의 얼굴을 그렸다. 그리고 태연스런 얼굴로 둘러댔다.

"알겠어요. 잠시, 운령을 보고 와서 쉬도록 할게요. 저도 이기지 못한 천괴를 상대했으니, 필시 많이 다쳤을 거예요."

"그건 그저, 상성의 차이일 뿐이니라. 천괴는 아미파의 무공들처럼 거칠게 몰아치는 무공에 강한 무인이었다. 허虛에 능하고, 변칙에 능한 자였으니."

백서희의 마음을 달래려는 스승의 상냥한 말. 하지만 백서희는 그 말을 곧이곧대로 받아들일 수 없었다.

'상대가 바뀌었다면, 어떻게 됐을까.'

백서희는 운령의 움직임을 학귀의 움직임에 맞춰봤다. 그녀는 이내 고개를 저었다. 불 보듯 뻔한 결과였다. 그렇지만 스승은 자신의 주장에 반문하는 것을 그렇게 좋아하지 않았다. 백서희는 자신의 생각을 굳이 말하지 않았다.

"네. 상심하지 않을게요. 그럼, 가봐도 될까요?"

"그렇게 하거라. 대신, 얼굴만 보고 와서 푹 쉬려무나. 이 스승은 회의에 가봐야 해서 더 돌봐줄 수 없겠구나."

백서희는 허리를 숙여 떠나는 사부를 배웅했다. 백서희가 밖으로 나가기 위해 발걸음을 떼자 그녀와 닮은 비단옷의 사내가 문 너머에 나타났다. 백서희는 한숨을 쉬었다.

"너 왜 여기 있는데."

"하나뿐인 오라버니한테 반응이 그게 뭐냐? 사천교류회에 끌려간 우리 동생이 걱정돼서 온 거지."

"돈 벌려고 온 거면서."

백서희가 퉁명스럽게 말하자 비단옷의 사내는 손가락을 튕기며 말했다.

"그것도 없진 않지. 백능상단을 이어받을 자로서 이런 큰 건을 놓친다면, 자리를 내려놓고 저잣거리에서 만두나 팔아야 하지 않겠어?"

"기분 안 좋으니까, 적당히 하고 가."

"어허. 내가 뭐 때문에 여기 왔다고 생각해? 물론 동생이 얼마나 다쳤는지 보러 온 것도 있지만…."

비단옷의 사내가 의미심장한 눈길을 백서희에게 던졌다. 백서희는 골치가 아픈 듯 이마를 감싸 쥐었다.

"넌 백능상단의 일원이야, 서희. 우린 너에게 상단의 일을 시키는 대신 네 가능성에 투자했어. 넌 그 투자에 보답해야 할 의무가 있고."

"백진오."

"네가 지금 당가의 가주에게 가서 말하려는 그 내용이, 우리 백능상단에게 이득이 될 것 같아?"

백진오는 팔짱을 끼며 백서희를 노려봤다. 그는 머릿속 주판알을 쉴 새 없이 튕기고 있었다. 당진천에게 당소소의 활약을 제대로 알려주는 것이 이득이 되냐는 계산. 계산이 끝난 백진오는 혀를 차며 그녀의 행동에 대한 평가를 마쳤다.

'…덜떨어진 것.'

백진오의 답은, 아니오였다.

백능상단은 아미파에 줄을 대고 있었지만 청성파와도 친했다. 하지만 폐쇄적인 사천당가와는 영 인연이 없었다. 친교를 맺기 위해 노력은 해봤지만 당가가 필요로 하는 특수한 광물이나 독물은 당가가 자체적으로 갖춘 광산과 인력으로 자급자족했다. 게다가 그들이 필요로 하는 생필품들은 다른 상단들도 제공할 수 있었다.

그래서 백진오는 불확실한 사천당가에 줄을 대기보다 아미파와 청성파 사이를 더욱 견고하게 만드는 쪽을 택했다. 그들은 독과 암기를 감시하는 파수꾼이 되어 백능상단의 훌륭한 우군이 되었다.

'사천성의 균형을 유지하는 데 가장 큰 걸림돌이었던 사천성 최고의 고수 독천. 아미파와 청성파는 무림맹에 요청해 사천교류회를 만들고, 당문을 감시하에 두면서 그를 성공적으로 억제했다.'

백진오는 이 균형이 오래도록 지속되길 원했다. 서로를 경계하며 힘을 키우는 이 상황은 백능상단에게 있어선 캐도 캐도 줄지 않는 금광과도 같았다. 그것을 위해 백서희를 아미파에 넘겼다. 청성파에겐 기부라는 이름의 지원을 했다.

별 이변만 없다면 사천성의 세력 다툼은 백능상단이 부리는 금력에 의해 백진오의 계획대로 흘러갈 것이다. 백진오는 백서희가 이 계획을 망치지 않기를 바랐다.

"무력이면 무력, 금력이면 금력. 정파의 오대세가라고 불리게 된 이후에도 당가는 그 위세를 넓혀가고 있지. 단 두 가지의 흠결만 제외한다면, 이미 사천성은 당가의 세력권으로 떨어졌을 거야."

"흠결?"

"독과 암기를 다루는 가문으로서 뗄 수 없었던 그림자와 후계가 약하다는 점. 당청은 지략은 뛰어나지만 무력은 약하다. 당혁도 마찬가지. 당회는 언급하기 민망할 정도고. 당소소는 세상 무서운 줄 모르고 까부는 망나니야."

백진오는 모르는 체하는 자신의 동생을 노려보며 설명을 이어갔다.

"독천은 자신의 세력을 묶어놓은 사천교류회를 역이용해, 정파의 일과 무림맹의 일에 적극적으로 가담했어. 그로 인해 당가의 그림자를 떼어 내고 명예를 얻었다. 거기까지는 괜찮아. 어차피 그렇게 될 일이었으니까."

백진오가 손가락으로 백서희를 가리켰다.

"아미파에겐 백능상단의 자금으로 갖은 영약을 먹인 널 쥐여줬다. 청성파에는 운령이 있다. 지금은 구주십이천의 한 사람을 가지고 있는 당가에 기울어진 모양새지만, 세대교체가 시작될 쯤이면 사천성의 균형은 완벽하게 맞아떨어질 거야. 당가에는 미래가 없으니까."

"……."

"하지만 네가 당진천에게 사실을 고하고, 당소소가 무명武名을 날리게 된다면 이 완벽한 균형이 무너진다. 미래가 불투명하다는 평가를 받는 당가에게, 천괴와 학귀를 패퇴시킨 후기지수 하나를 쥐여주게 되는 셈이야."

"당소소는 무공을 익히지 않았어. 무명을 날린다 해도, 다른 형제들과 비슷해. 현재로선 오로지 지략만 가지고 있는 아이야."

백서희의 궁색한 변명에 백진오는 비웃음을 머금었다.

"가능성."

백진오는 백서희에게 다가가 손가락으로 그녀의 어깨를 살짝 찔렀다.

"내가 가진 물품이 망가질 가능성. 내 물품보다 더 뛰어난 다른 물품이 나올 가능성."

"……."

"당연히 당소소는 너와 운령보다 약하겠지. 하지만 네가 그녀의 업적을 공언하는 순간, 그녀가 강력한 후계가 될 가능성이 생긴다. 당가가 고민하는 마지막 흠결을 지울 가능성이 생긴다. 그 일어나지도 않을 가능성이, 우리가 가진 물품의 상품 가치를 떨어뜨릴 거야."

"난 상인이 아니야."

"하지만 백능상단의 일원이지."

백서희와 백진오의 말이 부딪히고, 시선이 뒤섞였다. 백서희는 침을 삼키며 시간을 가늠했다. 실랑이가 조금이라도 더 길어졌다간 당진천에게 실상을 고할 기회조차 사라지게 될 것이다. 그렇게 되어서는 안 됐다.

옳은 일을 한 자는 올바른 대우를 받고, 부정한 일을 한 자는 처벌을 받아야 한다는 것. 그것이 백서희가 아미파에서 받은 가르침. 그녀는 그 가르침을 잊은 적이 없었다.

'내가 알려주지 않는다면….'

백서희는 앞으로 벌어질 상황을 상상해봤다. 당소소가 행했던 의로운 일들 모두가 책임을 논하는 과정에서 묻힐 것이다. 혈사는 많은 이들의 목숨을 앗아갔고, 그에 관한 엄벌이 먼저였다. 천덕꾸러기 취급을 받던 당소소가 그 과정에서 무엇을 했는지는 책임을 논하는 이들에겐 사소한 일이었다.

백진오는 그 무관심을 노릴 것이다. 천괴를 패퇴시킨 것은 운령의 몫으로, 학귀를 패퇴시킨 것은 백서희의 몫으로 만들어 둘 것이다. 백능상단의 이득을 위해.

그렇게 되어서는 안 됐다.

'정말, 복잡한 건 싫은데….'

백서희는 어깨를 늘어뜨리며 체념했다. 그녀가 지금 하고자 하는 일은, 멀리서 관망하는 태도를 유지하며 원칙만 따라시는 할 수 없는 복잡한 일이었다. 그녀는 검술만을 향해 걷던 맹목적인 걸음을 멈췄다.

그리고 뒤엉킨 실타래처럼 복잡하기 그지없는 당소소의 곁으로 한 발짝, 걸음을 옮겼다. 예전의 당소소는 관심을 줄 가치조차 없던 사람이었다. 하지만 지금의 그녀는 존중받을 가치가 있는 의인이었다.

굳게 닫혀 있던 백서희의 입이 열렸다.

"사천당가와의 거래, 하고 싶지 않아?"

"굳이? 어차피 균형만 잘 맞는다면 상관없어. 우리에게 있어서 거래는 목적이 아니야. 황금을 토해 내는 균형을 유지하는 수단인 거지."

"사천당가의 독과 암기는 황금으로도 대체할 수 없는 가치가 있지."

"푸훗, 서희야. 그런 뻔한 생각을 오라버니라고 하지 않았겠느냐? 다 방법이 없어서…."

백서희는 백진오의 비웃음 섞인 반론을 부정했다.

"방법은 있어. 그리고 그 방법은, 당소소가 쥐고 있겠지. 독천에게 사실을 고했을 때 정말 아무것도 얻는 것이 없을 거라 생각해?"

"사천성 제일의 고수와의 관계 구축, 그리고 덜떨어진 망나니의 호감을 살 수 있겠지. 그리고 수많은 위험요소를 지니게 된다. 균형이 깨질 수도 있다는 그 위험을…."

"왜 균형이 깨진다고 생각해?"

백서희는 탁자에 기대어 놓은 장검을 쥐었다. 그리고 다시 백진오를 바라봤다.

"나 철혜검봉 백서희야. 그 균형은 내 힘으로 맞추면 돼."

"…재밌네."

백진오는 자신이 사천성 제일의 후기지수가 될 것이라 선언하는 동생을 바라봤다. 그녀는 상인과 어울리지 않는다. 그렇기에 상도를 모른다. 하지만 그렇기에, 상인으론 감수할 수 없는 위험에 거침없이 몸을 들이밀 수 있었다.

백진오는 백서희를 지나쳐 의자에 걸터앉았다. 그리고 그녀에게 물었다.

"그래서 그 망나니와 거래를 트겠다? 널 질투하고 네 식사에 설사약을 타던 그 머저리에게? 정말 할 수 있다고 생각해?"

백서희는 그를 돌아봤다. 주판알을 튕기는 것만으로는 알 수 없는 것을, 그녀는 알고 있었다.

백서희는 웃으며 그 망나니에 관해 생각했다. 한때 자신을 미워했지만 이제는 악의를 던진 이들에게 오히려 구원을 내미는 그 이상한 망나니를.

그녀의 입술이 움직였다.

"가능성."

백서희는 그렇게 대꾸하며 문을 나섰다. 백진오는 흡족한 눈으로 그 뒷모습을 지켜봤다.

* * *

"아미의 못난 제자가 사천당가의 가주 님을 뵙니다."

백서희는 허리를 숙여 예를 표하고 고개를 들었다. 당진천의 키가 커서 올려다봐야 했다.

단정하게 틀어 올린 머리는 아무 장식도 없는 관으로 고정했고, 짙은 눈썹과 다소 싸늘해 보이는 눈빛은 당소소의 판박이인 듯했다. 그 외에는 평범해 보이는 인상이었다.

'구주십이천인 독천이 평범…? 그럴 리가.'

백서희는 속으로 그렇게 되물으며 다시 당진천을 주의 깊게 살폈다. 얼굴 전체에서 묻어나는 날카로운 인상, 녹색 장포 아래서 뭉글거리는 위험. 평범함으로 덮어 둔 예기는 마치 검집에 넣어 둔 명검과도 같았다.

평범할수록 위험하다. 무림의 상식이었다.

하물며 상대는 초절정의 경지를 넘어 무림의 가장 강한 사람 중 하나인 독천. 별호 그대로 하늘에 닿을 무공에 평범이라는 장막을 드리웠다.

'…어이가 없네.'

백서희는 터무니없는 당진천의 모습에 허탈한 표정을 지었다. 당진천은 자신을 탐색하는 그녀의 시선을 느꼈는지 가볍게 웃으며 백서희의 주의를 돌렸다.

"그래. 고생했다는 이야기는 들었네."

"앗, 죄송합니다."

"죄송할 것까지야. 무인으로서 상대의 기량을 파악하는 것은 기본 중의 기본 아니겠나?"

"…면목이 없습니다."

당진천은 고개를 끄덕이며 백서희를 바라봤다. 피를 꽤 흘렸는지 안색이 다소 창백했다. 꼼꼼하게 감은 붕대 너머로 풍겨오는 미약한 혈향과 약향.

'이 향은…. 악산의원의 것이었나. 꽤 괜찮은 금창약을 썼군.'

그녀는 빈혈기가 있어 다리가 조금씩 떨렸다. 불안정하게 뛰는 혈맥이 진탕된 뱃속을 간접적으로 드러내고 있었다. 그리고 떨리는 동공에서 묻어 나오는 두려움. 당진천은 간략한 탐색을 끝내고 입을 열었다.

"안정을 취해야 할 듯한데, 날 찾아온 연유가 무엇인가?"

"가주 님께서 알아야 할 것이 있어서…."

"내가?"

당진천이 되묻자 백서희는 자신도 모르게 헛숨을 들이켰다. 그녀는 숨을 뱉으며 마음을 진정시킨 뒤 당진천의 물음에 답했다.

"예. 가주 님의 따님에 관해 알려드릴 게 있어서입니다."

"소소에 관해 말인가?"

당진천의 미간에 주름이 잡혔다. 그는 일 년 전 사천교류회 주최자였다. 백서희와 당소소의 관계가 썩 좋지 않다는 것을 가장 잘 알고 있었다.

'…무슨 의도일까. 좋은 의도는 아닐 터인데. 사천교류회에서 마찰이 있었나?'

당진천은 작년의 사건을 떠올리며 백서희의 의도를 지레짐작했다. 백서희는 고심에 빠진 당진천을 바라보며 설명했다.

"이번 사천교류회에서의 일과, 습격 당시에 있었던 일입니다."

"이번이라. 작년 일은 말하지 않고? 소소가 꽤 큰 민폐를 끼쳤었는데."

"작년의 일은…. 작년의 일일 뿐입니다. 게다가 이미 근신이라는 처벌을 받지 않았습니까?"

"…그런가."

당진천은 슬쩍 던져본 말로 그녀가 작년 일을 걸고넘어지려는 의도는 아니라는 걸 알아냈다. 고개를 끄덕이며 더 말해보라는 허락을 전했다.

"심기가 조금 불편하실 수도 있겠지만…."

"괜찮네. 무언가 문제 될 것이 있으니 나를 따로 찾아온 것이겠지. 괘념치 말고 말해보게."

당진천의 말에 백서희는 그의 투명한 시선을 피하며 말했다.

"예. 우선 사천교류회 일부터 말씀드려야겠네요. 당가의 독과 암기에 대한 보고서를 전달한 후 묵가장의 남매가 가주 님의 여식에게 접근했습니다."

"묵가장이라."

당진천은 일 년 전 봤던 묵전과 묵이현의 얼굴을 떠올렸다. 특별한 인상이 남아 있지 않았다. 굳이 떠올린다면 당소소가 부린 말썽에 휘말린 정도.

'그리고 묵가장주가 당가를 상대로 이빨을 보인다는 것 정도인가.'

군소방파인 묵가장과 정파의 오대세가 중 하나인 사천당가. 당연한 말이지만 상대가 되질 않았다. 하지만 당진천이 무림맹의 일을 맡아 당가의 명예를 챙기기 시작하면서 묵가장이 비빌 언덕이 생기기 시작했다. 사천에서 주목받지 못하던 작은 문파들을 규합하고 대의를 운운하며 지분을 요구해왔다. 과거의 당가였다면 암풍대가 찾아가 시끄럽게 떠들어대는 입을 조용하게 만들었을 것이다. 하지만 당진천 치하의 당가는 그런 행동을 취하지 않았다. 그저 사천성 내의 지분을 조금씩 떼어주며 당가의 이름을 명예롭게 하는 데 주력했다. 사천성 정파의 상생을 위한다는 미명 아래. 균열은 그곳에서 시작되었다.

'청과 장로들은 그런 행동이 탐탁지 않았겠고, 반대로 묵가장은 쾌재를 불렀겠지.'

독과 암기로 조성한 공포로 사천성 전역을 휘어잡았던 당가. 당진천 대에 들어와선 공포 정치를 내려놓고 대화를 시도했다. 처음엔 무서웠겠지만 지금은 그저 우리에 갇힌 맹수 취급이었다.

역린을 건드리지만 않는다면 위험은 없었다. 당진천도 그들이 당가를 얕잡아보고 있다는 것은 인지하고 있었다. 다만 사천성에 눌러앉아 온건한 방법으로 그들을 누르기엔 당진천이 무림맹에서 맡은 일이 너무 많았다.

"묵가장의 남매는 가주 님의 여식을 의도적으로 도발했습니다. 무례한 언동과 태도로….."

"소소가 일 년 전에 했던 일이 있으니, 그들도 응어리가 많았겠지."

일단 이해한다는 투로 말을 뱉었지만 당진천의 굳은 얼굴은 그녀의 말을 이해하고 있지 않았다. 백서희는 바뀐 당진천의 기세에 슬쩍 눈치를 봤다. 그 눈빛을 본 백서희는 순간 묵전과 묵이현이 했던 일들을 말해도 괜찮을지 고민이 됐다.

'운령과 정유가 사건을 설명하기 전까진 나도 영락없이 당소소의 잘못인 줄 알았어.'

그녀는 연회 분위기가 마음에 들지 않아 잠시 바람을 쐬러 나갔다. 그리고 강당으로 다시 돌아온 직후 손목이 부러진 정유를 목격했다. 당소소를 책망하는 연회의 시선들, 그녀의 손에 쥐어진 독이 든 죽통 하나. 백서희는 당소소에 관한 편견으로 성급하게 결론을 내렸다.

"말해도 괜찮다."

당진천은 생각에 빠진 백서희를 바라보며 다음 말을 재촉했다. 백서희는 심호흡을 한 뒤 운령과 정유에게 들었던 일을 빠짐없이 말했다.

"용서를 구하던 당 소저를 모욕하고, 당가의 가풍을 들먹이며 그녀가 입은 의복을 깔봤습니다. 그리고 음식을 가지고 오던 청랑검문의 제자에게 의도적으로 발을 걸어, 음식을 뒤집어쓰게 했습니다."

"그렇군."

"그리고 당 소저가 참지 못하고 그, 음…."

"괜찮네. 있는 그대로 말하게."

주저하는 백서희. 당진천은 부담스러운 눈빛으로 백서희를 채근했다.

"후우. '묵가장 이 씨발년놈들이, 진짜 뒤지고 싶지? 너희 옷도 다 찢어줘?'라고 말했죠."

"……."

"아가리를 확 찢어버리기 전에 닫으라고도…."

"자, 잠깐."

"묵이현이 모함을 하려고 하자 무형지독이 든 죽통을 꺼내며 위협을 하기도 했습니다."

"크흠…."

당진천은 난감한 듯, 헛기침하며 시선을 멀리 돌렸다.

'…그러라고 알려준 건 아니었는데.'

당진천은 잠시 생각을 멈추고 누운 당소소 쪽을 돌아봤다.

'검천이랑 날 비교할 때 했던 욕을 배운 건가? 욕은 그렇다 쳐도…. 그 상냥하던 딸이 맞나?'

백서희는 당진천이 머릿속의 혼란을 수습하기도 전에 당소소의 행적을 계속 읊었다.

"묵전은 기다렸다는 듯 칼을 뽑아 들이밀었고…."

"칼을 뽑았다? 청랑검문의 땅에서 당가의 대변인에게?"

"예. 그리고 묵이현의 모함을 무형지독으로 묵살하자…. 휘둘렀습니다."

잠시 정적이 찾아왔다. 당진천은 손을 올려 자신의 눈썹을 한차례 긁었다. 그리고 잠시 자신의 태도를 고찰했다. 당진천의 당가는 표독스러웠던 태도를 버리고 점잖아졌다. 남들에게 세웠던 검도 부러뜨려가며 대화를 시도했다. 그러자 그들은 단 하나뿐인 당진천의 역린을 건드렸다.

당진천은 어떤 기색도 보이지 않은 채 고개를 끄덕였다.

"그렇군."

"정유가 묵전의 공세를 막았습니다. 갑작스레 휘둘러 온 검이라 대비도 하지 못하고 막은 바람에 손목이 부러졌죠. 그리고 전, 정유를 응급 처치하는 과정에서 알지도 못하고 당 소저를 비난했습니다."

"비난이라?"

"예. 전 영락없이 그녀가 잘못한 줄 알고 있었습니다. 우선, 제 사과를…."

"소소는 널 용서했느냐?"

고개를 숙여오는 백서희에게 당진천이 물었다. 백서희는 자신이 부끄러운 듯 시선을 아래로 떨구며 고개를 끄덕였다.

"그렇다면 되었다. 게다가 넌 지금 위험을 감수하고 이 자리에 선 게 아니더냐? 걱정하지 말고, 쭉 말해줬으면 좋겠구나."

"…그 어수선한 상황에서 천괴와 학귀가 습격해왔습니다. 불행 중 다행으로, 무형지독으로 했던 위협 덕에 대부분의 인파가 대피했습니다. 그땐 왜 그랬는지 이해하지 못했지만, 지금 생각해 보면 그것도 분란이 일어날 것을 미리 예측한 것이라 생각됩니다."

'예측?'

당진천은 백서희의 말에 학사의 밑에서 수학했던 딸의 모습을 떠올렸다. 그리고 난감한 웃음을 지었다.

"…아마 아닐 것이다."

"예?"

"아니다. 이어서 말하거라."

"예. 천괴는 묵전을 먼저 노렸습니다. 적극적인 움직임은 보이지 않았죠. 납치가 목적인 듯했습니다. 학귀 또한 마찬가지. 대신 그는 상해를 입히는 것을 더 우선시 여겼지만요."

백서희는 새삼 분한지 아랫입술을 살짝 깨물었다. 그리고 설명을 이어 갔다.

"제가 천괴에게 한 합에 나가떨어지는 동안, 당 소저는 혼란을 수습하고 남아 있는 인원을 대피시켰습니다. 그리고 대화를 통해 천괴를 도발해 그의 주의를 끌었고, 다른 이들이 대피할 시간과 운령이 마음을 다잡을 시간을 벌었습니다."

"천괴에게 도발을?"

"예. 마음을 다잡은 운령이 천괴를 상대하자 당 소저는 묵전과 묵이현을 구하고…. 부끄럽지만, 학귀에게 공격당하려는 절 대신해 팔에 상처를 입었습니다. 죄송합니다….”

당진천은 고개를 저으며 백서희의 사죄를 물렀다. 이미 자신의 딸이 용서했다면, 구태여 두 번씩이나 받을 이유는 없었으니까. 게다가 그가 알지 못했던 이야기를 해주기 위해 용기를 내 자신을 찾아온 기특한 처자였다. 그녀를 크게 책망할 이유는 없었다.

그것보다 당진천을 동요시킨 것은 당소소가 언변으로 천괴의 발을 묶어놓았다는 사실이었다.

‘학사께서 알지 못했던, 소소의 재능이 발휘된 것일지도….’

당진천은 그런 상상을 하며 굳어 있던 표정을 풀고 입꼬리를 움찔거렸다. 백서희는 당진천의 온화한 표정을 보며 말을 이어갔다.

“…전 당 소저를 호위하던 진명과 합을 맞춰 학귀를 막아내려 했습니다만, 역부족이었죠. 운령 또한 마찬가지. 당 소저는 그런 저희를 구하기 위해 무형지독으로 독공을 펼쳤습니다. 독공은 성공적이었습니다.”

“그게 천괴한테 먹혔다고…?”

믿을 수 없다는 표정의 당진천. 백서희는 당진천의 반응이 의아했던지 고개를 갸웃거리다 이내 끄덕였다.

“예. 무형지독은 훌륭하게 먹혀들어 궁지에 몰린 학귀는 도주했고, 천괴는 조급해했습니다. 해독제를 누구에게 주냐로 분란을 일으켜, 가주 님께서 도달할 시간까지 벌었습니다. 사실상, 이 습격을 막은 것은 당 소저라고 봐도 무방합니다.”

“허어….”

반쯤은 농담 삼아 일러줬던 독공. 당소소가 그 독공을 최대한 활용해 자신이 상대하기에도 골치가 아팠던 천괴와 학귀를 제압했다는 사실을, 당진천은 믿을 수가 없었다.

하지만 당진천이 종종 봐왔던 백서희는 올곧고 거짓을 혐오하는 성격이었다. 그녀의 말을 거짓이라고 볼 순 없었다.

'백능상단의 딸이자, 아미파의 애제자.'

당진천은 그녀가 어떤 마음으로 이곳으로 왔는지 대충 알고 있었다. 백능상단은 당가가 커지길 원하지 않았다. 감시역인 아미파 또한 마찬가지. 두 세력의 총애를 받는 그녀가 단지 당소소의 누명을 벗기고 활약상을 말해주기 위해 자신을 찾았다.

당진천은 고개를 끄덕이며 말했다.

"고맙구나."

"아, 아닙니다. 단지 전, 그…. 그러니까, 환심. 예, 환심을 사고 싶어서…. 절대 순수한 의도는 아니었어요."

당황하여 횡설수설하는 백서희. 당진천은 웃으며 자신의 소매를 가볍게 털었다. 그러자 봉황이 조각된 금빛 비녀가 손에 잡혔다. 당진천은 백서희에게 비녀를 내밀었다.

"받거라."

"이건…?"

백서희가 비녀를 바라보며 물었다. 당진천은 손가락을 들어 봉황의 머리를 지그시 눌렀다. 장치가 맞물리는 소리와 함께 얇은 칼날이 튀어나왔다.

"봉황비鳳凰匕라고 한단다. 내 아들놈이 만든 것인데, 친교의 의미로는 좀 부족하려나?"

"예?"

"뭐, 딸아이의 친구에게 주는 선물이라고 하자꾸나."

당진천은 그렇게 말하며 봉황의 부리를 다시 눌렀다. 그러자 칼날이 모습을 감추고 비녀의 형태로 돌아갔다. 그는 백서희 손에 봉황비를 쥐여주며 그녀의 어깨를 토닥였다.

"자네 오라비가, 백진오라는 이름이었던가?"

"예? 아, 네…."

"그 친구에게 보여주면 알아서 할게다."

당진천은 백서희의 어깨에서 손을 떼며 그녀를 지나쳐 걸어갔다. 그리고 잠시 발걸음을 멈추고 말했다.

"이거 참. 내 정신이 없어서 자네의 오라비에게 하나 더 해줘야 할 말을 까먹었군."

"무슨 말씀이신지?"

당진천이 싸늘한 목소리로 한마디를 뱉었다.

"패가망신하기 싫으면, 이번엔 까불지 말고 가만히 앉아 있으라고."

그는 그렇게 말한 뒤 밖으로 나갔다.

백서희는 당진천의 으름장에 힘이 풀려 한동안 움직일 수 없었다.

* * *

당진천의 걸음이 멈췄다. 청검각 객실 문 앞이었다. 드문드문 이야기 소리가 들렸다. 문 앞에서 청랑검문의 제자가 황급히 고개를 숙이며 포권을 했다.

"다, 당가의 가주 님을 뵙니다."

"괜찮네."

당진천은 손짓으로 그의 포권을 받고 굳게 닫힌 문을 바라봤다. 청랑검문의 제자가 침을 꿀꺽 삼키더니 당진천에게 의향을 물었다.

"안으로 안내해드릴까요?"

당진천은 시선을 내려 자신의 손을 바라봤다. 문틈으로 목소리가 새어 나왔다.

"…그래서, 청랑검문은 어떻게 할 생각인가?"

"면목이 없습니다. 다 제 불찰이지요."

"정휘 이 사람아, 무작정 사과만 한다고 될 문제가 아니네. 책임을 져야할 게 아닌가? 결국, 흑림총련이 습격한 것도 자네의 불찰 때문이 아닌가?"

"……."

"쯧쯧, 최근에 검술로 이름 좀 날린다고 기고만장해서 교류회를 준비하더니, 이런 변고가 터질 줄 내 알고 있었네."

들리는 대화에 집중하던 당진천은 낯선 인기척을 느꼈다. 시선을 옆으로 돌렸다. 푸른색 눈동자에 도복을 입은 도사 한 명이 옆에 서 있었다.

"독천 선배를 뵙니다."

"화검공자라고 했나. 딸에게 이야기는 종종 듣곤 한다네."

"영광입니다. 소소에게도 감사를 전해야 하겠네요."

"영광은 무슨. 자네의 이름이 원체 유명한 탓이지."

"하핫! 이거 참. 민망합니다. 썩 좋지만은 않은 별호인지라."

의례적으로 오가는 대화. 사마문은 고개를 슬쩍 돌려 청랑검문의 제자를 바라봤다. 그는 사마문이 던지는 무언의 압박에 황급히 자리를 피했다.

당진천이 물었다.

"헌데, 회의장에 온 연유가 무엇인가? 안에는 이미 자네의 사부인 우엽진인이 자리하고 있을 텐데."

"아부를 좀 떨까 하는 알량한 마음에서 한번 와봤습니다."

사마문은 고개를 들어 당진천을 바라봤다. 각자의 시선에서 알 수 없는 적의가 끓어올랐다. 먼저 시선을 돌린 쪽은 당진천이었다. 당진천이 객실문을 바라보며 물었다.

"나에게 아부를?"

"예. 좀 모자라 보여도 지금은 제 사문이 아니겠습니까?"

"무슨 소리를 하는지 모르겠군."

"뭐, 적당히 두드려주십사 하는 것이지요. 주제를 모르는 자들을 혼내러 가시는 길이시잖습니까."

당진천의 눈이 깜빡였다. 사마문은 자신의 추측이 맞았다는 생각에 슬쩍 미소를 지었다.

'원래는 학귀에게 공격당해 죽은 것으로 운류의 역할을 끝내려 했지만…. 설마, 화검공자가 마교의 소천마임을 폭로하지 않았을 줄이야. 당소소, 대범하고 영악해. 포상이라도 내려야겠어.'

사마문은 당소소의 얼굴을 떠올렸다. 그리고 키득거리며 말을 이어갔다.

"물론 아무런 대가 없이 해달라는 것은 아닙니다. 운령에게 들은 소소의 활약…. 제가 좀 더 쉽게 퍼뜨려드리겠습니다. 나름의 정보망은 갖추고 있어서, 어렵지 않을 겁니다."

당진천은 그의 입에서 당소소란 이름이 언급되자 고개를 돌려 그를 바라봤다. 그리고 슬쩍 웃어줬다. 사마문은 자신의 계획이 성사됐다는 확신에 미소로 답했다.

당진천의 입이 열렸다.

"자네 도명이 운류라고 했나?"

"예, 가주 님."

"그래. 잘 듣게, 운류."

미소는 지워지고 무심한 눈길이 그에게 날아와 박혔다. 온몸이 꿰뚫리는 듯한 차디찬 시선이었다.

"그 아가리로 딸의 이름을 담지 말아줬으면 좋겠네."

"…예?"

거칠게 내뱉은 말과는 달리 그는 평온한 표정으로 사마문을 바라보고 있었다.

"자네가 여자를 후리고, 술을 마시고, 심지어 소소와 어울린다고 해도 난 별말을 할 생각이 없네."

"그럼…!"

"그런데 소소의 일을 거래의 대상으로 삼는 행동은….."

당진천이 사마문의 말을 자르고 그의 귓가에 고개를 가져다 대며 속삭였다.

"한 번만 더 그런 짓거리를 한다면, 사천당가가 뭘로 유명해졌는지 알게 해주겠네."

"……"

사마문의 눈썹이 꿈틀거렸다. 당진천은 그 변화를 놓치지 않았다.

"왜, 궁금한가?"

"…하핫."

"딴에는 제 머리가 뛰어난 줄 알고 실력을 숨기니 뭐니 하며 설치는 와중인 것 같은데."

당진천은 고개를 거두고 웃었다. 그리고 사마문의 옷깃을 매만져주며 말했다.

"그런 짓도 적당히 하게, 적당히. 서로 피곤해지지 말자고. 피차 할 일이 많지 않나?"

"…예. 제가 잠시 실언을 했군요."

"알아들었다니 다행이네."

당진천은 옷깃에서 손을 떼고 그의 가슴을 툭툭 쳤다. 사마문의 얼굴은 더이상 요동치지 않았다. 당진천은 고개를 끄덕이며 객실 문을 열고 안으로 모습을 감췄다.

문이 닫히고 사마문은 일그러진 웃음을 지었다.

"독천 당진천⋯."

사마문은 잘게 떨리는 자신의 팔을 부여잡았다. 그는 사마문의 실력을 적나라하게 꿰뚫고 있었다. 아직은 그에게 닿을 수 없다는 감각이, 살심을 움켜잡았다. 짙은 패배감이 그의 등골을 타고 전신으로 퍼져 나갔다.

✦ ✦ ✦

철컥!

문 열리는 소리와 함께 원탁에 앉아 있는 모든 이의 시선이 당진천에게 쏠렸다. 당진천은 웃으며 그들에게 목례를 했다.

"계속하셔도 됩니다."

별다른 기색을 보이지 않는 그를 보며 다른 이들도 가볍게 눈인사를 건네고는 다시 열을 올려 하던 이야기를 이어갔다.

"정휘, 최선을 다했다는 말은 변명이 되지 않아요."

무검신니의 꾸짖음. 정휘는 그녀의 말에 쓴웃음을 지을 뿐이었다. 당진천이 자리를 찾아 앉았다. 탁자 위에 사건의 개요가 적힌 두루마리 하나가 놓여 있었다.

"지금 웃음이 나오나? 어찌 이런 심각한 상황에서 웃을 수가 있나! 쯧쯧, 이래서 갑자기 이름을 날린 자들이란⋯!"

"죄송합니다. 그런 뜻은 아니었습니다."

사과하는 정휘. 당진천은 큰소리를 질러대는 자의 얼굴을 바라봤다. 묵가장주, 묵준이었다. 그의 얼굴을 확인하고 당진천은 두루마리로 시선을 돌렸다.

"비록 사파가 녹림과 힘을 합쳐 전력을 쏟아낸 결과라지만, 이런 위험이 다신 없을 거라는 확신이 없네."

"…예. 제가 좀 더 경계를 했어야 하는데, 부주의했습니다."

"반성만으론 끝나지 않을 일이네. 요는 책임을 묻는 것을 넘어 대책을 세우자는 게지."

점잖은 목소리로 의견을 개진하는 자는 운령과 사마문의 사부인 우엽진인이었다. 우엽진인과 무검신니가 운을 떼자 두 문파의 허락이 떨어졌다고 생각한 군소방파의 가주들이 벌떼처럼 달려들어 정휘를 물어뜯었다.

"어찌 그럴 수가 있는가?"

"이 피해를 어떻게 보상할 셈인지?"

"난 피 같은 제자를 잃었네!"

당진천은 시끌벅적한 주변에 아랑곳하지 않고 두루마리의 내용을 읽기 시작했다.

−사천교류회 습격 보고서.

−흑림총련이라 불리는 사파와 산적의 집단. 절정고수급의 천괴와 학귀가 습격해옴. 원인은 대비의 소홀로 보임. 천괴와 학귀는 아미파의 백서희와 청성파의 운령이 막아선 것으로 보임.

−당가의 당소소가 무형지독으로 난동을 부렸던 사실이 확인됨. 추후, 무형지독은 처음부터 존재하지 않았던 것으로 판명.

−백능상단, 사망 십삼 명, 부상 이십 명. 청성파, 사망 일 명, 부상 십일 명….

당진천은 두루마리를 쭉 밀어 내용을 끝까지 확인했다. 그 뒤론 단순한 인명 피해와 재산 피해의 나열이었다.

보고서엔 묵가장이 저질렀던 결례와 당소소가 습격 당시 한 행동이 누락되어 있었다. 당웅과 진명이 보고했던 당가의 활약상 또한 누락되어 있었다.

오직 묵가장의 결례에 자기방어의 수단으로 내민 딸의 빈 죽통만이 기록되어 있을 뿐. 그걸 또 웃음거리로 만들기 위해 가짜 무형지독이었다는 보고도 곁들여서. 당진천은 두루마리를 놓고 고개를 숙였다.

"하하."

당가를 노골적으로 배제하는 행동에 웃음이 터져 나왔다. 선의로 일으킨 행동들이 악의로 돌아온다. 목에 핏줄을 세워가며 정휘를 힐난하는 자들은 당진천이 무엇을 하고 있는지 그 누구도 신경을 쓰지 않고 있었다.

당진천은 숨을 들이쉬며 고개를 들었다. 그는 당가의 명예를 위해 일했다. 사천성의 정파를 위해 일했다. 나아가 독과 암기에 신음하는 무고한 이들을 위해 무림맹에 호출되어 자문위원을 도맡았다. 그런 노력이 가져온 결과가 이것이었다.

당가의 내부는 엉망진창이 됐고, 다른 이들은 온화한 당가를 은연중에 무시하고 있었다. 거기에 자신의 아픈 손가락인 당소소까지 건드렸다. 악인을 벌하고 자신을 희생한 당진천에게 사람들은 징벌을 내렸다.

당진천은 자신의 턱을 쓰다듬으며 입을 열었다.

"다들 그 입을 좀, 닫아줬으면 좋겠는데."

당진천의 추상같은 말이 독연처럼 퍼져 나갔다. 그의 말에 담긴 살기에 중독된 좌중은 헛바람을 들이켜며 침묵했다. 주변이 조용해지자 당진천은 두루마리를 들어 그들의 눈앞에 대고 흔들었다.

"승냥이 울음소리가 너무 시끄러워서, 글이 안 읽히잖나."

"승냥이…? 당가주, 말이 너무 심한 것 아니오?"

자신에게 반기를 드는 말. 당진천은 천천히 고개를 돌려 목소리의 근원지를 쫓는다. 당진천의 시선이 꽂히자 몸을 움찔거리는 중년의 사내. 당진천은 두루마리를 내려놓으며 말했다.

"구룡현의 구룡문주."

"예, 예! 그렇소. 어찌 같은 정파의 무인을 승냥이라고 할 수 있단 말이오!"

구룡문주가 어깨에 힘을 주며 대꾸했다. 당진천은 턱을 쓰다듬던 손을 탁자 위에 올리며 말했다.

"언제부터 자네가, 날 똑바로 보고 대꾸할 수 있었지."

"……."

"배분을 따져도 한참 아래. 세력을 따져도 아래. 그리고…."

쾅!

당진천이 원탁을 내리쳤다. 그 여파에 좌중의 모든 이가 몸을 움찔거렸다. 구룡문주의 어깨가 내려가며 눈에 공포가 어렸다.

"일신의 무력도, 까마득히 아래잖나."

구룡문주의 시선이 사선으로 떨어졌다. 당진천은 구룡문주를 바라보며 고개를 갸웃거렸다.

"일신의 무력과 가진 바 세력이 약해 산적들로부터 구룡현의 기반시설도 제대로 못 지키지 않았나? 그래서 당가가 흑풍대를 파견해 구룡현의 산적들을 소탕해주고, 아무런 대가 없이 물러서줬지. 자넨 그것이 당연한 권리인 양 굴었고."

"죄, 죄송…."

"그땐 앞에서 알량한 웃음을 지으며 당가를 칭송하더니 묵가장의 이름 아래에 뭉쳤다고 나에게 으르렁거린다…. 그게 승냥이가 아니면, 어떤 자를 승냥이라 부른단 말인가? 내 궁금하니, 좀 알려주시게."

"당가주 님, 많이 흥분하셨습니다. 조금 진정하시고…."

당진천의 노기 어린 물음에 웃는 얼굴을 들이미는 한 사내. 당진천은 삐딱하게 꺾은 고개를 돌려 그를 바라봤다.

"자넨 금천문주로군."

"예, 금천문주 강죽입니다. 이렇게 서로 얼굴을 붉히자고 모인 자리가 아니잖습니까? 사후대책을 위해서…."

"나조차 제압하기 힘든 천괴와 학귀를 맞아, 최소한의 피해로 방어에 성공한 정휘를 물어뜯는 것이 사후대책이었나?"

"……."

금천문주 역시 웃음기를 잃고 그저 시선을 떨어뜨릴 수밖에 없었다. 좌중은 침묵했다. 그 침묵을, 무검신니가 깨뜨렸다.

"천괴와 학귀는 청성파의 운령과 제 제자인 철혜검봉 백서희가 막아설 수 있었어요. 그들이 명성만큼 강한 게 아닐 수도 있지요. 아니면…."

무검신니는 말끝을 흐리며 웃었다. 당진천이 그녀의 웃음을 바라봤다. 당신의 무력이 약한 것 아니냐는 도발. 당진천은 혀로 볼 안쪽을 훑으며 울컥 치미는 감정을 추슬렀다. 그리고 웃었다.

"하, 하핫!"

"물론, 어디까지나 혹시나 하는 말입니다. 그러니 우선 회의를 하고…."

"무검신니."

당진천이 무검신니를 부르며 탁자를 손가락으로 툭툭 쳤다. 그리고 느긋한 말투로 물었다.

"내가 이곳의 모든 이들을 제압하는 데 얼마나 걸릴 것 같나?"

"당가주! 그게 무슨 망발인가요!"

화를 내는 무검신니. 당진천은 그녀를 바라보며 손가락을 멈췄다. 분위기가 차게 식었다. 당진천의 말은 찬바람이 되어 머릿속을 에었다.

"한 수."

"……."

"구주십이천의 이름이란 그런 것이야. 그러면 다시. 자네가 천괴와 학귀와 싸우게 된다면, 어떤 상황이 벌어지게 될 것 같나?"

비웃음을 머금은 당진천의 말. 무검신니는 입술을 떼 자신이 이길 수 있노라 말하려고 했다. 하지만 그러지 못했다. 독천이라는 이름은 그녀의 고집불통인 성정조차 억누를 만큼의 무게를 가지고 있었다.

"당소소가, 그녀의 호위가, 당가의 흑풍대가 이 혼란을 정리하는 데 결정적인 역할을 했다는 것이 그렇게 아니꼬운가?"

"하지만 그녀는 무공이라곤 전혀 모르는 아이잖소."

묵준이었다. 그의 정체를 확인한 당진천의 미간이 절로 찡그려졌다. 당장이라도 그가 열고 있는 입구멍에 비수를 박아 넣고 싶은 충동이 울컥 솟아올랐다. 당진천은 겨우 분을 억눌렀다. 하지만 채 누르지 못한 분이 큰소리가 되어 터져 나왔다.

"그래서 무공도 모르는 아이한테, 묵전은 청랑검문의 건물 안에서 칼을 뽑았나? 그러면서 정휘에겐 윽박지르며 책임을 회피하고?"

"그건, 다른 문제이지 않소. 게다가 그녀는 무형지독을 들고 좌중을 위협하던…."

"그건 가짜라고 보고서에 적혀 있지 않나. 내 딸이 세운 공을 어떻게든 축소하기 위해서, 웃음거리로 만들기 위해서 만든 이 보고서에."

묵준은 입을 다물었다. 당진천은 그 모습에 더욱 역겨움을 느꼈다.

"내가 가주가 아니거나, 이곳이 사천교류회가 아니거나…. 둘 중 하나의 조건만 충족됐어도, 자네는 내가 무슨 수를 써서라도 그 비루한 목을 비틀어줬을걸세."

"말이 너무 심하신…."

"심하다…. 무공을 모르는 아이한테, 칼을 휘두르는 행동은? 그것도 모자라, 무공을 모르는 아이한테 구술된 것은? 그리고 그 사실이 부끄러워, 무공을 모르는 아이가 목숨을 걸고 했던 일들을 묻어버리고자 하는 것은?"

"……."

"그건, 자네의 생각엔 심한 행동이 아니었나 보군."

묵준은 또다시 입을 다물 수밖에 없었다. 그가 침묵하자 묵가장의 의견에 동조해 당소소를 힐난하던 군소방파의 문주들이 일제히 침묵했다. 그들에 대한 불쾌감으로 당진천의 볼살이 움찔거렸다. 당진천은 그들을 둘러보며 질문을 던졌다.

"모두를 구하기 위해 움직였던 무공을 모르는 아이의 공을 뺏으려 드는 그 모습들이, 정녕 자랑스러운가? 순수하게 인명을 구하고자 한 운령과 백서희의 의도와 행동을 더럽혀가면서?"

그의 말에 아무도 대꾸할 수 없었다. 침묵이 내려앉았다. 당진천은 낮게 으르렁거렸다.

"같잖은 군소방파 몇 군데를 거뒀다고 거들먹거리지 말게, 묵준. 아미파와 청성파가 당가를 견제하고 싶다는 소망 덕에 힘을 좀 얻으니, 정녕 당가와 같은 곳에 섰다고 생각되나?"

"…아닙니다."

"그 주둥아리, 간수를 잘하는 게 좋을 거야. 음식 대신 다른 것을 먹게 될 날이 올 수도 있으니. 가령, 비수라던지."

당진천의 으름장에 좌중은 자기도 모르게 입을 오므렸다. 당진천이 조용해진 그들을 훑어보며 두루마리를 움켜쥐었다. 그리고 무덤덤한 어투로 물음을 던졌다.

"자네들이 당가를 무시해도, 우리가 어떤 대응도 하지 않은 이유를 알고 있나?"

아무도 답하지 않았다. 당진천은 두루마리를 내려치며 그 답을 말해주었다.

"약자를 괴롭힐 순 없으니까. 어수선한 사천의 정세를 더욱 조화롭고 평화롭게 만들기 위해서. 그것을 위해서 우린 속을 훤히 드러내 우리의 비밀까지 모두 다 알려줬네."

두루마리는 반으로 부러져 있었다. 당진천은 부러진 두루마리를 아예 바닥에 내동댕이쳤다.

"그런데 그 선의를, 자네들은 악의로 갚았어. 당가의 호의를 갚아먹으며 자신들의 세력을 불렸고, 조화와 평화를 위해 내밀었던 우리의 비밀은 아미파와 청성파의 공적이 되어 무림맹에서의 입지를 확고하게 만들어줬지. 물론, 돌려주리란 기대는 하지 않았지만…."

당진천은 묵준을 바라보며 말했다.

"적어도, 악의로 돌려주지는 말았어야지."

묵준은 시선을 피해 부러진 두루마리를 내려다봤다. 그가 주도한 보고서였다.

8장

적의환향
赤衣還鄉

비단옷은 피로 물들었다.

적의 피인지, 나의 피인지 구분할 수 없는 붉은 색.

피 묻은 옷을 걸치고 집으로 돌아간다.

＊ ＊ ＊

"적어도, 악의로 돌려주지는 말았어야지."

당진천의 쓸쓸한 말에 모두가 입을 다물고 고개를 떨어뜨렸다. 침묵이 이어지자 당진천은 굳은 표정의 정휘에게 말했다.

"회의를 다시 시작해야 할 것 같군, 정휘. 승냥이들이 아무 말도 하질 않으니."

"뜻대로 하시지요, 당가주 님."

정휘의 허가를 받은 당진천은 고심을 하며 위를 올려다봤다. 하연의 보고가 그의 귓가를 스쳤다.

'군소방파의 지도자, 대표자들이 아가씨 험담을 했죠. 아마, 아가씨 혼자 들어간 대강당에서도요….'

"먼저 지방의 작은 문파들에 관해 이야기를 좀 해보지. 그동안 당가의 제독전과 그 휘하의 제약당製藥堂에 꽤 신세들을 많이 졌을 거야."

"……!"

당진천의 말에 군소방파가 술렁거렸다. 사천성은 큰 땅이고 그만큼 의원醫院도 많았다. 하지만 그중에 가장 뛰어난 의원을 뽑으라면 역시 당가가 자체적으로 운영하는 제약당이었다.

가주의 인계를 받은 당가의 방계들은 성도 주변에 제약당의 분파를 운영했다. 당가의 자랑인 독과 암기. 이는 결국 질 좋은 의료기구와 약재로 치환될 수 있었다. 매력을 느끼는 명의는 제약당으로 향하는 경우가 많았다. 그렇게 제약당은 사천에서 가장 실력이 좋은 의원으로 거듭났다.

당진천은 가주직에 오르자 그들을 성도의 중심이 아닌 사천의 오지와 험로로 이동시켰다. 그리고 이젠 그들을 다시 불러들이려 하고 있었다.

"현縣마다 위치했던 당가의 분파를 다시 성도로 이동시키겠네."

"그동안 우리가 낸 돈은 어찌합니까? 이건 부당하오!"

당진천은 그 말을 뱉은 젊은 사내를 바라봤다. 곧 코웃음을 치며 상체를 뒤로 젖혔다. 그리고 팔걸이에 팔을 올리며 말했다.

"그런 푼돈이나 받자고 우리가 인력과 금전을 써가며 각 현마다 당문의 분파를 세운 줄 아나, 상가장주?"

"푸, 푼돈이라니…."

"자네의 그 옹졸한 시선으로 세상을 바라보지 말게, 상가장주. 각 현으로 이동시킨 분파는 항상 적자였네. 푼돈을 받으면서도 우리는 사천성 내에서 가장 뛰어난 의술을 베풀었지. 게다가 분파가 자리하니 그곳에 배치되는 흑풍대의 무력도 함께 베푼 셈이지."

당진천은 턱을 괴며 상가장주의 같잖은 반론을 짓밟았다. 오지나 다름없는 성도 이외의 현에 방계의 식구들을 보내고 분파를 세운 건 당가의 입장에선 큰 부담이었다.

표면상의 이유는 각 오지로 당가의 식구들을 보내 독의 재료와 질 좋은 광맥을 찾자는 것. 실질적인 이유는 민심과 명예를 챙겨 사천성의 화합을 유도하자였다. 당진천은 그렇게 얻은 민심과 명예로 무림맹에게 확고한 정파라는 당가에 대한 신뢰를 살 수 있었다.

하지만 이익에 비해 금전적, 인력적 부담은 상당했다. 독물을 발견했다고 곧바로 금전으로 치환되는 것도 아니었다. 광맥은 눈을 씻고 찾아봐도 없고, 민심과 명예는 눈에 보이는 금전으로 환전되지 않았다. 게다가 성도 주변에 두었을 때 그들이 본가에게 위협이 될 만큼 세력을 키우는지, 당가에게 반기를 드는지, 감시가 소홀해질 수밖에 없었다.

'실제로 당청에게 동조해 은연중 독강시 제조를 도운 장로들은 대부분 분파로 흩어진 자들이었으니….'

"하지만 이제 묵가장의 든든한 보호를 받는 것 같으니, 당가의 분파는 안심하고 물러설 수 있겠군. 고맙네, 묵준."

"그런…!"

군소방파를 이끄는 문주들이 웅성거렸다. 그중에서도 성도에서 멀리 떨어진 자들이 특히 얼굴을 붉히며 열변을 토했다.

성도 근처에 있는 문파들은 별 타격을 느끼지 못하겠지만, 오지에 있는 문파들에겐 당가의 철수는 청천벽력같은 소리였다. 제약당의 혜택을 누리지 못하는 것은 기본이었고, 어느 지역은 당가의 분파 덕에 제대로 된 마을이 형성된 곳도 있었다.

'당연히 거친 반발이 튀어나올 테지.'

당진천은 입꼬리를 슬쩍 올렸다. 그렇기에 당진천은 은근슬쩍 묵준을 언급했다. 이렇게 되면 원인 제공자가 당가의 역정이 아닌, 묵가장에 줄을 댄 자신들이 된다. 그리고 어리석은 자신에 대한 분노는 이 상황을 막지 못한 묵가장에게로 향하게 된다.

"어떻게 하실 겁니까, 묵가장주!"

"큰일이야. 당장 당문이 철수한다면 마을은…!"

"……."

대책을 세워보라며 묵준을 붙잡고 채근하는 문주들. 묵준은 그 어떤 말도 할 수 없었다. 그저 당진천을 노려볼 뿐.

'이렇게 나올 줄이야.'

묵전도 당진천이 분파를 세운 이유는 알고 있었다. 사천당가가 정파의 대우를 받기 시작한 것은 독무후의 등장부터. 이전의 사천당가는 정사의 중간에서 독과 암기를 쥐고 공포를 휘둘렀다. 독무후의 등장 이후 당가는 무림맹에 들어가 자신이 정파의 일원임을 천명했다. 하지만 독과 암기로 어둠을 누볐던 과거는 쉬이 지워지지 않는 것. 그렇기에 독무후의 제자인 당진천은 가주가 된 이후 그림자를 지우기 위해 부단히 노력했던 것이다. 그중 하나가 사천성 오지에 분파를 설치하는 것이었다.

묵전은 어금니를 깨물었다.

'무림맹에서 무언가 확답을 받았나? 이렇게 쉽게 분파를 물릴 수 있을 리가 없는데….'

묵전이 옆에 서 있던 애꾸눈의 노인에게 눈치를 주자 노인은 고개를 끄덕이며 당진천 앞으로 나섰다.

"가주께선, 당가의 어둠이 그렇게 가벼우셨나 보구려."

애꾸눈의 노인이 분한 듯 입을 열었다. 당진천은 노인을 바라보며 고개를 저었다.

"장문인. 한현파에 관해서라면 독무후께서 당가에 계실 적부터 계속 사과를 드린 내용이외다."

"난 아직도 독에 중독되어 울부짖던 아이들이 잊히질 않는다네. 당가를 원망하며 죽어가던, 그 아이들을….'

"감정에 호소하지 마십쇼. 한현파 장문인 한직. 그 사건은 엄밀히 따지면, 서로 간의 다툼에서 시작되었소."

"이놈!"

한직은 단호한 당진천의 말에 역정을 냈다. 당진천은 그를 안쓰러운 눈으로 바라봤다. 늙은 그는 내세울 것이 많지 않았다. 몸에 깃든 무예는 쇠퇴했고 당가와의 세력싸움으로 세력마저 잃었다. 그때 묵준이 손을 내밀었다. 묵가장은 당가의 어둠을 상기시킬 사람이 필요했고, 한직은 늙음과 비참함을 내세울 기회를 주저하지 않았다.

'불쌍한 사내….'

당진천은 한직에게 연민을 느끼며 눈을 감았다가 곧 연민을 잘라내며 눈을 떴다.

지금까지는 참아줘야 했다. 하지만 당진천은 더 이상 참을 필요성을 느끼지 못했다. 그가 명예를 위해 했던 행동들은 이미 무림맹을 감동시켰고, 이젠 맹에서 독과 암기에 관해 자문을 맡아달라고 할 정도까지 신뢰를 얻고 있었다.

"위기감을 느낀 한현파의 제자가 당가의 혈족을 습격하면서 벌어진 일이라는걸…. 굳이 제 입으로 말해야 합니까?"

"독을, 독을 사용해서…!"

"한현파도 검을 사용해서 당가의 일원을 살해했습니다. 당가에게 독은, 그 어떤 날카로운 검보다 더 조심히 다루는 검입니다. 한현파가 검을 휘둘렀듯, 우리도 우리만의 검을 휘두른 것뿐입니다."

당진천은 한직의 눈을 마주했다. 한직의 짓무른 눈가가 파르르 떨렸다.

"그리고 서로 간의 다툼으로 생긴 안타까운 희생자를 그렇게 일신의 안위를 위해 팔고 싶습니까?"

"……."

"묵준."

당진천은 한직을 앞세워 자신을 몰아세우려 든 묵준을 바라봤다. 묵준은 분함이 섞인 시선으로 당진천의 시선을 받아냈다.

"내 경고가 가볍게 들렸나?"

"아닙니다. 그저."

"거들먹거리지 말라고 했잖나. 묵가장주. 묵가장에선, 은인을 이런 식으로 대우하나?"

"은인, 이라니…?"

당진천은 괴었던 턱을 풀고 꼿꼿한 자세로 묵준을 노려봤다. 진명의 보고가 당진천의 머릿속에 떠올랐다.

'아가씨는 강단이 있었고, 용감하셨습니다. 빠른 판단으로 내부의 인원들을 피난시키고, 천괴에게 목숨을 잃을 위기에 처한 묵전을 구했습니다. 도망가는 와중에 확인한 바로는, 자기 옷을 찢어 지혈하는 기특함까지….'

"내 딸아이가 자네의 아들을 구했잖나. 모를 줄 알았나?"

"제 아들은 천괴를 상대하다 상처를 입었고, 묵이현이 구해왔다는 것밖엔 모릅니다."

"내가 아는 것과는 다르군."

당진천은 묵준을 보며 웃었다.

"묵이현은 그저 주저앉아 눈물을 짜내는 것밖에 하지 못했다고 들었거늘."

"무슨, 그런 모욕적인 말을…!"

"그리고 말은 똑바로 해야지. 상대가 아니었을 텐데. 한 합조차 막지 못하고 제압을 당했다가 올바른 표현일세."

당진천은 진명이 보고했던 사실 그대로를 묵준에게 들려주었다. 묵준은 믿기지 않는 표정으로 당진천을 바라봤다.

"그럴 리가 없습니다."

"네 아들의 어깨에 매어진 비단옷은, 누구의 것이지? 묵이현의 것인가? 아닐 텐데."

"……."

"그런 생명의 은인에게 칼을 들이밀고, 심지어 목숨을 위협하던 사실을 숨기려고 했다라…."

당진천은 어처구니가 없어 웃음을 터뜨리며 고개를 저었다. 묵준은 당진천의 살기 어린 말에 궁색한 변명을 내놓았다.

"무형지독을 내밀었잖습니까. 당시에는 그게 진짜인 줄 알았던 게지요. 그렇기에 정당방위로…."

"그렇군. 그렇게 생각한다는 게지?"

당진천이 이번엔 유엽진인을 바라봤다.

"유엽진인."

"…왜 그러시나? 당가주."

"가장 배분이 높으시고, 연배가 오래되신 분에게 묻겠습니다. 정파 간에 분쟁이 발생하면 어떤 식으로 해결을 봐야 합니까?"

유엽진인은 당진천의 물음에 얼굴을 굳혔다. 그리고 내키지 않았지만 낮은 음성으로 답했다.

"무림맹에 연락을 해, 중재를 맡을 무림명사를 초청하네."

"그렇다는군, 묵준. 한번 그 사건에 대해 무림맹에 연락해 시시비비를 가려보겠나?"

당진천은 묵준에게로 시선을 돌리며 물었다. 묵준은 턱 밑까지 차오른 분을 누를 수밖에 없었다.

'그렇게까지 되면, 멸문이다….'

그는 이제야 겨우 사천성에 자리를 잡고 세력을 불린 터였다. 무림맹까지 닿을 연줄은 존재하지 않았다. 그나마 무림맹에 연줄이 있는 아미파와 청성파도 이번 건에서는 도와줄 수가 없을 것이다.

제아무리 두 문파가 은연중에 도와준다곤 하나, 이미 명분을 쥔 당가를 상대로 묵가장을 두둔하기엔 자신들도 잃을 것이 있었다. 그래서 묵준이 당진천에게 아무 말도 못 하는 지금 상황에서도 무검신니와 유엽진인이 나설 수 없는 것이었다.

묵준은 입술을 더욱 세게 물었다. 피가 새어 나오는 기분이었다. 그는 비통한 기분으로 사죄를 토해냈다.

"은인을 알아보지 못하고, 무례를 저지른 점. 사죄드립니다…."

묵준은 허리를 깊이 숙여 절을 하려 했다. 당진천은 고개를 저으며 묵준을 만류했다.

"사죄를 받을 생각이었다면 이 지경까지 오지도 않았겠지. 묵준, 자네의 이기적인 행동으로, 우리의 신뢰는 이미 깨졌네. 손에 쥘 수 없는 말뿐인 사죄로 화해할 수 있는 사이가 아니라는 거네."

"…그럼 어찌하면 노여움을 푸시겠습니까?"

"이 자리에서 나와 당가에게 불순한 태도를 보였다는 것은 굳이 셈에 넣지 않겠네. 난 이래 봬도 상당히 합리적이라서."

당진천은 그 말에 웃음을 지었다. 그리고 탁자를 손가락으로 두드리며 계산을 시작했다.

"소소에게 주었던 모욕과 위협. 당가의 대리인에게 그런 태도를 보였다는 것은, 곧 당가를 적대시한다는 뜻이라는 걸 잘 알고 있겠지?"

"예, 부정하진 않겠습니다…."

"본래는 묵가장의 사업체인 주조소를 뺏을까 생각했네만. 그건 너무 잔혹한 처사잖나?"

당진천의 손가락이 움직임을 멈췄다. 그의 웃음기 머금은 말이 묵준의 심장에 꽂혔다.

"당가의 분파가 성도로 이사하는 비용을 자네가 담당하게."

"그건, 너무 많습니다…!"

"많나? 그럼 무림맹의 공정한 판결을 받아도 무방하네."

"…윽."

당진천이 묵준을 노려봤다. 묵준은 터져 나오려는 반박을 속으로 욱여넣을 수밖에 없었다. 당진천은 정산을 이어갔다.

"그리고 당가의 활약상을 의도적으로 누락하고, 당소소에게 구함을 받은 사실을 감추려한 것. 큰 걸 받지는 않겠네. 이번 사천교류회에 참가했던 당가의 인원들에게 활약에 상응하는 약재와 금전을 지급하게. 물론, 치료에 소비된 비용도 별도로."

"…예. 그리 하겠습니다."

묵준은 얼마만큼의 손해가 날지 얼른 계산을 하기 시작했다. 당진천은 그런 묵준을 의아한 눈빛으로 바라봤다.

"지금 뭐하나?"

"예?"

"청랑검문에서 저지른 무례에 대해 계산이 덜 끝났지 않나."

"그게 무슨…."

당진천은 정휘를 바라봤다. 정휘 또한 당진천을 의아한 눈빛으로 바라봤다.

"주최자인 청랑검문의 문주를 무시하고 검을 뽑았고 일련의 사건을 저질렀네. 이건 달리 말할 여지조차 없지 않나?"

"그렇다면…."

"그렇네. 청랑검문의 건물을 복구하는 비용을 자네가 담당하게."

"그런 말도 안 되는 소리를!"

묵준이 반발하자 당진천은 껄껄 웃으며 손가락을 꺾었다.

"아니꼬운가?"

"……."

"그렇다면 멀리 무림맹까지 가지 않아도 되네. 당장 칼을 뽑아 내 목을 친다면, 그 모든 부담을 덜 수 있네. 어떤가. 해볼 만하지 않나?"

당진천이 가볍게 묵준을 도발했다. 그럼에도 묵준은 아니꼽지 않았다. 아니, 아니꼬웠지만 참을 수밖에 없었다. 무림맹에서 시시비비를 가리게 된다면, 줄이 없는 묵가장은 있는 죄든 없는 죄든 죄다 끌어안게 될 테고, 그날로 멸문이니까.

'아니, 지금도 멸문이나 다름없는 상태지….'

각 현에 위치한 분파의 이사 비용을 지급한다. 그것만으로도 묵가장의 곳간이 텅 빌 지경인데 더 큰 문제는 따로 있었다. 군소방파를 이끌던 문파가 자신의 손으로 이끌던 자들의 살을 베어내는 행위를 하는 것. 우두머리는커녕 이젠 원수만도 못한 존재가 될 것이다. 군소방파는 등을 돌릴 것이고 금전도 모조리 잃는다. 대외적인 평판 또한 나락으로 떨어질 것이다.

"선처에 감사합니다."

하지만 멸문을 당하는 것과 멸문이나 다름없는 상태는 달랐다. 묵준은 수많은 감정이 솟아 오르는 가슴을 부여잡고 당진천의 말을 따랐다. 당진천은 기가 죽은 묵준에게서 시선을 돌려 당황하고 있는 정휘를 바라봤다. 당웅의 보고가 들려왔다.

'정유는 다친 손목으로 아가씨의 말을 믿고 모든 문파에게 위급함을 알렸습니다. 정휘는 혼란스러워하던 인파를 지휘했습니다. 그리고 아가씨는…'

'정유가 묵전의 공세를 막았습니다. 갑작스레 휘둘러온 검이라 대비도 하지 못하고 막아서서 손목이 부러졌죠…'

백서희의 첨언도 섞여 들어왔다. 당진천은 당가의 가풍을 떠올리며 웃었다.

'은도, 원도 받은 만큼 돌려줘야겠지.'

"정휘."

"예, 당가주."

"묵가장주도 자신의 죄에 대한 책임을 졌으니, 자네도 이 사태에 대해 책임을 져야 하지 않겠나?"

"지당하신 말씀입니다."

정휘는 고개를 끄덕이며 체념한 표정으로 당진천을 바라봤다. 정휘는 상식적인 인물이었다. 폭주하고 있는 독천에게 거스르는 미친 생각 따윈 하지 않았다.

"앞으로 당가의 보고서는 자네가 무림맹에 전하게."

"예. 어, 예?"

벌을 예상했던 정휘는 당황해서 말까지 더듬었다. 무검신니와 유엽진인 또한 당진천의 발언에 당황했다.

'당진천… 정녕 칼을 뽑겠다는 건가?'

'너무 과하군.'

당진천은 그들의 반응을 보며 입꼬리를 올렸다.

'나에게 엿을 먹였으니, 독을 먹을 각오는 되셨길 바라지.'

그리고 눈을 치켜들어 그 둘을 바라봤다.

＊ ＊ ＊

무검신니가 자리에서 일어나 당진천을 노려봤다.

"정녕 그리 하셔야겠나요? 아미파와 청성파가 당가를 적극적으로 몰아세우지 않은 것도….'

"공멸하지 않기 위해서."

"네, 세 세력이 중앙에서 균형을 이루며 버티고 있기에, 악한 세력들이 감히 움직일 수 없는 거예요. 당가가 이런 식으로 나온다면, 필연적으로 저희는 당가를 공격하게 될 겁니다. 감당하실 수 있겠어요?"

당진천은 무검신니의 말에 관자놀이를 툭툭 두드리며 답했다.

"제대로 된 고수를 배출하지 못해 속가제자에게 본산의 무공을 전수해야 했던 문파, 청운적하검이라는 문파 최고의 절기를 익히지 못해 침체해 가는 문파. 왜 감당을 하지 못하겠나?"

"당가주 당신…!"

"그러니 말은 제대로 해야지. 내가, 당신들을 몰아세우지 않은 거요. 심정 같아선, 당신들에게도 책임을 묻고 싶소."

당진천의 말에 무검신니와 유엽진인의 얼굴이 일그러졌다.

"…말이 심하오, 당가주."

유엽진인이 당진천의 말을 지적했지만 당진천은 어깨를 으쓱했다.

"내가 화합을 바라지 않았다면, 무림맹의 부름을 받지 않았다면, 제 스승인 독무후가 계셨다면 당신들이 과연 당가를 이렇게 대우할 수 있었겠습니까?"

"……."

"그리고 과연 내가 이 자리에 없었다면, 내 딸과 당가의 식구들은 어떤 대우를 받았겠습니까?"

"그건….."

"당가의 비밀을 보고하는 호의를 계속 받고 싶었다면, 나에게도 호의를 베푸셔야 옳았지 않겠습니까?"

유엽진인은 그 말에는 차마 대답하지 못했다. 당진천은 한숨을 쉬며 정휘를 바라봤다.

"정휘."

"예."

"이의 있나?"

정휘는 자신을 잔뜩 노려보고 있는 무검신니와 유엽진인을 의식하며 잠시 고뇌했다.

'이것은 청랑검문을 키울 기회야. 하지만 기회를 잡는 대신 아미파와 청성파와는 척을 지게 된다.'

군소방파가 무림맹에 연줄을 댈 수 있는 방도는 그리 많지 않았다. 지금 당진천은 정휘에게 아미파와 청성파의 권리를 거둬, 청랑검문에게 주겠다는 제안을 하는 중이었다. 다시 말해 군소방파인 청랑검문에게 무림맹으로의 연줄을 내민 것이다.

득도 있겠지만 위험도 컸다. 당문에게 집중될 아미파와 청성파의 공세를, 일정 부분 청랑검문에게 부담시키려는 것이었다. 그의 말대로 어찌 보면 벌이라고도 볼 수 있었다.

'나에게 묵가장의 역할을 맡게 하려는 속셈이군.'

정휘는 당진천을 바라보며 웃었다. 그리고 고개를 끄덕였다.

"없습니다."

"좋네."

당진천은 정휘의 대답을 듣고 자리에서 일어났다. 모두의 시선이 그에게 모였다. 당진천은 느릿한 목소리로 말했다.

"난 이제 회의를 끝마칠 건데…. 이의 있는 사람 있으면, 손을 들어줬으면 좋겠군."

당진천은 자리에 있는 모두를 훑어봤다. 모두 하고 싶은 말은 산더미였지만, 차마 살기 어린 당진천의 얼굴에 대고 말을 꺼낼 용기들은 없었다. 당진천은 겁먹은 그들을 보며 피식 웃었다.

"내 앞에선 하지 못할 말들이 많은 것 같군."

당진천의 시선이 정휘에게 닿자 정휘가 말했다.

"허락하신다면, 제가 남아 문주님들의 의견을 좀 받아보도록 하겠습니다."

"고맙네."

당진천은 천천히 걸음을 옮겨 객실을 빠져나갔다. 그가 빠져나가는 동안 그 누구도 입을 열지 못했다.

철컥!

문이 닫혔다.

"후우."

당진천은 천장을 올려다보며 한숨을 쉬었다. 권위와 폭거를 휘둘러 승냥이들을 고분고분하게 만든 것은, 꽤 불쾌한 일이었다. 하지만 이제 겨우 한 걸음이었다.

이리저리 흩어졌던 방계의 이사를 관리해야 하고, 당청을 지지하던 가문 내의 불순분자들을 정리해야 하며, 앞으로 이어질 아미파와 청성파의 공세 또한 생각해야 한다. 거기에 당회를 소문주로 세우는 것과 무림맹에서의 업무까지.

벌써 정신적 피로가 당진천의 어깨를 짓누르는 것 같았다.

"아가씨께서 깨어나셨습니다."

바깥에서 기다리고 있던 녹색 무복의 무인. 녹풍대였다. 당진천은 그의 보고에 고개를 설레설레 저으며 웃었다.

"말을 안 듣는 건 예나 지금이나 똑같군. 무리했으면, 쭉 잘 것이지."

"그리고 말씀하셨던 당청의 잔당들은…."

"가면서 듣지."

"예."

당진천이 걸음을 떼자 녹풍대 대원이 그 뒤를 따랐다. 당진천이 옆으로 시선을 돌렸다. 햇볕을 받은 청랑호가 파랗게 물결치고 있었다. 녹풍대원이 당진천에게 보고했다.

"우선, 총관은 관여의 경중으로 따지면 가벼운 수준입니다."

"그는 관리역이다. 가볍든, 가볍지 않든 책임을 피할 순 없을 거야."

"예. 그리고 당청과 당혁의 시비나 하인들은…."

당진천은 발걸음을 멈추고 물결에 부서지는 햇빛을 바라봤다. 그리고 입을 열었다.

"…벌을 받아야겠지."

"처분합니까?"

"어떤 벌을 내릴지는 나중에 이야기하지. 녹풍대와 제독전은?"

"제독전은 당청의 세력들이 다수 포진해 있습니다. 숙청한다면, 제독전의 업무가 한동안 마비되는 걸 피할 수 없을 것 같습니다."

당진천은 고개를 끄덕이며 다시 걸음을 옮겼다.

"그건 예상했던 바다. 이번에 분파를 성도로 모으면 해결할 수 있는 문제야. 새로 제독전주를 맡을 이 또한 선출해야겠지."

"녹풍대는, 모두 가주 님께 충성하고 있습니다."

"이제야 좋은 소리를 해주는군."

당진천은 키득거리며 녹풍대원을 바라봤다. 녹풍대원은 송구해하며 고개를 숙였다. 당진천이 또 질문을 던졌다.

"장로들은?"

"가주 님의 말씀대로 불만은 품었으나, 움직이지 않고 있습니다"

"…그래. 내 우유부단함으로 당청을 살려줬다면, 당가의 분열은 피할 수 없었을 거다."

장로들은 당청을 지지하고 있었다. 만약에 당청이 그 자리에서 죽음을 택하지 않고 당진천의 연민을 받아 살아남았다면 당가의 혼란은 더욱 커졌을 것이다. 그렇기에 당청은 소문주로서 죽지 않고 찬탈자로서 죽었다.

"독심…. 참, 잔인한 말이야."

당진천이 별채에 도착했다. 익숙한 목소리가 들려왔다.

"아잇, 씨팔. 왜 이렇게 안 되는 거야?"

"씨, 씨팔이라뇨 아가씨…."

"아니, 실뜨기가 날 꼴받게 하잖아. 어? 뭐야…."

당진천은 그 목소리를 듣자 녹풍대원에게 눈짓을 보냈다. 녹풍대원은 즉시 목례를 하며 별채의 호위를 위해 모습을 감췄다. 당진천은 쓴웃음을 지으며 혼잣말을 읊조렸다.

"…이미 배웠군."

당진천은 당소소가 있는 방까지 걸어가 문 앞에 서 있는 진명을 마주했다. 당진천을 확인한 진명이 황급히 고개를 숙였다.

"앗, 오셨습니까."

당진천은 진명을 탐탁잖은 시선으로 흘겨본 뒤 고개를 끄덕이며 말했다.

"몸은 좀 어떤가?"

"뭐, 그럭저럭 괜찮습니다만…."

"쯧쯧, 호위라는 녀석이 그리 약해빠져서야."

진명은 몸 둘 바를 몰라 고개를 더 깊이 숙였다. 말은 그렇게 했지만,

당진천은 진명의 실력에 꽤 놀랐다. 검기를 일으킬 만한 깨달음이나 내공도 없고, 외공은 기본적인 신법과 보법을 사용할 줄도 모르는 반쪽짜리 무인이었다.

하지만 그런 낮은 경지의 무위에도 진명은 학귀를 상대해 시간을 끄는 데 성공했다. 제대로 된 무공을 가지게 된다면 훌륭한 전력이 될 것이 분명한 사내였다. 당진천이 시선을 돌리며 말했다.

"흑풍대의 대장 자리가 비게 될 것이야."

"예?"

"이번엔 잘 해주었다만, 아쉽게도 사천쌍괴 잔혈객이란 이름은 당가가 필요로하는 이름이 아니야."

"그럼⋯."

"단혼사에겐 말해두겠네. 열심히 배워보도록."

당진천은 그렇게 말하며 문을 열었다. 탁자에 앉아 실뜨기를 하던 당소소가 그를 맞이했다.

"아버지?"

"그래, 다녀왔단다."

당소소는 당진천의 얼굴을 확인하고 엷게 웃으며 그에게 양손을 내밀었다. 털실은 선명한 도형을 그리고 있었다. 당소소는 자신의 털실에 슬쩍 시선을 보내며 말했다.

"어떤가요? 이제, 무공을 배울 수 있나요?"

내내 어두운 얼굴이던 당진천은 그제야 웃음을 터뜨리며 당소소에게 다가갔다. 딸의 순진한 얼굴을 본 순간, 보상이니 명예니 부르짖던 일들이 죄다 우습게 느껴졌다. 그녀의 머리를 거칠게 쓰다듬으며 당진천이 말했다.

"하여간, 아빠 말은 정말 안 듣는구나."

"아버지가 실뜨기를 완성하면 무공을 알려주신다고 하셔서…."

"돌아가면 알려줄 테니, 일단 누워서 쉬거라."

당진천이 당소소의 머리에서 손을 뗐다. 만족스런 얼굴을 하는 당소소. 당진천은 딸에게 안쓰러운 마음이 들었다.

그 누구도 그녀의 활약을 기대하지 않았다. 그리고 원하지도 않았다. 회의의 영향으로 무언가 얻어보고자 당소소에게 알랑거리는 자들은, 진실된 마음으로 그녀를 향해 칭찬하지 않을 것이다. 그렇기에 당진천은 나지막이 말했다.

"잘했다."

"네?"

"무공을 모르는 몸으로 천괴와 학귀를 막아낸 것. 모두를 대피시켜 피해를 최소화한 것. 솔직히, 칭찬하고 싶지 않았다. 하지만 내가 아니면 널 누가 칭찬해 주겠느냐? 난 네가 정말 장하다."

"……."

칭찬에 익숙하지 않은 당소소는 어색한 손짓으로 실을 풀었다. 그리고 멋쩍게 볼을 긁으며 말했다.

"칭찬을 받으려고 한 건 아니었는데. 음, 뭐…."

"다만, 네 몸을 좀 소중히 여겨줬으면 하는 게 내 마음이란다. 너를 잃는다면, 슬퍼할 이들이 많단다."

"그런 사람은…."

당소소는 김수환의 기억에 비춰보며 그런 사람은 없다고 말하려고 했다. 그때 하연과 당진천의 시선을 느꼈다. 문 앞에서 자신을 호위하는 진명의 기척도 느꼈다. 당소소는 고개를 끄덕였다.

"네, 아버지."

"명심하거라. 넌 하나뿐인 내 딸이고, 당가의 규수란다. 그 목숨의 무게는, 천금보다도 귀하단다."

당소소는 그 말에 웃으며 말했다.

"전 죽지 않아요, 아버지."

"…넌 이번에 죽을 뻔했단다. 만약 천괴와 학귀의 목적이 처음부터 생포가 아니었다면, 넌 그들과 눈을 마주치는 순간 죽을 수도 있었어."

"하지만 죽지 않았잖아요?"

당소소는 시선을 내려 떨고 있는 왼손을 바라봤다. 그녀는 상처 입은 오른손으로 왼손을 덮었다. 그렇게 밀려오는 감정을 고통에 의한 것인 양 숨겼다.

'사실, 저도 알아요. 아버지.'

당진천이 살고, 당청이 죽었다. 진명은 그녀의 부하가 되었고, 정휘 또한 살아 있다. 아직 그녀의 이야기는 시작도 되지 않았지만, 많은 것이 바뀌었다. 그렇다면 그녀의 이야기도 바뀔 수 있다는 뜻이었다.

하지만 그 사실을 애써 떠올리지 않았다. 그는 사회를 원망하며 하루하루 연명해가던 패배자였고, 그녀는 무관심 속에서 피폐해진 무능한 망나니였다. 의협심을 가진 협객이나 고결한 영웅 따위가 절대로 아니었다. 그녀는 죽음이 두렵고 고통을 무서워하는 평범한 사람이었다. 그 사실을 떠올렸다가는 공포에 발목이 잡혀 움직일 수 없을 것이다. 이야기의 암류를 바꾼다는 그녀의 목적은, 평생을 가더라도 이룰 수 없을 것이다.

'난, 죽지 않을 거야. 주인공이 날 죽일 거니까.'

틀림없이 일어날 가능성을 지우고, 그럴 리 없는 예언을 그려 넣는다. 그래야 비로소 그녀는 공포를 지우고 움직일 수 있었다.

당소소는 걱정스런 표정으로 자신을 바라보는 당진천에게 굳은 미소를 지어주었다.

"조심할게요. 그래도, 이제 무공을 배울 테니까…!"

"그래서 더 걱정이란다."

당진천은 당소소의 말을 끊으며 다시 그녀의 머리에 손을 올렸다.

"지금의 너에게 무공을 알려주면, 더 위험한 곳에 몸을 던질 것 같아서."

"……."

"무공이랍시고 그저 간단한 심리전 하나를 알려줬더니, 천괴와 학귀에게 덤비는 아이잖느냐. 본격적으로 무공을 알려줬다간, 무림맹주에게라도 달려들 것 같으니…."

"…걱정마세요, 아버지. 제 꿈은 안빈낙도인걸요. 이건 정말이에요."

당진천은 맹랑한 그녀의 말에 너털웃음을 터뜨리며 그녀의 머리를 쓰다듬었다.

"온갖 사건에 머리를 들이미는 사람의 꿈이 안빈낙도라니…. 딸아. 집으로 돌아가면, 편하게 쉬자꾸나."

"네, 아버지. 편하게 쉴게요."

당소소는 당진천을 바라보며 말했다.

거짓이었다.

* * *

침상 위에서 몸을 뒤척거리는 당소소. 하연이 단호한 태도로 말했다.

"주무세요."

"너무 자서 잠이 안 오는걸. 게다가 아직 정오도 안 지났잖아."

"그래도 돌아다니는 건 안 돼요."

당소소는 입을 살짝 내밀어 불만을 표했다. 당장 이불을 걷고 자리에서 일어났다. 희미한 고통이 그녀의 팔을 쿡쿡 쑤셔댔다. 인상이 절로 찌푸려졌다.

"아가씨. 누워계시라니까요."

"그냥, 다들 어떻게 됐는지 보고 싶어. 몸도 이 정도면 괜찮고."

그녀는 하연에게 살짝 웃어주며 고통을 감췄다. 하연이 고개를 설레설레 저으며 당소소의 어깨에 녹색 장포를 걸쳐줬다.

"아가씨, 왜 이렇게 초조해하세요…."

"그냥, 궁금해서 그래."

당소소는 어색한 손길로 외투를 여몄다. 이야기를 적극적으로 바꾸고자 앞으로 나섰던 그녀였다. 이제 이야기가 바뀌었으니 어디에서 어떤 변수가 터져 나올지 몰랐다. 정신을 날카롭게 세우고, 어떤 변수가 일어날지 예의 주시해야 했다.

"혹시, 모르니까."

막연한 불안감이 그녀의 정신을 움켜쥐고 있었다.

"뭘 모르시는 건가요? 저에게 말씀해 주시면 제가 알아올게요."

"음…."

당소소의 입술이 살짝 움찔거렸다. 하지만 당소소는 이내 입을 꾹 다물었다. 예정된 이야기를 자신의 욕심으로 바꾸는 것. 아직 누군가에게 이 부담을 떠넘길 만큼 그녀는 뻔뻔하지 못했다.

"나중에, 기회가 되면 말해줄게."

당소소가 문을 열었다. 문을 지키고 서 있던 진명이 그녀를 바라봤다.

"좀 쉬시지 않고, 어딜 가십니까?"

"그러는 넌."

"아니, 뭐…. 저야 몸은 튼튼하지 않습니까?"

"어깨에 구멍이 뚫리고 종아리를 꿰맸으면서, 허세는."

당소소는 붕대투성이인 진명을 바라봤다. 진명은 헛기침을 하며 시선을 돌렸다. 당소소가 진명의 어깨를 손가락으로 쿡 쑤셨다.

"어어억!"

"이것 봐. 쉬는 것도 일이야. 내가 허락할 때, 실컷 농땡이 피워."

"아가씨야말로, 쉬셔야 하지 않겠습니까."

"난 푹 쉬어서 괜찮아."

"아가씨가 안 쉬면, 제가 어떻게 쉽니까…."

진명이 울상이 되어 말하자 당소소는 빙긋 웃으며 뒷짐을 지고 걸음을 옮겼다. 진명은 절뚝거리며 당소소의 뒤를 따랐다. 따라오려던 하연을 진명이 괜찮다는 손짓으로 만류했다. 그러면서 당소소에게 질문을 던졌다.

"헌데, 이젠 존댓말 안 하시네요?"

"왜, 해줄까?"

"아뇨, 편하신 대로 하셔도 됩니다. 오히려 전 이편이 편한데…. 단지 궁금해서 그렇죠."

당소소는 진명을 돌아봤다. 자신을 폭행하던 진명은 이제 없었다. 그는 이제, 자신의 호위인 진명이었다. 확실히 뒤바뀐 미래였다. 그렇기에 받아들일 수 있었다.

"넌 이제 내 시다니까."

"예? 시다?"

"아니, 어…. 내 사람이 됐으니까. 흠흠."

당소소는 무심코 튀어나온 과거의 언어를 잽싸게 얼버무렸다. 또다시 튀어나온 저잣거리의 언어에 진명은 잠시 넋을 놓고 있었다. 그러다 화들짝 정신을 차리며 물었다.

"그럼 존댓말을 쓰던 동안은 절 믿지 않고 계셨던 겁니까?"

"믿음을 줬어야 믿지."

"아니, 전 그래도 나름 열심히 했는데…?"

"그래서 이제 믿어주는 거잖아?"

진명은 억울했지만 반박할 수 없었다. 학귀를 성공적으로 막아낸 것 말고는 당가에 몸을 담았던 기간 내내 실수만 했다. 진명은 복잡한 미소를 지으며 말했다.

"이걸, 좋아해야 할지 말아야 할지 모르겠네요."

"나도 그렇게 생각해."

'나랑 함께 있으면, 언제 어떻게 될지 모르니까.'

당소소는 진명에게 내심 미안한 마음을 품었다. 당소소는 그 후로 말없이 걷다가 목적지 앞에서 멈춰 섰다. 사천교류회가 열렸던 청검각의 대강당 앞이었다.

"……."

싸움의 흔적이 역력한 강당은 채 정리가 끝나지 않은 상태였다. 진명은 생각에 잠긴 당소소를 바라보며 말했다.

"무슨 생각하십니까?"

"…별 생각 안 해."

"표정에 다 드러나는데요. 더 잘할 수 있었을 텐데, 아닌가요?"

진명의 말에 당소소는 손등으로 서둘러 입가를 가리며 진명을 바라봤다. 진명은 키득거리며 당소소를 앞서갔다. 당소소는 진명의 등을 노려보다 그의 뒤를 따라갔다.

밖으로 나가자 흰색 천으로 덮인 사상자들이 청검각 앞마당에 누워 있었다. 사상자를 수습하며 울부짖는 수많은 사람들. 정오도 지나지 않았건만 청랑호를 가득 메운 수많은 감정은 밤의 호수같이 어둡게 찰랑거렸다.

분노의 감정이 물결치고, 슬픔의 감정이 수면을 때린다. 공허한 감정은 자애롭게 비추는 햇빛의 온기를 빨아들인다. 감정의 호수를 바라보며 당소소의 표정은 다시금 어두워졌다. 그때 팔에 부목을 댄 정유가 다가왔다.

"오셨습니까, 당 소저."

"네. 손목은, 좀 괜찮으신가요."

당소소는 정유를 돌아보며 가볍게 인사를 했다. 정유는 괜찮다는 의미로 다친 팔을 흔들었다. 그리고 당소소의 상태를 물었다.

"당 소저야말로, 몸은 괜찮으십니까?"

"전 괜찮아요. 저보단, 다른 사람들이 문제겠죠."

정유의 시선이 사상자를 수습 중인 청검각의 장원으로 향했다. 차오르는 여러 감정들. 정유는 입꼬리를 비틀어 내렸다. 그리고 담담한 목소리로 말했다.

"무공이 없는 몸으로, 많은 일을 해주셨습니다. 그때 소저가 정신을 일깨워주지 않으셨다면, 어떻게 됐을지…. 당 소저가 없었다면, 청랑검문은 정말 큰 위기를 맞이했을지도 모릅니다. 더 많은 사상자와 더 큰 피해가 발생했겠지요. 어쩌면 제 풍랑과도 작별했을지 모르겠습니다. 아 참, 제가 풍랑을 소개했던가요? 정말 착하고 늠름한 아이…."

"으음…."

당소소는 또다시 시작된 정유의 수다에 인상을 찌푸리며 몰래 한걸음 멀어졌다. 정유가 곧 웃음을 터뜨렸다.

"핫핫. 농담입니다. 어두운 생각은 좀 달아나셨습니까?"

"하하…. 농담이 아닌 것 같았는데요."

"당 소저. 소저가 그런 표정을 지을 이유는, 그 어디에도 없습니다. 자부심을 가지세요."

정유의 말에도 당소소의 표정은 풀리지 않았다. 그러자 정유는 다친 팔을 맞잡으며 당소소에게 포권을 했다.

"청랑검문의 소문주, 정유가 은인 당소소 소저에게 인사를 올립니다."

당소소는 정유의 태도에 당황해 황급히 손사래를 쳤다.

"아니, 어서 푸세요."

"좀 더 당당해지셔도 됩니다. 소저가 없었다면, 이렇게 사상자를 수습하는 일마저 할 수 없었을 겁니다. 소저는, 이곳에서 가장 당당하셔야 할 사람입니다."

"아니에요. 제가 없었어도, 소문주께선 괜찮았을 거예요…."

당소소가 난감해하자 정유가 포권을 풀었다. 그리고 빙긋 웃으며 말했다.

"소저는 참 신기하신 분입니다."

"제가 신기한가요?"

"위기에는 누구보다 냉철하시고, 칭찬에는 어색해하시며, 다른 이의 슬픔에는 누구보다도 더 슬퍼하십니다. 마치, 가족을 잃은 것처럼요."

"…과분한 말이에요. 전 그저 당문의 망나니인걸요."

정유는 당소소의 말에 헛웃음을 지으며 고개를 끄덕였다.

"그렇죠. 안하무인의 망나니. 그런데 그거 아십니까?"

"무엇을…."

"망나니는 자신을 망나니라고 하지 않는 법입니다."

정유는 품 안을 뒤져 조그마한 막대 하나를 꺼냈다. 봉황이 음각된 은색 막대. 당소소가 눈빛으로 무엇인지 묻자 정유가 답했다.

"은장도입니다. 사천교류회의 위기를 넘기게 해주신 것에 대한 보답이라고나 할까요."

"그런가요? 그래도 이 비싼걸…."

"비싼? 뭐…. 그리 비싼 건 아닙니다. 받아주시면 감사하겠습니다. 저희도 조그마한 성의를 표시하고 싶어서."

정유의 재촉에 당소소는 아무 의심 없이 그가 내민 은장도에 손을 뻗었다. 그러자 옆에 있던 진명이 핀잔을 줬다.

"어이, 형씨."

"…형씨?"

"아무것도 모르는 순진한 아가씨한테 무슨 짓이야. 반대쪽 팔도 부러지고 싶어?"

진명이 당소소 앞을 가로막았다. 정유는 진명의 얼굴을 바라보며 눈을 깜빡였다. 당소소가 진명에게 조용한 목소리로 물었다.

"은장도가 뭔데?"

"사귀자는 겁니다. 정확히는, 진지하게 만나보자는 거지요. 그때 쌍괴파에 찾아오셨던 것처럼."

"아? 어, 음….'

일그러지는 당소소의 얼굴.

'이런, 미친. 이 양반, 쌍검무쌍에서도 잘 껄떡거리는 건 알았는데….'

당소소는 자신의 얼굴을 서둘러 감싸며 튀어나오는 감정을 숨겼다. 어떻게 대응해야 할지 머릿속이 복잡해졌다. 남자의 정신으로 남자의 고백을 받는다는 건 꽤나 혼란스러운 일이었다. 정유가 진명을 바라보며 말했다.

"말투가 꽤 불손하십니다."

"불손한 건 은장도를 내미는 네 손모가지고."

"하하…. 그런 뜻이 아니었습니다만."

정유와 진명의 시선이 공중에서 부딪혔다. 그들이 신경전을 벌이는 사이 나른한 눈길의 백서희가 다가왔다. 둘은 신경전을 벌이느라 그녀의 접근을 전혀 눈치채지 못하고 있었다.

"몸은 괜찮아?"

무심하게 물어오는 안부. 당소소는 고개를 끄덕이며 다급한 눈빛을 보냈다.

'살려줘, 살려줘!'

필사적인 그녀의 눈짓에 무표정한 백서희의 얼굴이 어쩔 수 없는 미소를 그렸다. 그녀는 얼른 당소소의 팔짱을 끼며 말했다.

"못생긴 호위 아저씨."

"…뭐?"

"당소소 좀 잠시 빌려 갈게."

"잠깐만. 백서희 소저라고 했나? 오해가 있는 것 같은데. 그러니까, 네 사매를 놀라게 한 건 내가 아니라…."

도망가려면 지금이었다. 황급히 변명을 내뱉는 진명의 말을 당소소 또한 황급히 자르며 말했다.

"진명, 정유 소협과 화해하고 와. 이건 명령이니까, 꼭 하고 와야 해!"

"아니, 좀 제 이야기를…."

"뭐, 학귀와의 싸움에서 날 도와줬으니 그 이야기는 없던 것으로 쳐줄게."

"아니, 없던 것으로 치는 게 아니라 원래 없던 것…!"

백서희는 진명을 향해 싱긋 웃어주며 당소소를 데리고 사라졌다. 진명의 눈썹이 움찔거렸다. 정유가 진명을 헛기침으로 불러세우며 말했다.

"흠흠. 당신의 무례한 말투는, 제가 남해도에서 있었던 일을 떠올리게…."

"거, 분위기 파악 좀 하쇼. 잔뜩 감상에 젖은 순수한 아가씨한테, 은장도를 처내밀고 있으니…."

"분위기 파악? 분명 어머니께선 슬픔을 위로해주는 아버지에게 반해서 약혼하게 되셨다고 했소. 청랑호의 선상에서 은장도를 받아 사귀게 됐고, 결국 결혼까지 하게 되셨지. 그리고 운남으로 신혼여행을 가셔서 많은 일들을…."

"차여놓고 말이 많아."

진명의 단호한 말에 쉴 새 없이 움직이던 정유의 입이 멈췄다. 진명이 정유의 어깨를 툭툭 치고 당소소를 따라가려고 하자 정유가 진명의 어깨를 부여잡았다. 정유는 축 가라앉은 목소리로 진명에게 물었다.

"그럼, 자네는 분위기 파악을 잘하는 편인가?"

"누구처럼 남해도에서 있었던 일을 나불거리진 않지. 나름 잘나갔던 몸이니까."

"…잘 나가?"

"……"

정유가 진명의 얼굴을 바라보며 물었다. 진명의 얼굴이 일그러지자 정유는 서둘러 자신의 말을 얼버무렸다.

"농담, 농담이오."

"그래서, 내 어깨에 손을 올린 이유가 뭐요?"

"그 분위기라는 거, 파악하는 방법을 좀 알려주시오. 그래도 당신에게는, 당 소저가 편하게 대하는 것 같던데…."

정유의 요청. 진명은 턱을 쓰다듬으며 그를 바라봤다. 화해하고 오라는 당소소의 명령이 떠올랐다. 그는 장난기 어린 미소를 지으며 말했다.

"형님이라고 부르면, 아가씨와 이야기하는 방법을 못 알려줄 것도 없지."

＊ ＊ ＊

"휴…."

당소소는 가슴을 쓸어내리며 뒤를 돌아봤다. 전생과 현생을 통틀어 처음으로 받아보는 고백이었다. 때마침 나타난 백서희가 아니었다면 어색하고 난감한 상황이 지속되었을 것이다. 마음이 놓이자 당소소는 이제 자신의 팔짱을 낀 백서희의 몸이 신경 쓰이기 시작했다.

무심한 표정으로 깊게 팔짱을 낀 터라 당소소의 팔에 백서희의 몸이 여과 없이 닿고 있었다. 당소소는 얼굴을 붉히며 말했다.

"그, 그…."

"응?"

"팔이, 팔이 너무 깊어…."

백서희는 잔뜩 부끄러워하는 당소소를 바라보다 더욱 깊게 팔짱을 꼈다. 어쩔 줄 몰라하며 허우적대는 당소소. 백서희는 피식 웃더니 팔짱을 풀고 말했다.

"무슨 일이었어?"

"정유가 은장도를 줘서…."

"아하."

백서희는 짧게 감탄하며 앞으로 걸어갔다. 당소소는 종종걸음으로 따라갔다. 갑작스레 사근사근해진 백서희의 태도에 당소소는 살짝 당황했다.

'쟤 왜 저러지? 약 먹었나?'

당소소가 백서희의 태도에 대해 생각하는 동안, 백서희는 부지런히 걸음을 옮겨 별채 한 곳에 멈춰 섰다. 그녀의 걸음이 멈추자 퍼뜩 정신을 차린 당소소는 주변을 둘러보며 물었다.

"여긴 어디야?"

"이 귀여운 소저가 사천교류회의 영웅이라고?"

낯선 남자의 음성. 방 안에서 걸어 나오는 사내는 백능상단의 후계자 백진오였다. 백서희는 백진오의 등장에 당소소를 슬쩍 자기 등 뒤로 숨겼다. 그리고 백진오에게 경고했다.

"내가 당진천 가주 님께 허락을 받아오긴 했지만, 평소처럼 까불거리다간 정말 죽을 수도 있어. 나한테든, 가주 님한테든."

"내가 설마 독천의 따님에게 해코지할까. 잠깐 사천성의 미래에 관해 이야기하자는 것뿐이야."

백진오는 미소를 지으며 당소소를 바라봤다.

* * *

복잡한 심경으로 청랑호를 바라보는 당진천 곁으로 백서희가 다가왔다. 당진천은 고개를 살짝 돌려 그녀를 맞이했다.

"자네가 온 것을 보면, 봉황비는 보여준 것 같군."

"예. 오라버니의 전언입니다. 가까운 시일 내에 친교를 맺고 싶다고…."

"왜 직접 오질 않고?"

당진천의 물음에 백서희는 난감한 표정을 지었다.

"자신이 간다면, 분명히 교섭에 실패할 것이라고 했습니다."

"정확하네. 자네 오라비가 왔으면 말도 섞질 않았겠지."

당진천은 이제 백서희 쪽으로 몸을 완전히 돌렸다. 백서희는 고개를 숙이며 말했다.

"그, 일단 먼저 사죄를 드리겠습니다."

"말해보게."

"친교를 맺고자 하는 것은 맞지만, 친교를 맺고자 하는 대상이 가주 님이 아니라 가주 님의 여식이라고…."

당진천은 잠시 백서희를 바라봤다. 백서희는 찾아온 침묵에 지레 겁먹고 고개를 더욱 아래로 떨구었다. 당진천이 건조한 목소리로 물었다.

"이유는?"

"사천당가의 미래를 보고 투자를 하고 싶다는 뜻이었습니다."

"자네는 다른 생각인 것 같군."

백서희는 당진천의 시선을 피하며 고개를 끄덕였다.

"사천교류회에서의 사건 때문에 안팎으로 무시할 수 없을 정도로 피로가 쌓였을 텐데, 굳이 그녀를 지목해 가주 님의 심기를 건드리니…. 전 이해할 수가 없었습니다. 거래를 하고 싶다면 가주 님과 진행하는 것이 상식적이라고 봅니다."

"훌륭한 생각이네. 그래서 자네의 오라비가 자넬 보낸 것이겠지."

"…죄송합니다."

"자네의 오라비가 한 행동인데, 자네가 사죄할 것까지야."

백서희의 사죄에 당진천은 고개를 저었다.

"데리고 가게. 대신, 백능상단의 거처에 녹풍대를 좀 배치해둬도 괜찮겠지?"

"예, 당연히 그리 하셔도 됩니다. 하지만…. 정말, 허락하시는 겁니까?"

"무슨 의도로 부르는 건지 알고 있으니까. 당가는 이제 한동안 누굴 만날 수 없을 정도로 바쁘게 움직일 것이야. 나에게 잘 보이려면, 지금밖에 없을 터. 하지만 난 백능상단을 그리 곱게 보는 사람이 아니야."

"그래서 마부를 쏘는 대신, 말을 쏘는 거였군요."

백서희의 말에 당진천은 고개를 끄덕였다.

"그리고 백진오는 믿지 않지만 자네는 믿고 있으니까."

"저, 절 믿다니요. 전 그녀를 비난한 사람인걸요."

백서희는 난감함에 얼굴을 붉혔다. 당진천은 그런 백서희에게 웃음을 던져주었다.

"내 딸도 자네에게 몹쓸 짓을 했잖나. 그 건에 관해서 사과도 했고, 자네에게 몹쓸 짓을 한 딸을 비호하기 위해 직접 날 찾아오기도 했지."

"그건, 그것이 올바르다고 느꼈기 때문에…."

"백능상단에서 나고 자라서 무검신니라는 고집 센 사람에게 배운 것 치곤, 꽤나 바르게 자랐군."

당진천은 백서희와 눈을 마주쳤다. 백서희는 그 말에 어찌 행동할지 몰라 쩔쩔매고만 있었다. 당진천은 혼란스러워하는 백서희에게 무심한 표정으로 몇 마디 던졌다.

"…세상사는 복잡하지. 단순하게만 보였던 검술의 투로도 어느 날 보면 수천 갈래의 길이 보이기도 하네."

백서희의 동공이 좁아졌다. 무심하게 던진 몇 마디는 독천이라는 지고의 고수가 내려주는 심득이었다. 당진천은 어깨를 좁히고 자신을 노려보는 백서희에게 웃음을 터뜨리며 말했다.

"그렇게 긴장하지 않아도 된다네. 이건 무론도 아니고 뭣도 아닌, 단순한 마음가짐의 이야기일 뿐이니까."

"예."

"먼저 앞서간 이들이 알려준 대로만 가다 보면, 어느 순간 자네의 몸 안에 그들의 격格이 쌓이게 되지. 그것은 훌륭한 규범이고, 굳건한 기본이 될 것이야. 하지만 그 격은 과거의 것이고, 그 안에 자네는 없네."

당진천은 뒷짐을 지며 말을 이어갔다.

"그 격이 현재와의 괴리를 느낄 때, 자네와의 괴리를 느낄 때. 파격破格이 필요할 때가 온다네."

백서희는 당진천의 말에 자신도 모르게 주먹을 불끈 쥐었다.

그녀는 고지식했다. 선현의 가르침이 그녀에게 있어선 지상명제였고, 그녀의 사견은 고려할 가치가 없는 것이라고 생각했다. 그 태도는 검을 다루는 데 있어서도 비슷했다.

'나는 스승님의 가르침을 받고, 아미파의 가르침을 받았지만 천괴에게 패했다. 이건, 내가 제대로 배우지 못했다는 뜻일 거야.'

'천괴의 변화를 쫓기 위해서, 내가 검술에 변형을 주는 것은…? 아니야. 내 의견은 틀리다. 수백 년 동안 이어지며, 연마되어 내려온 가르침이야. 변형을 준다는 건 옳지 못해. 스승께서도 그렇게 가르치셨어. 흔들릴 테지만, 굳건히 쫓으라고.'

열 번을 고민하고, 백 번을 참오하며, 천 번을 후회했다. 그리고 하나 남은 답은, 변화를 꾀하는 것은 틀렸다는 확신이었다. 아미파의 격을 쫓는 것이, 무검신니의 격을 쫓는 것이 옳다는 답뿐이었다.

당진천은 자신의 말을 곧바로 이해하는 백서희를 보며 헛웃음을 터뜨렸다. 그리고 고개를 저으며 말을 이어갔다.

"격을 하나하나 뜯고, 무너뜨려야 해. 그리고 천천히 다시 쌓아야 하지. 이것이 나에게 맞는 격인지 아닌지. 만약 맞으면, 현재의 규격에도 적용할 수 있는 것인지."

"그것이 파격이군요."

홀린 듯 내뱉은 말. 당진천이 고개를 끄덕였다.

"옳지 않은 것은 깎고, 옳은 것은 쌓는다. 셀 수 없을 정도의 망치질 끝에야 비로소, 우리는 실재하는 격을 얻을 수 있다네."

"……."

당진천이 전해주는 심득에 넋을 놓고 있던 백서희는, 겨우 정신을 차리고 당진천에게 포권을 했다.

"가르침에 감사드립니다. 어찌 보답할지….."

"됐네. 별 대단한 가르침도 아니잖나."

"그래도, 전 받기만 했습니다. 이건, 예의가 아니란 것을 알고 있습니다."

단호한 표정으로 당진천을 바라보는 백서희. 그녀는 당진천이 백능상 단에게 기회를 베풀었다는 것을 알고 있었다. 독천씩이나 되는 이가 백능상단의 협잡질을 모를 리 없었고, 능히 이번 사천교류회의 자리에서 문제 삼을 수 있었다. 하지만 그는 그리하지 않았다.

당진천은 백서희를 바라보며 말했다.

"굳이 무언가를 주고 싶다면, 내 딸을 잘 돌봐주게. 그거면 족해."

"…그뿐인가요?"

"내 딸은 평생을 외롭게 살았네. 태어나자마자 어미를 잃고, 제 혈육들에겐 미움을 받았지. 성격도 모질어 당가의 천덕꾸러기가 되었고, 다른 이들에게 말썽을 부렸어. 난 협행이니 무림맹이니 하며 소소를 방치하다시피 했지."

당진천이 담담히 털어놓는 말에 백서희는 침묵했다.

"자네에게 저지른 잘못을 참작해달라는 말은 아니네. 그저, 그렇게 된 연유를 설명한 것뿐이야."

"……."

"그럼, 제시간에는 돌려보내게. 내 말은 잘 안 듣는 아이라서."

당진천은 백서희의 어깨를 두드린 뒤 그녀를 지나쳐 다른 곳으로 가버렸다.

✳ ✳ ✳

백서희는 회상을 마치고 옆을 바라봤다. 당소소가 맹한 표정으로 자리에 앉아 있었다. 백서희는 슬쩍 아래를 내려다봤다. 당소소가 다리를 살짝 벌린 채 주변을 두리번거리고 있었다. 백서희는 미간을 살짝 좁히며 생각했다.

'왜 이렇게 무방비해?'

백서희는 무릎으로 당소소의 다리를 살짝 밀어 그녀의 다리를 좁혀줬다. 비싼 비단으로 짜낸 장막을 바라보던 당소소의 시선이 백서희에게로 향했다. 당소소는 잠시 백서희를 바라보다 웃으며 말했다.

"까먹고 있었네요."

"…까먹을 게 따로 있지."

백서희는 당소소의 웃음에 화들짝 놀라 고개를 돌려 창가를 바라봤다. 둘을 바라보던 백진오는 한차례 손뼉을 치며 주의를 환기시켰다.

"자, 그럼 내 소개부터 해야겠지. 난 백능상단의 후계자, 백진오라고 한다네."

"당소소예요."

"이렇게 소저를 부른 것은, 다름이 아니라 내 귀여운 동생을 지켜준 것에 대한 보상을 하고 싶어서네."

"귀여운 동생은 무슨…."

백서희는 콧방귀를 뀌며 백진오의 말에 핀잔을 줬다. 백진오는 백서희의 말을 무시하며 당소소에게 미소를 지었다. 당소소는 그런 백진오를 바라보다 입을 열었다.

"전 보상을 받을 만큼 잘 하지 않았어요."

"사천교류회의 영웅인 당소소 소저가 보상을 받지 못한다면, 누가 받을 수 있겠나?"

"제가 좀 더 뛰어났다면, 더 적은 희생으로 더 좋은 결과를 만들어냈을 거예요."

"하하…. 지나치게 겸손하네. 너무 겸손해도 주위의 사람들을 민망하게 하는 법이야."

당소소는 백진오의 말에 손을 꼼지락거리며 생각했다.

'내가 좀 더 강했으면, 좀 더 똑똑했다면. 이런 약한 몸이 아니라, 주인공이었다면.'

"괜찮⋯."

"그냥 받아둬."

백서희는 당소소의 사양을 잘라내며 말했다.

"저 능구렁이는 너에게 선물을 줘서 네 아버지랑 대화할 구실을 마련하려고 하는 거니까."

"서희, 말을 가려서 해."

"네가 선물을 거절하면, 더 귀찮게 들러붙을 거니까. 그냥 받고 치워버려."

"너⋯."

당소소는 백서희의 말에 눈을 깜빡였다. 백진오는 어색한 웃음으로 상황을 수습하며 손짓으로 사용인을 불렀다. 말끔한 복색의 중년 사내가 금으로 된 장식이 붙어 있는 목함을 내밀었다. 백진오는 상자를 받아 당소소에게 내밀었다.

"동생이 잠시 흰소리를 했다만, 사천교류회의 영웅에게 자그마한 선물이라도 하고 싶은 내 진심을 알아주길 바라네."

백진오는 상자를 살짝 들며 당소소를 재촉했다. 당소소는 불안한 눈빛으로 백서희를 바라봤다. 백서희는 그 눈빛을 보며 피식 웃더니 대신 상자를 받아 당소소에게 내밀었다.

"네가 안 받아도 어떤 수를 써서라도 너한테 전해서 어차피 받게 될 거니까, 그냥 지금 받아."

"그, 그래?"

당소소는 잠시 주저하다가 상자를 받았다. 불만이 가득한 표정으로 백서희를 노려보던 백진오는 당소소에게 열어보라는 고갯짓을 했다. 당소소가 상자를 열자 안에는 쥘부채 하나가 비단 위에 놓여 있었다. 백진오는 웃음을 지으며 부채에 관한 설명을 늘어놓았다.

"시화선詩畵仙이라는 중원 제일의 화공이 직접 매화를 그려 넣은 쥘부채네. 풍류를 즐기는 자들이라면, 천금을 주고라도 가지고 싶어 할 물건이지. 매화미치광이인 화산파의 도인들이 봤다간, 눈을 뒤집으며 내놓으라고 할걸세."

당소소는 백진오의 설명에 부채를 쥐었던 손을 슬쩍 거두고 백진오를 바라봤다.

"왜 그러지? 펼쳐봐도 괜찮다네."

"음…."

"무언가 마음에 안 드는 구석이라도 있는 건가?"

"이게 얼마라고요?"

"당장 처분한다고 해도, 금 백 관貫 정돈 받을 수 있겠지."

백진오는 오른손의 엄지와 검지를 비비며 초조해했다.

'까탈스럽고 제멋대로인 성정이라는 소문은 들었지만. 시화선의 그림이 그려진 부채조차 마음에 들지 않아 할 줄이야. 소문엔 음주가무를 즐기며 반반한 남자를 쫓아다닌다던데, 그쪽으로 준비를 해야 했나?'

당소소는 그나마 망설이던 손을 이젠 완전히 내렸다. 김수환의 금전감각으로 치환된 금 백 관의 물건은, 차마 엄두도 못 낼 물건이었다. 그가 가진 가장 비싼 물건은 낡은 휴대전화기였으며, 그가 벌었던 모든 돈을 합쳐도 금 몇 관이 채 되지 않았다.

"이런 건 받을 수 없어요. 너무 비싸서…."

"당 소저의 명예에 비교하면 아무것도 아니네."

"전 그렇게 대단한 사람도 아니고, 이건 정말로 비싼걸요. 이렇게 비싼 건, 태어나서 처음 봐서…."

당소소의 발언에 백진오가 비비던 손가락을 멈추고 당황했다.

'…이렇게 비싼 건 태어나서 처음 본다고? 사천당가의 아가씨가? 쓸쓸

이가 헤프다는 소문이 잘못된 건가? 아니면 한번 튕겨보는 건가? 더 큰 걸 내놓으라고?'

생각에 빠진 백진오 대신 백서희가 안쓰러운 눈빛으로 당소소를 바라봤다. 그리고 부채를 목함에서 꺼내 그녀의 손에 쥐여줬다.

"괜찮아. 받아."

"응?"

"많이 힘들었지? 얼마나 서럽게 살았으면, 이런 부채 하나에 벌벌 떨고…."

"어…?"

당황하는 당소소. 백서희는 고개를 절레절레 저으며 말했다.

"오빠. 백능상단 소속 명인이 만들었던 노리개도 아직 있지?"

"뭐? 있긴 하다만…."

"그것도 가져와."

백서희의 시선은 허름한 옷을 입고, 그것을 가리기 위해 녹색 외투를 여민 당소소의 외견에 닿았다. 번거로운 것을 싫어하는 당소소의 평상복이었다. 나름 고급스러운 재질로 만들어진 옷이었지만, 자세히 보지 않으면 허름하게만 보이는 펑퍼짐한 옷 덕에 백서희의 눈에 측은함만 어렸다.

'가문에서 얼마나 괴롭힘을 당했으면…. 틀림없이 돈도 제 마음대로 쓰질 못해서 꾸미는 것조차 못 한 게 분명해.'

'애 진짜 약 먹었나? 아니, 다쳤으니 약은 먹었을 것이고…. 상한 걸 먹은 건가?'

갑작스레 애절한 눈빛으로 바라보는 백서희. 당소소는 낯선 그녀의 모습에 엉덩이를 들어 한 뼘 멀어졌다. 백진오는 다시 손가락을 비비더니 턱짓하며 당소소에게 말했다.

"펼쳐보셔도 되네."

당소소는 얼떨결에 고개를 끄덕이며 부채를 펼쳤다.

차락!

깔끔한 소리를 내며 부채가 펼쳐졌다. 암향부동월황혼暗香浮動月黃昏이라는 매혹적인 서체의 글귀와 함께 절조 있는 매화가 고고한 붉은 빛을 뽐내고 있었고, 희미한 상아색 달이 그 위에 걸려 있었다.

"어떤가? 역시 시화선의 비범한 기운이 느껴지지 않나?"

"……?"

당소소는 영문을 모르겠다는 표정으로 부채를 앞뒤로 훑어봤다.

'…이런 종이쪼가리가 내 평생 번 돈보다 몇 배는 더 비싼 거야?'

"하하, 당 소저도 놀라운 솜씨에 할 말을 잊었나 보군. 역시, 당가의 규수라 보는 눈이 있다니까."

"아, 네…. 음, 예쁘네요….."

"부담 갖지 마시게. 춘부장께는, 조만간 찾아뵙겠다 전해주고."

당소소가 어색하게 맞장구치며 부채를 접어 상자에 조심스럽게 올려놓았다. 백진오는 당소소의 맞장구에 마음에 들어한다고 생각하며 가져가라 손짓했다. 당소소가 고개를 숙여 감사를 표하고 두 손으로 상자를 집어 들었다.

"아, 이제 왔군. 이제야 사천교류회의 영웅들이 한자리에 모인 셈인가?"

백진오는 흡족한 웃음을 짓다 손을 들어 누군가에게 인사했다.

"의외의 인물이 있네?"

"소소 언니?"

자신을 두둔하던 귀여운 목소리와 꿈에서까지 나오던 역겨운 목소리. 당소소의 볼살이 꿈틀거렸다. 그녀는 미간을 찡그리며 뒤를 돌아봤다.

"조만간 찾아갈 거라 했잖아? 뭐, 아직은 화검공자긴 하지만."

사마문과 운령이 당소소를 바라보며 환하게 웃고 있었다.

* * *

사마문과 운령을 발견한 당소소는 얼굴이 굳었다. 백서희는 당소소의 태도에 의아함을 느꼈다.

'운류와는 각별한 사이 아니었나?'

사마문과 당소소의 눈이 마주쳤다. 당소소의 입꼬리는 내려가고, 사마문의 입꼬리는 올라갔다. 사마문은 일단 그녀를 지나쳐 백진오에게 다가가 포권을 했다.

"청성파의 운류라고 하오. 운령의 보호자 자격으로 왕래하게 되었소."

"여기서 실제로 볼 줄은 몰랐는데. 백능상단의 후계자 백진오요."

"…청성파의 운령이에요."

"이 귀여운 여도인이 천괴를 상대한 검술의 대가셨군."

"아, 아니에요."

운령은 긴장한 태도로 포권을 하며 고개를 숙였다. 백진오가 웃음을 터뜨리며 앉으라는 손짓을 했다. 사마문은 자상한 손길로 운령의 어깨에 손을 올리며 그녀를 자리에 앉혔다. 그 모습을 보고 당소소의 눈이 가늘어졌다.

"이렇게 모두를 부른 이유는, 사천교류회를 지켜준 것에 대한 감사를 표하기 위해서요."

사마문까지 자리에 앉자 백진오는 손을 튕겨 사용인을 불렀다. 부채를 가져다주었던 사내가 이번에는 천에 감긴 검과 또 다른 상자를 가지고 나타났다.

"이건…?"

"이번에 운령 도인께서 애검을 잃으셨다고 들었소. 그래서 저희가 작게나마 위로를 해드리고자 그럭저럭 괜찮은 검 하나를 공수해왔는데, 한번 보시겠소?"

백진오의 말에 운령이 우물쭈물하며 사마문을 바라봤다. 사마문이 고개를 끄덕이고 탁자 위에 놓인 검에 손을 가져갔다.

"내가 대신 봐도 괜찮겠소?"

"기꺼이."

사마문은 매듭을 풀고 검집을 손에 쥐었다. 투박한 모양의 검집과 각진 검병에 휘감아둔 거친 가죽. 사마문은 검손잡이를 역수로 쥐고 조심스레 검을 뽑았다.

찰칵!

쇠 맞물리는 소리와 함께 검이 뽑혔다. 검이 검집에 부딪히는 소리는 전혀 들리지 않았다. 백서희의 눈은 사마문의 손을 주시하고 있었다.

'…예상은 했지만, 저 정도의 실력을 숨기고 있었다니.'

사마문은 살짝 드러난 검의 속살을 응시했다. 섬찟한 예기가 눈가를 찔렀다. 사마문은 이내 검을 다시 집어넣고 탁자 위에 올려놓았다. 백진오가 사마문을 바라보며 말했다.

"괜찮습니까? 사천당가의 연철전 정도는 아니지만, 그래도 어렵게 공수한 장인의 철검입니다."

"포철공방에서 두드린 검이야. 오빠의 말대로, 당가를 제외하면 사천성 내 최고의 공방에서 만든 검이지. 운령, 사양하지 않아도 돼."

백진오의 설명이 미진하다고 느낀 백서희가 말을 덧붙이며 운령을 바라봤다. 난감해하는 운령에게 너그러운 웃음도 지어줬다. 사마문은 고개를 끄덕이며 운령에게 물었다.

"나름 괜찮은 검 같구나. 어때, 사매. 가져보겠니?"

"네, 서희 언니가 주시는 거니까 괜찮아요."

자상한 체하는 사마문을 보자 당소소는 당장이라도 구역질이 나올 것 같았다. 하지만 내색을 할 순 없었다. 그녀는 눈을 감고 깊은 한숨을 쉬었다.

백진오가 당소소의 미묘한 변화를 눈치채고는 슬며시 미소를 지었다.

'최근 화검공자와 헤어졌다는 소문이 사실이었군.'

백진오의 머릿속 주판이 다시 움직이기 시작했다.

'사천성의 세 세력은 균형을 유지하는 것처럼 보이지만, 실상은 다르지. 독천이 무림맹에 있으니, 독무후가 최근 수십 년 간 강호에서 보이지 않아 겨우 비슷해 보이는 거야.'

백진오는 손가락을 비비며 운령을 바라봤다.

'독천은 우리에게 기회를 줬다. 무림맹에서 확고한 자리를 차지했겠지. 이제 사천성을 평정하려 들 거야. 하지만 청성파에게도 노골적으로 반기를 들 순 없다. 아미파에는 동생이 있어. 요는 중용이야….'

백진오에게 가장 중요한 손님은 당소소였다. 하지만 노골적으로 당가에 손을 내밀었다가는 동생이 몸담고 있는 아미파와 그와 손을 잡은 청성파가 백능상단에게 극단적인 수를 써올 것이 뻔했다.

그래서 백진오는 운령을 불렀다. 당소소에게 값비싼 선물을 하는 자리를, 사천교류회의 영웅들에게 치하하는 자리로 포장했다. 그 결과 당소소는 시화선의 부채를 받았고, 운령은 검을 받았다.

'태도는 퉁명스러웠지만, 서희의 공이 크군.'

당소소를 설득해 데려온, 운령과 각별한 사이인 백서희가 선물 전달의 일등공신이었다. 인정하기 싫었지만 그녀는 투자할 가치가 있는 사람이었다.

백진오의 손가락이 멈췄다. 백서희를 바라보며 고개를 끄덕였다. 백서희는 길게 숨을 뱉고 자리에서 일어났다.

"그럼 난 일어나도 되겠지? 영 불편한 사람이 있어서."

"그러려무나. 수고했다."

백서희가 일어서자 당소소도 따라서 일어났다. 백진오가 당소소를 바라봤다.

"소저, 어디로 가시오?"

"저도 영 불편한 사람이 있어서…."

"아차, 내 미처 기억하지 못했네. 화검공자와 독화의 소문이 요즘 화젯거리였지."

"무슨 소문이죠?"

당소소가 정색을 하며 백진오에게 물었다. 백진오는 턱을 쓰다듬으며 웃었다.

"그저 붙어 다니던 화검공자와 독화가 요새 좀 소원하다는 소문이네."

"그렇군요."

"하핫. 소문이 참 짓궂군."

사마문을 바라보며 불쾌한 기색을 숨기지 못하는 당소소. 사마문은 빙긋 웃으며 딴청을 피웠다. 백진오는 불청객 사마문이 못마땅했다.

'아섭군. 운령, 당소소 모두 어리숙해서 무언가를 더 얻어낼 수 있었을 터인데. 예정에도 없는 화검공자가 등장할 줄이야. 아니, 변수를 예상하지 못한 내 불찰이지.'

"사천성의 미래가 어렵게 한자리에 모였는데, 참 아섭네. 하지만 소저가 정 그렇다면야 어쩔 수 없지. 춘부장께 차후에 찾아가겠다고 전하는 것을 잊지 말도록 하고."

"그럼 이만 실례할게요. 선물은 감사합니다. 아버지껜 백능상단에서 뵙고 싶어 한다고 말씀드릴게요."

"소소."

금으로 장식된 상자를 꼭 껴안고 등을 돌리려던 당소소를 백서희가 불러세웠다. 백서희는 탁자 위에 놓인 상자를 집어 당소소가 든 상자 위에 올렸다.

"그러고 다니지 말고, 이거 가져가. 내가 안 쓰는 노리개나 비싼 장신구들이야."

"어?"

어리둥절한 표정으로 백서희를 바라보는 당소소. 백서희는 고개를 저으며 그녀의 팔을 툭툭 쳤다.

"힘들면 이상한 방식으로 표현하지 말고, 앞으론 날 찾아와."

"무슨 이상한 소릴…?"

"날 구해준 은혜는 아직 못 갚았잖아? 언제든지 백능상단으로 놀러와도 돼."

"음, 무슨 대가를 바라고 널 구한 건 아닌데…."

백서희는 애잔한 눈빛으로 당소소를 바라보다 이내 자리를 떴다. 당소소는 인상을 쓴 채 고개를 갸웃거렸다.

'학귀에게 습격당하는 것을 막아줘서 잘 대해주는거 같긴 한데…. 뭔가 묘하게 기분이 나쁘단 말이야?'

"그럼, 나도 가봐야겠군."

사마문은 운령의 허리에 칼을 채워주고 자리에서 일어나 당소소를 바라봤다. 당소소는 고개를 슬쩍 돌려 그의 시선을 피했다. 그들을 바라보던 백진오가 팔짱을 끼며 고개를 끄덕였다.

"뭐 서희도 갔고 당 소저도 갔으니, 더 이야기하는 것도 우스운 광경이겠지. 사천교류회를 지켜주시느라 수고하셨네. 앞으로 종종 봄세."

당소소는 백진오에게 고개를 숙여 인사하고 자리를 떠났다. 사마문도 빙긋 웃으며 운령의 등을 떠밀었다.

"먼저 가서 당 소저와 이야기라도 나누고 있거라."

"네? 아, 네. 사형도 얼른 오셔야 해요."

운령이 사마문을 돌아보며 당소소가 사라진 방향으로 걸어 나갔다. 사마문이 백진오를 바라보며 말했다.

"의도는 불순했지만, 딱히 일을 저지른 것은 아니니 봐주지. 나름 괜찮은 선물들도 쥐어줬고."

"무슨 말이시오?"

사마문이 피식 웃었다.

"화검공자 운류는 참을 수 있네. 하지만 난 못 참아. 지금도 널 혼내주고 싶어."

"……?"

"하지만 난 화검공자니까 한번 봐주는 거야. 무슨 말인지 궁금하면 다시 두 사람을 불러봐도 돼."

사마문은 그 말만 남기고 뒤돌아 사라졌다. 백진오가 고개를 비틀어 그의 뒷모습을 바라봤다.

'…대놓고 실력을 숨기고 있다는 티는 내왔지만, 이렇게 적극적으로 나온다라. 당소소와는 그냥 잠깐 사랑싸움을 한 건가? 지금 나타난 것도 백능상단의 사업을 방해하기 위해서 고의로?'

백진오의 멈췄던 엄지와 검지가 다시 움직이기 시작했다. 머릿속 주판이 다시 움직이기 시작했다.

* * *

당소소는 상자 두 개를 끌어안고 청검각 강당으로 향했다.

"언니이!"

운령의 목소리에 당소소가 뒤를 돌아봤다. 당소소의 품 안을 운령이 비집고 들어왔다.

"왜 먼저 가요? 같이 가지 않고. 논검을 하던 사형도 왔는데. 좀 더 이야기를 나누시지."

"음, 내가 좀 바빠서. 그나저나, 천괴를 상대했었는데 몸은 좀 괜찮아?"

당소소의 상냥한 질문에 운령은 활짝 웃으며 수다를 늘어놨다.

"저는 항상 튼튼하죠! 그런데 운류 사형한테 물어봤더니, 정말 무공에 관한 이야기를 나눴다고 하더라고요. 전 그런 것도 모르고…. 정말로, 그 시녀분의 이야기처럼 독천의 따님이라 이론은 정말 뛰어나신 것 같아요. 청운적하검에 관해서 이야기하던 것도 그렇고."

"하하…. 알겠으니 조금 떨어져줄래."

가까이에서 맡는 여인의 살 냄새라니, 당소소는 상당히 난감했다. 남성으로서의 이성이 그녀의 감정에 영향을 주고 있었다. 얼굴이 붉어진 당소소가 운령을 떼어내기 위해 뒷걸음질 쳤지만, 운령은 그럴수록 더욱 엉겨왔다.

'어휴, 왜 이렇게 착 달라붙는 거야? 부끄럽게….'

"언니, 진짜로 오해였네요. 미안해요. 정말 미안해서 그래요."

"아니야. 괜찮으니까, 좀 떨어질 수 있겠니?"

"운령, 너무 귀찮게 하지 말거라."

그때 사마문이 나타나 운령에게 핀잔을 줬다. 당소소는 정색을 하며 사마문을 바라봤다. 사마문은 입꼬리를 비틀어 올리며 운령의 옷 뒷부분을 잡아끌었다. 운령은 아쉬운 표정을 하며 뒤로 물러났다.

"너, 이러면 진짜 훅 간다고 했지?"

당소소는 이를 부드득 갈며 사마문에게 말했다. 사마문은 능글맞은 표정으로 운령을 가리키며 말했다.

"어허. 운령 앞인데?"

"응? 왜?"

"……."

눈을 끔뻑거리는 운령을 보고 당소소는 한숨을 쉬며 사마문에게 말했다.

"후우…. 운령은 보내지?"

"그렇다는구나. 사매, 자리를 비켜줄 수 있겠니?"

사마문의 요청에, 운령은 눈을 아래로 내리며 당소소에게 말했다.

"네…. 언니, 정말 죄송했어요. 다음에도 꼭 찾아갈게요. 다음엔 저도 무공토론에 끼워주세요!"

"…그래. 조심히 가렴."

운령이 사라지자 사마문이 낄낄 웃으며 말했다.

"또 새로운 면이 있군. 귀여운 거짓말을 할 줄이야."

"넌 안 귀여운 거짓말을 하고 있잖아?"

"난 실제로 지금은 화검공자 아닌가?"

거짓말이라는 단어에 뜨끔해져 당소소가 적의를 품고 사마문을 노려봤다. 사마문은 어깨를 으쓱하며 손가락을 튕겼다. 그리고 얼굴에 거만한 웃음을 그리며 말했다.

"너무 무방비해. 곧 내 것이 되어야 할 여인이. 가짜 무형지독으로 그런 무모한 짓을 하면 쓰나? 귀한 몸에 상처가 났잖아."

"진짜 그 아가리 조심해라. 주인 잘못 만난 하얀 강냉이, 진짜 다 털어줄 수 있거든."

"큭큭! 내 실체를 알고서도 그런 소리를 할 수 있는 건 너뿐일 거야."

"그래서 왜 온 거냐고."

"내 목적은 알고 있지 않나?"

당소소가 상자를 쥔 손에 힘을 줬다. 그리고 혐오스럽다는 눈빛으로 말했다.

"네가 죽기 전까지는, 안 좋아할 거라고 말했지? 더러운 마교 새끼야."

"그건 불가능하잖나? 좀 더 현실적인 대안을 제시해 줘야지. 그렇지 않으면, 또다시 납치해버릴지도 모르잖아?"

당소소는 머리가 지끈거리기 시작했다. 그의 얼굴을 볼 때마다 그때의 기억이 뇌를 후벼 파는 것 같았다. 당소소는 아랫입술을 깨물며 부정적인 생각을 털어냈다.

'사마문은 작중에서도 집착이 꽤나 심했어. 주인공의 여자에게 껄떡대다 한번 패하고, 절치부심한 뒤 그 여자를 죽였던 것을 보면.'

애매한 대응을 했다간 계속해서 들러붙을 것이다. 당소소는 쌍검무쌍의 기억을 뒤적거렸다. 그를 떼어낼 수 있는 정보 자체는 많았다. 산을 가르는 검, 하늘을 쪼개는 태고의 도끼, 수많은 신병이기의 창고라던가, 하늘을 농락하던 예언자의 무공서재 같은 것들. 그것도 아니면 마교의 여러 반란이나 그가 잃었던 여동생, 사마연의 위치까지.

'하지만 그런 걸 말했다간, 이야기는 내가 알 수 없는 곳으로 흘러가게 될 거야. 희극이 비극이 될 수도 있어. 변화는 어쩔 수 없지만, 최대한 원작에 가깝게 가야 해.'

당소소는 타개책이 도저히 떠오르지 않아 혀로 볼 안을 훑었다. 그러다가 사마문의 발언을 되짚어봤다.

'잠깐, 대안을 제시해 달라고 했지…?'

"너, 정말 다른 대안을 알려주면 따를 거야?"

"불가능한 게 아니라면? 나와 평생을 함께할 짝을 찾았으니, 합당한 말은 들어줘야지."

"이거 진짜 웬만큼 미친새끼가 아니네…."

당소소는 한걸음 뒤로 물러나며 자기도 모르게 욕설을 뱉었다. 사마문은 마냥 웃으며 말해보라는 몸짓을 할 뿐이었다.

'혼이 담긴 언변!'

당소소는 하연의 가르침을 떠올렸다. 숨을 고르고, 자각몽에서 되새긴 자신의 목적을 떠올렸다. 그리고 천괴와 학귀에게 무형지독을 휘두를 당시의 감각을 되살렸다. 눈빛은 아련하게, 입술은 잘게 떨면서. 가련한 말을 뱉어야 한다는 다짐과 동시에 몰려드는 저항감을 온 힘을 다해 누르며 입을 열었다.

"이 세상의 모든 슬픔을 기쁨으로 바꿔 봐. 그럼, 난 너에게 가줄 수도 있어."

"너무 막연한데. 망상에 가득 찬 소녀같은 성격은 아니잖나? 무슨 어린 애들이나 할 법한 소릴…."

"……."

당소소의 눈썹이 조금 떨려왔다. 당소소는 황급히 생각했다.

'씨발아, 내가 더 쪽팔려….'

"아수라신을 섬기고 모든 힘의 정점에 서서 하늘을 엿먹인다는 천마가, 그거 하나 못해?"

"…호오."

"네가 천마가 될 거라면, 슬픔을 가져오려는 하늘을 엿먹여보라고."

팅!

당소소의 말이 끝나자마자 줄 끊어지는 소리가 들려왔다. 녹색 옷을 입은 무인들이 하늘에서 떨어져 당소소 주변을 에워쌌다.

"녹풍대입니다. 소리가 차단되어 곧바로 달려왔습니다. 아가씨, 움직이지 마시길."

녹풍대원들이 사마문에게 암기를 겨누자 사마문이 손가락을 두 번 퉁기며 말했다.

"일 각이라. 과연 당가의 정예라 불릴 만하군."

"운류, 무슨 목적이지?"

녹풍대원의 위압적인 목소리에도 사마문은 덤덤하게 대답했다.

"혼수로 무엇을 가져가야 하나 물어봤습니다."

"뭐?"

"아는 사람 이야깁니다."

사마문은 그대로 몸을 돌려 사라졌다. 긴장이 풀린 당소소는 휘청거리며 옆에 서 있는 녹풍대원에게 몸을 기댔다.

* * *

녹풍대의 호위를 받으며 당소소는 당진천 앞으로 안내되었다. 그의 곁에 하연과 진명이 있었다. 당진천이 녹풍대에게 물었다.

"누구였지?"

"화검공자 운류였습니다. 아가씨께 아는 사람의 혼수에 관해 물어봤다고…."

"사실이냐?"

매섭게 쏘아붙이는 당진천. 당소소가 기세에 놀라 고개를 끄덕였다. 몸이 딱딱하게 굳었다. 당진천은 굳은 표정을 풀고 당소소에게 다가가 그녀가 든 상자를 빼앗았다.

얼마나 상자를 세게 움켜쥐고 있었던지 손톱이 일부 깨지고, 팔은 제멋대로 후들거렸다.

"그럼 몸은 왜 그렇게 긴장했느냐."

"그게, 그게…."

"무리하지 말라고 불과 한 시진 전에 말한 것 같은데, 그 새를 못 참고 그 놈팽이와 독대를 했느냐?"

"……."

당진천의 꾸짖음에 당소소는 고개를 숙이며 아무 말도 하지 못했다. 당진천은 안쓰러운 모습에 혀를 차며 당소소를 타일렀다.

"소소야. 다른 이라면 몰라도, 그는 조심해야 한다. 힘을 숨기고 있지만 자신의 힘에 취해 있고, 너에 관해 관심을 보이고 있단다. 그런 인물들은 대게 위험한 인물이란다."

"네, 알고 있어요…."

당진천은 의기소침해 있는 당소소에게서 시선을 거뒀다. 그리고 하연에게 상자를 쥐여주며 말했다.

"곧 출발할 테니, 소소의 몸을 추스르고 준비하게."

"예, 가주 님."

하연과 진명이 당소소를 데리고 물러났다. 당진천은 한숨을 쉬며 자신의 머리를 감싸 쥐었다. 고생한 딸아이를 꾸짖어서 오는 죄책감 때문이었다. 당진천은 아직도 시체를 수습 중인 청검각의 장원을 향해 복잡한 시선을 던졌다.

'이빨을 보이는 적의 몸에 칼을 꽂아 많은 것을 손에 넣었다.'

떠나지 말라 울부짖는 미망인의 통곡이 당진천의 귀에 들려왔다.

'딸아이의 활약으로 명예라는 비단옷을 지어 입고 집으로 돌아갈 수 있게 되었다.'

다리를 잃어 목발에 기댄 채 청검각에서 멀어지고 있는 무인 한 명이 당진천의 눈에 들어왔다.

'하지만 피로 물든 비단옷은 정말로 입기 싫은 것이구나.'

비단옷 바깥에는 살고자 몸부림치던 적의 피가 묻어 있었고, 평생을 핍박받았던 딸아이의 상처에서 배어 나온 피는 옷감 안쪽에 묻어 있었다.

당진천은 장포를 휘감으며 몸을 돌렸다.

9장

만화백절
晚花百折

늦게나마 꽃은 피었다.

계절은 겨울의 한가운데.

뿌리를 안은 포근한 흙이나 줄기를 감싸는 봄바람도 없고, 꽃잎에 쬐는 나른한 햇볕도 없다.

언 땅은 뿌리를 잡아 뜯고, 서리가 얽힌 찬바람은 줄기를 엔다.

고개를 들어 하늘을 바라보면 매섭게 꽃잎을 때리는 눈발.

꽃은 늦게 영근 몸을 웅크리고 봄을 기다린다.

아직 봄은 멀었다.

* * *

다시 동이 튼 청랑호의 아침. 각 문파 사람들이 분주하게 짐을 꾸리고 있었다. 흑풍대의 무인들 또한 짐을 정리하고 말과 마차에 짐을 싣고 있었다. 그것을 바라보는 당진천 곁으로 정휘가 다가왔다.

"떠나시는 겁니까?"

"마음 같아선 좀 더 오래 머물며 딸아이의 몸도 돌보고 청랑검문의 내부상황도 좀 더 돌봐주고 싶네만…."

"가주 님, 청랑검문은 강합니다."

정휘는 왁자지껄한 청검각을 바라보며 말했다. 몸에 붕대를 감은 제자들이 웃으며 무너진 건물을 수리하고 있었다.

"제자들은 강하고, 전 아직 건재합니다. 아들은 이번에 제 경지를 뛰어넘었지요. 가주 님이 지지해 준 덕에, 청랑검문과 제휴를 맺은 거래처들 또한 습격받기 전보다 더 큰 믿음을 주고 있습니다."

"다 자네의 좋은 지휘와 대처 덕분 아니겠나? 천괴와 학귀를 상대로 냉정하게 지휘하는 일은 아무나 할 수 없는 것이네."

"제가 뭐 한 게 있습니까? 가주 님의 따님이 이런 상황을 만든 것인데요."

당진천은 멋쩍은 웃음을 지으며 말을 돌렸다.

"…일단은 명목상 벌이니, 너무 즐기진 말게."

"의견을 취합해서 전달하라는 명으로 당가의 제약당을 유치할 권한을 주셔놓고, 벌이라니요. 덕분에 묵가장 휘하에 있던 문파들이 청랑검문을 지지하기 시작했습니다."

"일이 많은 건 꼭 상이라고 부를 수 없는 법이지."

당진천은 마차에 오르는 당소소를 바라보며 말했다. 씁쓸한 웃음을 짓는 당진천을 말없이 바라보는 정휘. 당진천은 정휘의 어깨를 한차례 두드렸다.

"당분간 고생 좀 해주게."

"가주 님도, 부디 따님과 잘 풀리셨으면 좋겠습니다."

"격려 고맙네."

당진천이 웃으며 마차로 걸어갔다. 정휘는 만족스러운 웃음을 지으며 주변을 둘러봤다.

"그런데 정유 이 녀석은 어디로 간 거야?"

✷ ✷ ✷

"옷은 다 챙겼고…. 아가씨, 짐은 다 챙기셨나요?"

"뭐, 대충 다 챙긴 것 같은데."

"금 백 관짜리 부채 안 챙기셨거든요."

하연이 마차 안에 상자 두 개를 올려놓았다. 이젠 익숙해진 실뜨기를 하던 당소소는 상자를 보며 말했다.

"…너무 비싸서 부담스러워."

"비싼 게 당연하죠. 무려 사천당가와 백능상단이 친교를 맺는다는 증표 인걸요. 거기에 백서희 소저께서도 화해와 감사의 표시로 장신구를 주셨 잖아요? 이런건 아무리 값비싸도 사양하지 않는 게 예의일 거예요. 서로 간의 관계를 그만큼 중하게 여긴다는 뜻이니까."

"그렇구나. 그런데 화해…. 했나?"

당소소는 백서희의 태도를 곱씹으며 고민했다. 사건 이후 괜스레 사근 사근해진 백서희를 보면 자신에게 호의적인 것은 확실했다. 하지만 서로 과거의 일에 대해선 언급하지 않았다. 낯을 가리는 성격상 당소소도 굳이 묻지 않았다.

'백서희는 사소한 일은 귀찮다 여기며 굳이 말하지 않을 애지…. 뭐, 상 관없나?'

"대충 그렇다고 치지 뭐."

당소소는 그렇게 말하며 떠오른 의문을 얼버무렸다. 자신이 백서희에게 호감을 가지고 있고, 백서희가 자신에게 호감을 가지게 됐다면 굳이 신경 쓸 이유가 없다는 생각이었다. 그런 생각을 하며 실을 만지작거리는 당소소 곁으로 진명이 다가와 말했다.

"출발할 겁니다. 마차에 오르시죠."

"알았어. 그런데 정유랑은 화해했지?"

당소소는 질문을 던지고 자조했다. 자기도 백서희와의 관계가 애매한데, 누가 누구에게 화해 여부를 묻냐는 생각이었다. 진명은 의미심장한 웃음을 지으며 고개를 끄덕였다.

"그럼요, 누구의 분부신데요. 그것보다 어서 마차에 오르십쇼. 곧 가주님도 오십니다."

"알았어."

당소소는 진명의 채근에 실을 풀어 오른손에 감았다. 마차에 오르려고 문 손잡이를 쥐자 하연이 도움을 주려고 손을 내밀었다. 당소소는 잠깐 망설였지만 하연의 손을 쥐고 마차 위로 올라갔다.

"진명, 아가씨가 아직 다 낫지 않았으니 조심히 몰아요."

"언젠 거칠게 몰았다는 것처럼 말하시네."

"…아무튼, 조심히 모세요."

"이 마당쇠에게 여부가 있겠습니까."

진명은 어깨를 으쓱하며 너스레를 떨곤 문을 닫았다. 당소소는 구석에 앉아 턱을 괴고 창밖을 바라봤다. 비명과 쇳소리가 넘실거리던 청랑호는 언제 그랬냐는 듯 푸른 얼굴만을 내밀고 있었다.

"인사는 안 하고 가셔도 되나요? 청성파의 귀여운 도사님이 꽤나 따르시는 것 같던데."

하연의 목소리였다. 하연이 마차 밖에서 창을 바라보며 말하고 있었다. 당소소는 나른한 목소리로 답했다.

"곧 다시 만나게 될 텐데 뭘⋯."

"아가씨는 가끔 내일 날씨도 맞출 것처럼 이야기하세요."

"내가 언제."

당소소가 하연을 내려다보며 말하자 하연은 웃음을 지으며 멀리 시선을 던졌다. 팔에 붕대를 감은 사내가 긴장한 기색으로 걸어오고 있었다. 하연의 눈이 장난기로 휘어졌다.

"그럼, 전 흑풍대 무인들을 도와주러 가볼게요. 혹시라도 빼먹은 것이 있을지 모르니까."

"그래."

당소소가 허락하자 하연은 입가를 가리고 얼른 마차에서 멀어졌다. 그녀의 행동에 잠시 의심의 눈초리를 보냈지만 이내 신경을 끄고 손에 감은 실을 풀었다. 손가락에 실을 걸자마자 남성의 목소리가 당소소의 주의를 끌었다.

"흠흠. 당 소저?"

"⋯정유 소협?"

"비록 만남은 짧았지만 우애가 꽤 쌓였다고 생각했는데. 인사도 하지 않고 떠나다니, 이 정 모, 좀 섭섭하오."

"아, 죄송해요. 좀 정신이 없어서⋯. 그래도 자주 뵐 수 있을 거예요. 내년에 정천무관에 가시잖아요?"

당소소의 말에 정유는 의아하다는 표정을 지으며 말했다.

"정천무관⋯? 저는 아마 복잡한 청랑검문을 이어받기 위해 아버지 밑에서 꽤 오래 있을 것 같습니다만⋯."

"아."

당소소가 짧게 감탄사를 토했다. 흑림총련의 음모를 막아낸 덕에 사천성의 후기지수들은 납치되지 않았다. 청랑검문 또한 망하지 않았다. 정유가 정천무관에 투신할 이유가 사라진 것이다.

'이러면…. 많은 것이 틀어지는데.'

당소소의 얼굴에 약간의 동요가 번졌다. 당소소의 얼굴을 바라보던 정유가 미소를 지으며 물었다.

"소저께선 제가 정천무관으로 가는 것을 원하시오?"

"음, 뭐…. 사람은 큰물에서 놀아야 하기도 하고. 장차 문파를 이끌어 갈 사람이면 많이 배워야 하니까. 갈 수 있으면 가는 게 좋지 않나, 그런 생각이 들긴 하지만…. 그런데 굳이 원하지 않는다면 뭐….'

당소소는 횡설수설하며 마차의 천장을 바라봤다. 정유가 또 물었다.

"당 소저는 정천무관에 갈 생각이시오?"

"아마…."

당소소가 고개를 끄덕이자, 정유도 고개를 끄덕였다.

"그럼 까짓거 가겠습니다."

"가업을 잇는 일이 더 중요하지 않나요? 그저 제 말 때문에 충동적으로 정하기엔….'

"아버지께선 아직 정정하시고 저도 아직 이 경지에 만족할 생각이 없으니, 소저의 말대로 더 큰물에서 놀아봐야 하지 않겠습니까? 오히려 소저께 고마울 지경입니다. 정천무관이라는 선택지는 머릿속에 전혀 없었기에."

당소소는 정유의 말에 대해검호라 불리는 그의 모습을 그리며 말했다.

"정유 소협이라면, 높은 경지에 도달할 수 있을 거예요.'

"확신이라도 하는 듯 말하시는군요."

"…그럴 것 같아서.'

당소소는 슬쩍 시선을 피했다. 멀리 당진천이 다가오는 모습이 보였다.

작별인사를 건네려 하자 정유가 헛기침을 하며 먼저 말을 시작했다.

"흠흠, 당소소 소저. 제가 긴히 할 말이 있소. 조금 무례하게 들릴 진 모르겠지만, 양해를 좀 해주시오."

"뭔데요."

당소소는 냉랭한 말투로 대꾸하며 자신의 팔을 슬쩍 내려다봤다. 묘한 분위기를 감지한 탓인지 팔에 소름이 돋아 있었다. 정유는 마부석에 앉은 진명을 바라봤다. 진명은 자신만만한 미소를 지으며 엄지손가락을 치켜올렸다. 정유는 고개를 끄덕이고 입을 열었다.

"제가 소저를 좋아하면 안 됩니까? 제가 소저를 좋아하면 안 되는 거냐구요."

"……?"

"제가 소저를 좋아할 수도 있잖습니까?"

"……."

"그런데 이 빌어먹을 세상이 왜 저희의 사랑을…!"

쾅!

당소소는 마차 벽을 내리쳐 정유의 이어질 말을 끊었다. 그리고 나지막이 말했다.

"진명."

"푸큭!"

마부석에 앉은 진명이 웃음을 참지 못하고 입가를 가렸다. 한참을 낄낄대던 진명이 마부석에서 내려 당소소가 앉아 있는 창가로 걸어왔다. 그렇게 한참을 웃었는데도 채 가시지 못한 웃음기가 비틀린 입가에 흥건하게 고여 있었다.

"너지?"

"뭐…. 푸흡! 뭐가요?"

"너잖아, 씨발아."

"끅, 끄흑!"

당소소의 추궁에 이젠 대꾸조차 하지 못하고 눈물까지 흘리며 웃는 진명과 그런 진명을 배신감 가득한 표정으로 바라보는 정유.

"형님이라고 부르면, 무조건 성공하는 고백법을 알려준다면서…."

"푸하핫! 상식적으로 누가 그런 고백을 하냐? 난 화해한 기념으로 서로 농담하는 줄 알았지."

"……."

정유는 부끄러움과 배신감에 얼굴을 붉히고 고개를 숙였다. 당소소는 또다시 골이 지끈거려 머리에 손을 짚었다.

"제가 책임지고 조질 테니까…. 나중에 봐요…."

"죄송하게 됐습니다, 소저…."

"네…."

정유는 너무 상심한 나머지 당소소의 욕설은 인지할 수조차 없었다. 그리고 어깨를 축 늘어뜨리며 청검각 쪽으로 터벅터벅 걸어갔다. 당소소는 복잡한 심정으로 정유의 뒷모습을 바라보더니 아직도 낄낄거리고 있는 진명의 코를 세게 움켜쥐었다.

"윽!"

"너 진짜 뒤질래? 공구리가 어떤 단어인지 알려줘?"

"하도 눈치 없게 구애하길래, 그런 취향을 좋아하는 줄 알고 비슷한 쪽으로 알려준 것뿐입니다? 제가 알려주지 않았어도 어차피 또 은장도를 내밀며 고백했을 텐데…."

"에휴, 얼빠진 새끼."

당소소가 인상을 팍 쓰며 진명의 코를 놓았다. 당소소에게서 풀려난 진명은 저 멀리 걸어가는 정유를 목을 빼고 지켜보며 또다시 키득거렸다.

당소소는 진명을 보고 말했다.

"아직 뺨 세 대 계산 안 한 거 알지?"

"예?"

"사천제일권의 싸대기는 어떤 느낌일까…."

"잠깐…!"

차륵!

당소소는 그렇게 말하며 창에 달려 있는 장막을 쳤다. 진명은 당황해 창가에 한걸음 다가섰지만 당진천이 뒤에서 진명을 노려보고 있었다.

"뭐하나?"

"아, 가주 님…."

"운전 안 하나?"

"아, 해야죠. 예."

진명은 마부석으로 걸어가다가 잠시 걸음을 멈추고 당진천에게 물었다.

"가주 님 그런데 그…. 뺨을 맞다가 뺨이 찢어지거나 그러면, 당가에서 치료가 가능합니까? 가급적이면 덜 고통스럽게."

"이상한 것을 묻는군."

"제게는 좀 중요한 일이라서…."

당진천은 잠시 눈을 가늘게 뜨더니 그의 질문에 답해줬다.

"살점을 도려내서라도 치료할 수 있으니, 걱정 말고 마차나 모시게."

당진천이 마차에 탔다. 진명은 자기도 모르게 오른쪽 뺨을 감싸 쥐었다. 장난의 대가로 볼을 잃는 것은 깊이 생각해 볼 일이었다.

＊ ＊ ＊

당소소는 마차에 올라탄 당진천을 바라봤다. 묘하게 어색한 분위기를 풍기는 당진천은 차마 당소소를 마주하지 못하고 이리저리 시선을 돌려 댔다. 당소소 또한 소심한 성격에 볼을 긁적거리며 당진천에게 선뜻 말을 걸지 못했다.

"실뜨기는 이제 익숙하…."

히힝!

한껏 용기를 내서 던진 당진천의 말을 말의 울음소리가 끊었다. 그리고 마차가 움직였다. 당진천은 슬쩍 주먹을 쥐고 인상을 찌푸렸다.

'…단혼사에게 슬쩍 언질을 줘야겠군.'

"실뜨기는 이제 익숙하느냐?"

"네, 아버지."

당진천의 물음에 아무 생각 없이 답하는 당소소. 당진천은 당소소의 태도가 꽤히 냉랭하게 느껴졌다.

'사천교류회에 오기 전엔 그렇게 사근사근하던 아이가….'

'나중에 정유를 어떻게 봐야 하나? 진짜 미치겠네….'

그저 복잡한 생각에 잠겨 있던 당소소를 보며, 당진천은 그녀가 아직도 혼낸 것을 마음에 담고 있다는 착각을 하고 있었다. 당진천은 헛기침을 하며 다시 대화를 시도했다.

"흠. 그럼 몸이 괜찮아진다면 무공을 배워보자꾸나."

"네, 아버지."

당소소는 창가의 장막을 바라보며 별 생각 없이 답했다. 당진천은 고통 스러운 표정을 지었다. 또다시 틱틱대던 예전의 딸로 돌아갈 것만 같다는 생각에 당진천은 절박한 심정으로 말했다.

"미안하다, 딸아! 내가 많이 미안하단다. 그냥 널 걱정하는 마음에 큰소 리를 낸 거야. 혼내고 싶어서 혼낸 게 아니란다."

"……?"

"무엇을 사줄꼬? 운남의 과일이 먹고 싶으냐? 아니면 백능상단의 노리개가 갖고 싶으냐? 소주와 항주에 가고 싶다더니, 그곳으로 데려다줄까?"

당소소는 당황스러웠다. 안절부절못하는 그의 모습에 슬쩍 웃음이 났다.

"혼낸 줄도 몰랐으니까, 무공이나 알려주세요."

"미안하단다 딸아, 다 내 잘못이다…!"

당소소의 웃음 섞인 말에도, 당진천의 주책은 꽤나 오랫동안 이어졌다.

* * *

당진천은 장막을 걷었다. 하루가 지난 바깥엔 중천으로 솟은 해가 내리쬐고 있었다. 당소소의 뺨을 밝히는 햇볕. 능숙하게 실뜨기를 하고 있던 당소소는 뺨을 건드리는 햇빛에 눈가를 살짝 찌푸렸다. 당진천이 미소를 지었다.

"실뜨기는 이제 능숙하게 하는구나."

"나름 열심히 했어요."

"그럼, 다음 단계로 넘어가야지."

당소소가 고개를 끄덕이며 실을 풀어 품안에 집어넣었다. 그리고 당진천의 손을 뚫어져라 노려봤다. 당진천은 당소소에게 빈 손을 보여준 뒤 손가락을 튕겼다. 그러자 손에 쥐어진 철전 한 닢. 당소소는 철전을 유심히 바라보다가 당진천의 눈을 바라보며 말했다.

"돈다발로 싸대기를 때리는 건가…?"

"백능상단이라면 그럴 수도 있겠지만, 우린 사천당가란다. 실뜨기로 집중력과 손재주를 조금 다듬었으니, 철전을 굴리면서 손 안에서 무언가를 다루는 데 익숙해지는 것이지."

"앗."

당소소가 부끄러워하며 얼굴을 붉히자 당진천은 당소소의 머리를 쓰다듬은 뒤 철전을 손가락 위에 올렸다. 손가락 사이사이를 넘나드는 철전. 처음엔 느릿하던 움직임은 점점 눈으로 쫓기도 버거울 정도로 빨라졌다. 그리고 어느 순간 철전이 사라졌다.

"철전이…?"

"산류수散流手. 암기를 다루는 데 있어 가장 기본적이고 가장 중요한 수법手法이란다. 이 작은 손짓이 하늘을 메우는 암기를 던지게 할 수도 있고, 어둠에 숨은 자의 혼마저 꿰뚫는 암기를 던지게 할 수도 있지."

당진천이 손을 펼쳤다. 손바닥 위에 철전이 올려져 있었다. 당소소는 철전을 받아 손등에 올렸다. 그리고 손가락으로 흘려내며 사이사이로 굴리기 시작했다.

짤그랑!

철전은 손가락을 구르는 대신, 손을 빠져나가 마차 바닥을 나뒹굴었다. 당소소의 미간이 살짝 찡그려졌다. 그녀는 철전을 다시 쥐었다. 당진천은 딸을 지그시 바라보며 물었다.

"내공심법을 알려주는 것도 아니고, 뛰어난 초식을 가진 무공을 가르쳐주는 것도 아니고, 몸을 강하게 하는 외공을 알려주는 것도 아닌데 좀 섭섭하지 않느냐?"

"아니라고 하면 거짓이겠죠."

당소소는 다시 철전을 굴리기 시작했다. 철전은 또 바닥을 나뒹굴었다. 그녀는 다시 허리를 굽혔다.

"하지만 전 제 주제를 잘 알고 있어요. 전 다른 후기지수들처럼 뛰어난 무재나 번뜩이는 지혜가 없죠. 그저 느리게나마 쫓아가는 일이 제가 할 수 있는 유일한 길인 것도요."

"아니란다."

당진천은 바깥을 바라봤다. 창을 넘어 넘실거리던 햇빛이 숲에 가려 옅어졌다. 당진천이 손을 접었다 펴자 그의 손에 철침 한 자루가 쥐여져 있었다.

"백일창, 천일도, 만일검. 이 말을 알고 있느냐?"

"네, 어느 정도는…."

당소소는 쌍검무쌍의 주인공이 기연을 얻을 당시를 떠올렸다. 쌍검술을 쓰던 짓궂은 기연의 주인은 저 무림의 격언을 언급하며 내 무공은 이만 일이 걸릴 것이니 서둘러 포기하라는 말을 먼저 했다. 그녀는 기억을 더듬으며 말했다.

"각각의 무기를 다루는 데 걸리는 시간이라고 들었어요. 창은 다루기 쉽고, 도검은 다루기 어렵다는 뜻이라는 것도."

"…올바른 해석이구나. 그러나 대부분의 무림인들은 다른 방향으로 해석한단다. 수많은 이치가 담긴 검은, 그 자체로 만병지왕萬兵之王이라고."

"창이 가장 길이도 길고, 숙달되기 쉬우니 그것이 만병지왕이 아닌가요?"

당소소의 물음에 당진천은 웃으며 부정했다.

"너에겐 올바른 해석이지만, 무림인들은 좀 다르게 해석하지. 무림인들은 인간의 몸으로 불가능에 이르는 자들이란다. 검은 창보다 더 긴 거리에서 공격을 할 수도, 도보다 더 거친 참격을 휘두를 수도 있지."

당진천이 철침에 슬쩍 내공을 불어넣었다. 검기가 서리며 뾰족하기만 하던 철침에 예기가 서렸다.

"검은 난해하지만, 현묘하다. 그렇기에 많은 도가의 문파들이 검을 주력으로 삼고 도를 탐구하는 수단으로 활용하는 게야."

"그렇군요…."

"애초에 무림인은 칼을 휘두르는 업에 인생을 건 자들, 만 일이라는 시간은 그들에게 있어 꽤나 적절한 시간이야. 그렇게 된다면 휘두르고, 찌르고, 꺾고, 베는 압도적인 범용성의 검을 진실로 만 가지 무기들의 왕이라 부를 수 있는 것이지."

"그렇지만, 아니라고 하셨잖아요."

당소소의 반문에 당진천이 미소 지었다.

"무림인들은 불가능을 가능케 하는 자들이지만, 그건 나 정도 되는 사람에게나 통용되는 말이지. 결국 일정한 경지를 넘지 못한다면 이치에 지배될 수밖에 없다는 게야."

"그럼…."

"백 일만에 숙련된 창은, 구천구백 일 동안 검을 이길 수 있어. 그리고 숙련된 만 일의 창이, 겨우 완성된 만 일의 검과 비교했을 때 어떤 결과가 나올까?"

"잘 모르겠어요."

"그거란다. 아무도 그 결과를 알 수 없어."

당진천은 그렇게 말하며 검기가 서린 철침을 창밖으로 던졌다. 거대한 나무에 구멍이 뚫리며 가지가 떨어졌다.

"무武란 무엇일까, 소소야."

"그것도 잘…."

"어렵게 생각하지 않아도 된단다. 태초의 사람이 맨몸으로 호랑이를 상대할 수 있었느냐?"

"상대하지 못했겠죠."

당소소의 대답에 당진천이 고개를 끄덕였다.

"가장 기초적인 무란, 그것에서부터 시작되었단다. 상대할 수 없는 적에게 저항할 수 있는 수단. 그곳에서부터 사람은 손에 무기를 들었고, 그것을 가장 효율적으로 다루는 수단이 하나 둘 발견된 게지. 그것이 하나의 목표에서 파생되는 수많은 무의 흐름이란다."

"그 이야기와 제가 후기지수를 쫓아갈 수 있는 이유랑 어떤 연관이 있는지 전 잘 모르겠어요."

"사람이 야수를 이기기 위해 가장 먼저 했던 행동이 무엇일까?"

당진천은 어려워하는 당소소에게 무언가 던지는 시늉을 하며 단서를 주었다. 당소소는 그의 행동을 보며 미심쩍은 말투로 대답했다.

"돌팔매질?"

"그래. 사람은 야수를 이기기 위해 바닥에 떨어진 돌을 주워서 던졌다. 이 투척이라는 행위는, 단 하루에도 숙달될 수 있는 행동이야. 깊이 있게 들어간다면 훨씬 걸린다만."

"아…!"

"넌 그들의 삼십 년을, 하루에 쫓아갈 수 있다. 물론 각 문파에서 촉망받는 후기지수들이라 순수하게 삼십 년은 아닐 게야. 그래도 우리는 그들보다 훨씬 더 가까운 출발점에서 시작할 수 있다는 것이지. 부족한 범용성과 내공은, 잔기술과 암기의 성능으로 채우면 된다. 당문의 연철전은 그것을 위해 존재해."

당진천은 재차 던지는 시늉을 하며 말했다.

"수많은 무의 흐름은, 이 한 행동으로부터 유래되었다고 해도 무방하다. 이것이 당문의 내공심법인 만류귀원신공萬流歸元神功의 이치야. 당문의 모든 무공의 기저에 깔린 가르침이기도 하단다."

"그럼…. 그럼, 둔재인 저도…?"

당소소의 목소리가 떨려왔다. 당진천은 고개를 끄덕였다.

"섣불리 포기하지 말거라. 넌 내 딸이잖으냐."

"……."

"강호엔 수많은 괴물들이 도사리고 있지. 마치 신화 속 괴물들마냥, 삼십 년의 세월을 단 하루 만에 단축시키는 놈들이 있는가 하면 백 일의 시간 동안 수천 년의 세월을 부정하고 더 뛰어난 무술을 창조해내는 자들도 있어."

"알고 있어요."

당소소는 쌍검무쌍의 주역들을 생각하며 고개를 끄덕였다. 당장 백서희만 해도 성인 무림인들을 아득히 뛰어넘는 내공을 지니고 있었고, 운령은 절정고수조차 감탄할 정도의 무재를 가졌다. 당진천은 어두운 그늘을 만들며 웃었다.

"그렇다면 우리는 가능한 모든 수단을 동원해서 그들을 따라가면 돼. 이것이 당문의 가풍인 실용이란다. 생은 정할 수 없지만, 삶은 정할 수 있지 않느냐?"

푸륵!

말의 콧소리가 들리며 마차가 멈췄다. 당진천은 창문을 바라봤다. 사천당가의 대문이 그의 눈에 들어왔다.

"네 생각대로 네가 정말 둔재일 수도 있겠지. 후기지수들이 너무나도 뛰어나서 낙오가 될 수도, 결국 그들을 쫓지 못할 수도 있겠지."

당진천은 꼬았던 다리를 풀고 자리에서 일어났다.

"하지만 독천의 딸은, 사천당가는 그들을 쫓아갈 수 있단다."

당진천은 그렇게 말하며 마차의 문을 열었다. 그리고 마차에서 내려 당소소에게 손을 내밀었다. 당소소는 당진천을 바라봤다. 그녀는 굳은 얼굴로 그 손을 잡고 마차에서 내렸다.

＊　＊　＊

"…아버지의 딸은, 사천당가는 가능하다고 하셔놓고. 왜 정작 무공을 안 알려주시는 거예요?"

당소소는 가주실의 긴 의자에 앉아 따분한 표정으로 철전을 굴리고 있었다. 실뜨기로 단련된 손가락 때문인지 철전은 처음보다 부드럽게 손가락 사이를 오갔다. 당진천은 난감한 표정으로 서류를 뒤적거리며 말했다.

"아직 몸이 다 낫질 않았잖느냐. 그리고 아직 철전도 완벽하게 굴리지 못하는 것 같은데?"

"와, 완벽한데…!"

짤그랑!

당소소가 철전을 좀 더 빠르게 굴리자 철전이 당소소의 손을 벗어나 땅바닥을 나뒹굴었다. 당소소는 울상이 되어 바닥의 철전을 주웠다. 당진천은 잠시 서류에서 손을 놓고 턱을 괴며 말했다.

"너무 조급해하지 말거라."

"하지만…."

당소소는 얼굴을 들어 당진천을 바라봤다. 비록 당진천의 무론을 들었다곤 해도, 자신이 따라가야 할 인물들 또한 당진천이 언급한 삼십 년을 일 년으로 단축하는 것이 기본인 괴물들이었다. 가야 할 길도 멀었고, 자신의 다리는 너무나도 허약했다.

"왜 그렇게 조급해하느냐? 이 아빠는 어디 떠나질 않는데. 조금 더 넉넉하게 마음을 먹고 몸을 추슬러라."

"……."

당소소는 이 년 뒤 정천무관으로 가겠다는 말을 꺼내려고 잠시 입술을 움찔거렸다. 하지만 당진천의 입에서 허락이 떨어질 리 만무했다. 무공도 쌓지 못했고, 심지어 허약하기까지 한 몸이었으니까. 당소소는 하릴없이 고개를 끄덕이며 자리에서 일어났다.

"얼른 나을 테니, 그땐 무공을 알려주셔야 해요."

"그럼 무공이 아니라 영약도 떠먹여줄 테니, 제발 건강하게만 있어다오."

"네…. 업무를 방해해서 죄송해요."

당진천은 기가 죽어 있는 당소소를 바라보며 헛웃음을 지었다. 정말 당소소가 그 통명스럽던 딸이 맞나 싶은 생각에 푸근한 웃음을 지으며 고개를 저었다.

"괜찮단다. 언제든 찾아오거라."

"…아니에요. 저도 나름 할 일이 있어서. 그럼, 쉬엄쉬엄하세요."

당진천이 고개를 끄덕여 당소소의 인사를 받아주었다. 당소소가 나가고 문이 닫히자 당진천이 입을 열었다.

"하연."

"네."

병풍 뒤에 있던 하연이 나와 당진천에게 고개를 숙였다. 당진천은 탁자를 두드리며 하연에게 물었다.

"스승님께선 언제 오신다고 하더냐?"

"무후께선 이제 황궁의 일을 마치고 잠시 독향毒鄕에 가신다고 하셨습니다. 헌데, 갑작스레 무후를 찾으시는 이유가 무엇인지요?"

"소소의 상태 때문이다."

"아가씨의 상태가 어떠한지요…?"

근심이 얽힌 당진천의 말에 하연은 걱정스런 태도로 그에게 물었다. 당진천은 한숨을 쉬며 말했다.

"소소는 복용한 칠혼독의 후유증으로 단전과 혈맥을 다쳤다. 정상적인 방도로는 내공을 쌓을 수 없어."

"……!"

"평범하게 산다면 문제가 없겠지만…, 무술을 단련한다거나 내공을 수련하는 데엔 큰 무리가 있어. 제대로 무공을 쌓다간, 그대로 혈맥이 찢겨 죽을 거야."

당진천은 멀리서 들었던 당소소와 정유의 대화를 떠올렸다. 정천무관으로 가고자 한다는 말. 당진천은 그녀가 무공을 단련한다는 말에, 그저 몸이나 건강하게 하라는 뜻에서 간단한 호신술이나 알려주려고 했다. 하지만 그녀는 그 정도만 원하지 않았다. 호신술이라고 알려준 무공으로 자신조차 애먹었던 천괴와 학귀를 막아섰다. 그리고 무슨 바람이 들었는지, 시대의 모든 천재들이 한곳에 모이는 정천무관으로 향하려하고 있었다.

그 소리를 들었을 때, 당진천은 큰소리로 경을 칠지 아니면 현실을 알려줄지 많은 고민을 했다.

'하지만, 그것이 네 꿈이라면….'

당진천은 잠시 내려놨던 서류를 다시 움켜쥐었다. 서류의 상단엔 제독 전주制毒殿主 독무후毒武后라는 글자가 적혀 있었다.

* * *

당소소는 가주실 문을 닫았다. 그리고 손에 쥐고 있던 철전을 바라봤다.

'그런 말을 들었어도, 많은 걸 바라지 않는데.'

당소소는 철전을 소매에 넣으며 돌계단을 내려갔다. 자신의 재능은 자신이 가장 잘 알고 있었다. 평생 공부와는 담을 쌓고 일용직을 전전했고, 죽어선 재능조차 없는 망나니 아가씨였기에.

"…근데 왜 이렇게 조용해?"

당소소가 주변을 돌아보며 고개를 갸웃거렸다. 가주전은 내각의 중심이었다. 해가 떠 있는 동안은 조용할 틈이 없어야 정상이었다. 그런데 지금은 가주전 내부와 장원을 왁자하게 메우던 소음과 사람들이 모두 사라지고 없었다. 연철전의 쇠를 두드리는 소리와 정신없이 오가는 하인들의 조잘거리는 소리도 없었다. 가주전을 바쁘게 오가며 새로 개발한 독의 성분과 약재들을 보고하던 제독전의 사람들도 없었다.

당소소는 고개를 돌려 가주전 정문에 있는 해시계를 확인했다.

'방금 오시午時:11시~13시가 되었어. 이렇게 조용할 리가 없는데.'

그녀는 가주전 정문을 나섰다. 한창 일거리가 쏟아질 시각, 많은 사람들이 오고가야 할 내각의 통로가 텅 비어 있었다. 수상함을 느낀 당소소가 내각의 통로로 들어섰다.

'오늘은 학사 님도 안 오시겠다, 한번 둘러볼까.'

당소소는 내각 곳곳을 쏘다니기 시작했다. 처음 도착한 곳은 가주전과 인접한 녹풍대 사무실, 녹풍각綠風閣. 담벼락 너머로 소박한 건물이 눈에 들어왔다. 당소소가 고개를 빼꼼 내밀며 녹풍각 내부를 관찰했다.

'아예 사람이 없는 건 아니군.'

그녀의 시선에 들어온 두 명의 녹풍대 무인. 짧게 담소를 나누다가 무거운 짐을 들고 다시 안으로 들어갔다. 녹풍대는 원체 외부의 일로 당가를 비우는 일이 잦기에 당소소는 다른 곳을 찾기 위해 고개를 내려 통로를 바라봤다.

"무슨 일이십니까? 아가씨."

"흐익!"

녹풍대 무인 하나가 당소소 앞에 서 있었다. 당소소는 화들짝 놀라며 이상한 괴성을 질렀다. 녹풍대원은 튀어나오려던 웃음을 필사적으로 억눌렀다.

'두 달 전과는 영 다른 사람 같군.'

그는 헛기침을 하며 당소소의 괴성을 못들은 체했다. 당소소는 가슴을 쓸어내렸다.

'씨발, 깜짝이야.'

"기, 기적이라도 좀 내시지….'

"죄송합니다. 그나저나 어쩐 일로 오셨는지?"

"가문의 사람들이 한창 북적일 시간인데 통 보이질 않아서…. 새참 시간인가요?"

"새참…. 하하."

녹풍대원은 당소소의 말을 듣고 쓰게 웃었다. 당가가 급변하고 있음을 가문의 일에 깊게 관여하지 않던 당소소조차 느끼는구나 싶어서였다. 녹풍대원은 이 상황을 사실대로 말해야 하나 말아야 하나 깊은 고민에 잠겼다.

'하인들을 모두 총관실에 불러놓고 죄를 추궁하고 있다. 제독전의 핵심 인원들과 당청의 세력으로 추정되는 자들은 녹풍각 지하 감옥에 구류해 놨고….'

녹풍대원은 고개를 저으며 떠오르는 생각들을 접었다.

'알아야 했다면, 가주 님께서 먼저 알려주셨겠지.'

"가주 님께서 시키신 일 덕에 내외적으로 꽤나 바쁜 모양입니다. 그래서 사람이 없어 보이는 것이겠죠. 더 여쭤볼 것은 없으십니까?"

"음, 그거 말곤 딱히 없네요. 앗, 잠깐…."

녹풍대원이 돌아서려는데 당소소의 시선에 골목을 두리번거리는 한 여자아이가 눈에 들어왔다. 당소소가 소녀를 가리키며 물었다.

"저 여자아이는 누군가요?"

"예? 여자아이…?"

녹풍대원이 고개를 돌리자 소녀는 골목길로 쏙 들어가 모습을 감췄다. 소녀를 발견하지 못한 녹풍대원은 당소소를 돌아보며 말했다.

"아무도 없습니다. 지금 당가 내부는 꽤나 바빠서 외각 사람들이 내각으로 들어오거나 자신의 아이를 견학시킬 만큼 만만한 상황이 아닙니다. 아마 잘못 보셨을 겁니다."

"…그런가. 그럼, 저쪽엔 뭐가 있죠?"

"저쪽이라면…, 제독전으로 가는 길이군요."

"안내 감사해요. 그럼…."

당소소는 꾸벅 인사를 하고 걸음을 옮겼다. 살짝 풍겨오는 땀 냄새. 당소소는 무거운 짐을 들고 사라졌던 두 녹풍대원과 방금까지 함께했던 녹풍대원을 겹쳐봤다. 그리고 고된 일에 지쳤던 자신의 과거를 떠올렸다.

"쉴 땐 쉬는 게 좋아요."

"예?"

"일하다 다치면 서럽거든요."

당소소는 총총거리며 멀어졌다. 녹풍대원은 그녀의 뒷모습을 바라보다 결국 참지 못한 웃음 한 줌을 얼굴에 담았다.

❖ ❖ ❖

당소소는 고개를 들어 정문에 걸린 현판을 확인했다. 날카로운 서체로 새겨진 제독전. 약간 열려 있는 문을 당소소가 슬쩍 밀었다. 낡은 경첩소리와 함께 문짝이 쉽게 젖혀졌다.

그녀는 누가 있는지 주위를 살폈다. 아무도 없었다. 아까 봤던 소녀의 모습도 보이지 않았다.

'죄다 살펴봤는데 없네. 있다면 여기일 것 같은데.'

당소소는 침을 삼키고 제독전 안으로 들어갔다. 녹풍각에 비해 꽤나 화려하고 큼직한 건물들이 여러 채 있었다. 안뜰은 가주실 장원에 비견될 만큼 화려했고, 잘 깎은 돌로 된 산책로가 있었다.

당소소는 산책로를 걸으며 왠지 모를 기시감을 느꼈다.

'당소소의 기억인가.'

안뜰 연못을 바라봤다. 꽤 큰 연못 한가운데 다리가 있었다. 관리가 잘되고 있는지 맑은 물가엔 잉어들도 보였다. 당소소는 잉어를 바라보다 흠칫 소름이 돋아 자기도 모르게 오른쪽 팔을 움켜쥐었다.

"뭐지…?"

감정이 날을 세우고 일어나려 했다. 당소소는 움켜쥔 손에 힘을 주며 억지로 감정을 눌렀다. 하지만 날이 선 감정은 통제하려는 이성을 마구 찔러댔다.

'이건, 위험해.'

어두운 방 안에서 홀로 있을 때나 느끼던 감정이 억누르고 있는 이성의 손아귀를 빠져나가려 하고 있었다.

"후우, 후우…. 요즘은 괜찮다고 생각했는데."

당소소가 숨을 몰아쉬며 필사적으로 발작을 억눌렀다. 지금 폭발하면 자신을 돌봐줄 사람이 없다. 하연은 어젯밤부터 따로 맡은 일이 있어 자리를 비웠고, 진명은 사천교류회에서 돌아온 후로 하루 종일 단혼사에게 붙잡혀 있었다. 그대로 자리에 쪼그려 앉았다. 부여잡은 옷은 구겨졌고, 숨은 점점 거칠어졌다. 시선이 점차 흐릿해지는 와중에 한 흑의의 노인이 눈에 띄었다. 연못 다리 위에 있던 노인은 혀를 차며 잉어 먹이를 뿌리고 있었다.

"쯧, 가끔은 시종이 불쌍하단 것도 알아야 할 텐데…. 늙어서 성질만 고약해져가지곤."

"저, 저기….."

가냘픈 당소소의 부름이 노인에게 가닿았다. 노인이 고개를 돌렸다. 미간을 좁히고 잠시 당소소의 상태를 확인하던 노인은 손에 쥐고 있던 잉어먹이자루를 바닥에 놓고 당소소에게 다가갔다.

"무슨 일이신가?"

"잠시만, 잠시만 옆에 서 계셔주세요….."

노인이 다가오자 당소소는 초췌한 웃음을 지으며 고개를 떨궜다. 옆에 인기척이 느껴지자 마음이 조금씩 가라앉았다. 겨우 감정을 진정시킨 당소소가 비틀거리며 자리에서 일어났다. 노인이 당소소에게 물었다.

"괜찮은가?"

"네, 이제 좀 괜찮네요. 감사합니다."

"헌데, 어여쁜 아가씨가 이곳까진 무슨 일인고?"

당소소는 어여쁘다는 말에 잠시 얼굴을 굳혔다. 곧 고개를 거세게 저으며 부끄럽다는 생각을 털어내고 답했다.

"전 사천당가주의 여식, 당소소라고 해요."

"아, 자네가 그 소녀였나."

"소녀라뇨?"

노인은 당소소의 물음에 답하지 않고 그녀의 얼굴을 유심히 뜯어봤다. 그리고 코웃음을 치며 자신의 수염을 쓸어내렸다.

"마치 친족마냥 똑같이 생겼군."

"무슨 말씀이신지…?"

"아닐세. 참, 내 소개를 잊었군. 난 자네의 아버지가 도움을 요청해 잠시 제독전에 머무르게 된 황철일세."

"황철 대협이셨군요. 아버지껜 어떤 요청을 받으셨는지 들을 수 있을까요?"

수염을 쓸던 황철의 손이 멈췄다. 그가 뒷짐을 지며 당소소의 물음에 답했다.

"별 것 아니네. 제독전의 불순분자들을 소탕하라는 내용이지."

"불순분자라면…."

"당청과 당혁의 반란에 동조한 이들. 어찌 보면 자네에겐 원수라고도 할 수 있겠군."

당소소는 팔을 움켜쥔 손에 더욱 힘을 줬다. 머릿속에 늘어져 있던 이유들의 요철이 드디어 맞물렸다. 당진천 책상에 서류 뭉치가 쌓여 있던 이유. 한창 바쁠 시간에 사람들이 보이지 않았던 이유. 한 명 보기도 힘든 녹풍대원을 녹풍각에서 세 명이나 볼 수 있었던 이유. 당가의 중심지 중 하나인 제독전이 텅 비어 있는 이유.

황철은 말을 잃은 당소소를 보며 입을 열었다.

"더러워진 마당은 빗자루를 들어 쓸어야 하는 법이지. 손으로 직접 치우는 방도도 있긴 하다만, 비효율적이지 않나?"

"…그들은 죽게 되나요?"

"당연한 걸 묻는군. 자네가 물어야 할 건 죽느냐 사느냐 여부가 아니라, 어떻게 죽느냐여야지. 그래야 당가의 규수라고 할 수 있지 않겠나?"

황철은 낄낄 웃으며 당소소의 안색을 확인했다. 숨길 수 없는 비애가 얼굴 가득 묻어 있었다. 황철은 미소를 지우고 뒷짐을 졌던 손을 꽉 쥐었다.

'그동안 주인에게 들었던 말로는 작은 주인의 딸은 개망나니가 따로 없다고 들었는데, 왜 저런 표정을 짓는 거지?'

"그럼, 그들은 어떻게 죽나요?"

슬픈 구색의 물음에 황철이 연못으로 시선을 돌리며 말했다.

"내가 봐왔던 당가주의 성향이라면 최대한 깔끔하게, 덜 고통스러운 독을 먹여 죽이겠지. 하지만 지금은 모르겠군. 꽤 독하게 마음먹고 있는 것 같던데, 새로운 독과 암기의 실험체로 활용할 수도 있겠어. 옛날의 당가는 그랬으니까."

"독과 암기의 실험체….."

당소소의 볼살이 움찔거렸다. 이야기를 바꾼다는 생각으로 길에 오른 후 오늘 처음으로 뒤를 돌아봤다. 자신의 선택으로 비참한 죽음을 맞게 된 당청과 당혁의 하수인들. 그들은 당소소 입장에선 악인이다. 이야기에서도 악인에 가까운 인물들이다.

'하지만, 정말로 그럴까.'

당청의 어쩔 수 없는 협박 때문에 그렇게 된 것은 아닌지, 만약 그가 죽으면 이야기는 또 어떻게 될 것인지. 그들이 죽으면 그와 관련된 인물들은 또 어떤 슬픔을 안게 될 것인지. 수많은 고뇌가 그녀의 머릿속에 켜켜이 쌓여갔다.

'허락 없이 이야기에 끼어든 불순물이 오히려 모든 이를 슬프게 하는 것은 아닐까?'

황철은 어두워진 당소소의 얼굴을 보며 말했다.

"고민이 많은 것 같군."

당소소는 고개를 끄덕였다. 연못을 바라보던 황철의 시선에 그가 놓고 온 모이자루를 쥔 소녀의 모습이 걸렸다. 소녀는 입술에 손가락을 대며 조용히 하라는 신호를 보냈다. 황철이 고개를 끄덕이며 당소소에게 말했다.

"자넨 이만 가시게. 몸이 안 좋은 것 같으니, 남아 있는 제독전 사람에게 말해 약 한 첩을 지어 보내겠네."

"죽이지 않으려면…. 그들을 죽이지 않으려면 어떤 방법을 취해야 하죠?"

황철은 당소소의 질문에 의문을 던졌다.

"왜 죽이지 않으려 하는 거지? 거부감 때문인가? 그들을 살려뒀다간 무슨 변고를 당할지 몰라. 한 번 시도했던 모반, 또 시도하지 않으리란 보장이 있나? 상식적으로 생각해야지. 그들은 당가에 해가 되는 존재야."

"저도 그들이 죄를 지었다는 건 알고 있어요. 벌을 받아야 한다는 것도."

"그렇다면 왜?"

"하지만 그 죽음이 저라는 별것 아닌 사람 때문에 일어난 일이라면. 그렇다면…, 제 몫은 덜어주고 싶어서."

황철은 눈을 가늘게 떴다. 자신이 들었던 당소소의 모습과는 천양지차였다. 소심하고 정이 깊으며 이상하리만치 자존감이 없었다. 그는 고개를 돌려 소녀의 모습을 확인했다. 소녀는 아무것도 모르는 듯, 주머니에서 먹이를 꺼내 뿌리고 있었다.

황철은 다시 혀를 차며 말했다.

"일단 독봉당으로 돌아가게. 나와 할 이야기는 아닌 것 같군."

"…네."

황철은 고개를 숙여 인사하는 당소소에게 짧게 한마디 던졌다.

"보내주는 약은 꼭 먹고."

"노력해 볼게요."

당소소가 제독전을 떠났다. 어느덧 황철 옆에 서서 팔짱을 끼고 있는 소녀. 소녀는 당소소의 뒷모습을 바라보며 말했다.

"내 어릴 때를 보는 것 같네. 고년 참 가련한 거봐."

"허, 오독문주五毒門主 님의 어릴 적이요? 비슷하게 생겼다고 과거까지 날조하시면 안 됩니다, 주인님."

"어허."

소녀는 두 갈래로 땋은 머리를 들이밀며 으르렁거렸다. 황철은 몸을 움츠리며 한숨을 쉬었다.

"…예, 정말 꼭 닮았습니다, 오독문주 님."

"내가 그렇다면 그런 게야. 그리고 여긴 당문이니 독무후라고 부르도록."

"예, 독무후 님."

황철은 한숨을 쉬며 고개를 끄덕였다. 그리고 독무후에게 말했다.

"작은 주인님께서 잠시 뵙자고 하셨는데, 어떻게 하실 생각이십니까?"

"안 그래도 지금 가려던 참이었어."

독무후는 웃으며 걸음을 옮겼다.

* * *

많은 석비가 세워진 묘지. 향이 타고 있는 한 묘 앞에 당진천이 복잡한 얼굴로 서 있었다. 당진천 곁으로 머리를 양 갈래로 땋은 한 소녀가 다가왔다. 당진천은 고개를 돌리지 않고 입을 열었다.

"오셨습니까, 스승님."

"넌 어째 커도 귀염성이 없니? 이모라고도 부르지 않고, 조우를 언니와 형부가 묻힌 곳에서 하자고 하질 않나."

"…반로환동反老還童은 또 언제 하셨습니까?"

당진천이 질색하며 옆을 돌아봤다. 독무후가 짓궂게 웃으며 그를 바라봤다. 갈색 눈동자만 빼면 영락없는 당소소의 어릴 적 모습이었다. 당진천은 이마를 짚으며 아픈 골치를 달랬다. 독무후가 당진천의 다리를 장난스레 걷어찼다.

"이모는 저 먼 황궁에서 개고생하고 왔는데, 처음 묻는다는 소리가 고작 그거냐?"

"달리 물어볼 것이 있습니까?"

"우리 귀여운 조카, 가주됐다고 무게 잡는 거 봐. 언니가 보면 자랑스러워하겠어."

독무후는 고개를 까딱하며 눈앞의 묘지를 바라봤다. 당진천이 난감한 기색을 보이며 한숨을 쉬었다. 독무후는 까치발을 들어 당진천의 볼을 꼬집었다.

"반로환동을 한 건 대충 십 년 전쯤인가…. 황궁에서 좋은 것만 주워 먹었더니, 이렇게 됐지 뭐야."

"좀 거북합니다, 스승님."

"누군 좋아서 이런 꼴을 하는 줄 알아? 반로환동 같은 거 하지 않아도 죽을 때까지 젊은 몸으로 살 수 있을 텐데…."

"어련하시겠습니까. 그래서 평소엔 제 말은 죽어도 듣지 않으시더니 이번엔 응하신 이유가 뭡니까?"

"근데 이 녀석 말본새 좀 봐라."

독무후가 당진천의 볼을 쭉 잡아당겼다. 당진천이 인상을 쓰며 고개를 저었다. 독무후는 당진천을 보며 픽 웃더니 볼을 놓고 말했다.

"황궁의 정세가 안정화되니 더는 봐줄 독이 없더구나. 처음 갔을 땐 온갖 독으로 천자를 독살하려 들더니…. 산처럼 쌓인 영약과 신병이기들은 좀 아쉬웠지만 내 귀여운 조카가 부르는데 어쩔 수 없었지."

"아쉬운 쪽은 독살을 위해 음식에 넣은 독 아닙니까?"

"녀석, 건방져진 거 봐."

독무후가 혀로 입술을 핥았다. 당진천은 그녀가 꼬집은 볼을 손가락으로 쓰다듬으며 물었다.

"어떻게 황궁에서 나오셨습니까? 스승님 정도 되는 고수를 곱게 놓아줄 리 없었을 텐데."

"세상이 한 번 바뀌었지. 현 황제는 무림에 큰 관심이 없어. 아니, 오히려 이용하려고 하신다.”

“요즘 부쩍 무림맹의 권한이 강화된 연유가 거기 있었군요.”

“지방에 절도사를 파견해 관리하는 것엔 한계가 있지. 땅덩어리는 넓고, 지방의 군권을 쥔 절도사들 때문에 힘들게 찾은 황궁의 일시적 평화를 깨긴 싫으니까. 그래서 절도사의 권한 중 일부를 떼어 정파 무림에 자경단의 역할을 맡긴 셈이야.”

독무후는 심지가 줄어들고 있는 향을 바라봤다. 당진천이 고개를 끄덕이며 독무후가 쉽게 빠져나올 수 있었던 이유를 유추했다.

“황실이 안정됐으니 이젠 지방으로 가서 일하라 이거군요.”

“너에겐 좋은 일 아니더냐? 하연에게 다 들었다. 내가 황실에 비밀리에 불려간 사이, 질척거리는 비구니들과 제멋대로인 도사놈들이 귀찮게 한다며? 가서 기강 한번 다져줄까?”

“전 스승님이 쉬셨으면 좋겠습니다만.”

“나 같은 사람은 골방에서 편히 늙어 죽을 성격은 아니야. 황궁에 있던 이십 년 동안 원체 좀이 쑤셨어야지.”

독무후는 당진천의 말을 받아치며 귀를 후볐다.

“이야기를 얼추 들어보니, 꽤 힘들어 보이는구나.”

“그다지 힘들지는….”

“수신제가修身齊家, 치국평천하治國平天下라고 했다. 몸은 닦았으나 집안을 평안하게 만들지 않고 천하를 생각했으니, 고생은 뻔하지 않으냐?”

“드릴 말씀이 없습니다.”

독무후는 수심 어린 당진천의 말에 그의 등을 툭툭 쳤다.

“그래서 평생 안 들어주던 조카의 부탁을 들어준 거야. 제자가 부족한 부분을, 스승이 채워줘야 하지 않겠니?”

“…뭐라 말씀드려야 할지.”

"그냥 고맙다는 한마디면 충분하단다."

독무후가 웃으며 말했다. 당진천은 독무후의 따뜻한 말에 못 이겨 결국 미소를 지었다. 묘 앞에 피워둔 향이 다 타고, 한 줄기 바람이 일었다. 독무후는 흩날리는 두 갈래의 머리를 쥐며 말했다.

"언니는 형부를 좋아했지. 형부를 좋아하는 만큼, 당가도 좋아했어."

"예, 두 분은 당가를 소중히 여기셨죠. 그래서 전 얼굴을 들 수가 없었습니다."

"이미 일어난 일을 그리 마음에 두지 말아라. 난 그런 두 사람을 좋아했고, 두 사람의 자식인 널 좋아한단다. 너도 최선을 다했잖니?"

"스승님은 이런 낯간지러운 말 안 하시잖습니까?"

"뭐, 늙어서 그런가?"

독무후는 땋은 머리 끝을 만지작거렸다. 그리고 몸을 돌리며 말했다.

"그럼 이제, 네가 좋아하는 귀여운 딸을 한번 보러 가볼까."

"예."

"칠혼독이라. 위험한 걸 먹였어."

"혼돈의를 불러 어찌 살려는 됐지만, 단전과 혈맥이 녹아내린 상태입니다. 내공을 쌓는다면…."

독무후는 묘지에서 나가는 돌계단을 밟으며 말했다.

"온몸에서 피를 뿜으며 죽겠지."

"…예. 그래서 스승님을 불렀습니다. 오독문의 방도론 해결책이 있을 것 같기에."

"뭐, 네 생각대로 방도가 없는 건 아니지만…."

산에서 내려가며 보이는 별채의 외딴곳인 독봉당이 눈에 들어왔다. 독무후의 눈엔 많은 생각이 담겨 있었다.

"의지는 있는데 각오가 되어 있진 않은 것 같더군."

‡ ‡ ‡

창백한 안색의 당소소가 탕약을 홀짝이고 있었다. 하연이 걱정스러운 눈길로 곁을 지키고 있었다. 울컥 올라오는 쓴맛에 인상을 찡그린 당소소가 말했다.

"그래서, 아버지가 불러서 뭐라고 하셨어?"

"시비들을 감독하는 시녀장을 맡아줬으면 좋겠다고 하셨어요."

"잘됐네. 힘들게 고생한 보상을 받게 돼서 정말 다행이야."

당소소는 그동안 자기 밑에서 고생만 해왔을 하연을 생각했다. 동시에 고생만 잔뜩 하고 제대로 된 대우를 받지 못하던 김수환의 삶을 떠올렸다.

'옳은 일을 한 사람은 옳은 대우를 받아야 해.'

그녀는 빈 그릇을 내려놓고 웃었다. 하연은 얼굴에 그늘을 그리며 말했다.

"하지만 제가 시녀장이 되면 당분간 아가씨 일엔 소홀하게 될 것 같아 걱정이에요."

"그래도 잘 될 기회잖아. 노력한 만큼 보상을 받는 건, 꽤 어려운 일이야. 난 네가 꼭 시녀장이 됐으면 좋겠어."

"그렇게 말씀해 주시니, 어떻게 해야 할지 모르겠네요…."

하연은 어쩔 수 없이 웃음을 지어주었다. 그때 하연 등 뒤에서 꼬마 한 명이 허리를 껴안으며 말했다.

"잘 있었느냐, 하연아."

"꺅! 누, 누구니?"

"네 주인도 못 알아볼 정도로 컸다니, 살짝 섭섭한걸."

독무후는 하연의 허리를 놓아주며 방긋 웃었다. 하연은 눈을 가늘게 뜨며 독무후의 전신을 훑었다.

"어…. 무후, 님…?"

"어쩌다 보니 이렇게 되었다. 그래서, 새로운 주인은 마음에 드느냐?"

"네, 나름 재밌으신 분이랍니다."

독무후는 하연의 대답을 듣고 당소소를 마주보고 앉았다. 그리고 자신과 똑같이 생긴 보랏빛 눈의 당소소를 바라봤다. 당소소 또한 독무후의 갈색 눈을 마주했다.

'그 어린아이가 독무후…?'

당소소는 놀란 마음을 지울 수가 없었다. 쌍검무쌍에서는 독무후에 대한 제대로 된 묘사가 나오지 않았다. 그저 장막이나 그늘에 모습을 감추고 주인공에게 해독제나 조언을 주던 사람으로 나왔을 뿐. 이런 소녀일 줄은 미처 상상하지 못했다.

독무후는 턱을 괴고 생각에 빠진 당소소의 얼굴을 바라봤다.

"네가 당소소구나."

"앗, 독무후 님을 뵙니다."

당소소가 정신을 차리고 황급히 일어나려고 하자 독무후가 고개를 저었다.

"조카의 자식한테 그런 극진한 예의를 받을 생각은 없단다. 가뜩이나 몸도 허해 보이는데, 편히 앉아 있거라."

"…네."

"……."

독무후는 말없이 당소소를 바라봤다. 당소소는 독무후가 소녀의 몸이라는 괴리감과 자신을 꿰뚫어 보는 듯한 그녀의 시선에 슬쩍 눈을 돌렸다. 독무후는 당소소가 시선을 피하자 하연에게 일렀다.

"잠시 나가 있거라."

"예, 무후 님."

하연이 나가자 독무후는 자리에서 일어나 당소소에게 다가갔다.

"제독전에서의 이야기는 들었다. 당가에 반기를 든 자들의 감형을 원한다고?"

"……."

"피하지 말고 말하거라."

"예. 저와 관련된 일은 전적으로 제가 잘못한 것이기에."

"흐음."

독무후는 땋은 머리 끝을 만지작거리며 당소소의 얼굴을 바라봤다. 그 시선에 당소소는 헛바람을 들이켜며 절로 상체를 뒤로 뺐다. 독무후가 계속해서 물었다.

"이유는 네가 저지른 행실 때문이고, 게다가 넌 아무것도 아닌 존재라서?"

"네, 저는….."

"무르구나."

독무후는 아직 옅은 떨림이 가시지 않은 당소소의 손목을 잡았다.

"결국, 그들이 선택한 행동이란다. 어떤 행동에는 책임이 따르기 마련이야."

"하지만 전, 그들에게 막 대했던 책임을 지지 못했어요."

"글쎄다."

독무후는 당소소의 손목을 놓아주고 말을 이었다.

"넌 네 행동의 대가로 칠혼독을 먹고, 온몸의 혈맥과 단전이 망가졌단다."

"…예?"

"영약을 섭취해 내공을 쌓지 못했던 십팔 년의 세월을 줄일 수도 없고, 심지어 무공을 배웠다간 목숨이 위험할 수도 있게 되었다. 그 정도라면 나름 책임을 진 셈 아니겠니?"

"그런…!"

당소소는 쿡쿡 쑤셔오는 오른팔에 고통을 느끼며 왼팔로 움켜쥐었다. 옆엔 설 수 없어도, 뒤를 따라가볼 순 있다고 생각했다. 하지만 출발선에 설 수조차 없다는 생각이 그녀의 머리를 헤집었다. 독무후는 웃으며 당소소에게 말했다.

"이젠 감형을 시키지 않아도 되겠느냐?"

"……."

당소소는 차마 답은 못 하고 거칠게 숨을 쉴 뿐이었다. 또다시 생각이 팽창했다. 그들을 처벌하면 이 괴로운 생각들이 가실 것 같다는 안온한 마음으로 생각이 수렴했다.

독무후는 아무런 말을 하지 않는 당소소를 보며 고개를 끄덕이고 다시 자리로 돌아가려 했다.

"…감형은 안 되겠지요."

"이제야 이해를 하는구나."

"그래도 지은 죄를 넘어서 더 큰 벌을 받는 것은 안 돼요."

"왜지?"

독무후의 고개가 돌아갔다. 그녀의 시선이 닿자 실망에 젖어 있던 당소소의 눈이 처연하게 빛났다. 당소소는 이런 절망적이고 막막한 감정을 알고 있었다. 당진천과 단혼사에게 당청의 모반을 토로했을 때. 그 사건에서 당소소는 반대를 주장하려면 구체적인 대안이 제시되어야 함을 배웠다. 고개를 돌린 독무후의 시선을 마주 보던 당소소의 입이 열렸다.

"당가가 흔들리기 때문이에요."

"당가가 흔들린다라…."

"제독전은 당가의 핵심기관 중 하나고, 총관과 하인들은 당가의 피를 돌게 하는 혈액과도 같은 존재들이에요. 이들을 쳐낸다면 유지되고 있는 균형이 무너질 것이 분명해요."

"당연한 이야길 하는구나."

"그럼…?"

기대를 하며 되묻는 당소소에게 독무후는 단호한 말을 뱉었다.

"하지만 쳐내야 한단다. 쳐내지 않으면, 장로들은 그들을 손에 쥐고 네 아비의 목을 찌르기 위해 달려들 것이야. 가뜩이나 분파들을 성도로 이주 시키면서 흩어졌던 방계의 장로들을 지근에 두고 관리하기 시작할 텐데, 넌 네 아비가 죽기를 바라느냐?"

"아니요, 절대로."

"그리고 당가의 독심이 흐려져서는 안 된다. 예외를 두고 관용을 베풀기 시작하면, 권위는 땅에 떨어지게 된다. 그렇지 않아서 당가가 오래도록 고고하게 있을 수 있는 게야."

독무후가 자리에 앉으며 흥미로운 얼굴로 고뇌하는 당소소를 바라봤다.

'몇 년간 날 그리워하는 편지만 보내던 하연이, 최근엔 자기 주인이 귀엽고 불안하다며 편지를 보내왔지.'

독무후는 온갖 감정이 얼굴에 드러나는 당소소를 바라보며 헛웃음을 지었다.

'…뭔가 이해가 될 것 같기도 한걸.'

독무후는 의자 팔걸이에 손을 올렸다. 하연의 편지에 써 있던 안하무인 당소소는 사람의 생명을 존중하고, 생명을 가문의 명예와 저울질하는 어리숙한 소녀가 되어 있었다.

'대충 왜인지 느낌은 오는데….'

독무후는 손목을 잡았을 때 느낀 그녀의 상태를 떠올렸다. 그녀의 눈이 흥미로 물결쳤다. 독무후는 팔짱을 끼며 당소소에게 말했다.

"네 고뇌를 풀 수 있게 조금이나마 도움을 주도록 할까."

"…네, 부탁드릴게요."

"일단 넌 별것도 아닌 존재가 아니란다."

"알고 있습니다. 전 독천의 자식인걸요."

당소소의 말에 독무후가 빙긋 웃었다.

"그래. 그리고 독무후의 두 번째 제자란다."

당소소는 독무후의 말을 듣고 눈을 깜빡였다. 잠깐의 침묵이 찾아왔다. 독무후는 고개를 갸웃하며 침묵하고 있는 당소소에게 물었다.

"마음에 들지 않는 게냐?"

"네? 아니, 그게…. 제가 독무후 님의 제자를?"

"구배지례니 뭐니 그런 같잖은 건 생략하자고. 네 아버지한테도 안 받았거든."

독무후는 영악한 웃음을 지으며 땋은 머리를 쥐고 비틀었다. 그녀의 시선엔 아직도 자신이 왜 독무후의 제자가 되는지 이해하지 못하는 당소소가 있었다. 독무후는 머리에서 손을 놓으며 말했다.

"그래, 말해보아라."

"예?"

"납득하지 못하고 있잖느냐?"

"그건…, 예."

"내가 천하십강 중 하나라는 과분한 이름으로 불리고 있다지만, 그리 깐깐한 사람은 아니란다. 오히려 베풀고 싶어 하는 사람이지."

독무후의 말에 당소소는 고개를 끄덕였다. 그녀는 기본적으로 무언가를 필요로 하는 사람이 있다면 늘 베푸는 쪽이었다. 주인공에게 주었던 해독제와 만독불침지체가 바로 그것이었다.

하지만 그것은 주인공이 장차 마교의 발호를 막을 천하기재이기 때문에 주었던 것. 재능이 부족한 자신에게 베푸는 이유를 찾지 못하고 있었다.

독무후는 혼란스러워하는 당소소에게 말했다.

"하연을 왜 내 시비로 들였는지 아느냐?"

"아뇨…. 하연이 독무후의 시비였다는 것도 오늘 처음 알았어요."

"녀석, 티를 내고 싶었을 텐데. 칭찬을 좀 해줘야겠구나."

독무후는 실소를 터뜨리며 턱을 괴었다. 그리고 말을 이어갔다.

"하연은 내가 황궁에서 독을 관리하기 시작할 즈음 마지막 기미상궁이 었단다. 상당히 독특한 독을 쓴 터라, 살리는 데 꽤 애를 먹었지."

"…황궁? 황궁에 계셨었나요?"

"그래. 내가 독을 관리할 적엔 황실은 그야말로 암투의 온상이나 다름 없어서, 끼니마다 기미상궁이 죽어 나갔지. 그래서 길거리의 아무나 들여 와 기미상궁을 시키는 일이 다반사였단다. 하연도 그중 하나였고."

"하연이…."

"홍노갈虹魯蝎의 진액津液. 그녀가 먹은 독의 이름이니라."

독무후는 그렇게 말하며 입맛을 다셨다. 당소소는 식은땀이 흘렀다.

"홍노갈은 사막에서 살지. 독특하게도 홍노갈은 전갈답지 않게 꼬리의 침으로 독을 투사하지 않는다. 입가에 머금은 자신의 진액을 뱉어 먹이를 무력화시키고, 침이 없는 대신 둔기처럼 뭉툭해진 꼬리로 마무리를 짓지."

"그래서 하연이 독무후 님의 시비가 된 이유는…?"

"그렇게 보이진 않는데, 성격이 급하네. 참고해야겠어."

독무후는 키득거리며 악동처럼 웃었다. 그리고 자신의 손을 바라보며 말했다.

"홍노갈의 독은 꽤나 독특하지. 사람의 살을 녹이는 점은 여느 산酸과 비슷하다곤 하나, 매개체에 닿아도 중화가 되질 않는다. 홍노갈은 그것을 이용해 먹이를 온전히 녹여서 자신만 먹을 수 있는 액체로 만들지."

"그렇게 대단한 독을, 어떻게 식사에 탈 수 있죠?"

"독을 정제하는 건 흥미로운 일이야. 독성을 어느 부분까지 살려야 할지, 어떤 특색을 죽이고 또 어떤 특색을 덧씌울지…. 하연이 먹었던 것은 산성을 낮추고 향과 냄새를 음식의 향에 맞게 조합했다. 중화되지 않는다는 악독한 특성은 그대로 살려놨지."

"그렇다면…."

"그래. 내가 하연을 거둬서 몇 년 동안 돌보지 않았다면, 죽었을 거다."

독무후의 말에 당소소는 헛숨을 들이켰다. 독무후는 웃음을 지우고 당소소를 바라봤다.

"칠혼독을 섭취한 넌, 단전과 혈맥이 녹아내려 정상적인 무공을 배울 수가 없다. 네 아비가 무공을 가르치는 것을 꺼리던 것도 그 맥락으로 설명할 수 있어. 제대로 무공을 배우고, 운기조식으로 내공을 쌓아간다면 넌 칠공에서 피를 토하며 죽을 테니까."

"……."

당소소는 창백해진 얼굴로 독무후를 바라봤다. 그리고 고개를 저으며 쌍검무쌍에서의 묘사를 기억했다. 분명 자신은 주인공의 앞길을 방해하는 역할이 되어 나타난다. 독각음녀라는 추악한 모습이 되어서. 비록 정천무관에선 무공을 배우지 않았지만. 그렇기에 합리적으로 도출할 수 있는 답이 있었다.

'…마공魔功이 아니면 난 무공을 익힐 수 없는 몸이었어.'

서술되진 않았지만, 정천무관에서 무공을 배우지 않았던 이유는 아마 그것이었을 것이다. 정당한 실력행사에 나서지 못하고, 그저 당가에서 훔쳐온 독으로 다른 이들을 질투하던 이유도 아마 그것이었을 것이다. 최후엔 당가가 아닌, 마교에 투신했던 이유도.

독무후는 창백해진 당소소의 얼굴을 안쓰럽게 바라봤다. 당소소는 숨을 골랐다.

'포기해도 되나? 아니, 포기해야 하나?'

당소소는 떨리는 손을 가슴에 얹었다. 온갖 사건들을 바꿔가며 느낀 바는, 이제 그렇게 노력하지 않고 당가에 콕 박혀 산다면 평온하게 살 수 있다는 것이다. 좀 삐걱거리긴 하지만 김수환이 진정으로 갈구하던 화목한 가정 안에서. 이젠 자신이 나서지 않아도 주인공이 모든 사건을 해결할 수 있을 것이다. 성공적으로 해독제와 만독불침지체만 쥐여준다면.

당소소는 가슴에 얹은 손을 떼며 주먹을 쥐었다.

'하지만 그것은 내가 바라는 해결이 아니야.'

주인공은 사건을 해결할 수 있다. 하지만 그사이 일어나는 비극과 사건 이후에 터져 나올 후유증은 막지 못한다. 그것은 묘사에 짤막하게 나올 뿐이니까. 그런 비극을 모두 담기에 소설의 분량은 한정되어 있으니까.

당소소는 그중 하나를 떠올렸다.

'파산검破山劍.'

암약하는 악역이 뽑아 휘두른, 산을 무너뜨리는 검. 주인공은 그를 막는 데 성공하고 모두의 칭송을 받으며 정천무관으로 귀환한다. 하지만 산이 무너져 터전을 잃고 친지를 잃은 사람들을 제대로 구하는 장면은 없다. 파산검은 주인공의 애검이 되고, 난민들이 그를 칭송하는 장면에서 끝났을 뿐이다.

당소소는 눈을 감으며 뻗어 나간 잡념의 가지를 쳐냈다. 모든 관심사를 끊고 당가 안에서 평안하게 산다는 것은, 역설적으로 절대 평안하지 않은 일이었다. 당소소는 숨을 뱉으며 말했다.

"그럼 절 제자로 거둔다고 하시는 것도, 칠혼독의 관리는 독무후 님만 할 수 있기 때문인가요?"

"반은 정답이란다."

"반…?"

"칠혼독은 꽤 독특한 성질의 독이지. 혈맥과 기를 좀먹는 독이라는 것만 알려졌을 뿐, 아직 그 성분이 명확하게 분석되진 않았어. 어떻게 해독했는지 혼돈의를 불러서 물어보고 싶다니까."

독무후는 괴었던 손을 풀고 이어서 말했다.

"그래서 칠혼독의 분석이 첫째 이유란다. 하지만 나도 독무후라는 이름의 무게가 있는지라, 막 제자를 들이진 않는단다."

"그럼…?"

"당가는 빛과 어둠 중 어느 쪽이었냐 묻는다면, 어둠에 가까운 가문이었지. 네 할머니와 할아버지는 그런 어둠을 싫어하셨다."

독무후는 너무 꽉 쥐어서 새하얗게 변한 당소소의 손을 잡아 주먹을 펴줬다.

"그리고 넌 어둠을 무서워하잖니."

"어떻게…?"

"실재하는 어둠만이 아닌, 이 세상의 어둠까지도 무서워하잖니. 천괴와 학귀를 상대했을 때도, 그들이 가져올 어둠이 무서워서 앞으로 나선거잖니. 잘못을 저지른 자들을 처형하는 것도 혹여, 당가가 그늘을 벗 삼게 되는 것은 아닐까 두려워서 그런 거잖느냐."

당소소는 놀란 눈으로 독무후를 마주했다. 독무후는 흥미 가득한 눈으로 호선을 그리며, 그녀의 손을 주물러주었다.

"난 네가 걱정되고, 가르쳐주고 싶었단다. 내 조카의 딸이라서."

"제가요…?"

"세상은 빛만으로 살 순 없어. 어둠이 있기에 빛이 있는 거지. 네 아비는 이제야 겨우 그것을 깨달은 것 같다만…. 그래도 그 아이는 제 몸은 갈고닦아 더 큰 화는 입지 않았구나 싶었는데, 그 아이의 딸은 더 심하네."

독무후의 손에서 번져오는 온기가 그녀의 얼굴에 혈색을 돌게 했다. 독무후는 그런 당소소를 보며 말했다.

"수신제가하고, 치국평천하라는 말이 있다. 제 몸을 연마해, 집안을 안정시킨다. 그렇게 안정된 내부로, 나라와 천하를 생각하라는 말이지. 넌 지금, 네 몸조차 돌보지 않고 천하를 생각하는 중이야."

"하지만 어쩔 수 없었는걸요."

"그래서 어쩔 수 있게 만들어주고 싶었단다. 이건 조카의 딸이라서가 아닌, 의협을 흠모하는 한 명의 무림선배로서야."

독무후는 당소소의 손을 놓고 웃었다. 당소소는 믿기지 않는다는 얼굴로 독무후를 바라봤다.

"제가 무공을 익힐 수 있나요?"

"독무후의 제자가 무공을 쓰지 못한다니, 그런 농담 같은 일이 있을 리가 있나."

"제가, 저는. 그게, 천재도 아닌데…. 폐만 끼칠 거고…!"

"나도 천재는 아니었단다."

독무후는 그렇게 말하며 팔짱을 꼈다. 그리고 웃으며 말했다.

"천재가 된 거지."

그녀는 당소소의 옆머리를 매만졌다. 그리고 몸을 훑어봤다. 감정을 감추지 못하는 얼굴과 몸의 떨림. 당가의 규수답지 않은 묘하게 이질적인 습관들. 그리고 십팔 년 간 사천당가의 혈육으로 자란 것 같지 않은 소심하지만 온건한 가치관.

꽤 흥미로웠고, 아쉬웠다. 가문의 연장자로서 흠결은 깎고, 장점은 남겨주고 싶었다. 그리고.

'넌 과연, 어떤 무인이 될까.'

개인적인 호기심의 발로였다. 분명 그녀는 최악의 재료였다. 나이는 무공을 시작하기엔 너무 늦은 열여덟. 가문의 총애를 받는다곤 하나 칠혼독에 중독됐던 편력 때문에 영약은커녕 제대로 된 내공심법을 알려줄 수조차 없다.

기억을 잃기 전엔 모든 이의 증오를 받았고, 기억을 잃은 후엔 그 증오를 감내하며 어둠을 두려워한다. 하지만 공포에 젖은 손길로 타인의 어둠을 걷어내려 하고 있었다.

'그 괴리의 연원에 대해서도 짐작은 간다. 그 점까지 포함해서, 날 즐겁게 하는 아이야.'

독무후는 온갖 사슬을 몸에 두르고 오로지 올곧은 마음 하나로 나아가려는 그 모습이 보고 싶었다. 하지만 그 고행을 혼자 보내고 싶진 않았다. 지금의 당소소의 모습은, 언니를 보내고 홀로 오독문에 남겨져 길을 잃고 헤매던 자신의 모습 같았으니까.

그녀는 속삭이듯 말했다.

"오독문은 말 그대로 독을 다루는 운남성의 문파였단다. 정파도 아니고 사파도 아닌, 새외의 무림으로 취급되던 곳이지. 오히려 난 그 점이 좋았다. 신경을 끄고 독을 연구할 수 있었으니까. 하지만 언니는 다른 생각이었지."

독무후는 자신의 자매가 웃으며 말하던 목소리를 떠올렸다.

'너에게 더 넓은 세상을 보여주고 싶어.'

"언니가 사천당가의 가주와 결혼을 했다. 당시엔 잘 이해되지 않았어. 그저 독에 있어서 부족함을 느낀 사천당가가, 오독문의 지혜를 탐내 저지른 일이라고 생각했을 뿐. 그래서 난 오독문주의 자리를 물려받고 언니와 형부를 미워하며 독만 연구하는 나날을 보냈지."

독무후는 당소소의 머리칼을 매만지던 손을 떼고 머리 전체를 쓰다듬었다. 형부와의 대화가 들려왔다.

'세상은 처제를 필요로 하오. 아마 처제도 세상을 필요로 할 것이오.'

'내가 아니라 내가 연구한 독이겠지.'

'그런 것 같소?'

독무후는 자신을 향해 되묻던 그 물음을, 반세기가 훌쩍 넘은 지금까지도 기억하고 있었다. 그렇게 그녀는 당가의 가신이 되어 무공을 익혔다. 그리고 그녀는 언니의 말이 무슨 말이었는지 떠올리게 되었다.

"그러다가 난 네 할아버지의 부름을 받고 당가로 갔다. 그리고 독예毒藝라 불리기도 했고 수절手絕이라 불리기도 했다가, 비화匕花라고 불리기도 했지. 결국 난 독무후로 불리게 됐다."

"…행복하셨나요?"

당소소의 당돌한 물음에 독무후는 씩 웃었다.

"썩 재밌었단다."

"다행이네요."

"그래서 난 다시 너에게 말해주고 싶단다."

독무후는 그녀의 머리를 헝클어뜨리며 말했다.

"세상은 널 필요로 한단다."

그녀는 이제 자리에서 일어났다. 그리고 당소소를 향해서도 일어나라는 눈짓을 보냈다.

"하지만 그 필요에 응하기 위해서 넌 더 넓은 시선으로 세상을 볼 필요가 있다. 내공을 쌓기 위해 남들보다 더 끔찍한 행동을 해야 하고, 네가 품고 있는 그 생각을 실현하기 위해 더 끔찍한 광경을 목도해야 해."

"……"

"그럼 갈까, 나의 제자야?"

독무후가 물었다. 당소소는 고개를 끄덕이며 자리에서 일어났다.

아름답게 핀 꽃이 열매를 맺기 위해, 눈보라를 마주했다.

10장

불굴일향

不屈一香

내공은 쌓을 수 없었다.

육체는 나약했다.

의지는 피어 있었다.

그렇기에 여기 사그라지지 않는 한 줄기의 향기.

백절불굴百折不屈의 마음.

* * *

작은 체구에 어울리지 않게 큰 보폭으로 걸어가는 독무후. 당소소가 뒤를 따라 주변을 훑으며 걸어가고 있었다. 외각과 별채 사이. 독무후는 잠시 멈추고 인상을 찌푸리더니 나지막이 말했다.

"이십 년 동안 자리를 비웠더니, 길이 바뀌었나보네."

"어딜 가시는 건데요?"

"내 옛날 별채가 여기 어디쯤 있었는데…."

독무후는 콧소리를 내며 가늠을 하더니 외각의 담장 사이로 모습을 감췄다. 당소소는 그녀를 따라 골목으로 들어섰다. 비교적 후미진 길이었지만 잡동사니나 쓰레기가 굴러다니지 않는 깨끗한 골목이었다. 독무후는 그 길을 보고 빙긋 웃으며 당소소에게 손짓했다.

"이리 오거라. 하연이 내가 살았던 건물이라고 매일 치운 듯하구나."

"네, 음. 이모할머니…?"

"…흐흣, 스승님이라고 부르거라."

장난기 어린 웃음을 지은 독무후는 길 끝에 있는 단출한 건물을 올려다봤다. 무후당武后堂이라는 현판이 없었다면 영락없이 창고로 착각했을 정도로 작은 건물이었다. 독무후는 무후당 대문을 밀었다. 매일매일 관리를 했는지 오래된 경첩 특유의 삐거덕거리는 소리조차 들리지 않았다.

"…녀석, 굳이 나를 따랐던 티를 내지 말라고 했건만."

직계나 가신에게 주어진 땅이라기엔 너무 작았다. 무후당의 그 작은 장원엔 목각 허수아비 하나만 덩그러니 서 있을 뿐이었다. 독무후는 추억 어린 손길로 목각 허수아비 머리에 손을 올렸다.

"이런 쓸모없는 것까진 안 닦아도 됐을 텐데."

"…스승님의 건물이라기엔 너무 작네요."

"난 제독전 안이나 연무장에서만 죽치고 있었으니까. 게다가 가문 안에 있던 시간보다 가문 밖에 있던 시간이 더 길었지. 여긴 그냥 잠만 자는 곳이었어."

독무후는 당소소의 말에 대답해주며 다리춤으로 손을 가져갔다. 손에 자그마한 비수 하나가 쥐어졌다. 독무후는 비수를 허공에서 한 바퀴 가볍게 휘돌리며 엄지와 검지로 비수의 손잡이를 쥐고 팔을 어깨 너머로 젖했다.

팍!

목각 허수아비의 머리 정중앙에 비수가 깊게 박혔다. 독무후는 멍하니 자신을 바라보는 당소소를 바라봤다.

"산류수는 어느 정도 익혔느냐?"

"그, 그게…."

당소소는 품안에서 철전을 느끼며 독무후의 시선을 피했다. 솔직하게 실뜨기를 떼고, 철전을 굴리는 중이라고 말하긴 부끄러웠기에. 독무후는 당소소의 얼굴과 벗겨진 손가락 사이를 보며 그녀의 경지를 어렵잖게 유추할 수 있었다.

"이제 첫 걸음을 떼고, 기초에 들어섰구나."

"…철전을 손가락에서 굴리고 있어요."

"그것이 산류수의 일성一成이니, 단단히 배우거라."

독무후는 허수아비 머리에서 비수를 뽑아 날을 쥐고 당소소에게 내밀었다. 당소소는 비수를 양손으로 받으며 독무후를 바라봤다. 그녀의 눈은, 기대로 번뜩이고 있었다.

"오늘 가르치시고자 한 것은, 잘못을 저지른 자들이 어떤 벌을 받아야 하는지에 관한 것 아니었나요?"

"그건 아직 때가 이르단다. 네 의지를 무시하진 않을 것이니, 마음을 조급하게 먹지 말고 스승의 가르침을 따라오거라. 오늘은 네 성능을 좀 점검해 볼 생각이니까."

"그럼 무공을…!"

"후후, 그래. 조금 뒤로 멀어지거라. 거기 서서 배워보자꾸나."

독무후는 당소소의 설렘 가득한 눈길에 웃어주며 자세부터 교정해 주었다. 조막만한 발이 발꿈치를 툭 치자 자연스럽게 왼발이 안쪽으로 약간

각도가 비틀리며 반보 앞으로 내밀어졌다.

"불편하진 않느냐?"

"괜찮…."

"버티고자 하는 의지를 보는 것이 아닌, 네 최적의 자세를 찾는 것이니 솔직히 말하거라."

"…그렇게 불편하진 않아요."

"그럼 왼발을 아주 약간만 더 앞으로 내딛거라. 대략, 한 촌寸 정도겠네."

당소소의 왼발이 약간 앞으로 나아가자 자세가 불안해지며 골반에 걸리는 부하가 급작스럽게 커져갔다.

"좀 불편해요."

"오른발의 발꿈치를 떼며 밖을 향해 반 바퀴 돌려보거라."

"흣!"

오른발이 세워지며 반 바퀴 회전했다. 다리에 엉켜 있던 힘의 축이 뒤틀리며 골반으로 가해지는 힘의 부하가 더욱 커졌다.

"곧게 펴."

독무후는 당소소의 양 허리를 움켜쥐며 정중앙에 위치시키고, 그녀의 등을 살짝 때려 꼿꼿하게 세웠다. 골반에 엉켜 있던 힘이 등줄기의 근육을 타고 흐르며 상체를 덮었다.

"언제든 무너질 수 있는, 균형을 만들어."

독무후는 까치발을 들어 당소소의 내밀어진 턱을 집어넣었다. 그리고 왼팔을 수평으로 뻗게 했으며, 비수를 강하게 움켜쥔 오른손을 매만졌다. 독무후의 손길을 따라 긴장했던 당소소의 오른손이 느슨해졌다.

"어디로도 나아갈 수 있게 느슨하게."

독무후는 당소소의 오른팔을 어깨 위로 젖혔다. 느슨하게 쥔 비수가 살짝씩 흔들렸다. 그리고 탐탁찮은 듯 콧소리를 내며 물었다.

"흠, 던지거라."

파라락!

바람을 거스르는 둔탁한 소리와 함께 비수가 불안정하게 회전하며 포물선을 그렸다.

타닥!

돌바닥을 때리는 소리가 들렸다. 비수는 목재 허수아비에 한참 미치지 못하는 곳에 추락했다. 독무후는 손바닥을 앞으로 뻗었다. 눈가를 살짝 찡그리자 비수가 마치 시간을 역행하듯 비척거리며 일어나 독무후의 손으로 되돌아갔다.

"무엇이 문제인지 느끼겠느냐?"

"…힘이 없다?"

"그건 수많은 문제가 만들어낸 하나의 결과란다. 음. 어느 정도인지 알겠네."

독무후는 아직도 뻣뻣한 자세로 손을 뻗고 있는 당소소를 보며 실소를 했다. 그녀는 고개를 끄덕이며 당소소에게 말했다.

"그 자세는 그만 취해도 되니, 편하게 있거라."

"네."

"방금 네가 했던 자세는, 당가 암기술의 기초가 되는 삼양귀원三陽歸元 이란다. 땅을 딛고 힘을 끌어올리는 다리는 지양地陽, 힘을 손실 없이 하늘로 전하는 몸통은 인양人陽, 힘을 전달받아 분배하는 팔은 천양天陽. 그리고 그 힘을 한 점에 모아 쏘아내는 행동은 귀원歸元이라고 하지."

"……"

당소소는 아무 말 없이 시선을 위로 올리며 자신의 자세를 되새김질했다.

'다리를 벌리고, 오른발을 뒤틀고…. 몸을 꼿꼿이 펴서, 양팔로 균형을 잡고 휘두른다? 아니야. 내가 휘두른 건 너무 단순했어.'

"의욕이 넘치는 건 좋구나. 그럼, 오랜만에 글줄을 좀 써볼까."

독무후는 잠시 무후당의 안채로 들어갔다. 그리고 목탄 하나를 꺼내와 네모진 돌바닥을 툭툭 두드렸다. 돌바닥에 검댕이 묻으며 회색의 몸에 검은 흔적이 생겼다. 독무후는 고개를 끄덕이며 당소소에게 말했다.

"무공을 전혀 익힌 적이 없구나. 그렇지?"

"…네."

"그럼 대충 우리가 어떤 것을 익혀야 할지 알려줘야겠구나. 많은 곳에서 이 두 단어를 각각 따로 가르치지만, 당가는 이 두 단어를 묶어서 사용하고 있어."

독무후는 목탄을 가볍게 휘두르며 일필휘지로 글씨를 써내려갔다. 가로로는 심기체心氣體라는 단어를, 세로로는 심기체의 가운데를 관통하는 정기신精氣神이라는 단어를 아래에서부터 썼다.

십자로 교차한 심기체와 정기신. 그중 독무후는 체라는 단어를 목탄으로 짚었다.

"무공은 이 다섯 가지 요소를 단련하는 것을 기초로 한단다. 먼저, 체는 무엇일까?"

"육신이 강한 것인가요?"

"물론 그것도 맞아. 하지만 체는 좀 더 넓은 영역을 포함하지. 방금 내가 보여줬던 암기술 삼양귀원같은 무술까지 포함하고 있단다."

"음, 그러니까…."

당소소는 자신의 둔중한 머리를 원망하며 신경질적으로 눈을 감았다. 독무후는 그녀가 이론을 정리할 때까지 미소 섞인 얼굴로 기다렸다. 당소소는 독무후의 눈치를 보며 자신 없는 말투로 말했다.

"다섯 가지 요소 중 체는, 강인한 몸과 그것을 휘두르는 방법을 포함하는 건가요?"

"제법 똘똘하네, 우리 제자."

독무후는 당소소의 머리를 쓰다듬어주며 말했다.

"근골筋骨과 무술武術이 바로 체라 부를 수 있는 것이지. 외공外功이라 불리는 것이 바로 그것이다. 그럼, 다음."

독무후는 목탄을 왼쪽 사선으로 내리며 정이라는 단어를 짚었다. 당소소는 쌍검무쌍의 내용을 떠올리며 머리를 긁적였다. 정기신의 합일合一이라든지, 하단전下丹田이라든지 하는 내용은 어렴풋이 알고 있었다.

당소소는 그걸 단서로 입을 열었다. 하지만 독무후가 요구하는 정확한 설명과는 맞지 않을 것이라는 생각이 들었다.

"…정은, 배꼽 아래에 있다는 단전, 그러니까 하단전을 뜻하는 건가요?"

"그 역시 작게 본다면 그렇겠네. 그런데, 단전은 무엇으로 이루어져 있겠느냐?"

"역시 내공인가요?"

"단전의 어원을 잘 생각해 보아라."

당소소는 머리끝을 매만지며 고심했다.

'붉을 단에 밭 전. 사람의 몸에서 붉은 것.'

"…피?"

"그래. 내공을 심고 기르는 붉은 밭의 정체는 피와 그 내공의 씨앗을 저장하는 단전. 무림인들은 그것을 정이라 부르지. 내가기공을 수련하는 이들은 내공심법을 통해 받아들인 내공을 피를 통해 하단전에 저장한다."

독무후는 자신의 단전을 짚으며 말했다.

"그렇기에 정은 하단전이라는 말로 치환되기도 한다. 하지만 피를 포함한다는 것을 제대로 깨우치고 있어야 해. 피를 제하고선, 순환을 설명할 수 없으니. 내공을 담은 피는 혈맥이라는 수로를 통해 퍼져 나가니까. 자, 다음."

목탄이 위로 올라가 기라는 단어를 짚었다. 독무후는 기특하다는 표정으로 당소소를 바라보며 말했다.

"단서를 주자면, 내가 짚는 순서로 연결고리가 있단다. 그럼 피는 어느 곳에서 유래해서 어느 곳으로 향할까?"

"역시 중단전中丹田이라 불리는 심장인가요?"

"맞단다. 정확히는 오장육부. 하단전의 내공이 담긴 피는 장기로 뻗어 나간다. 내공은 영양분이 되어 장기의 기운을 북돋고, 장기는 토양이 되어 내공의 씨앗을 발아시키지. 그렇게 해서 우리는 내공을 발현할 수 있단다."

독무후는 단전에서 끄집어낸 내공을 몸 안으로 던졌다. 그리고 비수를 꺼내 쥐었다. 격렬히 맥동하는 육체와 독무후의 손 위에서 구슬프게 울어대는 비수.

"정혈精血의 기화氣化. 이것을 연정화기鍊精化氣라 부르며 일류고수의 초입이라 일컫고…."

혈액에 실려 날아온 내공은 몸을 매개로 내기內氣가 된다. 그리고 각 장기에서 뻗어나온 난잡한 내기가 피가 휘도는 혈맥이 아닌 다른 길을 통해 뻗어나간다. 중단전인 심장에서 비롯된 기가 움직이는 통로인 기맥氣脈이었다.

우웅!

한 번의 울음을 끝으로 비수의 구슬픈 울음이 멈췄다. 대신 그 비수엔 녹색의 검기가 맺혀 있었다.

"기화한 내공인 내기를 심장과 연결된 기맥에 넣으면, 절정고수에게만 허락된 내기의 실체화인 검기상인劍氣傷人, 즉 검기를 휘두를 수 있다."

독무후는 비수를 한 차례 휘저으며 검기를 거두고, 목탄을 위로 그어 올렸다. 목탄은 이제 신을 가리키고 있었다. 당소소는 잽싸게 답을 뱉었다.

"상단전上丹田, 뇌로군요?"

"또 일부만 맞췄단다."

독무후는 비수를 목각 허수아비에게 던졌다. 이번에는 비수가 목각 허수아비 머리통에 박히지 않았다. 다만 허공 중에 멈춰 있을 뿐.

"신神은 사상이고, 곧 인리人理란다."

"인리라면….''

"자연이 부여한 규율이 천리라면, 인간이 부여한 규율은 인리 아니겠느냐?"

독무후는 손을 뻗었다. 비수는 다시 뒤로 움직이며 그녀의 손에 쥐어졌다. 쏘아진 것은 뻗어나가고, 떨어지는 것은 떨어진다는 천리가 그 비수에는 적용되지 않았다.

"정혈이 내기가 됐듯이, 내기는 사상이 된다. 그것이 연기화신鍊氣化神. 내기를 매개체로 실체화된 생각과 사고는 천리를 지우고 인리를 쓴다. 그야말로 입신入神의 경지라 부를 수 있지."

독무후의 말에 당소소의 뺨은 기대감으로 붉어졌다. 활자로만 기록돼 있던 무예가 자신의 눈앞에 있었다. 연기화신이라 부르는 그 경지엔 이르지 못할지도 모른다. 하지만 쌍검무쌍의 이야기는 언제나 자신을 흥분시키고 즐겁게 해주었다. 하물며 이야기에 나왔던 무공들을 실제로 익히는 일이었다. 이르지 못하더라도, 눈앞에 있다는 것 자체만으로 그녀에겐 충분했다.

"흥미롭느냐? 그러나 쉬운 길은 아닐 게다."

"네, 알고 있어요."

당소소는 독무후의 경고에 조용히 웃었다. 그런 것쯤은 이미 알고 있었다. 뒤돌아 걸어가 안식에 드는 것을 제외하면 그녀 앞에 드리운 길들 모두 가파르기 짝이 없는 모진 길뿐이었으니까.

독무후는 어린 제자의 당찬 목소리에 기꺼운 웃음을 지으며 목탄을 좌하단으로 그었다.

심心.

"무엇일 것 같으냐?"

"심장? 아니, 심장은 이미 기라고 하셨는데….."

"별거 아니란다."

독무후는 당소소의 눈을 바라봤다. 우울한 기운이 감돌지만 의지와 활기가 가득한 보라색 눈동자. 자애가 묻어나는 갈색 눈동자가 그 속에 비쳤다. 그녀는 웃으며 입을 열었다.

"한 줌의 의지."

독무후는 속삭이듯 말했다.

❈ ❈ ❈

당소소는 독무후의 시선을 마주했다. 독무후가 당소소의 가슴께를 주먹으로 툭 치며 말했다.

"신념, 마음, 목적, 가치관. 여러 이름으로 불린다만, 난 그 한 줌의 의지를 심혼心魂이라는 말로 칭한단다."

목탄은 우측으로 그어졌다. 세로로 한 줄이 그어지며 심기체라는 단어를 관통했다.

"심혼은 사람에게 박힌 영혼의 말뚝. 체가 배의 선체船體고 기가 돛이라면, 심은 그것들이 배가 될 수 있게 하는 선장과 같은 게지."

"이해가 잘….."

"어긋난 방향으로 향해 있는 의지를 가지고 있다면, 막대한 내공과 강인한 육체는 곧장 사람을 해치는 흉기로 변한단다. 무른 의지를 가지고 있다면, 제아무리 막대한 내공과 강인한 육체가 있어도 금세 무너지고 말 것이야."

독무후는 목탄을 바닥에 던지고 당소소에게 비수를 내밀었다. 당소소는 침을 삼키며 다시 그 비수를 받았다.

"내가 너에게 일 년간 삼양귀원의 자세를 수련하라고 한다면, 할 것이냐?"

"…예."

당소소는 잠시 고심하다가 고개를 끄덕였다. 할 수 없는 것에 대해 체념하고, 맡은 바 일만 우직하게 하는 것은 김수환의 몇 안 되는 특기 중 하나였다.

독무후가 재차 물었다.

"다시 천괴와 학귀 앞에 서더라도, 똑같이 행동할 것이냐?"

"아마 그리 할 겁니다."

"네 아비가 오지 않는다고 해도?"

"그것이 제가 할 수 있는 유일한 것이었으니까요. 그리고 저만이 할 수 있는 것이었고."

보라색의 눈이 음울한 빛을 띠었다. 독무후는 이빨을 드러내고 웃었다. 양손으로 당소소의 머리칼을 이리저리 헤집었다.

"그렇게 역경 앞에서도 무뎌지지 않는 마음을 의지, 혹은 심혼이라 말한단다. 이 다섯 개의 단어 중, 가장 중요한 요소이기도 하지."

"전 그런 대단한 사람이 아닌데….."

"그럼, 내 안목이 틀렸다고 말하는 게냐?"

독무후가 손길을 멈추고 짐짓 속상한 어투로 말하자 당소소가 당황하여 고개를 저었다.

"꼭 그런 건 아닌데. 그러니까, 그냥 전 할 수 있는 것만 한 것일 뿐이라…."

"으이구, 이 귀여운 녀석."

독무후가 당소소의 옆구리를 쿡 찌르며 웃었다.

"오늘은 시간도 시간이겠다, 앞으로 네가 어떻게 수련을 해야 하는지만 간단하게 알려주도록 하마."

"네."

"먼저 정精의 단련."

독무후는 옆구리를 찌른 손으로 그녀의 창백한 안색의 볼을 쿡 찔렀다.

"꽤나 심한 빈혈 증세가 보인다. 숨도 자주 차고, 현기증도 자주 날 테지?"

"…종종 어지럽긴 해요."

"혈맥이 완전히 맛이 간 상태일 테니까. 혈류가 원활하지도 않을 것이고, 피를 만드는 기능도 문제가 있겠지. 게다가 평소에 소면만 즐겨 먹는다던데, 사실이냐?"

"네. 소면을 자주 먹긴 해요."

"당가의 아가씨씩이나 되어선 왜 그런 허술한 식사를 하느냐?"

당소소는 독무후의 물음에 입가를 움찔거렸다. 쌍검무쌍의 주인공이 소면과 죽엽청을 즐겨 먹기에 자신도 그것을 즐겨 먹는다는 말을 할 순 없었다. 그녀의 머릿속엔 자신이 마지막으로 바라보던, 소면을 먹으며 죽엽청을 기울이는 장면이 또렷하게 새겨져 있었다.

'죽기 전에 보던 마지막 화면이라 그런가? 뭐, 괜찮은 소면을 가져다줘서 입맛에 맞았던 것도 있고….'

김수환은 매일 빈곤한 식사를 해왔다. 아침과 저녁은 라면 한 봉지로 때우고, 밥에 간장을 뿌린 뒤 달걀을 올리는 궁핍한 식사. 부족한 영양소는 편의점에서 일하면서 챙기는 폐기 식품들이나 소위 함바집이라 불리는 공사장의 현장식당에서 보충했다.

'영 부담스러워서.'

돈이 들어왔다고 신난 마음에 괜찮은 식사를 사 먹었던 적도 있다. 그러나 심리적 부담감 때문에 맛을 제대로 느낄 수 없었다. 몇 번 그런 상황이 반복된 후론 따로 식생활에 큰돈을 투자하지 않았다. 잔고는 항상 부족했고 삶은 팍팍했기에.

그런 김수환의 무의식적인 거부감이 당소소에게도 이어졌다. 본래 몸이 평소에 즐겼다던 생선튀김이나 비싼 재료를 넣어 만든 애월루의 오향장육도 그리 구미가 당기지 않았다. 그런 점을 이상하게 여기는 주변의 시선에도, 그녀는 소면을 먹을 때가 가장 편했다.

'대충 독 때문에 입맛이 변했다고 하면 되겠지.'

당소소는 퍼져 나오는 회상을 움켜쥐고 변명을 쥐어짰다.

"독 때문에 소화가 좀 안 되는 것 같아요. 소면을 먹는 게 속이 더 편하고…."

"밀가루로 만드는 면은 속이 더부룩할 터인데?"

곧장 반박해오는 독무후의 말에 당소소는 헛기침을 하며 변명을 이어갔다.

"크흠, 그냥 마음이 편해서 그래요."

"왜 소면이 마음이 편한 게냐?"

"저도 잘 모르겠는데, 그냥 독 때문에 입맛이 변한 게 아닐까…."

말을 흐리는 당소소를 바라보는 독무후. 그녀는 머리칼 끝을 매만지며 고개를 갸웃거렸다.

'마음이 편하다? 무슨 뜻일까.'

독무후는 당소소가 걸치고 있는 펑퍼짐한 회색 옷을 바라봤다. 그녀가 즐겨 입는 회색 옷은 한눈에 봐도 후줄근해 보이는 생김새를 하고 있었다. 어찌나 후줄근하던지 상단의 집안에서 자란 백서희가 비단인 것을 몰라볼 정도였다. 하물며 독무후의 시선엔 어떠하랴.

'아하. 그런 거였군.'

독무후는 당소소의 말에 숨겨진 의미를 생각해냈다. 그리곤 혀를 차며 고개를 저었다.

"쯧, 못난 놈들."

기억을 잃기 전의 악행 덕에 눈총을 받는 지금의 당소소. 독무후는 그녀의 소심해진 성격 탓에 주변의 눈치를 보기에 급급했을 것이고, 제대로 된 대우를 요구하지 못했을 것이라는 생각을 했다.

'눈에 띄기 싫어서 일부러 촌스러운 옷을 입고 다녔군.'

하연이 극구 만류해도 당소소 자신이 편하다며 즐겨 입던 옷이었다. 그 사실을 모르는 독무후는 측은함이 어린 시선으로 그녀의 가냘픈 손목을 바라봤다.

'못난 년이 밥이나 축낸다며, 눈치를 준 것이겠지. 그래서 소면을 먹은 것이겠고.'

그냥 당소소의 취향이었다. 하지만 역시 그 사실을 모르는 독무후는 고개를 저으며 말했다.

"이 불쌍한 것."

"……?"

독무후는 당소소의 등을 천천히 두드리며 말했다.

"앞으론 매 끼니 좋은 것만 챙겨 먹거라. 내 제자가 되었으니, 이젠 더는 못난 놈들의 눈치를 보지 않아도 된단다."

"아니, 그게…. 전 진짜 소면이 좋아서 먹은 거라."

"애써 그들을 두둔하지 않아도 된다. 그나저나 진천이 고놈은 돌아와서도 소소에게 소면 따위를 먹여?"

"그러니까 제가 먹는다고 했는데…."

"흥, 우선 총관실부터 엎어야 하나? 그 얼간이 장보 녀석이 감히 이런 짓을 할 깜냥이 됐다니…. 참 오래 살고 볼 일이야."

독무후는 당소소의 질박한 변명이 귀에 들어오질 않았다. 그녀의 머릿속엔 가냘픈 제자에게 수모를 줬던 이들에 관한 생각밖에 없었다. 당소소는 살기가 느껴질 정도로 굳은 독무후의 얼굴을 보며 무언가 심상찮은 기류를 느꼈다. 당소소는 등을 두드리던 독무후의 손을 서둘러 잡았다.

"단련법! 단련법을 알려주셔야죠, 스승님."

"…착해 빠져선. 그러지 말라고 하지 않았느냐."

독무후는 실소를 머금으며 당소소의 이마를 쿡 찔렀다. 당소소가 눈을 질끈 감으며 고개를 뒤로 물리자 독무후가 말했다.

"내가 따로 말해둘 터이니, 매 끼니 맛있는 걸 먹거라. 되도록 육류로."

"소면은 정말 맛있어서 먹는 거예요."

"…네가 정말로 소면을 좋아하더라도, 어느 정도 영양가 있고 격식 있는 요리를 먹어야 한다. 그게 정을 단련하는 방법이기도 하거니와 당가의 규수가 된 처지로서도 필요한 것이니까."

"당가의 규수인 것이랑 소면을 먹는 것은 어떤 관련이 있는 건가요?"

당소소의 물음에 독무후는 그녀의 회색 비단옷의 소매를 흔들며 말했다.

"네가 만약 바깥에 나가 이런 궁색한 옷을 입고 볼품없는 소면을 먹고 있으면, 다른 이들은 네 모습에서 곧 당가의 모습을 짐작할 것이기 때문이란다. 넌 사천당가의 직계혈족이 아니더냐?"

"그렇게도 생각할 수 있었네요…."

"외부 활동이 잦지 않은 지금이야 상관없겠다만, 이 년 후에 네가 성인이 된다면 제대로 외부활동을 시작하게 될 게다. 그때도 이런 옷을 입고 소면을 깨작거리고 있다간, 너뿐만이 아닌 널 소중히 여기는 사천당가도 입방아에 오르겠지? 직계혈족이 저러고 다니는데, 과연 사천당가는 멀쩡할까? 이런 소문이나 나돌겠고."

독무후는 난감해하는 당소소의 모습에서 오독문을 벗어나 사천당가에 막 들어왔을 때를 떠올렸다. 그녀는 어렸고, 예의와 체면 또한 잘 알지 못했다.

'제멋대로 행동하다가 형부가 아연실색하던 때가 얼마나 많았는지.'

'아가씨의 연기가 너무 어설프긴 했어. 그렇지만 막살아오던 사람치곤 잘하고 있다고 생각했었는데.'

당소소는 묵가장 남매의 도발에 넘어가 걸죽한 욕설을 때려 갈긴 사천교류회를 떠올렸다. 습격 사건이 터졌기 망정이지 영락없이 당가가 구설수에 오르기 딱 좋은 행동이었다. 거기에 종종 백서희나 하연이 했던 몸가짐에 관한 지적도 머릿속을 맴돌았다.

당소소의 얼굴에 근심이 어리자 독무후는 그녀를 위로하기 위해 입을 열었다.

"네 모습이 곧 당가의 얼굴이라는 생각만 한다면야, 금세 배울 수 있을 것이다. 아마, 네 아비도 인지하고 있을 것이고."

"가르침 감사합니다, 스승님."

"별거 아닌 일에 일일이 감사를 표하지 말거라. 낯간지러우니까. 그럼 왜 먹는 것이 정을 단련하는 것인지 알려주도록 할까."

당소소가 근심을 지우고 감사를 표하자, 독무후는 제자가 감사를 표하는 것이 부끄러운 듯, 손사래를 치며 말했다.

"정을 단련하려면, 우선 혈맥을 온전하게 만들고 피의 양을 정상적인 수준까지 끌어올려야 한다. 네 혈맥을 온전하게 만드는 것은 추후에 오독문의 방식으로 할 테니, 제대로 된 식사를 챙겨 먹어 몸에 활기를 되찾는 것이 먼저야."

"네, 명심하겠습니다."

"기氣를 단련하는 것도 같은 맥락이고. 피가 부족하고 영양이 부족해 장기들노 제 역할을 하고 있지 못하고 있단다. 무리하지 말고, 또 누구의 눈치도 보지 말고 정말 네가 먹고 싶은 것을 먹거라."

"소면…."

"어허. 그럴 땐 거짓말이더라도 산해진미를 먹겠다 답하는 게야."

독무후는 다시 당소소의 이마를 쿡 찌르며 으름장을 놓았다. 당소소는 어쩔 수 없이 고개를 끄덕였다. 독무후는 만족스러운 웃음을 지으며 말했다.

"그다음 신神을 단련하는 방법을 알려주마."

독무후의 말에 당소소는 쌍검무쌍의 주연들이 상단전을 단련하기 위해 했던 행동들을 떠올렸다.

"역시 명상인가요?"

"불가나 도가였다면 아마 그렇게 말했겠지만, 우리는 속가란다."

독무후는 자신이 헝클어뜨린 당소소의 머리를 정돈해주며 물었다.

"연기화신을 기억하느냐?"

"네. 내기를 매개로 사상을 실체화시키는 경지라고 말씀하셨어요."

"내기는 내공이 많을수록, 정순할수록 강해진다. 그럼, 사상을 실체화시키는 것은 어떻게 강해질까?"

"음, 내기를 많이 불어넣을수록 강해지는 건가?"

독무후는 고개를 저으며 그러모은 당소소의 뒷머리에 비녀를 꽂아주었다. 그리고 그녀의 앞머리를 손가락으로 훑어 올리며 말했다.

"거대한 사고와 예측할 수 없는 상상."

독무후는 형부의 한마디를 떠올렸다. 자신도 세상을 필요로 하고 있다던 그 말. 절묘하게 들어맞는 말이었다. 자신은 오독문을 벗어나서야 비로소 감고 있던 눈을 뜨게 되었으니까.

울고 웃게 되는 일들. 화낼 일들과 슬퍼할 일들. 하늘을 연모하듯 높이 뻗은 산과 끝을 모르고 드리운 넓은 바다에서 느끼던 호연지기. 오독문에 주저앉아 독만을 바라보던 여자아이는 절대 볼 수 없었을 광경과 사건들이었다.

오독문의 어린 소문주가 겪었던 수많은 광경과 사건들은 독무후가 쥔 사상의 칼날이 되었다. 나아가 그녀의 전체를 관통하는 심혼이 되었다.

"예측할 수 없는 상상을 할 수 있도록 많은 일을 겪거라. 거대한 사고를 만들기 위해 항상 다양하고 크게 볼 수 있는 시야를 갖도록 노력해라. 그것이 신을 단련하는 방법이고, 더욱 강한 사상을 실체화하는 방법이란다."

"많은 경험과 넓은 시야…."

"다음은 체體…. 일단 무술은 천천히 단련하자꾸나. 산류수와 삼양귀원부터 시작하긴 하겠지만, 자세를 제대로 취할 수 있도록 허약한 근골부터 단련하는 게 우선이겠네. 우선 제대로 먹거라. 피와 근골의 건강함은 그곳에서부터 나오니까."

당소소의 얇은 손목을 바라보던 독무후는 그렇게 말하며 뒤돌아섰다. 당소소는 고개를 끄덕이며 물었다.

"육체의 수련은…."

"넌 그 몸으로 육체를 수련할 셈이니?"

독무후는 어이가 없다는 듯 말했다. 하지만 당소소는 혹사에 익숙했다. 당소소는 아무렇지 않다는 듯 밝은 웃음을 보이며 말했다.

"천천히 하는 정도라면, 괜찮지 않을까 싶어서."

"…그래, 네 말도 일리가 있긴 하구나. 산책하며 짤막하게 몸을 데우는 운동 정도는 괜찮겠지. 아침을 먹고 빠른 걸음으로 당가 주변을 산책하는 정도로만 하거라."

"네, 스승님."

"그럼 내일도 내가 데리러 갈 테니, 독봉당에서 얌전히 있도록 하고. 오늘은 수고했다. 돌아가 푹 쉬거라."

독무후가 무후당을 나서려 하자 당소소는 무언가 빠진 것 같은 느낌이 강하게 들었다. 그것이 무엇일지 곰곰이 생각하던 당소소는 땅바닥에 적힌 글씨를 바라봤다. 그리고 황급히 독무후를 불러세웠다.

"그, 스승님."

"왜 그러느냐?"

"심心을 단련하는 방법에 관해선 알려주시지 않으셨어요."

"아하, 심을 단련하는 방법…."

독무후는 당소소의 말에 잠시 걸음을 멈추더니 짧게 웃으며 말했다.

"그건 굳이 단련할 필요가 없을 텐데."

"네?"

"이미 네 안엔 꽤나 훌륭한 의지가 있잖느냐?"

독무후는 그렇게 말하며 무후당을 떠났다. 당소소는 바로 무후당을 떠나지 않고 우두커니 서 있었다.

"……."

독무후의 말은 마치 천괴와 학귀 앞에 섰을 때 들렸던 환청 같은 느낌이었다. 천괴와 학귀 앞에서 빈 죽통을 휘둘러야 했던 그 날. 너에게 그 하나란 무엇이냐, 계속해서 되묻던 당소소가 당소소 자신에게 묻던 각오.

"후우…."

당소소는 한숨을 쉬었다. 가르침을 받아 들떴던 마음이 가라앉았다. 가야 할 길이 멀었기에, 무공이라는 미지가 무서웠기에. 잘할 수 없을 거라는 당연한 사실이 두려웠기에. 당소소는 떨리기 시작한 자신의 손을 바라봤다. 그녀는 겁먹은 자신을 비웃었다.

"바보 같은 년. 왜 이렇게 쫄았어?"

당소소는 주먹을 꼭 쥐고 독무후의 가르침들을 떠올렸다. 무공을 자세히 설명하던 목소리, 자신의 행색을 걱정하던 목소리가 메아리친다. 그 가르침들을 엮는 것은 예정된 비극을 걷어내고 싶다는 한 줌의 의지였다.

'…독무후의 두 번째 제자란다.'

자신이 품은 의지를 긍정하는 온기 어린 목소리였다. 피부 아래에서 울렁이던 감정들이 잠잠히 가라앉았다. 떨리던 주먹도 떨림을 멈췄다. 독무후의 목소리는 죽지 않는다고 자신을 속여 가며 얻은 가짜 용기와는 다른, 진짜 용기를 주었다.

당소소는 그제야 밝아진 표정으로 걸음을 옮길 수 있었다.

* * *

짤그랑!

철전이 바닥을 나뒹굴었다. 침상에 앉아 있던 당소소는 불만스런 콧소리를 내며 철전을 주웠다. 당소소는 다시 철전을 손가락 위에 올리고 가느다란 손가락을 놀려 손가락 사이로 움직였다. 하지만 얼마 지나지 않아 철전은 다시 당소소의 손가락을 거부하고 땅바닥으로 되돌아갔다. 눈썹이 움찔거렸다.

"이런 씨…."

욕설을 뱉으려던 당소소는 인기척을 느끼고 입을 꾹 다물었다. 하연이

들어와 인사를 건넸다.

"일어나셨습니까, 아가씨."

"하연도 잘 잤어?"

당소소는 하연의 인사를 받으며 바닥에 떨어진 철전을 주웠다. 하연은 서툴게 묶인 옷의 매듭을 보며 살포시 웃었다.

"네. 그런데 벌써 환복을 하셨네요."

"…누가 옷을 입혀주는 건 아직 좀 어색해서."

당소소가 철전을 품안에 넣으며 자고 일어난 이불을 개려고 하자 하연이 고개를 저었다.

"아가씨. 침실은 제가 정리할 테니, 어서 아침식사를 하러 가셔야 할 듯싶습니다. 오늘부턴 가주 님과 드시기로 하지 않으셨나요?"

"아참."

당소소는 이불 쥔 손을 놓고 하연을 보며 웃었다. 아가씨처럼 행동하기 위해 노력하곤 있지만, 스물다섯 해 동안 쌓아둔 삶의 양식을 쉽게 털어내긴 힘들었다. 하연은 당소소의 멋쩍은 웃음에 마주 웃어주며 시비들을 불러 이불을 정리했다. 당소소는 감사의 의미로 눈인사를 보낸 뒤 침실을 나섰다.

짹짹!

침실을 벗어나자 새 울음소리가 들려왔다. 당소소의 모습이 보이자 독봉당을 돌아다니며 분주히 움직이던 시비들이 허리를 숙이며 당소소를 반겼다.

"기침하셨습니까, 아가씨."

"네. 좋은 아침이에요."

당소소는 시비들에게 일일이 눈인사를 보내며 독봉당의 장원을 가로질러 걸어갔다. 장원을 비질하고 정원을 가꾸던 하인들도 당소소의 모습을 확인하고 허리를 숙였다. 본가의 하인들은 꽤나 줄었지만, 독봉당의 하인들은 오히려 수가 늘었다. 당소소는 그들의 얼굴을 바라보기 위해 발걸음을 멈췄다.

'당연한 일이겠지만, 처음 빙의되었을 때 봤던 사람들은 하연을 제외하곤 없구나.'

당소소는 쓴웃음을 지으며 독봉당 대문을 나섰다. 문을 넘어 저 멀리 보이는 가주전을 바라봤다. 어쩔 수 없는 동질감이 들었다. 그녀는 저들보다 더 파리 같은 인생을 살아왔으니까.

'하지만 황철이 옳아.'

그들은 상처였다. 적절한 조치를 취하지 않으면 곪아버려 지독한 냄새를 풍길 것이다. 자신에게 막 대하던 사장들도 이런 시선으로 사람을 바라봤을까 싶은 생각이 머릿속을 스쳤다. 당소소는 고개를 저었다. 그들의 시선은 가지고 싶지 않았다. 가벼운 숨을 뱉었다.

"후."

생각이 환기되어 독무후의 가르침이 떠올랐다. 식생활에 신경 쓰고, 많은 경험을 하도록 하라는 가르침에서부터 가벼운 운동은 괜찮다는 가르침까지. 마침 가주전까지의 거리는 그럭저럭 멀었다. 당소소는 익숙한 자세로 몸을 이리저리 움직이며 근육을 당기고 몸을 데웠다. 팔목과 손목을 돌리며 뻣뻣한 관절을 조금씩 풀어줬다. 목을 돌리며 가벼운 운동을 끝냈다. 그리고 반사적으로 입을 열었다.

"안전, 좋…."

당소소는 황급히 입을 다물었다. 얼굴을 붉히며 주변에 사람이 있는지 살폈다. 아침에 가볍게 몸을 풀어주면 항상 외쳐야 했던 단어였기에, 자신도 모르게 말할 뻔했다.

'미친놈. 안전 좋아를 외치려고 했네.'

당소소의 귓가엔 '안전 좋아, 좋아, 좋아!'를 외치던 공사장에서의 목소리가 들리는 듯했다. 얼른 헛기침을 하며 생각을 털어냈다. 그리고 가주전을 향해 빠른 걸음으로 발을 놀렸다.

* * *

"흐윽, 흐억…!"

"…딸, 아침부터 왜 죽상이더냐?"

"허억. 그게, 몸이 괜찮은 것 같아서. 흐윽, 뛰어왔는데 힘들어서…."

당진천은 식탁에 앉아 당소소의 얼굴을 바라봤다. 땀을 비 오듯 흘리며 창백한 얼굴로 숨을 몰아쉬고 있었다. 당진천은 옆에 서 있던 시비에게 눈짓을 했다. 시비는 고개를 끄덕이며 당소소에게 다가가 얼굴에 흥건한 땀을 닦아주었다.

"짧은 숨을 쉬지 말거라. 깊게 들이마시고, 길게 내쉬어라."

"후읍, 후우…!"

당소소는 당진천의 말대로 천천히 숨을 골랐다. 가쁘던 숨이 점점 안정을 찾아갔다. 창백하던 안색이 다시 혈색을 띠자 당진천은 땀을 닦아주던 시비에게 눈짓을 했다. 시비는 당소소 옆에 있던 의자를 빼주며 당소소에게 말했다.

"앉으시지요."

"…네."

빼준 의자를 어색하게 바라보던 당소소는 감사의 눈인사를 건네며 의자에 앉았다. 당소소가 앉자 시비가 다시 제자리로 돌아갔다. 당진천은 당소소에게 물었다.

"스승님이 시키더냐?"

"아뇨, 그냥 제가 과하게 움직인 것뿐이에요."

"…너무 무리하진 말거라. 넌 아직 환자니까."

당진천은 그렇게 말하며 음식을 내오라는 손짓을 보냈다. 건두부를 썰어 볶은 요리, 고추와 함께 신선한 채소를 채썰어 돼지고기와 함께 볶아낸 고추잡채와 곱게 찢은 닭고기를 차게 식힌 닭냉채가 식탁에 올라왔다. 당소소가 부담스런 시선으로 음식들을 바라보고 있었다. 그러자 생선찜과 소롱포가 올라왔다.

"어…."

"고기를 그리 좋아하던 너에게 너무 고기만 먹지 말라는 말은 했었건만, 이젠 제발 고기를 먹으라 말할 줄이야. 참 재밌는 일이야."

"이 정도면 충분…."

당소소가 눈을 가늘게 뜨며 들어차는 식탁을 바라보자 값비싼 향신료를 버무려 매운 양념으로 채소, 죽순, 장어, 새우를 볶아낸 음식이 올라왔다. 고급스런 마라볶음이었다. 당진천은 만족스런 표정을 지으며 말했다.

"이 정도면 제대로 먹겠느냐?"

"아침 아닌가요…?"

"이모님이 너한테 소면을 먹인다고 어찌나 들들 볶아대던지. 나도 신경을 써주지 못해 미안했다, 딸아. 요새 일이 좀 바빠서. 그래도 네가 소면만 먹고 있다는 걸 제대로 알았어야 했는데."

당진천은 지긋지긋하다는 표정으로 피로로 거뭇해진 눈을 꾹꾹 누르며 말했다. 당소소는 잔뜩 질린 음성으로 말했다.

"이걸 누가 다 먹어요…."

"내가 무공을 배울 땐 두 배도 먹었단다. 자, 그럼 먹을까."

"그 오, 오라버니는요?"

당소소는 쪽팔림을 무릅쓰고 당회 이야기를 꺼냈다. 그가 온다면 자신의 몫을 조금이라도 덜 수 있을까 하는 생각이었다. 젓가락을 들어 올렸던 당진천이 옆에 있던 시비를 바라봤다. 그녀는 건조한 목소리로 말했다.

"연철전 공방에서 따로 챙겨 드십니다."

"그렇단다."

"으흐."

당소소는 비싼 음식을 먹는다는 거부감을 털어내고 젓가락을 들었다. 당진천이 건두부볶음을 덜어가자 당소소도 앞접시를 들어 고추잡채를 조금 덜어갔다. 고추잡채를 입에 넣고 우물거렸다. 아삭한 식감과 적절히 매콤한 고추, 잡내가 전혀 나지 않는 돼지고기가 당소소의 혀를 감쌌다.

'부담스럽긴 한데, 맛있기도 하네….'

당소소는 숟가락을 들어 닭냉채를 덜고 그 국물을 앞접시에 가져왔다. 고개를 숙여 닭냉채를 맛봤다. 결을 따라 잘게 찢은 닭고기의 부들거리는 식감이 좋았다. 살짝 시큼한 국물은 고추잡채의 매콤함을 덜어냈다. 그리고 흑단같은 머리칼은 꺼끌거리는 식감이 났다.

'…머리칼?'

당소소는 이상함을 느껴 눈을 아래로 내렸다. 어느새 앞접시에 푹 담겼던 오른쪽 옆머리가 입에 들어가 있었다. 당소소는 재빨리 머리를 뱉어냈다. 당진천은 난처하게 웃었고 무표정을 유지하던 뒤편의 시녀도 참지 못해 쿡쿡거렸다.

"꽤 맛있나보구나."

"아니, 이건 그…."

"닦아주시게."

당진천의 명에 시녀가 고개를 끄덕이며 당소소의 머리칼을 닦아줬다. 그리고 옆머리를 귀 뒤로 훑어 넘겨주곤, 애써 건조한 목소릴 유지하며 말했다.

"식사를 하실 땐, 긴 머리는 넘기시거나 묶으셔야 합니다."

"…네. 감사합니다."

당소소는 눈을 질끈 감으며 감사인사를 했다. 시녀는 헛기침으로 웃음기를 덜어내며 다시 제자리로 돌아갔다. 달그락거리는 소리와 함께 식사가 이어졌다. 당소소는 큼지막한 소롱포를 덜어와 젓가락으로 집어 올렸다.

'만두인가. 오랜만에 먹어보네.'

당진천은 그 광경을 보며 말했다.

"안의 육즙이 뜨거우니 반으로 갈라 먹어야 한단다."

"읍, 웃, 앗!"

그러나 소롱포는 이미 입 안으로 들어간 뒤였다. 뜨거운 육즙이 입안에서 물결쳤다. 당소소는 황급히 소롱포를 뱉어내며 뜨거운 입가를 식혔다. 당진천은 걱정되는 얼굴로 말했다.

"괜찮으냐?"

"웃. 뜨거…."

당진천은 젓가락을 놓으며 당소소를 바라봤다. 허둥대는 모습이 한없이 귀엽긴 했지만, 기억상실이 당가의 규수로서 갖춰야 할 예의마저 잊어버리게 한 것 같아 걱정스러웠다. 팔걸이를 잠시 두드리던 당진천은 시녀를 불러내 말했다.

"하연에게 전반적으로 아가씨가 가져야 할 몸가짐을 알려주라 이르게."

"가주 님, 하연은 시녀장을 이어받느라 여유가 없을 겁니다."

"자네는?"

"…마음 같아선 제가 알려드리고 싶지만, 저도 하연에게 인수인계를 하는 중이라."

당진천은 고심에 빠졌다. 당소소는 알맞게 식은 소롱포를 입 안 가득 넣고 우물거리며 뺨을 붉히고 있었다. 당진천은 피식 웃으며 아무래도 좋다는 생각을 순간적으로 했다. 그러다 퍼뜩 정신을 차리며 시녀에게 말했다.

"…인수인계를 마치면 알려주시게."

"네, 가주 님."

당소소는 소롱포를 삼키고 젓가락을 조심스레 내려놓았다. 포만감이 몸을 가득 메웠다. 항상 차가운 편이던 손에 혈기가 확 돌아 따스함이 느껴졌고, 빈혈기에 창백하던 얼굴에도 어느덧 생기가 어려 있었다. 당소소는 포만감에 슬그머니 미소를 지었다.

'이래서 먹는 것이 중요하다고 말한 거구나. 헌데….'

당소소는 난감한 표정을 지으며 음식들을 바라봤다. 배가 더 이상의 음식을 거부하고 있었다. 남자일 적을 생각해 앞접시에 소롱포를 하나 더 올려놨건만, 차마 먹을 엄두가 나질 않았다.

'여자의 몸이라 그런 건가.'

당소소는 이곳에 도착했을 때 숨이 차서 헐떡이던 자신의 모습을 떠올렸다. 분명 자신은 적절히 체력을 안배했다고 생각했건만 생각 이상으로 몸이 나빴다. 조금만 격렬하게 뛰어도 가슴이 불편했고, 여성의 옷은 꽤나 거치적거렸다.

'이런 건 좀 불편하네….'

당소소의 기색을 눈치 챈 당진천이 그녀를 보며 말했다.

"왜 더 먹지 않고."

"저, 배가 불러서요."

"그 정도 먹어서, 힘이나 쓰겠나?"

"저도 그렇게 생각하긴 하는데…."

김수환은 제법 많이 먹는 축에 끼었던 사람이다. 하루 종일 일을 해야 했으니 기본적으로 한 끼에 밥 두 공기를 비웠다. 산더미처럼 쌓인 아침 식사였지만 얼추 먹을 수 있을 거라 생각했다. 하지만 큰 오산이었다.

당진천은 걱정스런 눈빛으로 그녀에게 물었다.

"좋은 음식을 먹는 게 눈치 보여서 그러는 게냐?"

"네? 그런 이유는 아니에요."

"스승님께서 말하더구나. 네가 다른 사람들의 눈치를 보느라 형편없는 음식만 찾았더라고. 이젠 사치를 부린다고 해도, 너에게 눈총 줄 사람은 없단다. 마음 놓고 먹거라."

"아니 진짜 배가 불러서…!"

당진천은 당소소의 부정에 젓가락으로 생선찜 살을 발라 앞접시에 얹어주었다. 굳은 표정의 당소소. 당진천은 그런 당소소를 보며 푸근한 웃음을 던졌다.

"많이 먹거라."

자애로운 웃음을 짓고 있는 당진천의 모습에 당소소는 난감함에 볼을 붉었다. 어찌 느릿하게 먹는다면 소롱포 반 개 정도는 더 집어넣을 수 있겠지만, 그 이상은 무리였다.

'미치겠네.'

"…싫으냐?"

풀이 죽은 당진천의 음성. 당소소는 굳어 있는 입꼬리를 강제로 비틀어 올리며 말했다.

"와, 맛있겠다."

딱딱하게 웃는 당소소의 입에서 무표정한 시녀처럼 건조한 어조의 말이 튀어나왔다. 시녀는 입가를 가리고 얼굴을 돌렸다. 당소소는 소롱포의 살을 갈라 반토막을 냈다.

반 개를 먹는 데 일 각, 또 나머지를 먹는 데 일 각. 힘겹게 숨을 고르며 당진천이 올려둔 생선살을 먹는데 이 각. 총 반 시진이 걸렸다. 당소소는 당장이라도 토할 것 같은 심정을 꾹 누르며 말했다.

"후우, 이제 산책을 좀 하다가 수련을⋯."

"차와 다과가 남았지 않느냐."

"⋯⋯."

"명가의 자제로서 다도茶道를 배우는 건 중요하지."

"그런가요⋯."

식탁이 치워지고 다기와 찻잎통이 올려졌다. 그리고 말랑거리는 떡이 담긴 그릇이 놓였다. 당진천은 찻주전자에 찻잎을 넣으며 말했다.

"많이 먹거라. 꽤 유명한 음식점에서 가져온 팥떡이란다."

"아⋯."

당소소의 얼굴에서 억지로 끌어올린 미소가 사라졌다.

＊ ＊ ＊

당소소는 가주전 근처의 정자에 앉아 숨을 고르고 있었다.

"이거 잘못하다간 먹기 전으로 돌아갈 수도 있겠네⋯."

조금이라도 잘못 움직였다간 돌이킬 수 없는 일이 벌어질 것 같았다. 그건 당가의 아가씨로서 절대 해선 안 되는 일이었기에 먼 산을 바라보며 더부룩한 속을 최대한 진정시켰다.

그런 당소소 곁으로 양 갈래 머리의 소녀 하나가 성큼성큼 걸어와 걸터 앉았다. 독무후는 당소소의 배를 쿡 찌르며 물었다.

"그래, 맛있는 건 좀 먹었느냐?"

"스승님. 대체 무슨 말을 하셨기에 그런 산더미 같은 진수성찬을⋯?"

책망이 담긴 눈길에 독무후는 이상하다는 듯 고개를 갸웃거렸다.

"그냥 네가 소면만 먹고 다닌다고 말한 것뿐이다. 유난스러운 건 그 녀석 성격이지."

"…후우."

당소소는 미간을 찡그리며 고개를 숙였다. 독무후는 장난스럽게 웃으며 물었다.

"큭큭, 속은 좀 괜찮으냐?"

"좀 힘드네요…."

"소화도 시킬 겸, 담소나 좀 나눠보자꾸나."

독무후는 의자에 걸터앉아 다리를 앞뒤로 흔들었다.

"무공을 수련하는 목표에 대해서 듣고 싶구나."

"목표라면 어떤 것을 말씀하시는지?"

"무공은 배우고 싶어 하는데, 하는 행동을 보면 호신술로 배우려는 생각은 아닌 것 같기에 하는 말이란다. 그럴 생각이었으면 진천이가 직접 가르쳤겠지. 날 불러서 본격적으로 무공을 배우게 하진 않았을 테니까."

"초절정고수가 되겠다, 이런 경지에 관한 목표 말인가요?"

"그런 것도 좋고. 아니면 비도를 던져서 나뭇가지를 자르고 싶다는 소박한 목표도 괜찮고. 누구를 이겨보고 싶다는 호승심 있는 목표도 괜찮겠지. 단지 무공을 익혀 무슨 일을 하고 싶냐는 물음이니 그리 깊게 생각하지 말거라."

당소소는 독무후의 눈빛을 보며 생각에 잠겼다.

'내가 무공을 익히는 목표는 내 이야기를 희극으로 만들겠다는 목표에 도움이 되기 위해서. 그러려면 주인공 일행을 따라다닐 수 있을 정도는 되어야 해. 정천무관에 입학할 수 있을 정도. 하지만 이걸 어떻게 설명한다….'

"……."

당소소의 침묵이 오래가자 독무후는 당진천에게 전해 받은 당소소의 소망에 대해 말했다.

"정천무관에 가고 싶은 게지?"

"음…?"

당소소가 당황하는 얼굴을 보이자 독무후가 땋은 머리를 만지작거리며 웃었다.

"어른들은 생각보다 많은 것을 보고 듣는단다. 그나저나 정천무관이라… 조금 미묘한 목표구나. 아니, 오히려 적임자에게 묻는다고 봐도 되려나?"

"적임자라뇨?"

"정천무관을 지원하는 데 황실 쪽 의견을 다듬어준 사람이 나거든. 매일 독만 감별하려니 심심하더라고. 나중엔 명예교수까지 시키려고 하던데, 알다시피 난 황실의 일이 바빴잖니?"

당소소는 독무후의 말에 고개를 끄덕였다. 작중에서 독무후는 정천무관 관장실에 있는 장막 뒤에 눌러앉아, 주인공이 기연으로 얻은 영물의 내단이나 독 같은 것을 가공해주는 역할을 맡고 있었다. 따라서 정천무관에 관해 잘 알고 있다는 사실은 어렵잖게 유추할 수 있었다.

'하지만 황실의 지원에도 관여했다니. 이건 예상하지 못했네.'

당소소는 시선을 위로 돌리며 가장 신경 쓰이는 것에 대해 물었다.

"입학하기 위해선 기를 일으킬 수 있는 경지인 일류무인이 되어야 한다고 들었어요."

"연정화기의 일류무인이라. 뭐 그렇게 볼 수도 있겠다만…. 정천무관 자체에서 입학에 무공의 경지를 두진 않는단다."

독무후는 이제 의자에서 내려왔다. 그리고 몸을 돌려 고요한 정원을 바라봤다.

"황제가 되기 위한 정쟁이 멎고, 황실은 안정화를 찾았지. 외부로 눈을 돌릴 여유가 생겼어."

"그래서 정천무관은 이제 무림맹 산하의 교육기관이 아니라, 황실에서 직접 지원을 하는 황립 교육기관이 되었다는 건 알고 있어요."

"잘 알고 있구나. 천자에게 있어 무림인은 애물단지 같은 존재지. 내버려두기엔 너무 강한 무공을 지니고 있고, 손에 넣고 관리하기엔 그 세력이 너무 넓게 퍼져 있다. 사상 또한 천차만별이라 무조건적인 충성을 이끌어내기도 어렵다."

당소소는 독무후의 말을 쌍검무쌍의 서술에 비춰보며 그 결과를 찾아냈다.

"무림맹의 지원이네요."

"맞아. 국가 차원의 예산을 조금 할당해 주고, 무림맹주라는 명예직을 황제가 직접 임명한다. 그것 하나만으로 무림맹은 자경활동의 명분을 얻는 셈이야. 실제로 무림맹주에게 권위가 주어지자, 정파무림을 자기들 스스로 통합시키고 사파무림을 배척하며 마교나 새외무림을 경계하고 있지."

"황실에선 그 지원을 정천무관에 할당하라 명했군요?"

당소소가 묻자 독무후가 짙게 웃으며 당소소의 물기 어린 머리카락을 만졌다. 잠시 그 물기에 의문을 품었지만 별 생각 하지 않고 대답했다.

"그래서 정천무관의 문턱이 낮아졌단다. 시설은 좀 더 크게, 인원은 좀 더 많이. 정천무관은 이제 유명무실한 무림맹의 하급무사들을 교육하는 곳이 아닌, 무술에 뜻이 있는 자들에게 기회의 장소가 됐다."

"교수로 있는 유명한 문파의 장로들에게 추천을 받아 좋은 문파의 제자로 들어가기도 하고, 정천무관에서 익힌 무공으로 무과에 급제하기도 하고…"

"무림맹의 힘이 늘어나는 곳이지. 황실의 예산이 분배된 정천무관은 쭉정이밖에 없던 교수진을 물갈이하고 각 지역에서 내로라하는 고수들이 자리하게 됐단다. 네 말마따나 빛나는 재능을 보이는 자들이 좋은 자리를 추천받기도 하겠지만, 그러지 못한 자들은 어떻게 되겠느냐?"

당소소는 독무후의 설명을 들으며 웃음 지었다. 자신이 아는 내용이었다.

"군인과 무사가 될 것 같아요."

"양질의 교육은 받았으나 마땅히 갈 곳이 없는 이들은 대부분 군인이 되거나, 무림맹의 무사가 된다. 황실도 무림맹도 서로 원하는 결과야. 중앙군은 강해지고, 무림을 통제해야 할 무림맹도 강해지고."

"그래서 무림맹에게 휘둘리지 않기 위해 구파일방과 오대세가의 후기지수들이 모인 곳이 용봉지회죠?"

"그래. 오랫동안 지역의 맹주라는 지위를 누려온 구파일방과 새로 그 자리에 앉으려는 오대세가 역시 그것을 마음에 들어하지 않았단다. 그래서 군이 정천무관에 후원금이라는 명목으로 자신들의 지분을 끼워 넣으며 자식들을 입학시켰지."

독무후는 당소소의 머리칼에서 손을 놓고 말을 이어갔다.

"네가 입학 조건이 일류무인이라고 알고 있는 연유가 바로 그 용봉지회 때문일 게다. 정천무관에 입학한 구파일방의 제자들과 오대세가의 자녀들은 각 세력의 얼굴이니까."

"얼굴…."

"그래서 구파일방과 오대세가의 자제들이 누릴 수 있는 유력문파 특례 입학의 조건이 일류무인부터 시작이란다. 전통 있는 문파의 모범적인 모습을 보여야 하니까. 신흥 세력으로서 그에 부족하지 않다는 모습을 보여야 하니까."

당소소는 소면 타령을 하던 자신이 떠올랐다. 그리고 당가의 직계가 그런 행동을 보이면 얕보인다는 독무후의 음성도 떠올랐다. 독무후는 당소소의 생각을 읽었는지 슬쩍 웃으며 말했다.

"후후, 독무후의 제자는 꽤나 반반한 얼굴이니, 그리 의식하지 않아도 된단다."

"…제가 일류무인이 될 수 있을까요?"

"언제 입학할 생각이지?"

"생각은 이 년 뒤로 하고 있어요."

"이 년 뒤라…."

독무후는 팔짱을 끼고 당소소의 위아래를 훑으며 설계도를 그렸다.

'무재는 좀 떨어지고, 몸 상태는 최악. 하지만 받아들이는 것은 꽤 괜찮은 편인 것 같은데. 체정기신심에 관한 이해도 나쁘지 않게 했으니. 하지만….'

"굳이 정천무관일 이유가 있느냐? 그저 강해지고 싶다면 나나 네 아비한테 가르침을 받는 것만으로도 충분할 텐데. 정천무관에서 배우는 것보다 효율도 좋고 기간도 짧을 게다."

"그, 그냥 가보고 싶었어요."

쌍검무쌍의 이야기를 따라가야 한다고 말할 순 없기에 당소소는 어색한 말투로 이유를 얼버무렸다. 독무후는 그런 당소소의 태도를 새로운 경험을 바라는 마음이라 여기고 웃었다.

"뭐, 굳이 깊은 가르침을 받는 게 아니더라도 무림초출들의 강호유람을 정천무관에 입학하는 것으로 시킨다곤 하더구나. 큰 위험도 없으면서, 다양한 사람들과 다양한 일들을 겪을 수 있으니. 말했다시피 많은 경험과 넓은 관점은 수련에 도움이 되니까, 난 딱히 말릴 생각은 없다."

"그럼 가도 되는 건가요?"

독무후는 화색을 띠는 당소소를 바라보며 자신이 가진 걱정을 말했다.

"강호유람만 할 것이라면 괜찮단다. 하지만 무언가를 얻고 싶어서 가는 거라면 잘 생각해 보거라. 괜히 유력문파 특례입학의 조건으로 일류무인이라는 제한이 걸린 것이 아니니까."

당소소는 독무후의 말에 고개를 끄덕이며 정천무관 입학에 관한 문장을 떠올렸다. 주인공을 따라다니던 구파일방의 여제자와 주인공이 나눴던 대화였다.

'너, 정천무관이 일류무인들을 요구하는 이유에 관해서 알아?'

'권위를 드높이기 위해서인가?'

'그 이하는 정천무관의 가르침을 전부 흡수하기 어렵고, 그 이상은 이미 자신만의 틀이 잡힌 무인들이기에 정천무관의 배움이 필요 없으니까야. 헌데 넌 연기화신의 경지에 이른 초절정고수인데, 굳이 거기에 들어갈 필요가 있어? 어느 세가의 식객으로 들어가면 잘 먹고 잘 살 텐데.'

'내가 산에만 있으니 기본적인 무림의 상식을 잘 몰라서. 듣자하니 정천무관이 무림초출들에게 괜찮은 강호유람 장소라며?'

당소소가 생각에 잠겨 침묵하고 있자 독무후는 얼추 다 그려진 당소소의 설계도를 떠올리며 말했다.

"일단 정상적인 방법으론 이 년 안에 일류무인이 되는 것은 무리란다."

"역시 그렇겠죠?"

"평범한 사람이 일류무인이라는 경지에 이르려면, 적게 잡아도 사십 년은 걸린다. 내가 그 시간을 줄이는 데 도움을 주기야 하겠다만, 네 몸에는 꽤 치명적인 결함이 있으니."

독무후의 말에 실망한 기색을 보이는 당소소. 독무후는 풀죽은 당소소의 등을 한 대 때렸다.

"입학이 하고 싶다면 굳이 일류무인이 될 필요는 없잖느냐?"

"하지만, 그리 되면…."

당소소는 특례입학을 하지 않았던 작중의 당소소를 떠올렸다. 구파일 방과 오대세가의 후기지수들이 모인 용봉지회엔 얼씬도 하지 못했고, 고수를 키워내지 못했냐는 당가에 대한 구설수들도 듣게 되었다.

추후엔 독무후가 건재한 모습을 보이자 내다버린 자식이라는 이야기까지 듣게 된다. 그럴수록 당소소는 주인공에게 더 집착하는 모습을 보였다. 부족한 권위를 채워보기 위해 질 나쁜 무인들과 무리를 지었고, 해소될 수 없는 외로움의 갈증을 해결해 보고자 그 무리를 이용해 남들을 핍박해봤다.

결과는 알다시피 썩 좋지 않았다. 본작의 흐름을 따라가고자 한다면 나쁘지 않은 선택이겠지만 그로 인한 피해자는 더 많을 것이다. 그렇기에 당소소는 우려 섞인 말투로 입을 열었다.

"당가에 관한 나쁜 소문이 돌 것 같아서요."

"뭐, 확실히 그림은 나쁘겠네. 그게 걱정이라면 굳이 가지 않고 내 곁에서 무공을 배우는 편이 낫겠구나. 하지만 이렇게까지 말하는 건, 그래도 가고 싶기 때문이겠지?"

"…예."

"첫 번째 목표가 아무런 기반 없이 이 년 안에 일류무인의 경지에 오르는 것이라…."

독무후는 턱을 쓰다듬으며 당소소를 바라봤다. 그 눈에 악동의 영악함이 어렸다. 당소소는 체념한 상태로 물었다.

"불가능한가요?"

"무리라고 했지, 불가능하다고 하진 않았다."

"그게 그거 같은데…."

당소소는 미심쩍은 얼굴을 했다. 독무후는 코웃음을 치며 말했다.

"나는 무리하는 것을 좋아해. 다만, 네가 그 무리를 견딜 수 있냐는 건데…."

"……."

우습게도 몸을 제멋대로 굴리는 것은 김수환의 특기였다. 독무후는 입을 꾹 다물고 자신을 바라보는 당소소의 얼굴에 헛웃음을 터뜨렸다. '제발 무리하게 해주세요!'라는 목소리가 귓가를 울리는 듯했다.

'확실히, 내가 거두지 않았다면 위험했을 아이야.'

독무후는 혀를 찼다. 응석받이였다는 과거가 믿기지 않을 만큼 자신의 목숨을 소모품인 양 여기고 있었다. 무공을 배우지 않고 천괴와 학귀를 막아서는 짓은 죽음에 대한 감정이 마비되지 않고서야 할 수 있는 행동이 아니었으니까.

"뭐, 굳이 묻지 않으마. 소화는 다 되었느냐?"

"좀 더부룩하긴 한데…. 그래도 쏟아낼 정도는 아니에요."

"쏟아낼…. 음…."

독무후는 당소소의 어휘력에 잠시 감탄하더니 정자를 내려가며 말했다.

"자, 그럼 소화도 됐겠다. 수업을 시작해보자꾸나."

"네, 스승님!"

당소소가 독무후 뒤를 따라붙으며 대답했다. 독무후는 무후당으로 걸어가며 말했다

"삼류는 근골을 기반으로 한 단순한 무술을 사용한단다."

"오로지 체만 사용하는 거네요."

독무후는 웃음으로 당소소의 말을 긍정했다.

"이류는 내공을 몸에 깃들게 하고, 그것을 기반으로 내공이 깃든 피를 혈맥으로 돌려 몸을 단단하게 만든단다."

"기화하지 못한 내공을 몸에 돌린다면…."

"내공이 깃든 피가 근골을 강화한다. 물론 내외의 조화를 맞추지 않는다면 상해를 입는 것은 당연하고. 이 이야기만 들으면 그럭저럭 강해 보인다만, 기화하지 못한다면 내공도 제대로 된 공능을 발휘하기가 어려워."

독무후는 성큼 발걸음을 앞으로 내딛었다. 마치 요술이라도 부린 양, 그녀는 앞으로 나아가지 않고 당소소의 옆에 자리했다.

"보법步法, 신법身法, 안법眼法 등등. 내공을 내기로 변화시켜 그것을 기반으로 힘이 근골만이 아닌 전신에 작용하게 할 수 있다. 진정한 의미로 사람의 한계를 넘어서는 무술에 입문하게 되는 단계가 일류무인이지."

당소소는 내기로 보법을 펼쳐 청랑호를 뛰어다니던 정유를 떠올렸다. 내공이 내기로 변하여 몸놀림을 가볍게 만들고, 사람의 몸으론 불가능에 가까운 발놀림을 가능하게 했을 것이다. 그리고 아까의 대화 또한 떠올렸다.

"본격적인 상승무공들을 체득하게 되는 단계네요. 그렇기에 용봉지회의 후기지수들에게 일류무인이라는 제한을 걸었던 거고."

"맞다. 이제 자신의 틀을 만들어야 할 단계에서 정천무관만큼 좋은 곳도 더 없지. 자, 그럼. 네 이야기를 해보자꾸나. 네가 일류무인이 되기 위해선 어떤 것이 필요하다고 생각하느냐?"

당소소는 여태 배웠던 것을 자신의 몸에 비춰봤다. 모든 것이 부족했기에 오히려 대답이 쉬웠다.

"무술과 그럭저럭 괜찮은 몸. 그리고 멀쩡한 단전과 내공을 중단전으로 전활 수 있는 튼튼한 혈맥이요. 모두 제가 가지고 있지 않은 것이네요…."

당소소의 말에 독무후는 말없이 웃어주었다. 후미진 골목을 지나 소박한 무후당이 나타났다. 독무후는 대문의 현판을 올려다보며 말했다.

"연단술에 대해 들어봤느냐?"

"잘…."

"불로장생을 위해 금단金丹을 제조해 섭취하는 것이지. 미련한 짓이야. 금단을 제조한답시고 쓰는 금속들은 모두 독성을 가지고 있거든. 광물독鑛物毒이라 부르는 것이란다. 이놈은 독기를 밖으로 빼낼 수도 없어요. 아주 지독한 놈들이지."

"아. 들은 바 있어요. 옛 황제들이 오래 살고 싶어서 수은을 먹었다는 이야기잖아요?"

독무후는 고개를 끄덕였다.

"오독문은 그 미련한 짓에서 더 나아간 생각을 했단다. 독공의 고수가 된다면, 그 광물독을 섭취해도 괜찮지 않을까라는 발상에서 시작된 것이었지. 독기가 빠지지 않고 몸에 잔류한다…. 독공으로 그 기운을 다룰 수만 있다면, 단전 하나가 더 생기는 셈 아닐까라는 미친 생각."

"그럼…."

"네 단전과 혈맥을 만들기 위해, 독을 먹을 수 있겠느냐?"

독무후는 그렇게 말하며 당소소를 바라봤다.

＊ ＊ ＊

"독을 먹어야 한다…."

당소소는 굳은 얼굴로 독무후의 말을 곱씹었다. 독무후가 설명을 덧붙였다.

"방식의 차이는 있겠지. 하지만 결국 독으로 상한 네 몸을 회복시키기 위해선, 독을 이용해 체내에 남아 있는 독을 중화하고 단전과 혈맥을 다시 만들어야 한다."

"다른 방법은 없는 건가요?"

"선천적인 질병 같은 것이라면 영약을 구해 해결할 수도 있다. 하지만 네 몸은 그런 것도 아니지. 그렇다면 상단전을 열어 환골탈태하는 것뿐. 그건 너무 먼 이야기지 않겠니?"

"…그렇네요."

독무후는 눈을 깜빡이며 당소소의 기색을 훑었다. 의연한 체하고 있지만 숨길 수 없는 긴장감이 묻어 나오고 있었다. 독무후는 땋은 머리를 움켜쥐며 생각했다.

'아무리 담이 큰 아이라도 독성이 있는 쇳덩이를 삼키는 것은 무리인 듯 보이네.'

'작중에서 독을 삼키는 것으로 내공을 늘려가는 것은 스승님의 뇌람심공雷灆心功과 독각음녀가 된 당소소가 배운 마공밖에 없어. 그렇다면 뇌람신공의 전승자는 누구였지? 어떤 능력이었지?'

당소소는 쌍검무쌍의 내용을 훑었다. 사용자는 독무후. 작중 모습을 드러낸 것은 무림맹과 마교의 전쟁인 정마대전. 그리고 혼돈을 쪼개 세상을 창조해냈다는 도끼인 파천황부破天荒斧 쟁탈전. 모두 독무후만 사용했으며 따로 전승자는 없었다.

'전승자의 기연을 빼앗는 흐름은 아니야. 그럼 마음 편히 배울 수 있겠어.'

당소소는 한시름을 놓으며 뇌람신공에 관한 정보를 훑었다.

'뇌람신공에서 발현되는 양뢰陽雷와 음뢰陰雷를 이용해 독을 융해시키거나 증발시키며 마교의 주력을 홀로 막아섰다는 서술이었어. 함정으로 깔려 있던 독무를 흡수하고, 파천황부로 가는 지름길을 만들었지. 나머지는….'

정보가 머릿속에 정리된다. 그에 딸려오는 정보들도 훑었다. 작중 주인공이 얻는 아홉 개의 기연과 주인공의 동료들이 자신들의 신병이기를 얻게 되는 거대한 기연 하나. 알고는 있으나 지금의 지식과 힘으론 접근할 수 없었다. 그러나 당소소의 사고는 계속 움직였다.

'적이 쟁탈하는 기연은….'

그녀의 깊어지는 회상을 자르고 독무후가 걱정스런 어투로 말했다.

"영 꺼림칙하면 하지 않아도 된다. 다른 방법을 찾아보면 되지 않겠느냐?"

"네?"

"말없이 너무 긴장하고 있는 것 같아서 하는 말이란다. 몸 안에 독성이 있는 쇳덩이를 집어넣는 게 그리 쉽게 결정할 일은 아니지."

독무후가 긴장을 풀어주기 위해 당소소를 달래자 당소소는 어리둥절한 표정으로 말했다.

"스승님이 저한테 나쁜 짓을 할 리가 없잖아요? 독은 먹을 생각이었어요."

그렇게 말하며 맹한 웃음을 지어보이는 그녀. 독무후는 당소소의 그런 모습에 머리칼을 움켜쥔 손을 놓았다.

칠혼독을 강제로 주입당했던 아픔이 채 가시지 않았을 당소소. 그러나 마주한 지 얼마나 되었다고 위태롭다고 생각될 정도로 몸을 기대오는 제자였다. 베풀어준 온기에 몸을 비벼대는 그 모습.

"…작은 동물 같구나."

독무후는 당소소의 옆머리 끝을 매만졌다. 독무후의 손길에 잠시 멈칫하는 당소소. 독무후는 손길을 거두고 뒷짐을 지고 돌아섰다.

"무섭지 않으냐?"

"어떤 것이요?"

"독을 삼킨다는 것. 단전과 혈맥을 재생하기 위해 먹는 광물독은 해독이 어렵다. 가뜩이나 약한 몸, 더욱 큰 고통에 빠질지도 모른다. 게다가 넌 칠혼독을 먹었던 끔찍한 기억이 있잖느냐. 의연한 척하지 않아도 된다."

등을 보이며 쏟아내는 걱정들. 당소소가 물었다.

"스승님은 제가 잘못되길 바라시나요?"

"그럴 리가 있느냐."

"그럼 걱정하지 않아도 되겠네요."

당소소는 뒤를 돌아 독무후 등 뒤에 바짝 붙었다. 독무후의 질문은 쌍검무쌍의 내용을 떠올려 묻어 두었던 것들을 떠올리게 했다.

당소소의 감정은 독을 먹는 일에 떨고 있었다. 김수환의 이성은 골방에서 쓸쓸히 죽어갔던 순간을 떠올렸다. 그리고 다시 겪을 수도 있다는 생각 또한. 당소소는 긴 숨에 그 모든 감정과 생각을 섞어 뱉어냈다.

"후우. 갈까요, 스승님?"

당소소가 했던 말은, 처음 만났을 때 독봉당을 나오며 했던 말과 판박이였다. 독무후는 잔망스러운 당소소의 말에 뒤를 돌아봤다. 그리고 그녀의 한숨에서 앓고 있는 공포를 느끼고 짓궂은 웃음을 지었다.

'흐흣, 모를 줄 아나 본데…. 진천을 가르칠 때와는 또 다른 느낌의 제자야.'

그저 올곧은 청년이기만 하던 조카와는 다르게 그 딸은 짧은 만남에도 다채로운 모습을 보였다. 조숙하기도 하고 대범하기도 한데, 어딘지 모르게 소심하기도 하고 두려움도 잘 느낀다. 티 내지 않으려 애쓰지만 감추는 데 서툴러 얼굴에 다 드러나는 것도. 부정적인 감정을 표출하지 않고 냅다 삼키려드는 것까지.

독무후는 뒷짐 진 손을 풀고 당소소에게 한 손을 내밀었다. 당소소가 영문을 모르겠단 표정으로 바라보자 독무후가 짐짓 화난 음성으로 말했다.

"뭐하니? 잡지 않고."

"네? 손을 잡으라고요?"

"그럼 내 딿은 머리라도 잡을 테냐?"

"아, 아뇨."

당소소가 독무후의 자그마한 손을 쥐자 독무후는 콧소리를 내며 발걸음을 옮겼다. 당소소는 낯선 느낌의 접촉에 어색해하며 얼굴을 붉혔다.

내각으로 이어지는 담벼락을 따라 걷는 독무후. 그녀는 당소소에게 물었다.

"네가 뭘 배울 것인지 생각해 본 적 있느냐?"

"스승님의 무공인 뇌람심공을 배울 것 같은데. 아닌가요?"

"내 무공에 대해 들어본 바가 있긴 한가 보구나."

"네. 뇌기雷氣를 이용해 독연이나 독액을 만들고, 암기의 살상력을 늘리는 기술이라고 알고 있어요."

독무후는 고개를 끄덕이며 맞잡은 손을 슬쩍 들어 올렸다. 짜릿한 감각이 손바닥에 흘렀다. 당소소는 화들짝 놀라 손을 떼고 눈망울을 크게 뜨며 자신의 손을 바라봤다. 독무후는 킬킬 웃곤 당소소의 말에 설명을 덧붙였다.

"지금이야 다양하고 강력한 암기들과 죽통에 담은 독을 편리하게 사용한다지만, 내가 활동할 당시엔 그런 것이 없었단다. 그러니 검으로 온갖 기예를 부리는 자들과 상대가 될 턱이 있나. 검으로 꽃을 피우고 방패를 가르며 심지어는 검기로 방패를 만드는 자들인데."

"확실히…."

당소소는 작중의 고수들을 떠올렸다. 주인공부터가 쌍검술을 쓰는 인물이었으며 동료들 또한 대부분 검객이었다. 천하십강과 구주십이천은 또 어떤가? 대부분이 검객이었다.

어떤 상황에서도 그 위력이 쇠하지 않는 압도적인 범용성. 수많은 활용이 가능한 현묘한 이치. 익히는 데 어렵다는 단점이 있다지만 천하를 논하는 천재들에겐 그렇게 와닿는 단점은 아니었다. 그들은 일반인의 삼십 년 무공을 하루 만에 깨우칠 수 있는 자들이었으니까.

당소소는 마차 안에서 나눴던 당진천과의 무론을 떠올렸다. 무림에서 왜 검이 만병지왕이라 불리는지에 대해 새삼 다시 생각하게 되었다.

"검기는 손을 떠나면 급격히 기운이 흩어진다. 그래서 투척술과 잘 어울리는 편은 아니지. 장법이나 권법을 익혀 장풍을 쏘아낸다고 해도, 그 위력이 암기에 담기긴 어렵다. 그래서 생각해낸 것이 뇌기를 담는 것이었지."

독무후가 손가락을 튕겼다. 조그마한 뇌전이 손가락에서 퍼졌다 흩어졌다.

"내기가 벼락의 속성을 띄게 되니 속도가 늘어나고, 그 힘도 늘어난다. 투척술에 이보다 더 어울리는 무공을 찾기 힘들지. 하지만 이렇게 좋은 면만 있을 순 없지 않겠느냐?"

"광물독을 먹어야 하는군요."

독무후는 당소소의 답변에 고개를 끄덕이며 말했다.

"네 아비가 말했던 것마냥, 하나를 말해주면 그래도 하나는 제대로 이해하는구나. 이 뇌람기공을 익히기 위해선, 독성이 있는 쇳덩이들을 삼켜 단전에 박아넣어야 한다. 그리고 오독문의 독문무공인 오뢰전리공五雷電離功으로 쇳덩이들이 몸에 들러붙지 않게 계속해서 떼어내야 하지."

"그럼 아버지도 오뢰전리공을⋯?"

"네 아버지는 내 제자라고 하긴 민망하게 당가의 무공만 익혔단다. 하지만 그 아이가 평범하게 검기를 두르고 던지는 암기가 내 뇌기를 담은 암기보다 더 강할 게야. 갠 나한테 배울 때 밥보다 영약을 더 많이 먹었거든."

독무후는 그렇게 말하며 걸음을 멈췄다. 연철전이라는 현판이 걸린 대문 앞이었다. 문 앞에 다다르자 열기가 훅 끼쳐왔다. 쇠를 두드리는 소리가 귀를 시끄럽게 때려댔다.

문 앞에 서서 독무후를 바라보고 있는 두 남자가 있었다.

"어쩐지 제 얼굴에 금칠하시는가 했더니, 또 그 영약 타령입니까?"

"그래서 안 먹었느냐?"

당진천이 쓰게 웃으며 독무후에게 말했다. 독무후는 콧방귀를 뀌더니 당진천을 바라보며 물었다.

"뭐, 주셨는데 버리는 것도 예의가 아니지 않겠습니까? 그나저나…."

당진천의 시선은 당소소에게 머물렀다. 당소소는 눈을 끔뻑이며 당진천의 시선을 마주했다.

"먹기로 한 거구나."

"네, 뭐…. 달리 방도가 떠오르지 않아서."

"이리 와 보거라."

당진천의 손짓에 당소소는 쭈뼛거리며 당진천에게 다가갔다. 당진천은 그녀를 꼭 안으며 말했다.

"난 너까지 굳이 무리할 필욘 없다고 생각한다. 넌 너무 많이 아팠다. 하지만…. 그래도 그것이 네 바람이고 선택이라면, 난 존중을 해줘야겠지."

"……."

"언제라도 무섭거든 말하거라. 그게 내가 하고 싶은 말이다."

당진천은 그렇게 말하며 당소소를 놓아주었다. 당진천은 당소소의 머리를 쓰다듬으며 독무후에게 걸어갔다. 독무후는 짝다리를 짚으며 당진천을 올려다 봤다.

"쯧쯧. 팔불출 짓은 그만하고 썩 일이나 보러 가거라. 안 그래도 장로들이 사천교류회와 내부정리 때문에 독이 바짝 올라 있을 것인데, 이리 여유 있어도 되는 게야?"

"…그래야지요. 무엇을 내주고 무엇을 취해야 할지, 아직도 정해지질 않아서."

"암풍대는?"

"대부분이 장로들 측에 서 있는지라 그쪽도 꽤 어려움을 겪고 있는 듯합니다."

독무후는 당진천의 말에 고개를 끄덕이고, 당소소를 노려보고 있는 당회에게 시선을 던졌다. 당회는 미심쩍은 눈으로 독무후를 바라보다 고개를 숙였다.

"연철전주 당회입니다. 독무후 님을 뵙니다."

"…그래. 손재주가 뛰어나다는 말은 들었다."

"과찬이십니다."

"네 아비로부터 무엇을 준비해야 하는지는 들었느냐?"

독무후의 물음에 당회는 고개를 끄덕이며 대답했다.

"백금과 주사朱砂, 수은水銀이라고 들었습니다."

"금리철金理鐵은?"

"…그 쇠를 정말 저 아이한테 먹이시는 겁니까? 제가 의술에 조예는 없지만, 장담컨대 몸에 쇳독이 올라 죽을 게 뻔합니다. 애초에 강도조차 무른 금속을 대체 어디에 쓰시려는 건지, 전 이해를 못 하겠습니다."

"지금 네 동생을 걱정해주는 게냐?"

독무후가 웃으며 묻자 당회의 얼굴이 팍 구겨졌다. 그러나 독무후는 까마득한 가문의 어른이었다. 당회는 서둘러 표정을 관리하고 힘겹게 고개를 끄덕였다.

"그…. 어려운…, 시기니…."

"큭큭. 사이좋게 지내거라. 그럼, 먼저 들어가 있으마. 가주 님께서도 서둘러 일하러 가시고."

"딸을 잘 부탁드립니다."

"누가 들으면 괴롭히는 줄 알겠다, 제자야."

당진천은 독무후의 말에 입꼬리를 올리며 가주전으로 발길을 돌렸다. 독무후가 당진천의 뒷모습을 바라보고 있자 당회가 당소소를 노려보며 말했다.

"네가 무슨 바람이 들어 이러는 건진 모르겠다만, 적당히 해라."

"…음. 그러니까. 뭐라고 불러야 하나요?"

난감한 표정의 당소소. 당회는 볼을 움찔거리더니 고개를 팩 돌리며 말했다.

"네 맘대로 불러."

"…오라버니?"

"누가 네 오라버니야."

당소소가 부끄러움을 무릅쓰고 오라버니라는 호칭을 입에 담자, 당회는 곧바로 으르렁거리며 당소소를 노려봤다. 당소소는 머리를 긁적이며 생각했다.

'이 씨발놈은 왜 이렇게 까다로워? 또 내가 뭐 한 거야?'

"아하하…."

"웃지 마. 정떨어져."

"……."

웃음으로 언짢은 기분을 덜어내려던 당소소에게 핀잔을 주는 당회. 당소소는 깊은 한숨을 쉬었다. 독무후가 둘을 번갈아 바라보며 말했다.

"서로 인사는 끝났느냐?"

"……."

"……."

당소소와 당회는 말없이 서로를 바라봤다. 독무후는 입을 가리고 쿡쿡 웃으며 말했다.

"그럼 안으로 안내를 해주었으면 하는구나, 당회."

"예, 독무후 님."

당회는 고개를 끄덕이며 연철전의 문을 활짝 열어젖혔다. 후끈한 열기가 세 사람의 품으로 내달려왔다.

* * *

거대하고 시끄럽고 더웠다.

당소소에게 연철전의 첫인상은 그러했다. 거대한 창고, 거대한 건물들. 확 트인 모양새의 건물들 사이로 보이는 구슬땀 흘리는 대장장이들. 흩날리는 철가루, 여기저기서 들려오는 쇠 두드리는 소리. 담금질하는 소리와 고함 소리가 화로에서 풍기는 열기에 담겨 훅 끼쳐왔다.

독무후는 연철전을 둘러보며 말했다.

"오랜만이라 그런가, 죄다 바뀌었네."

"제가 연철전주가 된 지도 이젠 십 년이 다되어 가니…."

"그럼 가볍게 건물들을 소개하면서 안내를 부탁해도 되겠느냐?"

독무후는 당회에게 그리 말하며 당소소를 바라봤다. 기억을 잃은 그녀를 배려하는 말이었다. 당회는 잠시 머뭇거렸지만 이내 고개를 끄덕이며 건물들을 짚어가며 설명했다.

"일단 정면에 보이는 거대한 대장간이 연철전 본관입니다. 왼쪽에 있는 건물은 야금술에 필요한 보조재료를 보관하는 창고고, 오른쪽에 있는 건물은 광물들을 보관하는 창고입니다. 요즘 광물들이 많이 들어와서…."

"저기는 휴식 장소로 보이는데?"

독무후는 슬슬 설명이 길어질 조짐이 보이자 본관 앞에 있는 자그마한 건물을 가리키며 말했다. 당회는 독무후의 의도를 눈치채지 못한 채 고개를 끄덕이며 설명을 이어갔다.

"아무래도 화로 앞에서 철을 두드리다 보면 심신이 많이 지칩니다. 그래서 휴식 장소를 하나 만들어 놨습니다. 이쪽 옆에 있는 건물은 바깥으로 내보낼 무기들을 내놓는 전시장이라고 할 수 있습니다."

"오호라."

독무후는 감탄사를 터뜨리며 외병고外兵庫라 적혀 있는 전시장 안으로 들어갔다. 검을 비치하던 대장장이 하나가 독무후를 바라보더니 나가라는 손짓을 하며 말했다.

"어허. 여긴 어린아이가 들어올 곳이 못 된다. 다칠 수도 있어. 어서 부모님이 있는 곳으로 가거라."

"…후후."

"이런…"

당회는 짧게 웃는 독무후의 반응에 화들짝 놀라 대장장이를 불러내 귀띔을 했다. 대장장이의 안색이 사색이 되더니 연신 고개를 조아리며 소리쳤다.

"죄송합니다, 독무후 님을 몰라뵙고…!"

"아직 제대로 활동하는 몸은 아니니, 몰라봐도 어쩔 수 없지. 하여간 이 몸은 불편한 것투성이란 말이야?"

독무후는 투덜거리며 벽에 걸려 있는 단도 하나를 집었다. 조그마한 손덕에 단도를 집었어도 마치 박도를 쥔 것 같은 모양새로 보였다. 손가락을 튕겨 도신을 가볍게 때렸다. 맑은 소리가 들려왔다. 단도를 앞으로 내밀어 도신을 훑어봤다.

"약간의 균열이 있는데…. 잘 막았군."

"아마 경도를 높이는 열처리 과정에서 실수한 듯합니다. 그 정도의 균열은 다른 대장간에선 넘기기도 하는 것이라. 칼날 부분이 아니라 몸 부분에 수평으로 난 균열이라 검의 완성도에는 큰 문제를 일으키지 않습니다."

전전긍긍하는 당회. 독무후는 단도를 제자리에 놓으며 말했다.

"책망하는 게 아니야. 내가 있던 시절엔 이것보다 못한 물품들이 많았거든. 심지어 당가의 고수들이 쓰는 암기들조차 균형이 안 맞을 때가 태반이었지. 열심히 했구나."

"감사합니다…."

"그나저나 이곳이 외병고라면, 본가에서 쓰는 물품들은 따로 보관한다는 소리인가?"

"예. 본관 안에 따로 보관하는 장소가 있습니다. 당가의 물품만이 아닌, 완성도가 높은 무구들이나 특별한 무구들을 보관해 놓기도 하죠. 그럼, 보러 가시겠습니까?"

독무후는 고개를 끄덕이며 몸 둘 바를 몰라하는 대장장이의 등을 두드려줬다. 당회는 서둘러 외병고를 나와 본관으로 향했고, 그런 당회를 독무후와 당소소가 따라갔다. 휴식 장소를 지나는 셋에게 대장장이들이 한마디씩 던졌다.

"대장, 무슨 바람이 들어 동생분을 데려오셨습니까?"

"어린아이는 아가씨와 똑같이 생겼네. 가주 님의 친척인가?"

"아가씨는 연철전의 대장간이 꽤 힘드실 텐데, 용케 들어오셨군요."

독무후는 그들의 발언에 발걸음을 멈추고 당회를 바라봤다. 그들의 발언에서 평소 당회가 당소소를 대하는 태도가 묻어 나왔기 때문이다. 노골적이진 않지만 빙 돌려서 은근히 깔보는 듯한 말투. 장인들의 자존심이라고 용납하기엔 간당간당한 선이었다.

독무후는 당회에게서 시선을 돌려 당소소를 바라봤다. 그저 대장간의 신기한 광경에 눈이 팔려 의식하지 못하고 있는 눈치였다. 독무후가 땋은 머리를 매만지자 당회는 헛기침을 하며 후회했다.

'안으로 들어오실 줄 알았다면, 독무후 님이 반로환동을 하셨다고 미리 경고를 해뒀어야 했건만….'

"그, 새로 제독전주로 오시게 된 독무후 님이시다. 발언을 조심하도록."

"……!"

나른하게 퍼질러 있던 대장장이들이 독무후라는 말에 몸을 빠릿빠릿하게 세우고 독무후를 바라봤다. 서로를 바라보는 시선에서 당황이 느껴졌다. 당가의 식솔들도 독무후가 복귀했다는 소식은 들었으나 저런 어린아이의 모습을 하고 있을 줄은 상상조차 못 했기 때문이다. 독무후는 코웃음을 치며 손사래를 쳤다.

"난 그저 옛사람이니, 굳이 의식하지 말고 편히 쉬도록."

"예, 옛!"

"각 잡고 있지 말고 편하게 있게. 자네들 작품도 좀 훑어봤는데, 꽤 완성도가 높아. 내가 없는 동안 노력한 흔적이 보여 내심 흐뭇했네."

"감사합니다!"

대장장이들은 무표정을 유지하려고 했지만 독무후의 칭찬에 웃음을 감출 수 없었다. 천하십강의 일인인 독무후는 그 자체로 당가의 자랑거리고 당가의 모든 식솔이 선망하는 인물이었다. 그런 독무후의 칭찬이었기에 평소 삭막한 태도의 대장장이들도 감정을 감출 수 없었다.

대장장이들의 굳은 몸이 조금 풀리는 조짐이 보이자 독무후는 머리칼을 매만지던 손을 놓고 턱을 쓰다듬었다.

"아 참. 그런데 소소는 지금 직계혈족 아닌가?"

"……."

"난 옛사람이지만, 소소는 현재 사람일 텐데."

"…지당하신 말씀입니다."

"제아무리 힘든 일이라곤 하지만, 신경 쓸 건 신경 써야 일에 집중을 할 수 있겠지. 외부적인 일로 그 힘든 일이 틀어지기라도 한다면 얼마나 상심하겠나?"

독무후의 말에 고개를 숙이는 대장장이들. 자신의 말을 대충 알아들었다고 생각한 독무후는 고개를 끄덕이며 당소소를 불렀다.

"소소야?"

"허리를 저렇게 쓰면 내일 고생할 텐데…."

"…소소야?"

"네?"

쇠 두드리는 소리와 여기저기 나무를 나르고 돌덩이를 나르는 모습에 정신이 팔려 있던 당소소. 독무후의 부름에 고개를 돌렸다. 독무후는 안쓰러운 웃음을 지으며 당소소의 옆구리를 쿡 찔렀다.

"제자야, 신기하느냐?"

"네. 재밌어보여요."

독무후 입에서 나온 제자라는 단어에 당회와 대장장이들이 침묵했다. 공식적으로 알려진 독무후의 제자는 현 가주인 당진천 하나. 그가 가문을 자주 비우고 온건한 태도를 보여도 그 신뢰를 잃지 않았던 이유는 여러 가지였다. 높은 무공 수위와 소가주 시절부터 쌓아온 가문에서의 좋은 평판, 무림맹에서 쌓아둔 명성 등. 하지만 가장 큰 이유는 가문의 최고 고수인 독무후의 제자라는 점이었다.

독무후는 전 가주와 협력하여 당가를 사천의 패자로 만든 전무후무한 인물이었다. 제독전의 초대 전주였으며, 그녀의 무력은 좋은 외교 수단이 되었다. 게다가 오독문의 독을 제독전에 공유하는 대인배적 심성과 가문을 위해 자신을 희생한 과거를 생각하면, 그녀의 제자를 함부로 대한다는 것은 곧 사천당가의 권위를 함부로 대한다는 것과 마찬가지였다.

독무후는 당회를 바라보며 픽 웃었다.

"네가 어떤 생각을 하는 줄 안다."

"…예."

"그래도 이젠 미워만 하지 말고 지켜보거라. 내가 보증할 테니."

"……."

독무후는 턱짓으로 본관을 가리켰다. 당회는 독무후의 말에 차마 대꾸할 수 없었다. 독무후의 말에도 풀릴 수 없는 깊은 감정의 골이 있었다. 당회는 그저 마른 입술을 입안으로 당겨 적시고 본관으로 걸어갈 뿐이었다.

"녀석, 새침하긴."

독무후는 혀를 끌끌 차며 뒤를 따랐다. 당소소는 걱정 어린 표정으로 물건을 나르는 사람들을 바라보다 한마디 툭 던졌다.

"허리 굽히지 말고, 쭉 펴세요!"

"……?"

그녀의 말에 잠시 넋을 놓고 있던 대장장이들은 대답 대신 손을 들어 본관으로 걸어가고 있는 당회와 독무후를 가리켰다. 당소소는 당황하며 고개를 숙이곤 총총걸음으로 독무후 뒤를 따라갔다.

"…분위기가 많이 달라졌는데?"

"여인들은 내숭을 떤다더니, 그거 아니야?"

대장장이들은 의심 가득한 눈초리로 당소소의 뒷모습을 바라봤다.

＊ ＊ ＊

연철전 본관에 들어서자 후끈한 열기를 넘어 숫제 이글거리는 느낌마
저 들었다. 하나의 거대한 건물 아래 여러 집이 둘러서 있는 형국이었다.
집 안에는 화로를 비롯해 담금질을 위한 수로, 철을 제련하기 위한 모루
등 무기를 만들기 위한 여러 장비가 갖춰져 있었다.

각 화로는 화염을 품고 눈부신 빛과 열기를 토해 내고 있었고, 그 앞에
서 당가의 대장장이들이 땀범벅이 되어 철을 다듬고 있었다. 당회가 들어
온 줄도 모르는 듯 무아지경으로 철을 때리고 있었다.

"이쪽으로."

당회는 건물들 사이로 나 있는 큰 복도를 걸었다. 복도 끝으로 갈수록
쇠 두드리는 소리와 열기가 옅어졌고, 끝에 이르러서는 한기마저 느껴졌
다. 당소소는 고개를 들어 현판을 살폈다. 당무고唐武庫라는 이름이 걸려
있었다.

"그냥 암기만을 보관하는 곳이 있고, 이곳은 잘 만들어진 암기와 특별
한 무기들을 보관하는 내부 창고입니다. 독무후께서 준비하라 말씀하신
것도 이곳에 있습니다."

당회가 당무고의 문을 열었다. 코를 감싸 쥐게 되는 쇠냄새와 몸을 절
로 긴장시키는 한기가 묻어 나왔다. 당회가 안으로 들어서자 독무후와 당
소소도 뒤를 따랐다.

"호오."

독무후는 벽면을 따라 쭉 걸려 있는 다양한 암기들을 훑고 있었다. 그
녀는 그중 하나를 집어 이모저모 뜯어봤다. 붉은 색깔과 약간 뭉툭한 생
김새의 비수였다. 독무후는 손잡이 뒷부분에 자리한 요철을 눌러봤다.

찰칵! 푸슉.

비수의 칼날이 갈라지며 마치 꽃처럼 피어났다. 안쪽에 자리하고 있던 원통 모양의 장치는 힘없는 소리를 냈다. 요철에서 손을 떼자 비수는 다시 원래 모양으로 돌아갔다. 당회는 흥분한 얼굴로 그녀에게 비수를 설명했다.

"적혈비라고 부르는 것입니다. 적을 찌르면 그 피가 안쪽 원통 모양의 장치에 쌓이고, 요철을 누르면 그 피를 뱉어 시야를 차단할 수 있습니다."

"독특하네."

"예. 그저 독특하기만 하면 당무고에 비치할 이유가 없지요. 그 자체로도 완성도 높은 비수입니다."

독무후는 고개를 끄덕이며 적혈비를 제자리에 놓았다. 그리고 턱을 쓰다듬으며 적혈비를 평가했다.

"그런데 비수는 던지고 끝이잖나? 거기서 피를 빨아내 다시 사출한다…. 난 잘 모르겠군."

"…아."

"뭐 원통 모양의 장치 대신 독침을 박아 놓는 게 더 나아 보이긴 하네. 완성도 높은 비수라는 말에는 동의하겠지만, 이것저것 넣다 보니 무게중심도 앞으로 쏠렸고 날도 얇아져 내구도도 떨어졌고 본래의 목적인 살상력도 꽤 떨어졌어."

"과연. 참고해야겠군요."

당회는 벽에 걸어둔 적혈비를 품안에 넣으며 고개를 끄덕였다. 그리고 독무후를 바라보며 물었다.

"수은과 주사, 금리철이라고 하셨지요? 어디에 쓰일 건지 여쭤봐도 되겠습니까?"

"일단 독공을 수련한다고 알고 있거라."

"독공에 철을 사용한단 말씀입니까?"

독무후의 말을 이해하지 못하겠서서 당회는 눈살을 찌푸렸다.

"쇳독이라는 말이 있잖느냐. 무튼, 재료들은 안쪽에 있겠지?"

"예. 이 길을 따라 쭉 가시면 안쪽 나무상자에 있을 겁니다."

"소소야."

"네."

무기에 눈이 팔려 있던 당소소가 독무후의 부름에 정신을 차렸다. 독무후는 당회가 말했던 곳으로 걸어가며 말했다.

"내가 가져와야 할 것들은 위험한 물건이니, 잠시 여기에 있거라."

"네, 스승님."

"그럼, 얌전히 있거라. 당회 너는 따라오고."

독무후가 당무고 안으로 걸어 들어갔다. 당회도 따라가려던 찰나, 그는 당소소가 바라보는 무기가 무엇인지 눈치챘다. 손잡이조차 달리지 않고, 쇳덩이로만 보이는 투박한 검. 당회는 당소소에게 다급하게 말했다.

"너, 그거 만지지 말고…."

"도철일맥饕餮一脈, 무궁검無窮劍…. 이게 왜 여기 있지?"

당회는 숨을 멈추고 당소소를 바라봤다. 무궁검을 바라보며 고민하던 당소소가 이상한 낌새를 느끼고 옆을 바라봤다. 가느다래진 눈으로 자신을 바라보는 당회가 서 있었다.

"네가 저 검을 어떻게 알고 있지?"

당회는 떨리는 음성으로 당소소에게 물었다.

쌍검무쌍 작중 최고의 대장장이, 도철. 그의 대장간으로 향하는 열쇠검인 무궁검. 사천에서 손꼽히는 대장장이인 당회조차 저 철검의 정체를 알기 위해 몇 년을 연구했다. 하지만 수확은 없었다. 연철전주인 당회가 그럴진데 아무것도 모르고 세월을 허비하던 망나니가 알 법한 검은 절대 아니었다.

당소소는 침을 삼키고 당회의 눈빛을 고스란히 받아내고 있었다. 당소소와 당회의 시선이 교차했다.

✤ ✤ ✤

쌍검무쌍 작중에는 사흉혈맥四凶血脈이라 불리는 설정이 있다.

야장冶匠, 도철일맥饕餮一脈.

학사學士, 도올일맥檮杌一脈.

의원醫員, 혼돈일맥混沌一脈.

무인武人, 궁기일맥窮奇一脈.

고대의 흉수에 빗댄 이름을 가진 네 종류의 일인전승 문파. 각각의 경지가 이질적이고 요원하기에 경외감을 담은 명칭이었다. 몇 백 년을 이어 내려온 네 문파이기에 그 명맥이 끊길 법도 하건만 쌍검무쌍 소설에선 넷 모두 온전히 이어져 내려오고 있었다.

사흉혈맥은 주인공이 이어받게 되는 아홉 개의 기연 중 첫 번째 기연이었다. 궁기일맥의 무공을 이어받고 혼돈일맥의 신체개조를 받는다. 흥미 본위로 입학한 정천무관에선 도올일맥의 도움을 받아 재능을 개화하고, 도올일맥의 안내를 받은 도철일맥이 필생의 걸작을 쥐어주며 다음 기연으로 안내한다.

그 일련의 과정에서 도올일맥이 도철일맥에게 도달하기 위한 물품이라며 건네준 열쇠의 역할을 하는 검. 그 검이 당소소 눈앞에 있었다.

"묻지 않느냐. 네가 어떻게 도철일맥을 알고, 이 검이 도철삼보의 하나인 무궁검이라는 것을 알고 있냐고."

"……."

당소소는 당회의 다그침에 입을 살짝 열었다가 도로 닫았다. 입술에 망설임이 묻어났다. 당회의 눈썹이 꿈틀거렸다.

"정녕…!"

당회는 침묵을 지키는 당소소에게로 한 발짝 다가섰다. 그녀를 다그치려고 두꺼운 팔을 든 찰나, 독무후의 목소리가 들려왔다.

"회야, 열쇠가 없잖느냐. 어서 오지 않고 뭐하고 있니?"

"…이따 이야기하지."

당회는 당소소를 노려보다 고개를 팩 돌리며 당무고 안으로 사라졌다. 당회가 모습을 감추자 당소소는 가슴을 쓸어내리며 안도의 한숨을 내뱉었다. 하마터면 이 세상이 책 속이고 자신에겐 남자의 영혼이 깃들었다는 말을 해야 할 판국이었으니까.

물론, 좋은 반응이 돌아오진 않았으리라.

"십년감수했네."

당소소의 감정에 영향을 받아 혼잣말을 자주하는 경향이 있었는데 결국 위기를 불러왔다. 당소소는 이마를 짚으며 고개를 저었다. 안도마저도 혼잣말로 하고 있었기 때문이다.

'당소소 연기를 너무 오래해서 그런가? 습관이 점점 몸에 배는 것 같아.'

그녀는 요 근래 몸이 갖고 있던 감정과 습관이 무의식적으로 튀어나오는 것을 인지했다. 당소소는 생각이 거기에 미치자 가늘게 떴던 눈을 부릅떴다.

'…그냥 넘어갈 뻔했어. 난 그동안 당소소의 감정, 김수환의 감정. 그리고 김수환의 이성을 나눠서 생각하고 있었어. 그런데 언제부턴가 구분을 하지 않고 있다. 이건 중요한 문제야.'

이마를 짚은 손에 힘이 들어갔다. 앞머리를 와락 움켜쥐었다. 당소소의 눈가에 두려움이 얽혔다.

'나는 지금 김수환으로 생각하고, 당소소로 느끼고 있어. 그리고 둘의 기억과 감정을 모두 가지고 있지. 그런데 그 경계가 완전히 무너진다면, 지금과 같은 상황이 또 발생할 거야. 당소소의 것인 기억이나 감정이 발작해서 제대로 된 생각을 하게 될 수 없을지도 몰라.'

좋은 징조는 아니었다. 불빛이 없는 좁은 방 안에 있으면 발작하는 것. 공포를 느끼면 몸에 피가 모두 빠진 듯 무기력해지는 것. 당장 자신의 몸을 짓누르는 원래 몸의 고통도 이 정도일 진데, 당소소의 감정과 김수환의 경계가 무너진다면 어떤 증상이 더 튀어나올지 알 수 없었으니까.

당소소는 눈을 찡그리며 되돌아갈 방도를 찾았다. 더 이상 경계가 무너지길 원치 않는다면, 당소소처럼 행동하는 것을 포기하는 방도가 있었다.

'하지만 그래선 안 돼.'

자신의 정신은 김수환이었지만, 몸은 원래 당소소의 것이었다. 그리고 주변 사람들도 자신을 당소소로 대하고 있다. 포기하면 이야기는 뒤죽박죽이 된다. 그러나 앞선 이유 덕에 둘을 구분하는 것도 그만둘 수 없었다.

'게다가 구분을 멈춘다면, 난 더는 달릴 수 없게 될지도 몰라.'

그와 그녀를 구분하는 것. 그것이 이야기의 비극을 희극으로 바꾼다는, 아무도 알 수 없는 길에 발을 들인 연유 중 하나였다.

죽음 이전의 그 삶으로 인해, 지금이 당소소의 이야기라는 것을 잊지 않을 수 있었다.

그녀의 이야기이기에 객관적인 태도로 고통과 공포에도 제정신을 유지할 수 있었다. 타인의 이야기이기에 죽지 않는다는 허울뿐인 최면을 걸수 있었다.

그것이 바로, 김수환이 지닌 심혼이었다. 스승은 긍정적으로 바라봤다지만 자신이 보기엔 꽤나 약아빠진 의지였다.

"후우."

당소소는 한숨을 쉬며 손가락으로 무궁검의 우둘투둘한 검신을 훑었다.

주인공은 도올일맥의 학사에게 무궁검을 받는다. 열쇠의 역할을 한다지만 그 자체로도 도철의 세 보물 중 하나이기에 도철일맥의 대장장이에게 기연을 얻기 전까지 주무기로 활용된다. 그리고 무궁검은 기연을 얻은 주인공을 떠나 오랫동안 주인공 곁을 지켜왔던 무당파武當派의 여도사 손에 쥐여지게 된다.

쌍검무쌍의 이야기에선 그렇다. 하지만 그녀의 삶에선, 그녀의 주무기로 사용할 수 있을지도 모른다. 사흉혈맥을 모두 잇고, 아홉 개의 기연을 빼앗아ㅡ.

'그럴 수도 없을 거고, 그런 짓도 하지 않겠지만.'

주인공은 애초부터 모든 기연을 받을 수 있는 체질을 타고났다. 거기에 명석한 두뇌는 하나를 알려주면 열을 알고 새로운 하나를 만들어낸다. 먼저 선점을 한다고 해도, 제대로 활용할 수 있는 몸도 아니니 본래 주인에게 들려주는 편이 효율이 더 좋을 것이다.

'뺏는다면 적들이 차지하는 기연 정도인가.'

당소소는 실소를 지으며 무궁검에서 손을 뗐다. 검에서 느껴지는 한기가 사라지며 이유 모를 상실감이 온몸을 감쌌다.

몸은 이곳에 속해 있는데, 정신은 다른 곳을 떠돌고 있다. 그 감각은 마치 세상에서 괴리된 유령 같은 기분이 들게 했다. 당소소는 주먹을 움켜쥐며 독무후가 있는 쪽을 바라봤다.

스승의 온기, 아버지의 온기. 그녀를 걱정하는 하연과 진명의 온기.

피부에 와닿는 그 온기가 이 삶이 당소소의 이야기이되 허구가 아님을 느끼게 했다. 그것은 이제 김수환이 깃든 당소소의 심혼이 되어 있었다.

'구분은 하되 배제는 하지 않아야 해. 아직은 그 정도로 충분해. 인지만 하고 있다면, 감정과 기억은 통제할 수 있어.'

당소소는 생각을 마쳤다. 어질하던 머릿속 소란이 가라앉았다. 그러자 바뀔 앞날에 전전긍긍하는 통에 차마 떠올리지 못했던 것들이 떠오르기 시작했다. 당소소는 맑아진 정신으로 당회에게 던져줄 변명을 궁리했다.

'사천교류회의 일화를 보건데, 분명 무궁검이 여기 있을 개연성이 있을 거야. 무궁검은 도올일맥이 가지고 있었을 텐데. 도올일맥의 정보는….'

도올일맥을 이은 학사의 외관은 제멋대로 뜯겨나간 수염과 백발. 노인은 항상 겁에 질려 있었으며, 수염이 뜯겨나간 후유증 때문인지 종종 턱을 가리고 움찔거렸다.

장서를 찢지 말라는 말버릇 같은 것이 있었고, 쪽지 시험 같은 것으로 주인공이나 다른 이들의 재능을 파악했다. 절친한 도절일맥의 대장장이에게 무궁검을 받아 가지고 있었으며, 그 출신은.

"아하."

당소소는 훌륭한 변명거리를 쥐고 웃었다.

* * *

철컥!

쇠가 맞물리는 소리와 함께 탁자 위에 있는 나무상자의 뚜껑이 열렸다. 굳은 기름 아래 희끄무레한 은색의 물체가 시야에 잡혔다. 당회는 뒤로 한 발짝 물러서며 말했다.

"물에 닿으면 폭발적으로 열을 뿜어내고, 가만히 내버려둬도 반응을 하더군요. 그래서 고래기름을 어렵게 구해 보관했습니다."

"맞아. 금리석은 물보다 가볍지만, 그 안에 품고 있는 자연지기는 헤아릴 수 없을 정도로 막대하단다. 그래서 오독문의 오뢰전리공을 연마하는데 아주 큰 도움이 되는 광물이야."

독무후가 나무상자의 뚜껑을 닫았다. 그녀의 설명에도 당회는 의문이 가득한 얼굴을 하고 있었다. 당회는 고개를 갸우뚱거리며 당무고 안에 위치한 또 하나의 창고 문고리를 잡았다. 그는 원석고圓石庫라는 이름의 창고 안으로 들어갔다. 그리고 얼마 지나지 않아 수은이 담긴 호리병, 백금과 주사가 담긴 두 나무상자를 탁자 위에 내려놓았다.

"수은과 주사는 소소에게 먹여 독공에 쓰신다고 하셨는데, 백금은 또어디에 쓰실 생각이십니까? 백금은 광물독이라 부를 만큼의 독성은 없을 텐데요."

"단전을 만들었으니, 혈맥 또한 만들어야 하지 않겠느냐?"

"백금으로, 혈맥을…?"

독무후는 백금이 든 나무상자에 손을 올렸다.

"백금은 쉬이 변하지 않는다. 단전으로 쓰이는 광물독들과는 달리 그자체로 항상성이 있어. 거기에 자신은 변하지 않으면서 다른 것들의 반응을 북돋는 성향도 가지고 있지."

"광물로 단전을 만들고, 백금으로 혈맥을 만든다…. 터무니없는 치료법입니다. 이걸 어떻게 몸에 주입시킬지도 상상이 가질 않지만, 먹이고나서 어떻게 하실지가 더 상상이 가지 않습니다."

"그래서 오독문의 독문심법 이름에 전리電離라는 말이 들어간단다. 자세한 건 생략하도록 하자꾸나. 네 말마따나 터무니없는 치료법이니."

독무후는 빙긋 웃으며 수은이 든 호리병을 쥐었다. 당회의 눈이 가늘어졌다.

'이 이상은 오독문의 비술秘術이라는 거군.'

당회는 고개를 끄덕인 뒤 나무상자들을 차곡차곡 쌓아 들어올렸다. 당회가 돌아가기 위해 몸을 돌리자 독무후가 말했다.

"회야. 칠혼독의 효과가 어떤 것인지 아느냐?"

"…갑자기 칠혼독은 왜 물어보시는지 잘 모르겠으나, 산공독마냥 기를 흩어내고 혈맥을 철저히 부수는 독이라 들었습니다."

당회는 독무후가 당소소와 화해를 시키려나 하는 생각에 시큰둥하게 대답했다. 독무후는 고개를 저었다.

"그건 부수적인 효과야."

독무후는 검지로 자신의 관자놀이를 쿡 찌르며 말했다.

"칠혼독은 혼魂을 괴사시킨다."

"혼이라뇨? 배움이 짧아 잘 이해가 안갑니다."

독무후는 이해하지 못한다는 표정을 감추지 못하는 당회에게 설명을 이어갔나.

"사람에겐 영혼이 있단다. 영혼은 혼魂귀鬼백魄으로 구성되어 있어. 백은 육체와 육체에 얽매여 있는 본능을 뜻하고, 귀는 사람의 기억과 감정, 그리고 혼은 이를 이끄는 이성이지."

"그렇다면 혼을 괴사시켰다는 말인 즉슨, 소소가 지금 정신을 잃은 상태라도 된다는 말씀이십니까?"

당회가 눈가를 꿈틀거리자 독무후는 턱을 쓰다듬었다.

"혼돈의 그자가 무슨 술수를 부린 건진 잘 모르겠다만, 마치 괴사된 부분이 도려내지고 새살이 돋아난 느낌이라고 해야 하나. 정확히 파고들자면 다른 느낌 같긴 하다만."

"그래서 영혼이 썩어나간 소소를 미워하지 말라는 말씀이신 겁니까?"

"사람의 감정이라는 게 명령 하나로 움직일 수 있다면 좀 좋겠냐만, 넌 그렇게 하지 않을 것 아니냐? 그렇다면 사정이나 알고 미워하라는 게지."

"배려는 감사하나, 소소가 어떤 상황이 되었건 전…."

당회는 굳은 얼굴로 독무후의 말에 답했다. 독무후는 살짝 기분이 상해 입가를 비틀어 내리며 물었다.

"네 어미를 죽인 것이 소소더냐? 네 아비를 바깥으로 떠돌게 한 것도 소소가 한 짓이더냐?"

"아닙니다. 허나…."

"그럼 널 핍박한 것이 소소더냐?"

"아닙니다. 당청과 당혁이었습니다."

"그렇다면 어째서 넌 그 분노를 소소에게만 투과하고 있는 게냐?"

"……."

나무상자를 쥔 당회의 손에 힘이 들어갔다. 자신도 알고 있었다. 주체는 당소소가 아니라는 것을. 하지만 미워하기엔 당청과 당혁의 힘이 너무 거대했다. 대의를 위해 중원을 누비는 아버지의 옷자락을 잡을 수도 없었다. 그래서 부정적인 감정을 던질 대상을 찾았다. 모두가 싫어하는 당소소에게 미움의 감정을 던지면 그 누구도 뭐라고 하지 않으니까. 오히려 보상이 돌아왔으니까. 당청과 당혁과는 좋은 관계가 되었고, 아버지는 어머니의 죽음에 상실감을 느낀 것이라 미루어 짐작하며 당회에게 더 관심을 쏟아주었다.

당회는 자신을 지그시 바라보는 독무후의 눈을 마주했다. 마치 자신을 꿰뚫어 보는 듯한 시선이었다.

"미움을 베고 누워 있는 그 자리. 이제 그만 일어날 때도 되었지 않느냐?"

독무후는 당소소가 있는 곳으로 걸어 나갔다. 당회는 차마 독무후를 따라가지 못하고 잠시 그 자리에 서 있었다.

* * *

호리병을 들고 있는 독무후가 당무고 안쪽에서 걸어 나왔다. 그리고 무궁검을 바라보며 웃고 있는 당소소 곁으로 다가갔다.

"무엇이 그리 좋아 실실 웃고 있느냐?"

"아하하."

"단전과 혈맥을 수복하는 게 그리 기분이 좋나보구나."

독무후는 당소소의 볼을 꼬집으며 말했다. 당소소는 고개를 끄덕였다.

"…아니라고 하면 거짓이겠지요."

"그래도 너무 좋아만 하진 말거라. 사람의 몸에 독과 쇠를 주입하는 방법이야. 지레 겁먹는 것보다야 낫다지만, 너무 풀어져서도 안 되는 법이니까."

"명심하겠습니다."

"그래. 너야 알려주면 곧잘 배우니까 더는 말하지 않으마."

독무후가 무궁검에 시선을 던졌다. 눈빛이 달라졌다. 그 시선 그대로 당소소를 바라봤다.

"저걸 보고 있었느냐?"

"아, 네."

"눈썰미가 꽤 있구나. 아무래도 당가의 혈육이라 그런 건가?"

독무후가 무궁검을 집었다. 주의 깊게 보지 않는다면, 그저 길쭉한 부지깽이처럼 보일 만한 생김새였다. 투박한 질감의 검신과 날이 서 있지 않은 양날. 둔탁한 검의 끝부분만이 이것이 검이라는 것을 알려주고 있었다.

"이건 네 학문을 가르치는 학사가 가져온 검이란다."

"…그렇군요."

'역시.'

당소소는 고개를 끄덕이며 자신의 예상이 맞았다는 데 쾌재를 불렀다. 도올일맥의 학사는 외관상으로 그저 수염이 뜯겨나간 백발의 노인이었다는 묘사뿐이었다. 그렇기에 처음엔 깨닫지 못했다. 작중의 도올일맥은 수염이 모조리 뜯겨나간 노인이었기 때문이다.

'무궁검을 보고 나서야 학사 님이 도올일맥의 전승자임을 깨달을 수 있었어.'

독무후는 무궁검의 검신을 훑어보며 말했다.

"우연찮게 사천성을 방문하게 된 학사를, 네 아버지가 당청을 가르쳐달라 사정하며 눌러앉게 했지. 난 그때쯤 가문을 떠났고."

"그런데 이 검은 어떻게 저희 가문에 들어오게 됐나요? 비범한 물선일 텐데."

"비범하니까."

독무후는 무궁검을 내려놓았다.

"너야 느끼지 못하겠지만, 무림인들은 무공과 병기에 꽤나 심하게 집착한단다. 때때로 선을 넘을 정도로."

"종종 들은 바 있어요."

"네 학문 스승은 유명한 사람이야. 그래서 종종 그에게 무공이나 병기를 얻어볼까 싶어 찾아오는 이들이 많지. 그에게 사천당가는 꽤나 괜찮은 장소였단다."

독무후는 과거를 회상하며 고개를 주억거렸다.

"그래서 네 아비와 교우를 나눈 이후엔 사천당가를 방패로 쓰면서 시빗거리가 생길 만한 물건들을 맡겨놓곤 했어. 저건 그중 가장 큰 시빗거리가 될 물건이고."

독무후의 말에 당소소가 무궁검을 바라봤다. 투박하기 짝이 없는 저 검의 기능은 무려 내기를 증폭시키는 것이었다. 한 줌의 내기를 불어넣으면 한 다발의 검기를 토해 내는 검. 당장 강호에 던져놓으면 피바람을 몰고 올 만큼의 공능이었다.

'물론, 영약이란 영약은 모조리 주워 먹은 주인공에겐 쓸모가 없는 기

능이었지만.'

당소소는 고개를 절레절레 저으며 시선을 거뒀다. 독무후는 그런 당소소를 바라봤다. 그리고 비수가 걸린 벽으로 시선을 돌리며, 그중 투박해 보이는 비수 하나를 쥐고 이모저모를 뜯어봤다. 가볍게 던지는 시늉도 해보고, 뇌기를 불어넣어 한차례 검명을 울리기도 했다.

"그러고보니 너도 무공을 배울 건데, 네 무기가 있어야겠지."

"이걸 제가 받아도 되나요?"

"그럼."

독무후는 고개를 끄덕이며 당소소에게 그 비수를 내밀었다. 당소소는 조심스런 손짓으로 비수를 쥐었다. 비수의 손잡이 부근에 독무후의 손길이 자아낸 온기가 느껴졌다. 당소소는 양손으로 그 비수를 품에 안으며 옅은 웃음을 지었다. 누군가에게 온기가 담긴 선물을 받은 게 얼마만이던가.

독무후는 그 모습을 흐뭇하게 바라보다, 고개를 젖히고 말했다.

"가져가도 되겠지, 연철전주?"

"…현천비玄天匕라 부르는 것입니다. 달리 기능이라 할 것은 없지만 제가 만든 비수 중에 가장 완성도 있고, 흠결이 하나 없는 것이고…."

"그래서 가져가도 되느냐?"

독무후의 물음에 뒤편에서 걸어온 당회는 당소소를 바라봤다. 상기된 얼굴로 단검을 꼭 쥐고 있는 그 모습. 당회의 눈가가 한차례 꿈틀거리더니 고개를 돌렸다. 갑자기 당소소를 마주볼 수 없었다. 마치 가슴에 돌덩이를 올려놓은 듯 무거워졌다.

"…예."

당회는 고개를 돌린 채 미세하게 끄덕였다. 그는 아랫입술을 깨물며 가슴에 올려진 돌덩이를 치우려 했다. 하지만 그럴 수 없었다. 자신을 짓누르던 외압이 사라지니 생각지 않던 것을 생각해야 하는 탓이었다.

그저 조막만한 비수 하나를 받았다고 행복한 표정을 짓고 있는, 당소소에 관한 생각.

독무후는 혼란스러워하는 당회를 바라보며 콧바람을 한차례 뿜었다. 그리고 발걸음을 떼며 말했다.

"난 먼저 제독전으로 가있을 테니, 할 말들이 있거든 천천히 하고 오거라."

독무후가 당무고를 떠났다. 남겨진 둘은 말없이 애꿎은 땅바닥만 발끝으로 긁었다.

"……."

"……."

당소소의 입가가 일그러졌다. 그녀도 상당히 소심한 성격이라지만, 숨 쉬기조차 힘든 이런 분위기를 좋아하진 않았다. 당소소는 현천비를 슬쩍 내밀며 말했다.

"이거….."

"그 도철일맥….."

서로의 말이 겹쳤다. 당소소와 당회는 곧바로 입을 닫았다. 당소소는 짜증을 담아 미간을 구겼다. 답답한 공기를 뿜는 한증막에 장작을 더 집어넣은 셈이었으니까. 당소소는 마음을 다잡고 다시 현철비를 내밀며 말했다.

"주기 싫다면….."

"무궁검을 어떻게….."

또 겹쳤다. 적막은 더 고요해졌고 당소소의 미간이 더 좁혀졌다.

'씨발.'

더 짙어진 어색함. 당소소는 서둘러 말을 이었다.

"주기 싫으면 주지 않아도 돼."

"…줬다 뺏는 옹졸한 짓은 하지 않는다."

당회는 옹졸이라는 단어를 입에 담으며 눈가를 움찔했다. 당소소는 잠시 당회를 바라보다 현천비를 품 안에 넣었다. 그러면서 경계심 가득한 어투로 말했다.

"무르기 없기야."

"그럼 이제 말해. 어떻게 도철일맥을 알고 있고, 이 검이 무궁검이라는 것을 알고 있는지."

"도올일맥인 학사 님께서 이십 년 전쯤 당가에 맡기신 거라고 하셨어."

"학사가…. 도올일맥?"

당소소는 짧게 고개를 끄덕였다. 허가도 받지 않고 이름을 파는 것 같아 잠시 죄책감이 들었다. 당회는 무궁검을 바라보더니 절로 고개를 주억거리며 혼잣말을 내뱉었다.

"과연. 그래서 도철일맥의 무궁검이 여기에 있던 것이군. 도올일맥…. 칠혼독을 치료하기 위한 혼돈일맥의 혼돈의도 그의 영향으로 왔던 것인가?"

"그럼. 이제 가도 되는 거지? 그…. 연철전주 님?"

당소소의 말에 당회의 얼굴이 팍 구겨졌다. 찾아온 정적을 발걸음으로 털어내며 당회가 말했다.

"…오라버니라고 불러."

나무상자들을 들고 당무고를 나가는 당회. 당소소는 고개를 갸웃거리며 뒷모습을 바라봤다.

'언젠 부르지 말라며. 미친놈인가?'

무궁검을 앞에 두고 했던 고민 덕분인지 이번에는 다행히도 생각을 입밖으로 내지 않았다.

＊ ＊ ＊

당회의 발걸음은 제독전 앞에서 멈췄다. 뒤를 졸졸 따라오던 당소소도 제독전 앞에 멈춰 섰다. 잠시 들어가는 것을 망설이는 당소소를 당회가 이상하다는 눈으로 바라봤다.

"안색이 안 좋은데?"

"…별거 아니야."

당소소는 자기도 모르게 오른쪽 팔에 손을 올려 상처 부위를 감쌌다. 제독전에 한 번 들어가본 탓인지 이젠 제독전 간판만 봐도 몸이 반응하는 지경이었다. 당소소는 고개를 저어 불쾌한 감정을 털어내고 제독전 문을 열었다.

끼익.

들리는 경첩소리. 몸이 흠칫 떨렸다. 당소소가 문에서 손을 떼자 열린 문으로 당회가 성큼성큼 걸어 들어갔다. 당소소는 그 뒤를 천천히 따라 갔다.

당회 뒤를 따라가는 길. 처음 방문했을 땐 어린 소녀를 찾겠다는 생각으로 가득 차 그리 많은 기억은 떠오르지 않았다. 그러나 의식하게 된 지금은 제독전 안에서 걷는 걸음 하나하나마다 기억들이 번져왔다. 당소소는 걸음을 멈추고 생각했다.

'이건 안 좋은데.'

정원 앞에서 친근한 체하던 당혁. 독 실험을 하기 위해 걸어가던 당혁과 함께 걷던 돌길. 제독전 본관에서 독을 먹여놓고 태연한 얼굴로 잉어들에게 먹이를 주던 당혁. 입에 강제로 쑤셔 넣어지던 독단, 그걸 뱉자 잔인하게 웃던 당혁. 뱉어낸 것을 집어 실험을 위해 가둬놓은 사람들에게 먹이던 당혁.

"후우…."

당소소는 제자리에 주저앉았다. 온몸의 피가 모조리 빠져나간 듯 힘이 탁 풀렸다. 눈앞이 캄캄해졌다. 분리한 이성 덕에 겨우 쓰러지지는 않고 있었다. 당회가 그 모습에 놀라 나무상자를 내려놓고 당소소에게 다가갔다.

"무슨 문제가 있느냐?"

"오라버니가…."

"내가?"

"당혁 오라버니가, 독을…."

"당혁이…? 그게 무슨 말이냐?"

당소소는 가쁜 숨에 자신도 인지하지 못하는 말을 섞어 내쉬었다. 당회의 눈썹이 치켜세워졌다. 당소소는 고개를 푹 숙이고 어깨를 들썩일 뿐이었다. 당회는 어쩔 줄 몰라 하며 당소소의 어깨에 손을 가져가다가 화들짝 놀라 손을 거두고 주변을 두리번거렸다.

"이게, 이게 무슨…!"

"당혁이 소소에게 칠혼독을 주입했었다. 꽤 오랜 시간 동안."

뒤에서 걸어 나오는 독무후. 그녀는 당회를 지나쳐 당소소에게 걸어가 등에 손을 얹었다. 고통스럽게 어깨를 들썩이던 당소소의 움직임이 멎었다. 당소소는 눈을 감으며 앞으로 쓰러졌다.

"소소의 몸으로 실험을 했다는 말은 가주에게 들었다만, 보아하니 실험이 제독전 안에서 있었나보구나. 불쌍한 것."

"소소가 칠혼독을 먹은 것이 아니라 당혁이 실험을 했다는 말씀이십니까?"

독무후는 당소소를 들쳐 업으며 고개를 끄덕였다.

"독천의 혈통을 실험하고 싶었던 것 같구나. 자신의 몸으로 실험하긴 무서우니, 소소를 꼬드겨 실험을 했겠지. 그리고 실험은 성공했다. 완성된 칠혼독은 소소의 혼을 썩어문드러지게 했어."

"……."

"운반하느라 수고했다. 그만 연철전으로 가도 좋다."

독무후가 밖으로 나가려 하자 당회는 잠시 멍하게 서 있다가 나무상자를 들고 독무후를 쫓았다. 독무후가 나지막이 말했다.

"돌아가도 괜찮다 했잖느냐."

"그 뭐냐. 그러니까 연철전주로서 물품의 사용처를 알기 위해…."

"어설픈 놈. 그냥 걱정된다고 해라."

독무후는 피식 웃으며 제독전을 나섰다. 당회가 그 뒤를 따랐다.

* * *

"으윽."

당소소는 고통스런 신음을 흘리며 자리에서 일어났다. 주변을 살피는 당소소의 눈에 오래된 듯한 이불과 낡은 침상, 투박하게 느껴지는 가구들이 보였다. 당소소는 찌뿌둥한 몸을 일으켜 침상에서 일어섰다. 그러자 멀찍이서 독무후의 음성이 들려왔다.

"일어났구나."

모습을 보이는 독무후. 그녀의 손엔, 비단방석 위에 놓인 물방울 모양의 은색 물체가 들려 있었다. 당소소는 아직 떨리는 음성으로 물었다.

"여긴 어디죠?"

"무후당 안쪽이란다. 너에게 아직 제독전은 무리인 듯싶어서 내가 데려왔지."

독무후는 탁자 위에 비단방석을 올려놓고 의자에 앉았다. 당소소는 눈을 깜빡이며 주저앉았을 당시를 떠올렸다. 휘발되지 않은 기억이 이성에 자리하고 있었다.

"저에게 독을 먹인 사람이 당혁이었군요. 전 제가 멍청하게 집어먹은 줄로만 알았는데."

"…그렇다더구나."

한 세기를 살아왔어도, 으레 이런 종류의 일들이 다 그렇듯, 적절한 위로를 주는 일이 제일 어려웠다. 독무후는 눈을 굴려가며 위로의 단어를 생각했다. 수많은 생각 끝에 한다는 말이 그저 뻔한 위로밖에 없다는 사실을 알면서도.

"괜찮을 세냐."

"기억에도 없던 건데요 뭐."

독무후는 가볍게 혀를 차며 고개를 저었다. 고통에 익숙해진다는 것은 여러 의미에서 위험했다. 독무후는 당소소를 바라보며 걱정 어린 말을 건넸다.

"그리 태연한 척하지 않아도 된단다."

"하하…. 정말 괜찮은데. 헌데, 저건?"

당소소는 독무후의 위로에 살포시 웃어 보이며 은빛 물방울에 시선을 던졌다. 손가락을 슬쩍 대보려다 독무후의 눈치를 살폈다. 독무후가 고개를 끄덕여 만져도 좋다는 허락을 내렸다. 당소소의 손가락이 은빛 물방울에 닿았다.

물컹거리는 촉감이 그녀의 손가락을 감쌌다. 쑥 들어가는 손가락. 당소소가 깜짝 놀라 손을 떼자 한차례 방전이 일어나며 구겨진 물방울이 천천히 모양을 되찾아갔다.

"이 눈물방울같이 생긴 것은 광물독으로 만든 오독문의 비의란다."

독무후가 물방울을 바라보며 말했다.

"뇌린은루雷麟銀淚."

번개를 뿜는 기린이 흘린 은색 눈물. 독무후의 말에 반응이라도 하듯 불빛을 받은 은빛 물방울이 우울한 색으로 빛났다.

* * *

"넌 이 뇌린은루를 삼켜야 한다."

독무후가 뇌린은루를 집었다. 은빛 곡면에 방전이 일어나며 독무후의 손을 타고 흘렀다. 파직거리는 위협적인 소리에 당소소는 침을 꿀꺽 삼켰다.

"…감전되진 않을까요?"

"이제야 겁이 좀 나느냐?"

독무후는 킬킬 웃으며 자리에서 일어났다. 그리고 뇌린은루를 비단방석에 다시 올려놓으며 말했다.

"방석을 들고 따라오너라. 뇌린은루를 복용하려면 몇 가지 준비 과정이 있으니."

"네, 스승님."

당소소가 조심스런 손길로 비단방석을 들었다. 그리고 자리에서 일어나 독무후의 뒤를 따라갔다. 독무후는 무후당의 장원으로 나가 덩그러니 놓인 목제 허수아비가 있는 곳으로 다가갔다.

"너도 자주 올 곳이니, 잘 보고 배우거라."

"비밀장소인가요?"

당소소가 관심을 보이자 독무후는 고개를 끄덕이며 말했다.

"수련을 위해 만들어놨던 장소지. 자, 여기 가슴을 이렇게 세 번 치면 된단다."

독무후는 천천히 주먹을 쥐고 허수아비의 가슴을 세 번 가격했다. 의기양양한 표정으로 뒤로 물러서는 독무후. 하지만 아무 일도 일어나지 않았다. 독무후의 입가가 꿈틀거렸다.

"이, 이상하구나. 이게 왜 안 될까? 아까 당회에게 시켰을 땐 분명히 제대로 작동했는데."

독무후는 다시 허수아비의 가슴을 세 번 가격했다. 여전히 아무런 일도 일어나지 않았다. 독무후의 얼굴이 움찔거렸다.

"……."

문득 자신의 작은 손을 바라봤다. 몸이 작아진 통에 제대로 기관이 작동하질 않았던 것이다. 독무후의 눈썹이 한 차례 움찔거리고 섬광이 일었다.

우르릉!

번개소리가 들리며 허수아비의 상체가 뜯겨져나가 바닥을 나뒹굴었다. 독무후가 그어 내린 손을 거두자 초라하게 서 있는 허수아비의 하체가 움직이며 느릿하게 통로를 열었다. 독무후는 자신을 빤히 바라보는 당소소의 시선을 피해 시치미를 떼며 말했다.

"자, 들어가자꾸나."

"어…. 이걸 따라하라는 건가요?"

"……."

독무후는 딴청을 피우며 자신의 머리칼을 매만졌다. 찾아오는 어색한 분위기. 당소소는 자신이 먼저 나서야 한다는 것을 당회와의 일화에서 배웠다. 당소소는 억지로 입꼬리를 틀어 올리며 말했다.

"…노력해 볼게요."

"후우. 몸이 작아지니, 별 부끄러운 일도 다 겪는구나."

독무후는 너스레를 떨며 고개를 저었다.

"원랜 가슴을 세 번 가격하면 열리는 곳이었는데, 몸이 작아지니 제대로 기관이 작동하지 않은 듯싶구나.”

“그렇군요. 확실히, 어려지면 불편한 점이 많아 보여요.”

자신도 바뀐 몸에 적응하느라 꽤나 난항을 겪었기에 고개를 끄덕이며 공감했다. 그러나 독무후가 느끼기엔 스승의 위엄을 살려주기 위해 억지로 하는 말처럼 들렸다. 독무후는 고개를 저으며 당소소의 머리를 쓰다듬었다.

“…굳이 그런 배려를 할 필요는 없단다.”

“예?”

“들어가자꾸나.” '

독무후는 평소보다 더 큰 보폭으로 허수아비 아래로 나 있는 계단을 밟았다. 당소소는 독무후의 말에 숨겨진 저의를 고민하며 천천히 그녀를 따라갔다.

* * *

지하로 내려가는 통로. 마치 별을 뿌려 놓은 듯 계단 천장에 은은한 빛이 새어나오고 있었다. 당소소는 천장을 바라보며 계단을 밟았다.

‘조그마한 전구들 같네.’

“천장에 박힌 빛들은 뭔가요? 혹시 야광주夜光珠?”

당소소는 무협소설 속에 자주 나오는 야광주를 떠올렸다. 말 그대로 밤에도 빛나는 돌, 그 가치가 같은 무게의 금보다 더 높은 귀한 물품이었다. 독무후는 그런 당소소의 모습이 귀여운지 웃음을 머금고 고개를 저었다.

“그런 귀한 것을 이런 쓸모없는 곳에 이렇게 많이 박아두었겠느냐?”

“그럼….”

“독이란다.”

"예…?"

"독들은 화려한 색을 지니고 있단다. 종종, 어둠에서 빛나는 성질의 것들도 있지. 그걸 잘 제련해 천장에 박은 거야."

당소소의 안색이 흐려졌다. 느긋하던 걸음이 어느새 독무후 바로 뒤까지 따라붙었다. 독무후는 웃음기 서린 어투로 말했다.

"그리 겁먹지 않아도 된다. 안전하게 제련해 떨어지지 않으니까. 뭐, 중독되더라도 내가 있지 않느냐?"

독무후의 발이 지하의 비처에 닿았다. 반구형의 모양을 한 비밀장소에는 거대한 탁자 하나와 여러 개의 횃불이 걸려 있었다. 탁자 위엔 다섯 개의 상자가 놓여 있었다. 공기가 통하는 장소가 있는지 횃불이 한 방향으로 일렁였다. 비처 안은 다급하게 치우는 통에 차마 걷어내지 못한 먼지들이 구석구석 쌓여 있었다.

"이리 내려놓아라."

"예, 스승님."

당소소는 방석을 탁자 위에 내려놓고 나무상자를 바라봤다. 무언가 불길한 기분이 들어 한걸음 뒤로 물러섰다. 독무후는 나무상자에 손을 얹으며 말했다.

"이게 뇌린은루를 만들어 낸 독물毒物들이란다. 우리 문파가 오독문이라는 이름을 하고 있다는 것에서 알 수 있다시피, 오행五行에 기반을 둔 독들이지. 넌 이 독들의 관계를 알아둬야 해."

"뇌린은루를 흡수하기 위해서인가요?"

"흡수야 삼키면 돼. 그렇게 되도록 만들었으니. 문제는 그 다음이지. 네 단전에 안전하게 정착시켜야 한다. 여기서 광물독의 성질이 문제가 된다."

"광물독의 성질?"

독무후는 고개를 끄덕이며 말했다.

"광물독은 독특한 방식으로 육체를 붕괴시킨다. 제 독성을 활용해 신체 내부의 요소와 결합하고, 변질시키지. 변질된 물질은 사람에겐 치명적인 독소가 되고, 내부의 요소가 결핍된 몸은 그 독소의 공격에 더 허약하게 되는 게야."

"그럼 뇌린은루는 다른 건가요?"

"같아. 단지, 오뢰전리공으로 그 힘의 길항을 맞춰주고 있을 뿐이지."

독무후는 나무상자를 툭툭 치며 설명을 이어갔다.

"대부분의 무공은 오행의 생生을 이용한다. 물은 나무를 살리고水生木, 그 나무는 불씨를 지피지木生火. 그 불은 토양을 비옥하게 만들며火生土, 비옥한 토양에선 금속이 생겨난다土生金. 그리고 금속은 다시 물을 빚어내지金生水."

"아, 이건 배운 것 같네요."

당소소는 화색을 띠며 고개를 끄덕였다. 주인공의 무공인 궁기일맥의 양의쌍절태극혜가 음양오행에 기반을 둔 무공이었기 때문이다. 독무후는 다른 나무상자를 짚으며 말했다.

"하지만 독은 다르다. 오행의 극剋을 사용해 그 독성을 통제해야 하지. 물은 불을 꺼뜨리고水剋火, 불은 쇠를 녹인다火剋金. 쇠는 나무를 베며金剋木, 나무는 토양의 지력을 훔친다木剋土. 마지막으로 흙은 물의 흐름을 가로막지土剋水. 이게 오행의 극이란다."

"기운을 억눌러 통제하는 건가요?"

독무후는 당소소의 물음에 고개를 끄덕이며 문제를 던졌다.

"독을 배우기 위해선, 우선 독을 알아야겠지. 소소야, 어떤 것을 독이라고 불러야 할까?"

"음, 사람의 몸에 해를 끼치는 물질…?"

"대략 맞췄단다. 그럼 네가 마시는 물은 독일까, 아닐까?"

"아마 아니겠죠?"

독무후는 고개를 저었다. 그리고 나무상자에서 손을 떼며 엄지와 검지를 살짝 비볐다.

"틀렸단다. 세상의 모든 것은 독이야. 단지, 죽음을 일으키기까지의 양이 다를 뿐이지."

"물이요…?"

당소소의 의문에 독무후는 고개를 끄덕였다.

"물을 많이 마시면 어떻게 될까?"

"건강에 좋다고 들었는데."

"더 많이 마신다면? 많이 마시고, 그것의 세 곱절 네 곱절을 마신다면?"

독무후의 말에 당소소는 대답할 수 없었다. 독무후는 엄지와 검지로 손가락을 튕기며 말했다.

"그렇게 되면 수독水毒이 몸을 해한단다. 과도한 물이 육체에 필요한 요소를 묽게 만들어, 종국엔 죽음에 이르게 하지."

"물에 독이 있다는 건 처음 들어봐요."

"무식하게 많이 마셔야 하니까 잘 알려지지 않은 게야. 반대로 독이라 알려진 물질은 아주 극소량만 사용해 독으로 쓰는 대신, 약으로 쓸 수 있지. 내 말이 어떤 느낌인지 감이 오느냐?"

"치사량. 양의 차이가 독을 만들어 내는 거로군요."

독무후는 당소소의 대답에 슬쩍 웃으며 당소소의 옆머리를 만지작거렸다.

'가르치는 보람이 있는 아이야. 진천은 귀염성 없게 자기 혼자 깨달아서 뭐 가르칠 것도 없었는데.'

"오독문의 독공은 그 개념에 기초한단다. 치사량의 독을, 어떻게 하면 통제할 수 있을까. 양을 줄인다면 그저 몸을 잠깐 불편하게 하는 요소가 될 것이고, 양을 늘린다면 독을 다루는 술자조차 통제하지 못하게 되겠지."

"오행의 극을 사용해서…!"

"그래. 만약 오행의 화를 함유한 독이라면, 그와 반대되는 수를 북돋아 그 독성을 통제해야 하지. 그것을 용이하게 하는 것이 오뢰전리공이란다."

독무후의 손에 전기가 튀었다.

"몸을 해하려는 독을, 뇌기를 이용해 괴리시킨다. 그렇기에 전리電離. 그 뇌기로, 다섯 가지의 독을 통제한다. 그렇기에 오뢰五雷."

독무후는 나무상자를 훑으며 말했다.

"뇌린은루는 오뢰전리공으로 만든 독단이란다. 우선 금의 기운을 품은 금리철을 중심으로 한다. 화의 기운인 주사朱砂를 겉으로 감싼다. 하지만 너무 사용해선 주사 또한 독으로 작용해 몸을 붕괴시키겠지."

독무후의 손이 다른 나무상자를 짚었다.

"주사를 통제하기 위한 수의 기운을 담은 수은. 하지만 이 수은은 금생수라, 소량을 사용한다고 해도 금리철의 영향을 받아 그 기운이 강해질 수밖에 없다. 그 기운을 통제하기 위한 토의 기운이 담긴 홍노갈의 산액을 사용한다. 홍노갈의 산액은 그 자체로 기운이 강대하니, 목의 기운이 담긴 독버섯인 흉송균㐫松菌을 함유시켜야 하지."

독무후의 설명을 들은 당소소는 침을 꼴딱 삼켰다. 결론은 다섯 가지의 독을 든든하게 비벼 넣은 뇌린은루를 자신이 삼켜야 한다는 뜻이었으니까. 독무후는 탁자 위의 상자를 아래로 내려놓으며 당소소에게 말했다.

"이 탁자 위로 올라가 몸을 눕혀라."

"네."

당소소는 경직된 움직임으로 탁자에 올라가 몸을 눕혔다. 독무후는 그녀의 옷섶을 끌러 저고리를 풀어헤쳤다. 당소소는 턱을 당기며 소심한 저항을 했다. 독무후는 잔뜩 굳어 있는 당소소에게 경고했다.

"긴장하지 말고, 여태 알려줬던 가르침을 떠올리거라. 독을 통제하기 위한 오행의 극. 무공을 사용하기 위한 오행의 생. 오뢰전리공의 뜻을 기억한다면, 괜찮을 것이다. 기운은 내가 인도할 터이니, 그에 맞춰 호흡을 해야 한다."

"운기조식運氣調息.이군요."

"그래. 몸 안의 기맥으로 내가 불어넣는 기운이 느껴질 것이다. 너는 그에 맞춰 짧게 여러 번 들이쉬고, 짧게 한번 내뱉거라. 뇌기는 벼락과 같아서, 긴 호흡에는 그 기운이 따라오지 않는다."

당소소는 고개를 끄덕이며 호흡을 연습했다. 들이 마시는 호흡을 세 차례에 걸쳐서 끊고, 짧고 굵게 숨을 뱉었다. 독무후는 당소소의 배를 지그시 누르며 말했다.

"좀 더 짧게 끊거라."

다섯 차례로 끊어지는 호흡. 독무후는 고개를 끄덕이며 배를 누르던 손을 끌어올려 심장 부근의 거궐혈巨闕穴에 손가락을 얹었다. 중단전인 심장과 가장 가까운 기혈이었다. 당소소의 떨림이 손끝으로 번져왔다. 긴장하지 않으려 해도, 긴장할 수밖에 없는 상황이었다.

'당혁. 당혁 때문이야. 그놈이 독을 먹여서, 떨리는 걸 거야.'

당소소는 눈을 질끈 감으며 두려움을 다른 이에게 전가시키고 있었다. 독무후는 그런 당소소의 머리를 쓸어주며 말했다.

"소소야."

"네."

"어떤 무공을 사용하고 싶으냐?"

독무후의 물음에 당소소는 쌍검무쌍의 내용을 떠올렸다. 천지를 휘감는 태극검, 검으로 꽃을 피우는 매화검. 산을 으깨는 검도 있었고, 폭풍을 부르는 창술도 있었다. 하지만 그것들은 자신에겐 허락되지 않은 천재들의 무공이었다. 그렇기에 당소소는 잊지 않고 있었다.

독천의 성명절기이자 사천당가의 상징인 그 초식을.

"만천화우滿天花雨를 한번 써보고 싶어요."

"후후. 누가 제자의 자식 아니랄까봐, 똑 닮았구나."

머리를 쓸어주는 독무후의 손이 거둬졌다. 손가락을 통해 전해오는 떨림은 다소 줄어 있었다. 만천화우를 익히고 싶다는 열망이 독을 삼킨다는 공포를 중화시켰던 것이다. 당소소는 독무후를 바라보며 고개를 끄덕였다. 그리고 불빛에 어스름히 비치는 천장을 바라보며 뇌린은루를 삼키기 위해 입을 열었다.

"호흡을 잊지 말거라."

독무후는 뇌린은루를 집어 당소소의 입에 떨어뜨렸다. 당소소의 울대가 물결친다. 뇌기를 방전해대는 것치고는 아무런 생채기도 내지 않고 당소소의 몸 속으로 스며들었다.

"웃, 으윽…!"

그리고 당소소의 몸 안에 독기의 태풍이 몰아치기 시작했다.

* * *

뇌린은루가 식도를 통과하고 위에 닿자 곧바로 방전하며 격렬한 기운을 뿜어냈다. 외부의 변화에 거대한 자연지기를 뿜어내는 금리석의 성질이었다. 금리석이 위액에 반응해 터져 나오는 자연지기는 위 안을 가득 메우고 두꺼운 위벽을 찢기 위해 멈추지 않고 제몸을 불려갔다.

"으으윽!"

"호흡하거라! 호흡을 잊으면 모든 것이 수포로 돌아간다."

"홋, 핫!"

독무후의 목소리에 당소소는 격통에 혼미해져가는 정신을 붙잡고 가쁜 숨을 쉬었다. 독무후는 깊게 숨을 마셨다. 단전의 내공이 움직이기 시작한다. 혈맥을 타고 심장을 휘돌며, 내공이 혈맥을 휘도는 소주천小周天을 행한다.

치짓!

심장을 통과한 내공은 내기가 되고, 기맥을 휘도는 내기는 뇌기가 되었다. 뇌기는 임맥과 독맥을 관통한다. 내공이 혈맥과 기맥 모두를 휘도는 대주천大周天이었다.

번갯불이 튀고, 소매가 부풀어 오른다. 눈을 지그시 감고 뇌기를 끌어올린다. 기맥을 타고 뇌기가 하늘을 향해 솟았다. 뇌광은 백회혈百會穴을 관통한다. 머리의 정중앙에 위치하며 신神이 깃드는 곳이라 언급되는 백회혈. 번갯불이 그곳을 관통하자 뇌기엔 독무후의 사상이 담겼다.

'…기를 인지하는 것이 느리다. 요령도 없으니, 꽤 속 썩이겠어. 그럼, 시작해야겠네.'

독무후가 생각을 하자마자 뇌기가 당소소의 거궐혈로 흘렀다. 생각의 흐름은 번개의 흐름. 뇌람심공의 발현이었다. 뇌람심공의 발현에 뇌기는 방향성을 가진다. 뇌기는 전류가 되고 당소소의 거궐혈을 두드린다.

츠츳!

내공심법을 익히지 않아 단단히 막혀 있는 거궐혈. 그러나 단단하게 잠긴 문 사이 작은 틈으로 전류는 흘러갔다. 전류는 뱀처럼 장애물만이 가득한 당소소의 몸을 넘나들며 문제가 되는 곳을 찾았다.

'설마 이곳에서부터 막혔을 줄이야. 헌데 이상하군.'

당소소의 내부를 관조하던 독무후의 얼굴이 살짝 일그러졌다. 전류는 가볍게 위벽을 훑는다. 건강한 이들에 비한다면 허약했지만 그 능력에는 문제가 없었다. 하지만 위는 그것을 흡수해 비장脾臟으로 전달하지 않았다.

'원래라면 금리철로 북돋아진 기운을 통해 비장이 움직여야 하건만.'

독무후는 그렇게 생각하며 전류를 움직였다. 첫 시작은 비장. 오행의 토에 해당하는 장기로, 위의 옆에 붙어 소화와 흡수를 돕는다. 토에 해당하는 장기인 만큼 정精의 토양인 피가 가장 많이 머무는 곳. 전류는 비장의 기운을 북돋고, 위의 안에서 제멋대로 날뛰는 그 기운을 움켜쥐었다. 당소소는 괴로운 듯 헐떡였다.

"흐읏, 으읏!"

"비장은 토의 장기고, 금리철은 금의 독이다. 토생금土生金이니라. 쇠가 단단하니, 불로 무르게 해야 한다. 화극금火剋金이니라. 생각하고, 또 생각해라."

당소소의 얼굴색이 울그락불그락 급변해간다. 전류가 거칠게 위를 매만지고, 비장을 두드렸다. 비장이 꿈틀거리며 뇌린은루의 기운을 빨아들인다. 세심하게 뻗히는 방전. 혹여 다른 곳으로 그 독기가 뻗어나가지 못하게 한 톨까지 쓸어 담았다.

'본래라면 그저 뇌린은루를 단전에 박아 넣으면 될 일이었지만, 비장의 상태를 보건데 심장心臟, 신장腎臟, 간장肝臟, 폐장肺臟 또한 다르지 않을 거야.'

독무후는 그렇게 생각하며 비장에 흡수시킨 뇌린은루의 거대한 기운을 전류로 두드린다. 뇌람심공의 이치 아래에 있는 오뢰전리공의 손이 펼쳐져 그 거대한 기운을 움켜쥐었다. 뇌린은루의 기운이 오뢰전리공의 사상이 담긴 전류에 의해 흩어진다.

수의 독성, 수은. 목의 독성, 흉송균. 화의 독성, 주사. 토의 독성, 홍노갈의 산액. 그리고 거대한 자연지기가 된 금의 독성인 금리철. 독무후는 기화한 금리철의 기운에서 네 속성의 독을 유리시켰다.

'어떤 연유인진 모르겠다만 기가 통하지 못하는 몸이라면, 내가 강제로 오뢰전리공을 안착시키는 수밖에.'

다섯 갈래로 나뉜 전류는 다섯 가지의 독을 움켜쥐었다. 독무후는 사상을 쏘아낸다. 홍노갈의 산액이 토의 오행인 비장에 위치했다. 주사는 화의 오행인 심장으로, 수은은 수의 오행인 신장. 흉송균은 목의 오행인 간장에 위치시켰고, 금리철의 기운을 단전으로 끌어내렸다.

'호흡은 곧 내공을 받아들이는 통로. 단전과 가장 밀접한 장기는 폐장.'

"흐읏!"

당소소는 독무후가 알려준 호흡을 행했다. 폐를 통해 받아들인 공기에 금리철이 반응하기 시작했다. 금리철의 기운이 공기에 함유된 자연지기를 움켜쥐었다. 금리철이 움직이자 네 가지 독들 또한 움직임을 시작했다.

'금생수. 그럼, 토극수로 움직여야겠지.'

금리철의 힘을 받은 수은이 가장 먼저 신장의 위치를 위협했다. 독무후는 전류를 튕겨 비장을 움직인다. 홍노갈의 산액이 독기를 터뜨리며 수은의 독기를 짓눌렀다. 통제되는 신장. 독무후는 그치지 않고 흉송균을 쥐고 있던 전류를 느슨히 놓았다.

'목극토, 그리고 목생화. 이렇게 된다면 금리철을 통제할 수 있는 불꽃이 만들어진다.'

나무의 생기를 빨아 독을 피워내는 버섯, 흉송균. 전류의 통제가 사라지자 포자가 퍼지며 홍노갈의 산액에 그 뿌리를 박았다. 중화되지 않는다던 홍노갈의 산액이 그 움직임을 멈췄다. 수목토, 세 오행 간의 균형이 맞아떨어지고 주사가 격렬히 타오른다.

주사는 벽사파마辟邪破魔의 기운을 담고 있다고 하여 부적의 글씨를 적는데 쓰인다는 광물이었다. 그 순수한 불꽃이 심장에서 피어났다. 심장은 모든 피가 거쳐가는 혈맥의 종착지이자 기를 토해 내는 출발지인 중단전이었다. 주사가 전류에 녹아 혈맥을 타고 흘렀다.

육체를 좀먹으며 몸을 불리려던 금리철이 주춤한다. 독무후는 그 틈을 타 흐르는 주사를 전류로 움켜쥐었다. 사람에겐 선과 악이 혼재해 있었다. 그렇기에 주사가 가진 벽사파마의 기운은 사람의 몸에 담긴 악마저 녹여버릴 우려가 있었기 때문이다.

'독의 균형은 얼추 맞춰졌다. 그럼, 혈맥을 쌓아 뇌린은루를 다시 단전에 모으는 일만 남았나.'

독무후는 감았던 눈을 뜨며 아래 내려놓았던 나무상자 하나를 열었다. 실처럼 가늘게 뽑힌 백금이 들어 있었다. 독무후는 백금사를 바라보며 식은땀을 흘렸다.

'백혈금선맥白血金仙脈을 실제로 다루는 게 얼마만인지.'

대략적으로 예측할 수 있던 장기에 전류를 보내는 것은 비교적 쉬운 일이었다. 그러나 예측할 수 없이 구불거리는 혈맥을 백금으로 덧씌우는 건 천하의 독무후조차 쉽게 할 수 있는 기예가 아니었다. 독무후는 당소소에게 말했다.

"혈맥을 복구할 것이다. 오뢰전리공의 가르침을 기억하고, 네 몸을 차지하던 독기가 어떤 움직임이었는지 기억하거라."

당소소는 독무후의 말에 미약하게 고개를 끄덕였다. 장기를 녹이는 듯한 열기와 통증이 당소소의 희미해지는 정신을 붙잡았다. 독무후는 당소소가 정신을 차리고 있는 것을 보고 팔을 짚어 혈맥을 찾았다.

"여기군."

독무후는 혈맥을 찾자 백금으로 만들어진 실을 꽂아 넣었다. 전류는 실을 타고 흘렀다. 혈맥을 구성하는 열 두 개의 통로인 십이경맥+二經脈. 백금사는 오뢰전리공의 명령에 제몸을 녹여 혈맥의 상처에 덧씌워졌다.

"후우, 후우…!"

당소소는 가쁜 숨을 내쉬며 제 몸에 느껴지는 변화를 느꼈다. 제아무리 기를 느끼지 못하는 재능 없는 몸이었어도, 독무후가 격렬히 움직이는 기운조차 무시할 순 없었다. 뇌람신공이 휘두르는 독기에 고통에 못 이겨 기감이 눈을 떴다.

'진짜 내 몸은 개판 그 자체네….'

당소소는 찡그린 얼굴로 자신의 내부를 관조했다. 노폐물이 켜켜이 쌓인 기맥, 온갖 곳이 굵히고 녹아내려 있던 혈맥들과 흔적만이 남은 단전. 그리고 무슨 일인지 기를 거부하고 있는 장기들이 그녀의 감각에 잡혔다.

'왜 기를 받아들이지 못하는 거지?'

"후우!"

당소소가 짧게 숨을 들이켰다. 미숙하게나마 기를 느끼기 시작한 몸이 폐를 통해 공기에 담긴 자연지기를 움켜쥔다. 피가 그 자연지기를 움켜쥐며 움직인다. 내공을 담은 피는 점점 백색으로 칠해지는 혈맥을 따라 심장으로 향한다.

당소소가 관조하는 시선이 혈류를 따라 심장에 닿는다. 그녀의 이성에 퍼져 나가는 기억.

— 힘들어. 움직이기 싫어. 다들 날 싫어해.

당소소는 급작스레 스쳐가는 기억의 손목을 움켜쥐었다. 왜 기가 흐르지 않았는가에 대한 해답이 그곳에 있었다.

'몸에 남은 당소소의 기억과 감정이 겁먹어 기를 거부하고 있던 거야.'

당소소는 뒤돌아 서 있는 기억의 손목을 끌어당기며 그것과 마주했다.

'버러지 같은 년.'

당청의 목소리였다.

'네 체질은 꽤 독특해. 이번엔 이 독을 먹어보자.'

당혁의 목소리였다.

'…그래. 이게 내 현실이야. 별을 바라봐야 하는 게 아닌, 땅을 바라봐야 하는 주제.'

기억 속의 자책이었다. 당혁의 실험에 몸은 점점 피폐해져가건만 가문의 그 누구도 자신을 좋아해주지 않았다. 그렇기에 당소소는 제자리에 주저앉아 앞을 바라보길 거부했다. 수많은 멸시를 내공 대신 몸에 쌓았다. 그녀는 미래를 보던 눈을 떨어뜨려 현실을 내려다봤다.

'맞아. 네 주제였고, 내 주제이기도 했어.'

당소소는 고개를 끄덕였다. 원래의 당소소가 별을 바라볼 수 없었듯, 김수환도 별을 바라볼 수 없었다. 세상은 그를 좋아하지 않았으니까. 그럼에도 당소소는 미소를 지으며 움켜쥐었던 기억의 손목을 놓아주었다.

'하지만 나는 지금 별을 바라보고 있어. 느껴져?'

그녀의 대답에 불우한 기억이 처연히 웃으며 뒤로 걸어 나갔다. 심장에 웅크리고 있던 기운이 움직이기 시작했다. 굳어 있던 주사가 흐르기 시작했다. 불꽃은 피어나 그늘진 생각을 밝힌다.

"이게 무슨…?"

독무후는 당황했다. 그저 기를 거부한 채 멈춰 있던 당소소의 몸이 혈맥을 복구하려들자마자 기를 냅다 빨아들이고 있었다.

'화생토.'

당소소의 생각을 따라 주사는 백색의 혈맥을 타고 흘러갔다. 혈맥은 휘돌아 비장에 이르렀다. 그곳에 앉아 있던 기억이 몸을 일으켰다. 김수환의 기억이었다.

'내가 왜 소면만 먹었다고 생각해? 왜 값비싼 음식을 먹는 걸 거부했지?'

냅다 질문을 던져오는 기억. 당소소는 손을 내밀어 그 기억의 **뺨**을 만졌다. 살점 하나 붙어 있지 않은 말라비틀어진 **뺨**. 아사餓死의 기억이었다.

무리하게 시키는 일에 허리를 다쳤다. 모든 일을 그만뒀다. 남겨둔 돈엔 한계가 있었고, 그것을 위해 아껴 먹어야 했다. 그럼에도 떨어지는 돈과 식재료와 희망은 금방 동이 났다.

'김수환이 기억하는 공포. 사치를 부리면 그 시절로 돌아가지 않을까, 막연하게 느끼는 그 공포.'

당소소는 그 질문에 답했다. 기억은 고개를 끄덕이며 당소소를 노려봤다. 당소소는 그 기억의 입술에 손가락을 올리며 말했다.

'하지만 난 지금 당소소의 삶을 살고 있어. 느껴져?'

당소소의 말에 기억은 갈라진 입술을 끌어올려 웃었다. 그리고 비척거리는 걸음으로 기억의 저편으로 걸어 나갔다. 홍노갈의 산액이 부글거리기 시작했다. 주사를 담은 피는 비장을 지나친 뒤 그 부근의 신장으로 떨어졌다. 어김없이 기억이 자리에 앉아 그녀를 기다리고 있었다.

'마시고, 먹어! 산해진미라니 얼마나 좋아! 고기야, 날 위로해주는 건 너뿐이로구나! 이 빌어먹을 년, 비파를 제대로 뜯지 못해?'

애월루에서 비파를 뜯고 있는 기녀에게 욕설을 내뱉는 당소소. 그녀는 탐욕스런 손길로 오향장육을 집어 입에 집어넣는다. 우적거리는 소리와 목울대 넘어가는 소리. 그리고 다시 바깥을 향하는 소리.

'우웨에엑!'

당소소는 그것을 그대로 토해 내며 고개를 떨어뜨렸다. 쓴 위액과 눈물이 범벅이 되어 자리에 주저앉았다. 그녀는 양념이 묻어 있는 손과 엉망이 된 바닥을 보며 서럽게 울음을 토했다.

외로움이었다. 당소소는 이젠 여유롭게 웃으며 몸을 휘돌고 있는 독무후의 뇌기를 느꼈다. 그리고 그 기억을 바라보며 말했다.

'더 이상 외롭지 않다는 거, 느껴져?'

기억은 눈물범벅이 된 얼굴로 고개를 끄덕였다. 수은이 흐르기 시작했다. 주사는 또다시 기억의 그늘에 불길을 비추며 간으로 나아갔다. 잔뜩 웅크려 있는 기억이 그녀를 맞이했다.

'난 저능아야. 하나를 알려주면, 하나도 알지 못해. 난 쓰레기야. 무공에도 재능이 없어. 그래서 다른 이들이 질투 났어. 백서희, 모든걸 가진 그 년이 부러웠어. 남매간의 우애가 좋던 묵가장의 놈년들도 부러웠어.'

당소소는 그 기억에 다가가 쪼그려 앉았다. 그 기억과 눈을 마주쳤다. 음울한 눈빛의 당소소였다. 자신의 무능함에 절망해 자신을 갈고닦는 대신 타인을 헐뜯고 끌어내렸던 기억들이었다.

'나도 흑풍대처럼 무공을 뽐내고 싶었어. 나도⋯!'

당소소는 울부짖는 기억의 손을 움켜쥐며 고개를 끄덕였다.

'맞아. 나도 재능이 없어.'

그리고 몸을 일으키며 웅크리고 있던 기억을 일으켜 세웠다.

'하지만 이젠 쫓아가기 위해 최선을 다할 수 있어. 느껴져?'

주사의 불길이 울상인 기억을 비췄다. 기억은 바르르 떨며 고개를 끄덕였다. 흉송균이 주사의 기운을 북돋았다. 이제 불길은 몸이라는 거대한 들을 태우는 들불이 되어 폐를 훑고 단전으로 쏘아졌다.

'네가 정말 할 수 있어? 넌 사회에서 낙오된 패배자였고, 그 누구도 좋아하지 않던 미숙아였어. 그런데 정말 네가 그 마음을 굳게 가져갈 수 있다고 생각해?'

기억이 아니었다. 당소소의 감정이었다. 김수환의 이성이었다. 이야기의 그늘에 신음하는 이들을 구하겠다는 그녀의 발에 채워진 족쇄였다. 당소소는 느릿한 발걸음으로 한걸음 내딛었다.

'아니.'

다시 한걸음 내딛었다.

'그래서 항상 다짐하는 거야. 고통엔 익숙하니, 나는 나를 소모해 각오를 해.'

주사의 들불은 단전으로 흘러내렸다. 금리철은 주사의 불길에 격렬히 저항하며 녹아내렸다. 그렇지만 주사는 그런 금리철을 끌어안았다.

'느껴져?'

관조하던 당소소가 자문했다. 당소소는 웃었다.

'그래. 내 각오가 느껴져.'

당소소는 그렇게 대답하며 숨을 들이킨다. 폐부가 부풀어 오르고, 금리철이 움직인다. 오행의 생. 모든 독이 길항을 이루고 서로의 기운을 북돋으며 그 덩치를 키워간다.

'오행은 상생한다. 그 역이어도, 상생한다. 그것이 음양이고 태극이다.'

당소소가 기억하는 주인공의 무공, 양의쌍절태극혜. 그 소설 속에 서술되어 있는 묘리의 편린을, 독무후의 가르침에 비춰 따라간다.

"말도 안 돼."

독무후는 백금사를 모두 밀어 넣으며 백혈금선맥을 완성시켰다. 그리고 전류로 당소소의 내부를 관조하며 경악했다. 그녀가 흩어버렸던 독기가 제각기 상생하고 몸집을 불려가고 있었다. 그 흐름은 독무후가 일러준 오뢰전리공의 기초라기엔 너무나 도도한 흐름이었다.

'…하나를 알려주면, 하나를 깨닫는 재능이라 이건가?'

독무후는 고개를 저었다.

'아니. 또 하나의 재능이 있어. 그렇지 않다면 이렇게 될 리가 없지.'

독무후는 그런 생각을 하며 당소소의 팔에서 손을 뗐다. 그리고 양손을 당소소의 거궐혈에 얹었다.

"정말, 흥미로운 아이라니까."

뇌람심공이 발현된다. 독무후의 흥미와 소망이 담긴 전류가 당소소의 몸을 타고 흘러갔다. 그리고 이젠 마치 장강처럼 흐르는 거대한 독기의 흐름에 파고들어 당소소의 몸에서 괴리시킨다.

'오뢰전리공의 씨앗으로 삼기는 너무 크다. 그리고 너무 아깝다. 그렇다면 더 거대한 씨앗을 심어 주는 것이 맞겠지.'

내장을 파고들던 독기의 흐름에서 방전이 일있다. 피에 섞여 있던 독기들은 전류의 꾸짖음에 피를 털어내고 전류를 따랐다. 전류는 백금의 혈맥을 타고 단전으로 내달렸다. 당소소의 기감도 그 전류에 순응해 그 등을 떠밀어준다.

파직!

폐허가 된 단전에 당도한 전류는 제 몸을 휘돌리며 독기를 그러모으고 다듬고 응축시킨다. 간간히 일어나는 방전은 그 도도한 흐름이 당소소의 몸을 침노하지 않게 세심한 인도를 했다. 하나의 거대한 흐름은 다시 다섯의 지류로 나뉜다. 그리고 제 몸을 추스른 뒤 다시 결합한다.

폐허에 세워진 화수토목 네 가닥의 기둥 위로 거대한 금리철의 지붕이 얹힌다. 당소소의 깨달음과 독무후의 인도로 거대해진 뇌린은루가 당소소의 단전에서 다시 구축되었다. 당소소의 호흡으로 몸 안을 떠돌던 내공들이 백금의 혈맥을 타고 뇌린은루에 머물렀다.

"후우."

독무후는 기진맥진해진 몸으로 당소소의 거궐혈에서 손을 뗐다. 힘이 빠져 떨리는 손. 그녀는 당소소의 얼굴을 바라봤다. 불규칙한 호흡이었다. 뇌린은루가 재결합하는 과정에서 겨우 버티고 있던 이성을 놓고 정신을 잃은 것이었다.

"그리 좋으냐?"

독무후가 당소소의 앞머리를 쓸어 넘기며 물었다. 정신을 잃은 당소소는 옅은 웃음을 짓고 있었다.

그 웃음은 마치, 눈보라 속에서 은은하게 퍼지는 한줄기 향기처럼 매혹적이었다.

생식협객

生食俠客

기연이란 무엇일까?

그렇다.

날로 먹는 것이다.

＊　＊　＊

"헉헉!"

추레한 몰골의 사내가 가파른 산을 달리고 있었다. 그 뒤를 한 무리의 무인들이 뒤쫓고 있었다. 산을 쩌렁쩌렁 울리는 고함이 사내의 등을 때렸다.

"저놈을 잡아!"

"이놈, 감히 형인장의 행사를 방해해? 쫓아!"

"네놈, 지금 서면 팔 한 짝으로 봐주도록 하마!"

사내는 그 목소리에 오만상을 쓰며 내달렸다. 점점 험해지는 산세, 우거져가는 숲, 점점 가팔라지는 산길은 숫제 직각에 가까운 경사로 변했다. 사내는 꾸역꾸역 돌부리를 잡으며 산을 오르기를 멈추지 않았다. 무인들은 고개를 떨구며 숨을 몰아쉬었다.

"저 새끼 저거, 무술도 안 익히고, 내공도 없다는 새끼 맞아?"

"후우, 맞습니다. 저놈은 그저 놀기를 좋아하는 나무꾼입니다."

"그런데 씨팔, 너넨 고작 나무꾼에 불과한 새끼를 왜 못 쫓아가!"

근육질의 거한이 내지르는 노호성에 숨을 고르던 모두가 시선을 피했다. 대답하던 무인이 어색한 웃음을 지었다.

'지도 못 쫓아갔으면서….'

"이 새끼 이거, 불순한 생각을 하는 것 같은데?"

거한은 허리춤에 매단 몽둥이를 움켜쥐었다. 무인은 극구 부인하며 말했다.

"아닙니다. 절대 아닙니다! 형인장주 님을 오랫동안 모신 이 장추를 의심하시다니, 너무하십니다."

"흥, 너 눈깔 조심히 뜨고 다녀."

형인장주가 몽둥이에서 손을 떼자 장추는 내심 안도의 한숨을 쉬었다.

'성질도 더럽고 멍청한 놈이 무식하게 힘만 좋아선….'

"그나저나, 이대로 그를 올려보내면 안 될 텐데요. 이곳은 무당산입니다. 그자가 좀 더 올라가 무당파에게 구조를 요청하는 순간, 형인장은 끝입니다."

"나도 아니까 지금 빨리 쫓는 거 아니야!"

형인장주는 버럭 화를 내며 바닥에 침을 뱉었다. 그리고 고개를 올려 앞에 펼쳐진 절벽을 바라봤다. 말은 그렇게 했지만 쉬이 쫓아갈 수 있는 상대가 아님을 느끼고 있었다. 왕추는 씩씩거리는 형인장주 옆에서 작은 목소리로 한마디 읊조렸다.

"그러게 무당파의 영역인데, 어느 무식한 새끼가 여인을 희롱해?"

따악!

"으객!"

"오랫동안 모신 장추는 지랄, 저놈 대신 일단 널 두들겨 패고 봐야겠다."

형인장주가 왕추의 머리통을 후려갈기고 몽둥이를 빼내 내리치려고 하자 왕추는 몸을 잔뜩 웅크리며 말했다.

"방도, 방도가 있습니다!"

"뭔데. 시원찮은 거면 네 턱주가리를 으스러뜨려주마."

형인장주는 왕추의 턱을 몽둥이로 들어 올리며 물었다. 가끔씩 건방진 소리를 하지만 왕추는 형인장의 지낭이었다. 형인장주는 무식한 힘만큼 이나 눈칫밥으로 험한 강호를 누비고 다니던 인물이었다. 왕추의 머리통을 으스러뜨리는 것은 일도 아니지만, 그렇게 한다면 형인장은 얼마 지나지 않아 사라진다는 눈치 정도 있었다.

"놈에게 혐의를 덮어씌우는 겁니다. 놈을 형인장의 인원이라고 말하고, 그동안 해왔던 악행을 그놈이 했던 것이라 뒤집어씌우는 것이지요. 마침 놈도 떠돌이 출신이라 호북성湖北省, 그것도 무당산에 모습을 보인 지 근 한 달이 채 되지 않았습니다."

"오호라…."

"문제가 된다면 저희가 길을 막아섰던 여인인데…. 형인장주 님께서 희롱하려던 찰나에 그놈이 등장했으니 그리 문제가 되진 않을 겁니다. 문제가 된다면 몰래 죽이면 될 일이고."

"그래, 그거면 되겠군."

형인장주는 그 말에 설득되어 은근한 미소를 지었다. 왕추도 그 미소를 보며 고개를 끄덕였다. 그도 나름 잔꾀로 먹고살던 인물이었기에 형인장주가 자신을 버릴 수 없다는 사실을 인지하고 있었다. 형인장주는 왕추의 미소에 잠시 생각하더니 그의 머리를 후려갈기며 말했다.

"악!"

"그런데 그걸 왜 이제 와서 알려주냐?"

"저도 방금 생각한 것입니다. 악! 정말인데…!"

형인장주는 왕추가 겨우 머리를 쥐어짜 생각해냈다는 사실을 이미 눈치챘지만, 모르는 체하며 또 한 대를 후려갈겼다.

'머리만 좋은 놈들은 이렇게 콱콱 밟아줘야 한단 말이지.'

"그럼 어서 내려가서 작업 시작해야지. 무당파에서 먼저 내려오기 전에 해결해야 한다."

"예!"

형인장의 무인들이 절벽 아래로 모습을 감추자 사내는 고개를 빼꼼 내밀며 한숨을 쉬었다.

"왜 안 하던 짓을 했을까…."

사내는 고개를 저으며 형인장의 무인들이 여인 앞을 가로막던 광경을 떠올렸다. 육감적인 몸매에 경장輕裝으로 차려입은 옷. 삿갓에 드리운 얼굴을 가린 얇은 천. 그도, 형인장의 무인들도 별안간 불어든 바람에 그 천이 흔들려 그녀의 얼굴이 드러나지만 않았다면 이렇게 엮일 일도 없었을 것이다.

"내 평생 그렇게 예쁜 처자는 처음 봤긴 해."

사내는 그녀의 얼굴을 떠올리며 고개를 끄덕였다. 큰 눈망울과 시원하게 뻗은 코, 엷은 입술이 조화되어 자아내는 고고한 미모의 여인. 추운 겨울에도 푸른 대나무 같다는 세한고절歲寒孤節이라는 말이 절로 생각나는 여인이었다.

이후의 일은 상투적인 이야기였다. 눈이 돌아간 형인장주가 그녀 앞을 막아섰고, 눈이 돌아간 사내도 형인장주의 머리에 돌을 던지고 무당산으로 도망갔다는 이야기. 사내는 또다시 깊은 한숨을 쉬었다.

'내가 무공을 배운 무림인이었다면 형인장주를 물리치고 그녀를 안전하게 보내줬겠지만, 이 정도만 해도 충분히 도망갔겠지.'

사내는 부모의 가르침 덕에 불의를 참지 못하는 사람이었지만, 부모와는 다르게 합리적인 인물이었다. 고작 나무꾼에 불과하던 자신의 아버지가 협이니 뭐니 하다가 된통 당해 호북성까지 쫓겨난 이후론 그런 성향이 더욱 짙어졌다.

'일단 올라가야겠지. 무당파의 도인들을 만나야 한다.'

사내는 짚신을 바짝 조이고 뒤를 돌아봤다. 호피로 옷을 지어 입은 노인이 그를 바라보고 있었다.

"우와아악!"

"우와아악, 이라니. 내가 할 말이거늘."

노인은 수염을 쓰다듬으며 놀라 나자빠진 사내를 바라봤다. 사내는 숨을 고르며 노인에게 물었다.

"누, 누구요?"

"여긴 내 집인데, 자네가 먼저 정체를 밝혀야 하지 않겠나?"

"…집?"

노인의 말에 사내는 고개를 젖혀 뒤편의 동굴을 바라봤다. 노인은 고개를 끄덕이며 사내에게 다가갔다.

"이곳 무당산에서 산지기를 하며 먹고 살고 있지. 그래서 자네는 계속 무례를 저지를 셈인가?"

"한휘라고 합니다. 이 지역에 온 지 얼마 되지 않은 나무꾼입니다."

"나무꾼이라. 산지기와는 꽤 접점이 있는 친구였군그래."

노인은 나무꾼이라는 한휘의 몸을 훑으며 웃었다.

"…그리고 고작 나무꾼이라기엔 꽤 탄탄한 근골을 지녔고."

"과찬이십니다. 그럼 노부께선 대체…?"

"여러 이름이 있네만…. 지금은 궁기라는 이름으로 부르게."

한휘는 궁기의 이름을 듣자 곧장 몸을 일으켜 세우며 사죄를 표했다.

"궁기 어르신. 자택을 침범한 것은 사죄드립니다. 제 목숨이 달린 문제인지라."

"목숨이라? 자세히 듣고 싶네만."

"그럴 시간이 없는데…."

"내가 해결해 줄 수도 있는 문제가 아닌가? 사정을 설명한다면, 자택을 침범한 것은 없던 일로 해줄 수도 있네."

한휘는 한숨을 쉬며 말했다.

"죄송합니다. 제가 시간이 없어서. 사죄는 제가 나중에 기필코 하겠습니다."

그는 그렇게 말하고 발걸음을 옮겼다. 궁기를 지나쳐 눈앞에 있는 가파른 절벽을 올랐다. 무당산의 가장 높은 봉우리에 있는 무당파로 가기 위함이었다.

'한시가 급하다. 그들이 정녕 나에게 죄를 덧씌운다면, 나뿐만 아니라 부모님도 위험에 처한다.'

한휘는 그렇게 생각하며 절벽 끝을 부여잡고 올라섰다. 다시 펼쳐진 평지. 잠시 주저앉아 숨을 고르려던 찰나, 익숙한 목소리가 들려왔다.

"자네, 또 실례를 저질렀군?"

"……?"

궁기가 돌에 걸터앉아 한휘를 바라보고 있었다. 한휘는 화들짝 놀라 자리에서 일어서서 자신이 지나쳐온 절벽 아래를 바라봤다. 궁기가 있어야 할 장소엔 자신을 바라보며 발만 동동 구르던 형인장의 무인들이 있던 막다른 길이 있었다.

"이게 무슨…?"

"사정을 설명하면 용서해 주겠네."

궁기는 씨익 웃으며 한휘를 바라봤다. 한휘는 한숨을 쉬며 형인장의 무인들과 척을 지게 된 계기를 토해냈다. 이야기를 들은 궁기가 고개를 끄덕였다.

"과연. 이 시대에 보기 드문 협객이야."

"그렇게까진…."

"아무런 무공을 익히지 않은 몸으로 무인이라 거들먹대는 놈들에게 돌을 던지고, 그것을 맞췄다? 정말 드문 협객이지."

궁기는 자리에서 일어나며 말했다.

"슬쩍 본 바로는 형인장주라고 하던 녀석은 내공을 다룰 줄 아는 이류무인 정도 되는 놈이었는데, 그런 무인이 평범한 필부가 던진 돌을 맞았다? 흥미롭구나."

"우연일 뿐입니다."

"우연이라."

궁기는 킬킬 웃으며 한휘의 손목을 휘어잡았다. 손목이 잘려나가는 듯한 고통이 느껴졌다. 한휘는 황급히 궁기의 손길을 뿌리치려 했건만 마치 영혼을 제압당한 것처럼 움직여지질 않았다.

"오호. 체體는 비옥한 대지와도 같고, 정精은 거대하게 흐르는 강물과 같도다."

"윽, 무슨 짓을 하는 겁니…. 컥!"

궁기는 한휘의 울대를 후려쳐 그의 입을 틀어막고, 가볍게 발을 걸어 한휘를 넘어뜨렸다. 궁기는 흙먼지를 일으키며 바닥에 쓰러진 한휘의 가

습팍에 손을 올렸다. 심장을 꿰뚫는 날카로운 기운에 한휘는 헛숨을 들이켰다.

"흡!"

"무공을 익히지 않았어도 기氣의 통로는 마치 대로를 보는 듯하구나. 신神은 아직 부족할 테고, 심心은 협을 행하려는 것으로 증명된 셈이겠지."

궁기가 한휘의 가슴에서 손을 떼자 한휘가 바닥에 누운 채 뒤로 물러섰다. 그러나 그 뒷걸음질도 결국 뒤의 절벽에 가로막혔다. 궁기는 수염을 쓰다듬으며 말했다.

"내려가도 다시 여기로 올 테니, 괜히 헛짓하지 말거라."

"대, 대체 저에게 무슨 볼일이 있기에 그러시는 겁니까? 더 큰 사죄를 요구하시는 거라면 제가 무당파에 다다른 뒤에 본가에 들러 사례를 하겠습니다."

"한휘, 한휘…? 누구랑 닮았는데…."

한휘가 절박하게 부르짖는 동안에도 궁기는 한휘의 얼굴을 이모저모 뜯어보며 고심하고 있었다. 한휘는 정말 미칠 지경이었다. 이상한 노인 하나에 붙잡혀 꼼짝없이 흉악범으로 몰릴 위기였으니까.

"궁기 어르신, 어서 무당산에 오르지 못한다면 전 정말 죽습니다."

"죽는다? 자넨 그리 쉽게 죽지 않을 텐데."

"그런 의미가 아닙니다. 관에서 절 죽이기 위해 온다는 겁니다! 그동안 자기들이 해왔던 악행을 저에게 뒤집어씌우려 하고 있습니다. 그래서 무당산에 가서 호소를…!"

"아, 그거라면 걱정하지 않아도 돼. 그 아이는 무당파 아이니까."

궁기의 말에 한휘는 얼굴을 굳히며 궁기를 바라봤다.

"푹 빠진 얼굴을 보아하니 내가 아는 그 아이가 맞는 것 같은데. 마음씨가 고운 아이니 그리 조급해하지 않아도 될 거야."

"…그걸 어르신께서 어찌 아시는 겁니까?"

"내가 말했잖나. 이곳의 산지기를 하고 있다고."

한휘는 궁기의 말을 곱씹었다. 무당산의 산지기. 얼핏 흘려듣고 그러려니 했는데, 이곳은 온전한 무당파의 영역이었다. 정파의 대문파 구파일방 중 소림사와 함께 수위를 다투는 무당파. 그런 그들이 다스리는 무당산을 관리한다니 쉬이 할 수 있는 말은 아니었다.

"대체 어르신은…?"

"말했잖나. 궁기라고. 그래. 옛날엔 흉성凶星이라는 별호로 불릴 때도 있었네만, 다 옛날 일이니까."

"그럼 어르신이 절 붙잡고 계신 이유를 물어봐도 되겠습니까?"

한휘의 물음에 궁기는 잠시 뒷머리를 긁적이다 품 안에서 자그마한 호리병 하나를 꺼내 한휘에게 던져주었다.

"이게 뭡니까?"

"무당산의 정수精髓."

"정수?"

한휘는 호리병 뚜껑을 뜯어 안을 들여다봤다. 우윳빛 액체가 출렁이며 제 몸을 빛내고 있었다. 한휘는 호리병 뚜껑을 닫고 궁기를 바라봤다. 그리고 오늘 몇 번이나 반복했던 행동을 할 수밖에 없었다.

"대체 이게 무슨…?"

"공청석유空淸石乳. 제자에게 먹이려고 무당산에 눌러앉아 바득바득 긁어모았지."

"공청석유…? 제자…?"

어리둥절한 표정을 짓고 있는 한휘. 궁기는 그를 바라보며 키득거렸다.

"궁기일맥窮奇一脈의 무인이 된 것을 축하한다, 한휘."

"예?"

이젠 생각하기를 포기한 한휘에게 궁기는 호리병을 바라보며 말했다.

"얼른 마시거라. 그렇게 해서 언제 동굴 안에 있는 영약을 다 먹겠느냐?"

"영약이라는 말씀은….."

"소림사의 소환단小還丹과 무당파의 소청단小靑丹, 화산파의 자하단紫霞丹도 있고. 또 뭐가 있었던가….."

"……?"

급작스러운 상황을 받아들이지 못한 한휘는 멍한 표정으로 궁기를 바라봤다.

"제가 왜 제자입니까?"

"네가 천무지체天武之體라서?"

"예?"

"넌 하나를 배워도 열을 알고, 그 열에서 새로운 하나를 창조할 놈이야. 가령 돌을 던지는 것에서 발견한 초식으로 이류무인의 머리통을 터뜨린다던지."

궁기는 호리병 뚜껑을 딴 뒤 한휘의 입을 강제로 벌려 집어넣었다.

"그렇게 됐으니 우선 마시고 생각하자꾸나."

"읍, 으읍!"

"궁기일맥의 양의쌍절태극혜는 쌍검을 다뤄야 하는 무공이다. 검 하나를 배우려면 만 일이, 쌍검술은 이만 일이 걸리는 무공. 과연 내 제자는 이만 일을 며칠로 단축할까?"

"읍읍!"

공청석유를 뱉어내려는 한휘. 궁기는 호리병을 더욱 깊게 박아넣고 공청석유를 들이부었다.

"어허, 몸에 좋은 거야. 쭉 들이켜. 옳지, 오올치."

"흐읍!"

공청석유를 모조리 마시고 쓰러진 한휘. 곧장 눈을 까뒤집고 허공으로 둥실 떠올랐다. 궁기는 그 모습을 보고 헛웃음을 지었다.

"영약 하나 먹었다고 지 혼자서 연정화기의 경지에 이르러?"

궁기는 뒤를 돌아보며 곁으로 다가오는 여인에게 말했다.

"네 소원을 들어줄 이가 될 수도 있겠구나. 예향."

"아직은 모르지요. 얼굴은 영 맹해보이는 걸요."

예향이라 불린 여인은 삿갓을 벗고 자신을 구해준 이의 얼굴을 바라봤다.

* * *

"후우."

한휘는 숨을 뱉으며 기운을 가다듬었다.

마치 원래 몸 안에 있던 것마냥 공청석유의 거대한 기운이 혈맥을 휘돌고 기맥을 휘돌아 내공으로 갈무리되었다. 수만 년을 자리해 있던 무당산. 그 산의 거대한 자연지기가 한 움큼으로 응축된 공청석유의 기운이 한휘의 하단전에 자리했다.

그 거대한 기운을 다 받아들이지 못하고 포화 상태가 된 한휘의 단전은 내공을 내뱉어 전신으로 퍼뜨렸다.

뚜둑, 뚜둑!

막이 찢어지는 소리와 함께 혈맥과 기맥의 지류인 세맥細脈이 확장된다. 본디 좁디좁은 통로거나 사람에 따라선 말라비틀어진 세맥. 단전에 쌓이지 못한 공청석유의 기운은 세맥을 넓히며 사그라졌다.

"…냄새가 고약하네요."

"세맥이 타통되며 몸에 쌓여 있던 노폐물이 튀어나오는 중이다."

"괜히 하늘이 내려준 무재武才가 아니군요. 마침 이곳을 지나, 어르신을 만나서 그 재능을 개화하는 것까지…. 천운을 타고난 사내 같습니다."

예향과 궁기의 대화가 끝나자 한휘는 길게 숨을 뱉으며 허공에서 내려왔다. 그리고 눈을 동그랗게 뜨며 궁기와 예향을 바라봤다.

"소저가 여긴 어떻게…?"

"…은혜는 잊지 않도록 하지요. 예향이라고 합니다."

예향은 쌀쌀맞게 대꾸하고 절벽 아래로 훌쩍 뛰어내렸다. 잠시 그녀가 뛰어내린 절벽을 바라보던 한휘. 아무런 변화도 없었다. 궁기를 돌아보며 물었다.

"안 돌아오네요?"

"넌 여기서 검기 정돈 뽑을 수 있어야 나갈 수 있어."

"예?"

"이거나 받거라."

궁기는 품을 뒤져 동그란 핏덩이를 한휘에게 던졌다. 얼떨결에 핏덩이를 받아든 한휘는 손에서 느껴지는 맥동을 느끼며 물었다.

"이게 무엇입니까?"

"천년을 인내해 승천 직전이던 이무기의 내단."

"…대체 왜 저에게 이런 것들을 베푸시는 겁니까? 전 돌려줄 자신이 없습니다만."

한휘는 안색을 바꾸며 궁기에게 물었다. 궁기는 동굴로 향하려던 발걸음을 멈추고 말했다.

"돌려주지 않아도 된다. 그저 궁기일맥만 잇는다면 상관없어."

"궁기일맥이 도대체 뭐하는 겁니까?"

"사람을 사랑한 흉수가 만들어낸 문파."

궁기는 한휘를 돌아봤다.

"너무나 사랑해서 자신을 음해하는 이들까지 보듬었던 이가 만들었던 문파다. 사람들을 위해 싸웠지만, 결국 사람들에게 버려진 무인. 그런 그가 같은 처지의 세 사람을 모아 사흉혈맥이라는 이름으로 부르게 하고, 그들을 지켰지."

"그래서 저는 당신에게서 궁기일맥을 잇고 나머지 세 명을 보호해야 한단 말씀이십니까?"

궁기는 고개를 저었다.

"그 임무는 내 대에서 끝났다."

"어째서죠?"

"사흉혈맥을 위협하던 자들은 모두 내 손으로 죽였으니까."

궁기는 그렇게 말하며 웃었다. 어쩐지 허무해 보이는 웃음이었다. 구주 팔황, 그 넓은 대지에서 얼마나 많은 이를 죽였을까. 한휘는 그가 입에 담았던 그의 별호를 떠올렸다.

흉성凶星.

그가 어떤 살업을 쌓아왔을지 가늠조차 되질 않았다.

"공청석유라는 귀한 것을 주신 것은 감사합니다만, 저는 사악한 자의 제자가 될 순 없습니다. 그렇게 배워왔고, 그렇게 살아왔으니."

"알다마다. 네가 누구의 혈육인지는 대충 알고 있으니, 그런 태도도 무리는 아니겠지. 그렇기에 더더욱 나에게 사사하여야 한다."

"저희 부모님을 아십니까?"

한휘의 물음에 궁기는 수염을 쓰다듬며 뜸을 들였다. 그리고 코웃음을 치며 말했다.

"…흘흘. 말하지 않는 것엔, 다 이유가 있는 법이니라."

한휘는 궁기를 노려보며 눈을 가늘게 떴다. 급변하는 상황을 차분하게 정리했다. 자신이 구해준 여인은 무당파의 제자고, 형인장에게 쫓기던 자신은 천무지체라는 것이며, 궁기일맥이라는 문파의 흉성이라 불리는 고수에게 제자가 될 상황에 처해 있다.

'그리고 나조차 알지 못하는 부모님의 정체를 아는 분위기야. 그렇다면…'

한휘는 호의적인 태도를 보이는 궁기를 이용해야 한다는 결론을 내렸다. 가는 눈을 크게 뜨며 궁기를 향해 질문을 던졌다.

"일단, 천무지체가 뭡니까?"

"한마디로 모든 무를 통달할 수 있는 육체다. 검을 쥔다면 검선이라 불릴 것이고, 창을 쥔다면 창왕이라 불리겠지. 마공을 익힌다면, 능히 천마라 불릴 것이다."

"…전 전혀 그런 징조를 느끼지 못했습니다."

"그만큼 네 부모가 의도적으로 숨긴 게지."

"대체 저희 부모님의 정체가 무엇이기에 그런 것들을 해왔단 겁니까?"

궁기는 한휘의 질문에 수염을 쓰다듬으며 말했다.

"내가 말할 수 있는 부분은 아니군."

"그럼 절 제자로 삼는 이유가 고작 천무지체 하나뿐입니까?"

"고작이라니, 내 말했잖느냐? 모든 무공에 통달할 수 있는 육체라고. 그 정도면 충분한 이유가 될 테지."

"뭐 인성이라든가, 스승에 대한 공경이라든가, 삶의 목표 같은 건 묻지 않으시는 겁니까? 또 궁기일맥을 잇는다면, 귀찮아질 일들 같은 건…"

궁기의 저의에 의심을 품는 한휘. 궁기는 너털웃음을 터뜨리며 말했다.

"그런 같잖은 사슬들은 모두 내 대에서 끊어냈으니, 넌 자유롭게 살도록 하거라."

한휘는 궁기의 말을 파헤쳤다. 궁기일맥은 일인전승 문파였고, 궁기의 태도에서는 어딘지 모를 조급함이 묻어나고 있었다. 묻지도 따지지도 않고 공청석유를 먹이는 태도. 한휘의 시야는 그 기류를 포착했다. 한휘는 곧장 궁기가 왜 자신을 제자로 삼았는지 깨달았다.

"저에게 궁기일맥이라는 이름을 물려주고 자유로워져야 할 이유가 있는 것입니까?"

"…흘흘."

"말씀해 주십시오. 말씀해 주시기 전까진, 전 당신의 제자로 들어갈 수 없습니다."

궁기가 난처한 웃음을 지었다. 한휘는 더욱 궁기를 몰아세우며 대답을 추궁했다. 궁기는 가까이 떠다니는 구름을 바라보며 입을 열었다.

"흉성의 살업을 마무리 지을 때가 온 게지."

"궁기일맥의 이름을 가지곤 죽일 수 없는 대상입니까?"

"그래. 역시 천무지체인가, 눈치가 꽤 빠르군."

궁기는 나지막이 말했다.

"나는 나를 죽이고 싶다."

"……!"

"그러나 궁기일맥은 일인전승 문파, 맥이 끊겨선 안 된다. 그래서 난 무당산에 눌러앉아 쭉 인연이 닿기를 기다리고 있었지. 몇몇 후기지수들이 이곳에 찾아왔지만, 내 성에 차진 않았어. 그러던 중 네가 찾아온 거지."

궁기는 당황하는 한휘를 바라보며 웃었다.

"이제 내 제자가 될 마음이 생겼나보군. 사악한 이를 죽이기 위해서 사악한 이의 제자가 된다. 나도 꽤 오래 살았건만, 상당히 흥미로운 일이 될 테지. 이 궁기의 마지막 가는 길로 썩 괜찮은 이야기야."

"……."

"정 거슬린다면, 갈 때가 된 노인의 말벗이나 한다고 생각하거라. 너에게도 해가 되는 것은 아니야. 갖은 영약과 절세의 무공을 손에 쥘 수 있을 테니."

한휘는 궁기를 보며 침묵했다. 거짓을 말하는 것 같은 기색은 아니었다. 게다가 자신을 흉성이라 소개하며 수많은 살인을 저질렀다 고백하는 사람치고, 그 심성에서 살인자의 악취가 나지 않았다.

'궁금하다. 서자가 어떤 삶을 살아왔을지.'

한휘는 엷은 웃음을 지으며 생각했다. 흥미가, 궁금증이 그의 마음을 움직였다. 호기심은 한휘의 심혼을 이루는 근간이었다. 예향을 구할 때도 그러했고, 궁기에 대해 더 알고 싶어지는 지금도 그러했다.

"좋습니다. 단, 조건이 있습니다."

"그래, 말해보거라."

"궁기일맥이, 흉성이 어떤 삶을 살아왔는지 알고 싶습니다."

한휘는 궁기의 눈을 직시했다. 궁기도 한휘의 눈을 마주했다.

'천무지체의 용안龍眼인가.'

궁기는 기색을 읽는 듯한 한휘를 바라보며 입꼬리를 올렸다.

"지루한 이야기가 될 게다."

"제자 한휘가 스승 궁기에게 예를 올립니다."

한휘는 궁기의 말이 떨어지자 곧바로 아홉 번의 절을 올렸다. 궁기는 고개를 끄덕이며 절을 올리는 한휘의 몸짓을 바라봤다. 타인을 긍휼히 여기되 자신을 소홀히 여기지 않았고, 모든 것에 의심을 품되 믿어야 하는 것에는 더 이상 의심을 품지 않는다. 궁기는 미소를 지었다.

'훌륭하게 키웠군.'

한휘가 절을 마치자 궁기는 책 하나를 꺼내 한휘에게 던져주었다. 한휘는 책을 유심히 살폈다. 겉표지엔 양의쌍절태극혜라는 제목이 적혀 있었다.

"궁기일맥의 무공이 적힌 책이다."

"직접 알려주시진 않는 겁니까?"

"무공을 익히기 위해선 한 인간이 육십 년 동안 쌓아야 하는 한 갑자의 내공이 필요하다. 아마 네가 마신 공청석유가 반 갑자 정도의 내공이 되었을 것이다. 그리고 나머지를 채우러 가야겠지."

궁기는 그렇게 말하며 동굴 안으로 걸어갔다. 한휘는 책을 바라보다 궁기 뒤를 따라갔다.

* * *

동굴 안은 단출했다. 구형으로 생긴 공동에, 누워서 잘 수 있는 반반한 돌 하나와 열 개의 목함이 놓여 있었다. 궁기는 턱짓을 하며 한휘에게 돌 위에 앉으라 말했다.

목함을 한휘에게 내려놓는 궁기. 한휘는 책을 훑어보더니 궁기에게 물었다.

"스승님, 쌍검술이라고 알고 있었건만, 이 책엔 전혀 무술에 관한 내용이 없습니다."

"그야 당연하지. 양의쌍절태극혜는 내공심법이니까."

궁기가 목함 하나를 열었다. 청아한 냄새와 약재의 냄새가 고루 엉기며, 한줄기의 향 냄새가 한휘의 코를 간질였다. 한휘가 코를 킁킁거리며 냄새를 맡자 궁기는 비단에 쌓인 환약을 꺼내들며 말했다.

"소림의 소환단이다. 땡중들이 어찌나 완고하던지, 대환단은 한사코 내주질 않더라고."

"그럼 쌍검술은 어찌 익히는 겁니까?"

궁기는 한휘의 질문에 대답하는 대신 한휘가 들고 있는 책을 바라봤다.

"천마신공이라는 무공을 들어본 적 있느냐?"

"예. 마교의 악신을 섬기는 교주가 사용하는 무공이라고 들었습니다."

"그것과 비슷하다. 천마신공이 그 내공심법 하나로 모든 마공을 지배하 듯이, 양의쌍절태극혜도 내공심법이지만 그 현묘한 이치로 모든 무술을 통달하게 한다. 그래서, 구결은 외웠느냐?"

궁기의 물음에 한휘가 고개를 끄덕였다. 그는 어렸을 때부터 외우는 데 통달했다. 처음엔 그저 독특한 특기인줄 알았으나, 천무지체라는 궁기의 말을 들은 이후로는 그것이 자신의 무재와 연관이 있음을 알게 되었다.

"양의쌍절태극혜가 네 무공을 만들어줄 것이다. 천무지체가 그걸 도울 것이며, 자유롭게 세상을 유랑하는 세월이 네 초식이 될 것이다."

"스승님의 무공은 알려주시지 않는 겁니까?"

"내 무공은 네가 만들어 내는 무공보다 더 약할 것이다. 오히려 궁기일 맥의 무예가 일정한 틀에 갇힐 우려도 있지."

한휘는 궁기에게 말했다. 영악해 보이는 웃음을 품고서.

"궁금하잖습니까."

궁기는 한휘의 웃음을 보고 헛웃음을 지을 수밖에 없었다. 방금 전까지 나무꾼에 불과하던 자가 지금의 상황을 즐기고 있었다.

"하하. 즐거우냐?"

"모르는 것을 아는 것은, 즐거운 일이지요."

"옳다. 궁기일맥의 무인이라면 마땅히 품어야 할 마음이다. 탐구심. 그 것이 네 무공을 강하게 해줄게야."

궁기는 그렇게 말하며 한휘 앞에 소환단을 내려놓았다.

"구파일방의 각 방파에서 가져온 열 개의 영약이다. 양의쌍절태극혜의 흐름에 따라 그 기운을 중단전으로 인도하거라."

"구파일방의 영약들…."

"얽힌 이야기가 듣고 싶은가 보군."

한휘는 대답 대신 미소를 지었다. 궁기가 한휘의 입에 소환단을 쑤셔 넣으며 말했다.

"모두 알려주마. 내 무공, 내 인생, 내 죄업까지 모두."

한휘의 몸이 둥실 떠올랐다. 소환단의 거대한 자연지기의 흐름이 다섯 갈래로 갈라진다. 다섯 갈래의 자연지기는 상생과 상극을 반복하며 몸을 튕겨대고, 더욱더 도도한 흐름이 되어 중단전에 갈무리된다.

"진짜 눈앞에서 사기를 당하는 기분이군."

궁기는 한휘가 벌이는 내공사기극에 혀를 내두르며 한휘의 거궐혈에 손을 올렸다. 거대한 중단전의 내공은 기맥의 길을 넓히며 두 갈래로 나뉜다. 양의쌍절태극혜의 구결이었다. 그 내공은 임맥과 독맥을 모래성마냥 손쉽게 무너뜨리며 거대한 하나의 물결이 되었다.

화아아!

한휘의 몸에서 기파가 퍼져 나온다. 오색의 고리가 그의 주변으로 둘러지며 양의쌍절태극혜를 구현하기 위한 자연지기의 순환을 시작한다.

오기조원五氣朝元.

임독양맥 타통. 그리하여 하나가 된 기맥과 혈맥. 그리하여 몸 안의 장기가 품은 오행이 균형을 이룬다. 그리하여 내기가 더욱 정순해지고, 그리하여 자연과 동화하는 오색의 고리 하나.

한휘의 중단전이 완전히 개화했다. 궁기는 한휘의 거궐혈에서 손을 떼며 혀를 찼다.

"여러모로 나에게 과분한 제자군. 허나 너무 쉽게 경지를 쟁취하니, 경험의 부족이 발목을 잡겠어."

궁기는 한휘의 입에 무당파의 소청단을 집어넣으며 웃었다.

"투기妬忌는 없으나, 괘씸함은 좀 느껴진다. 제자가 고생 좀 해봤으면 좋겠군."

오기조원의 고리가 더욱 진해졌다.

* * *

동굴 앞에서 돌에 걸터앉은 예향. 전이 드리운 삿갓을 내려놓고 하늘을 바라봤다.

한휘가 궁기의 제자가 된 지도 이제 한 달이었다. 예향은 한휘의 모습을 떠올리며 생각했다.

'제아무리 천무지체라도 궁기 어르신의 무예를 잇기 위해선, 꽤 오랜 기간이 걸리겠지. 헌데 난 왜 매일 이곳에 오는지.'

그 생각과 함께 한숨을 쉬었다. 그때 장난기 어린 목소리가 들렸다.

"예향 소저께서 이곳엔 어쩐 일입니까?"

예향은 그 목소리에 자리에서 일어섰다. 낡은 옷과 장난기 가득해 보이는 훈훈한 외모. 한 달 전의 한휘였다. 단 하나, 허리춤에 쌍검을 걸치고 있다는 점만이 달랐을 뿐.

"동굴을 어떻게 나오셨습니까? 경지에 도달하지 못하면 벗어날 수 없을 텐데…."

"아, 동굴."

한휘는 손바닥을 내밀었다. 손바닥엔 우윳빛 기운이 일렁였다. 검기상인의 경지였다. 무표정하던 예향의 얼굴에 당황의 균열이 생겼다. 한휘는 그런 예향의 얼굴을 보며 웃었다.

"굳어 있는 얼굴보다 그런 얼굴이 더 아름답소."

"…농은 그만 하시지요."

"그런가. 오랜만이니 놓은 이쯤 해야겠소."

한휘는 포권을 하며 말했다.

"궁기일맥의 적법한 전승자, 한휘가 무당파의 예향 소저에게 인사를 드리오."

당당한 풍채에서 뿜어지는 강단. 절도 있는 태도에서 느껴지는 위엄. 그러면서 얼굴에 어리는 어린아이 같은 호기심과 미소. 한휘는 웃음기가 묻어나는 말투로 예향에게 물었다.

"예향 소저의 소망을 듣고 싶소만?"

"…제법 짓궂어지셨군요."

궁기일맥의 전승자가 강호에 출도하는 순간이었다.

11장

화무파종
花舞播種

설중에 향기가 퍼지고, 홀로 핀 꽃은 열매를 맺는다.
적막과 고독만 켜켜이 쌓여왔던 이 설원에
내일은 꽃들이 피기를.
꽃은 이른 봄바람에 춤을 추고, 담백한 소망을 담은 씨앗을 뿌린다.

* * *

화려한 장식품들과 금이 간 동경. 탁자 위에 놓인 두 개의 나무상자 너머로 연분홍색 장막이 드리워진 침상이 있었다. 부스럭거리는 소리와 함께 침상이 움직였다.

"……."

당소소가 천천히 몸을 일으켰다. 멍한 얼굴로 눈을 끔뻑이며 고개를 푹

숙였다. 독봉당 이불이었다. 느껴지는 안락감에 몸을 웅크리기를 한 다
경, 그녀는 손을 꼼지락거리며 낯선 감각을 음미했다. 차가운 철을 만졌을
때의 그 감각과 한기가 단전에서 퍼져 나오며 전신에 찌르르하게 퍼졌다.

"이게…."

당소소는 몸을 움찔거린 뒤 자신의 단전 부근을 매만졌다. 금속의 냉기
속에서 느껴지는 한 톨의 내공. 뚜렷하게 느껴지는 자신을 둘러싼 자연지
기의 감각. 낯선 정보들이 머리를 때리고 시야가 아찔해지는 어지럼증이
느껴졌다. 그래도 당소소는 헤벌쭉 웃었다.

"흐흐."

"쯧쯧. 품위 있게 좀 웃거라. 시커먼 남정네마냥 음흉하게 웃긴."

"흭!"

당소소는 옆에서 들려오는 독무후의 음성에 헛바람을 들이키며 웃음을
지웠다. 독무후가 장막을 걷고 당소소에게 손을 내밀었다.

"손을 내보거라."

"네…."

당소소가 쑥스러움에 시선을 돌리고 독무후의 작은 손에 손을 얹었다.
짜릿한 감각이 손을 타고 흘렀다. 당소소의 인상이 절로 찌푸려졌다. 독
무후가 말했다.

"기감氣感은 제대로 느끼게 된 모양이구나."

"네. 좀 따끔하네요."

독무후의 내공이 당소소의 내부를 간단하게 훑자 단전이 된 뇌린은루
를 구성하고 있던 뇌기가 움찔거렸다. 독무후는 뇌기를 이용해 당소소의
기맥에 방전을 일으키며 당소소의 갓 깨어난 날카로운 기감을 마비시켰
다. 독무후는 당소소의 손에서 손을 떼며 말했다.

"당분간은 새로 느끼게 된 감각 때문에 고생을 좀 할 것이다. 머지않아

익숙해질 테니, 너무 걱정하진 말도록 하고."

어지럽던 머리, 잔뜩 엉켜 있던 감각들이 조금 가셨다. 당소소는 마른 입술을 적시며 고개를 끄덕였다. 그녀는 자신의 입술을 적시며 문득 자신이 얼마나 누워있었는지 궁금해졌다.

'이런 시술 같은 것을 하면 일주일을 자고 그러니까. 단전과 혈맥을 복구한다는 시술이었으니, 한 달은 걸렸을지도?'

당소소는 무협 소설의 익숙한 장면들을 떠올리며 왠지 기대감에 부푼 어투로 물었다.

"스승님, 제가 얼마나 누워있었나요?"

"하루?"

"…아하."

약간 실망한 당소소. 들뜬 마음이 가라앉았다. 그녀는 실망한 티를 내는 대신 눈을 지그시 감고 뇌린은루가 품고 있는 내공을 느꼈다. 단전을 감싸고 있는 짜릿한 기운과 그 안에서 느껴지는 쌀알 같은 내공 한 톨. 당소소는 금세 실망한 티를 지우고 웃다가 문득 드는 의문에 눈을 뜨고 독무후를 바라봤다.

"스승님."

"왜 그러느냐?"

"단전 안에 내공을 느꼈는데, 무언가 스승님의 기운이랑 다르게 느껴져요. 이게 오뢰전리공인가요?"

독무후는 당소소의 말에 웃음을 지었다. 분명 뇌기로 기감을 둔하게 만들었을 터. 그럼에도 당소소는 자신의 단전 안의 내공을 느꼈다. 독무후는 당소소의 의외의 면모에 기특함을 느끼며 말했다.

"네가 느낀 바와 같단다. 오뢰전리공도 아니고, 뇌람심공은 더더욱 아니지."

"그럼 무엇이지요?"

"당가의 직계가 익히는 만류귀원신공이란다."

"만류귀원신공…."

당소소는 단전 부근을 매만지며 독무후를 바라봤다.

"원랜 뇌린은루를 구성하는 오뢰전리공에 맞춰, 너에게도 오뢰전리공을 전수하려 했거늘. 하지만 흐름이 굳어 있던 장기가 갑작스레 움직이더구나. 덕분에 고생깨나 했단다."

"아하하…. 그렇군요."

당소소는 독무후의 말에 몸을 움찔거리며 멋쩍은 웃음으로 얼버무렸다. 개화한 기감으로 자신의 몸을 감지하고, 그늘진 기억들을 마주하며 굳어 있던 기운을 움직였다. 스승의 고생은, 결국 자신의 탓이었다는 뜻이었다. 당소소는 뒷머리를 긁적이며 기어들어가는 목소리로 말했다.

"…죄송해요."

"어째서?"

"제가 멋대로 혈맥의 기를 움직여서, 하마터면 큰일이 날 뻔했잖아요."

독무후는 당소소의 말에 실소를 머금으며 그녀의 머리를 손으로 툭툭 두드렸다.

"으이구, 이것아. 이 스승을 너무 얕잡아 보는구나. 내 모습은 이래도, 한 가닥 하는 사람이건만."

"그래도."

"쓥."

독무후가 당소소의 머리칼을 쓸어올리며 거칠게 숨을 들이켜자 당소소는 입술을 바짝 당기며 고개를 끄덕였다. 독무후는 당소소의 머리에서 손을 떼며 자신의 손을 바라봤다. 착 감기는 감각과 손짓에 따라 다양하게 변하는 표정. 그녀는 잠시 멍하니 생각했다.

'무언가 중독성이 있는걸.'

"스승님?"

"아, 그래. 왜 만류귀원신공인지 설명을 해야겠지. 본래는 네 오뢰전리 공으로 뇌린은루의 독기를 통제하고, 단전과 동화시키려 했다. 하지만 뇌 린은루의 독기를 너무 키워버려서 네가 익힐 기초 수준의 오뢰전리공으 로는 통제하기가 어려웠지."

"그런데 이 기운은 통제라기엔 무언가…."

독무후는 의문을 느끼고 있는 당소소를 향해 고개를 끄덕여주며 말했 다.

"융화融和. 만류귀원신공은 네가 독의 기운을 계속해서 상생시키던 그 오행의 생을 바탕으로 만들어진 내공심법이다. 너도 느끼고 있겠지만, 거 대해진 뇌린은루의 독기는 내 뇌람심공으로 통제하고 있단다."

당소소는 고개를 끄덕였다. 단전을 구성하고 있는 광물들은 독무후가 불어넣은 뇌기들로 하여금 서로 얽혀 있었다. 마치, 전기가 통해 자력이 생긴 금속처럼.

"오뢰전리공은 오행의 극을 바탕으로 만들어진, 통제와 괴리를 목표로 하는 내공심법. 앞서 말했다시피, 너무나 거대한 흐름이 되어서 네 수준 의 오뢰전리공으로는 통제가 어려웠단다. 그렇기에 내가 간접적으로 통 제를 하고, 대신 씨앗을 심은 게지."

"씨앗이요?"

"뇌람심공에 대해서 알고 있느냐?"

독무후의 질문에 당소소는 잠시 눈가를 찡그리며 쌍검무쌍의 내용을 훑었다. 어떤 무공인지에 관한 묘사들은 가득했지만 더 깊은 내용은 나오 지 않았다. 당소소는 자신 없는 태도로 대답했다.

"양뢰와 음뢰를 다룬다는 것 정도는 알고 있어요."

"그래. 뇌람심공은 양뢰와 음뢰를 다루는 내공심법. 그리고 뇌람심공의 양뢰는 만류귀원신공이고, 음뢰는 오뢰전리공이란다."

"예? 뇌람심공에 만류귀원신공이? 하지만 그건 직계에게만 전승되는 무공이라고 하셨잖아요."

"본래는 당가의 직계에게만 전승되는 내공심법이었지만, 네 할아버지가 나에게 꼭 익혀야 한다며 알려줬단다. 나는 한사코 거절했었다만. 뭐, 덕분에 오뢰전리공을 뇌람심공으로 발전시키긴 했지."

제자에게 부정을 고백하는 것이 멋쩍었는지 독무후는 코끝을 긁으며 웃었다. 당소소는 고개를 끄덕이며 물었다.

"만류귀원신공이 뇌람심공의 구성요소라서 씨앗이라 비유하신 건가요?"

독무후는 고개를 젓고 거꾸로 당소소에게 물었다.

"소소야. 내공심법들에 대해 듣다 보면 간혹 신공이라는 이름이 붙은 내공심법들이 있다. 그렇다면, 왜 그것들이 신공이라는 이름이 붙는지 아느냐?"

"글쎄요…. 강한 무공이라서?"

"신공은 말 그대로 신神을 단련하는 일功. 영혼과 사고, 상념을 단련하는 무공이란다."

독무후는 자연스레 당소소의 머리를 쓰다듬으며 말했다. 다소 추상적인 이야기에 당소소가 고심을 했다.

'…생각을 단련하고 영혼을 단련한다?'

"만류귀원신공을 뿌리로 삼고, 뇌람심공을 그 구성요소로…?"

"후후. 누구 제자인지, 정말 똑똑하구나."

독무후는 거친 손길로 머리를 쓰다듬은 뒤, 말을 이어갔다.

"뇌람심공은 결국 오뢰전리공이 극성에 이르러 변화한 하나의 형태. 나도 한때는 뇌람심공이 오뢰전리공과 만류귀원신공을 합친 무공이라 생각했다만, 무공을 사용하면 사용할수록 그것이 아니라는 것을 깨우쳐갔지."

"으음, 둘이 합쳐진 게 아니라, 만류귀원신공에 영향을 받은 오뢰전리공이 변화한 것이군요. 뇌람심공은 만류귀원신공에 포함된 것이었고. 그렇기에 신공이었어요."

당소소는 독무후의 거친 손길에 고개를 슬쩍 뒤로 빼며 답했다.

"옳다. 그래서 네가 오행의 생을 깨우친 김에 오뢰전리공 대신 만류귀원신공의 내공을 심어두었다. 네가 만류귀원신공을 단련해나가면, 자연스럽게 오뢰전리공은 물론이고 뇌람심공의 기운도 깨우치게 될 것이야. 그렇게 뇌기를 깨우친다면, 내 기운으로 통제하던 뇌린은루의 독기를 오롯이 자신의 힘으로 통제할 수 있게 될 테지."

"스승님."

당소소가 물기 어린 시선으로 독무후를 바라봤다. 독무후의 노력과 세월이 묻어나는 가르침이었다. 수많은 시간을 거쳐 새로운 가르침에 틀을 부수고, 편견을 깨닫고, 시선을 틀어서 깨우친 가르침. 당소소의 반응에 독무후는 피식 웃었다.

"그저 내가 겪었던 시행착오를 줄여주었을 뿐이란다. 목표에 도달하는 가장 올바르고 빠른 길을 알려주는 것이 스승 아니더냐?"

"……."

당소소는 고개를 숙이고 미약하게 고개를 끄덕였다. 그 누구도 잘못 걸어가는 길에 손을 내밀지 않았고, 그 길이 잘못되었다 알려주지 않았기에. 느껴지는 감정이 더욱 절절할 수밖에 없었다.

'…녀석.'

잔뜩 웅크린 당소소를 바라보는 독무후도 코끝이 시큰해지는 기분이었다. 얼마나 사랑이 고팠으면, 스승이 제자에게 가르침을 내리는 이런 당연한 것에 감동하는지. 독무후는 한숨으로 언짢은 기분을 토해 내며 말했다.

"아무튼, 몸 상태는 좀 허약하다만 단전과 혈맥은 잘 복구되었단다."

"네에."

"…그렇다고 의욕만 앞서서 무공을 단련하진 말고. 네 몸은 여전히 요양이 필요한 상태야."

"그럴게요."

당소소는 눈가를 비비며 고개를 끄덕였다. 하지만 마음의 조급함이 당소소를 재촉하고 있었다. 내막을 모르는 독무후는 고개를 끄덕이며 말했다.

"대충 설명은 된 듯하니, 네 아비를 만나러 가자꾸나. 아마 애가 달아서 미쳐 있을 것 같은데….."

"아버지라면 충분히 그러고도 남을 것 같아요."

"큭큭."

독무후는 당소소의 말에 소리 내 웃으며 침상의 머리맡에 둔 비녀를 쥐었다. 그리고 당소소의 머리를 묶어주며 말했다.

"소소야."

"네, 스승님."

"힘에 부치진 않느냐?"

"음…. 전 괜찮아요."

독무후가 당소소의 뒷머리에 비녀를 꽂아주었다. 창백한 귀와 목덜미가 드러났다. 그간의 고생이 묻어났다. 당진천에게 들은 바로는, 자신의 귀여운 제자는 병상에서 일어난 이후로 단 한 순간조차 쉰 적이 없었다.

'이 앙큼한 것은 힘들다고 솔직하게 말하지도 않겠지.'

독무후는 작은 손가락으로 당소소의 머리를 찬찬히 빗겨주며 말했다.

"사람은 바위가 아니란다. 너무 약하고, 너무 정교하게 만들어진 장치야. 지나치게 움직이다 보면 장치는 마모되어 무너진단다. 넌 얼마나 마모되었을 것 같으냐?"

"……."

"이번에 뇌린은루를 흡수하며 꽤 지쳤을 것이야. 당분간은 편히 쉬거라."

"…명심할게요."

독무후는 당소소의 머리칼에서 손을 떼고 고개를 끄덕였다.

"가주전에서 네 아비가 목을 쭉 빼놓고 있겠네. 난 제독전의 일을 좀 처리해야 해서, 혼자 갔다 와야겠구나."

"스승님, 부디 조심히."

"그래."

독무후는 당소소의 걱정에 슬쩍 웃으며 독봉당을 나섰다. 당소소는 자리에서 일어나 독무후를 배웅하려 했지만 독무후의 만류에 발걸음을 멈췄다. 독무후가 떠나자 당소소는 옷장에서 가벼운 외투를 꺼내 걸쳤다. 그리고 깨진 동경을 바라보며 앞머리를 매만졌다.

"이 정도면 가도 되겠군."

당소소는 고개를 끄덕인 뒤 독봉당을 나섰다.

* * *

가주전으로 향하는 길. 내각의 초입 부근. 무언가 낯선 이들의 등장에 당소소가 고개를 돌려 그들의 행색을 확인했다. 손님을 맞이하는 객실 앞에 무리 지어 서 있는 사람들, 물품을 실어놓은 수레들, 그리고 수레에 꽂혀 있는 깃발 한 자루.

'백능…. 백능상단이 당가에 왜 왔지?'

당소소는 고개를 갸웃거리며 가주전으로 향했다. 가주전 대문으로 들어서자 하인들이 화색을 띠며 반겼다.

"아가씨, 오셨습니까. 건강하셔서 정말 다행입니다."

"네?"

"가주께서 아가씨 걱정에 종일 인상을 쓰고 계셨기에…."

"아."

당소소는 짧게 감탄사를 뱉으며 고개를 숙이고 있는 하인을 바라봤다. 한눈에 봐도 지친 기색이 역력했다. 그녀는 멋쩍게 고개를 끄덕이며 말했다.

"걱정 감사해요. 그럼, 아버지께 제가 들어가도 되냐고 여쭤봐 주시겠어요?"

"그렇지 않아도 아가씨께서 찾아오시면 바로 들이라 명하셨습니다."

하인이 옆으로 길을 비켜서며 말했다. 당소소는 가볍게 목례를 하며 그를 지나쳤다. 계단을 밟고 문고리를 잡자 익숙한 목소리가 들려왔다.

"…그렇기에 저희 오라버니가 만찬에 초대를…."

"만찬이라."

당진천의 목소리였다. 당소소가 문을 두드렸다.

"아버지, 소소입니다."

"소, 소소? 으흠! 들어오거라."

들뜬 감정을 애써 진정시키는 당진천의 목소리. 당소소는 입가에 떠오른 실소를 지우며 문을 열었다. 상기된 얼굴을 하고 있는 당진천과 백서희가 마주 보고 앉아 있었다.

"크흠. 몸은 괜찮으냐?"

"걱정해주신 덕에, 무사합니다."

"무사하다니 다행이구나…."

당진천은 당장이라도 자리에서 일어나 당소소의 무사함을 살펴보고 싶었지만 백서희의 존재가 당진천의 충동을 겨우 억제했다. 백서희도 고개를 돌려 당소소를 바라봤다. 짧게 훑어보는 시선.

"오랜만이야."

백서희가 반갑게 웃었다.

✱ ✱ ✱

"오랜만이야."

백서희의 인사에 당소소가 당황했다. 백서희는 당소소의 당황하는 얼굴을 확인하자 더욱 짙은 미소를 지었다.

"잘 지냈어?"

"응? 어, 나름 잘 지냈다고나 할까…."

"가주 님이 걱정하시던 것을 보면 아니던걸."

"크흠."

당진천은 백서희의 말에 헛기침을 하며 고개를 돌렸다. 당소소는 볼을 살짝 긁으며 말했다.

"살짝 고생했었는데, 뭐 이젠 괜찮아."

"그래…."

"소소, 너도 여기 와서 앉거라. 이젠 너도 업무에 대해 배워야 하지 않겠느냐?"

"…네."

당소소는 무슨 상황인지 머리를 굴려 파악하려다 이내 고개를 끄덕이며 자리에 앉았다. 시녀 하나가 문을 닫고 당소소에게 의자 하나를 내어 왔다. 위치는 당진천 옆. 당소소는 쭈뼛거리며 자리에 앉았다. 당진천이

소소를 잠시 바라보더니 시녀에게 말했다.

"물러나도 좋네."

시녀가 은근히 미소 짓자 당진천은 시녀를 향해 고개를 끄덕였다. 당소소는 주변을 두리번거리며 눈치를 보고 웅크렸다. 당진천은 한결 풀어진 표정을 하며 백서희에게 말했다.

"그럼, 이야기를 계속하지. 백능상단에서 만찬을 준비했다?"

"예. 사천교류회에서 서로 간에 대화를 튼 김에, 친목을 좀 더 도모하자는 의미라고 합니다."

당진천은 백서희의 말에 새끼손가락으로 볼을 긁으며 피식 웃었다.

"돌려 말하지 않아도 되네. 자넨 그런 것엔 영 재주가 없지 않나."

"…상황이 영 좋지 않게 흘러갔습니다. 사천교류회에서의 일 때문인지, 아미파와 청성파에선 백능상단에게 더 많은 것을 요구하고 있습니다. 거기에 입장을 분명히 하라며 압박까지 주는 상황에 처했습니다."

"백능상단 정도라면 두 거대문파의 협박 정도는 받아넘길 수 있지 않나?"

"하지만 손해가 만만찮겠지요. 당가가 백능상단과 거래를 하게 된다면, 저희에겐 군이 아미파와 청성파의 압박을 정면으로 돌파해야 할 이유가 사라지게 됩니다. 그들도 당가와 저희가 손을 잡는 것을 두려워하고 있으니까요. 그리고 당가주 님은 그, 음…."

우물쭈물하는 백서희에게 당진천은 웃음을 보였다.

"난 자네를 좋게 보고 있으니, 백능상단의 사신으로 보낸다면 협상에 도움이 될 테니까."

"…예."

"백진오라고 했던가. 상당히 고약한 자로군."

"……."

당진천은 백서희를 바라봤다. 백서희는 당진천의 말에 대답하지 않았다. 백서희는 비록 속가라고는 하지만, 무검신니의 제자인 아미파의 문도. 백진오는 그런 그녀에게 직접 사문에게 손해를 주는 거래를 성사시키라는 명령을 내렸고, 당진천은 그 점을 꼬집고 들어온 것이다.

고통스럽지 않느냐, 힘들진 않느냐. 질문을 하는 듯한 말이었다. 백서희는 당진천의 시선을 받으며 눈가를 움찔거렸다.

'맞아. 하기 싫어. 그냥 나는 검이나 휘두르고 살고 싶어. 하지만.'

백서희는 당소소를 바라봤다. 아무것도 모른다는 표정을 하며 방 안의 장식품들을 구경하는 천진한 얼굴. 천괴와 학귀를 윽박지르던 모습은 온데간데없이 표독스럽기까지 했던 과거를 완전히 지운 듯했다. 백서희는 백진오의 말을 떠올렸다.

—네가 지금 당가의 가주에게 가서 말하려는 내용이, 우리 백능상단에게 이득이 될 것 같아?

—그래서 그 망나니와 거래를 트겠다? 널 질투하고 네 식사에 설사약을 타던 그 머저리에게? 정말 할 수 있다고 생각해?

'이젠 그럴 수 없겠지.'

백서희는 학귀의 꼬챙이에 찔려 울음을 삼키던 당소소를 떠올렸다. 사천교류회의 습격은 자신의 탓이 아니라 달래던 그녀를 떠올렸다. 비록 과거는 불우에 젖은 악녀였지만 지금은 부정할 수 없는 은인이자 의인이었다.

그렇기에 백능상단과 사천당가 간의 가교역할을 포기할 수 없었다. 그것은 목숨의 은혜를 갚기 이전의 일이었다. 자신이 백능상단의 투자물인 이유 이전의 일이었다.

당소소가 고개를 돌려 백서희와 눈을 마주쳤다. 당소소는 백서희의 눈치를 보다 멋쩍은 미소를 던졌다. 백서희는 그 미소에 어쩔 수 없다는 웃음을 지었다.

"후후."

그녀가 포기해버린다면 저 맹한 소녀의 업적이 순수하게 평가받을 일은 없을 테니까. 백능상단과 아미파, 청성파 측에서 백서희의 업적이라 속일 수도 있을 것이다. 아니면 당가의 거짓말이라고 속이려들 수도 있었다. 그것이 자신이 봐온 백진오의 모습이었으니까.

"전 괜찮습니다."

그래서 검의 길에서 잠시 눈을 돌렸다. 당소소라는 소녀의 온전한 모습을 지켜보고 싶기에. 과거의 모습이 거짓이었는지, 진심이었는지. 아니면 지금의 모습이 거짓인지.

당진천은 백서희와 당소소를 번갈아 본 뒤 눈을 감고 고개를 끄덕였다.

"기특한지고."

"당연히 해야 할 일입니다. 백능상단과 당문과의 결연을 위해서라면 이 정도는 가벼운 지출이지요."

"하지만 아직 어리다. 자네는 좀 더 자신을 소중히 여길 필요가 있어."

당진천은 당소소를 바라보며 말했다. 당소소는 의문을 품은 표정으로 그를 바라봤다. 당진천은 당소소의 머리에 손을 얹으며 말을 이어갔다.

"희생을 당연히 여기지 말라는 것이네."

"말씀은 감사합니다만, 전⋯."

"설교는 여기까지만 하겠네. 그래서 백능상단이 요구하는 것은 본격적인 거래인가?"

"예. 가벼운 연회에 참석해 만찬을 즐겨주시면 좋겠다는 제안입니다."

백서희의 대답에 당진천은 고개를 끄덕이며 당소소의 머리에서 손을 뗐다. 그리고 팔걸이에 손을 놓으며 가문의 상황을 생각했다. 외적으로는 분파의 철수, 내적으로는 당청과 당혁의 세력을 숨아내고 있는 상태. 지금 이 상황에서 백능상단과의 거래는 무리였다. 백능상단은 대충 상대해선 자칫 잘못하단 당가의 기둥까지 뽑아갈 거래의 명수였으니.

"단도직입적으로 말하지. 지금 당장 거래는 힘드네."

"그렇게 된다면 연회의 손님이 바뀌게 되겠죠."

"호오."

당진천은 흥미로운 눈빛으로 백서희를 바라봤다. 백서희는 침을 삼키고 당진천의 시선을 받았다. 저 발언도 그녀 자신의 의사는 아닐 것이다.

'아마 백진오의 지시겠지.'

백서희는 숨을 들이켠 뒤 말했다.

"아미파와 청성파에서도 백능상단의 위치를 분명히 하라 압박해오고 있습니다. 허락된 시간이 그렇게 많지 않지요. 백능상단의 위치가 조금 치우친다면, 당가가 받는 부담은 헤아릴 수 없을 겁니다."

마지막에 덧붙인 말은 자칫하다간 협박처럼 들려 당진천의 심기를 거스를 수도 있는 말이었다. 하지만 그런 것을 고려하지 않고 진심으로 우려를 표하는 것이 백서희라는 인물이었다. 백진오에게 지시받은 말을 하면서도, 그 끝에 묻어나는 사려 깊음. 그녀는 여러모로 상인과는 어울리지 않았다. 당진천은 손가락으로 가볍게 팔걸이를 두드렸다.

'아미파와 청성파의 견제를 위해서라도 백능상단과의 거래는 필요하다. 이치에 맞아. 하지만 당가의 거래를 전담하고 있는 일 장로가 문제야. 그가 맡고 있는 사천상단과의 마찰을 피할 수 없다. 내부의 사정이 더 복잡해지겠지. 계약서에 관한 고려도 제대로 이루어지지 않을 것은 불 보듯 뻔한 일.'

당소소는 고심에 잠긴 당진천의 얼굴을 바라보며 생각했다.

'당가는 거래를 할 상황이 아니야. 하지만 거래는 필요해. 거래를 늦춰야 해. 무슨 일을 해야 거래를 늦출 수 있지?'

당소소의 자문 한 방울이 머릿속에 떨어졌다. 여러 기억을 적셔가며 해답을 찾아갔다.

'연철전? 내가 관여할 수 있는 곳이 아니야. 제독전 또한 제대로 거래를 수행할 수 있는 상태가 아니지. 거기에 이건 내 행동에 영향을 받아 벌어진 일. 내가 책임져야 해.'

한번 던진 질문은 보다 깊은 기억까지 적셔갔다. 당소소는 김수환의 삶을 짚어보며 생각했다.

'비누?'

김수환의 기억에 기대 미용 용품이나 여러 공산품을 만들자는 생각이 가장 먼저 떠올랐다. 하지만 이내 고개를 저었다. 아쉽게도 그런 쪽의 지식이 전혀 없어 어떻게 만들어야 할지 감조차 잡히지 않았다. 그렇다고 김수환이 배웠던 삽질의 요령이나 공구리는 어떻게 해야 잘 비비는지에 관해 알려줄 순 없었기에, 결국 당소소는 쌍검무쌍의 이야기를 떠올렸다.

'결국 내가 가장 잘 알고 있고 가장 잘 써먹을 수 있는 것은 쌍검무쌍의 지식이야. 무엇을 제시해야 백능상단의 구미가 당길까.'

당소소는 자신도 모르게 옆머리를 꼭 쥐며 고민했다. 그녀가 자신 있게 내밀 수 있는 건 기연들에 관한 정보와 신병이기에 관한 정보. 백능상단의 구미를 자극할 만한 것은 아니었다.

'굳이 더 뽑아보자면, 작중 은거고수들의 위치나 정천무관이 있는 하남성河南省 개봉開封에서 열리는 무투회. 소주蘇州의 선상혈투장, 항주杭州의 밤을 움켜쥐고 있는 야왕夜王의 정체. 그리고 인접한 섬서성陝西省 서안西安에서 벌어지는 지하경매장인가.'

개봉무투회. 무림맹이 만들어진 이후로 일 년마다 개최된 유서 깊은 대회였다. 작중의 주인공은 주변에서 우연이나 사술이라 치부되던 실력을 그곳에서 증명했고, 자신에게 금전을 걸어 많은 이득을 취했다. 쌍두검룡이라는 별호를 얻게 된 것도 개봉무투회 이후였다.

'꽤 좋았지. 그 장면. 결승전엔 무당파의 예향과 겨뤄서 답보하고 있던 무공에 대한 깨달음을 얻었는데.'

당소소는 고개를 끄덕이며 그 장면을 되새겼다. 그러나 이내 고개를 저으며 개봉무투회에 대한 기억을 털어냈다. 개봉무투회는 지금 쓸 수 있는 묘책이 아니었다. 거의 정 반대편이라고 할 수 있는 동쪽 끝, 강소성江蘇省에 위치한 소주와 그 밑인 설강성浙江省의 항주 또한 지금 쓸 수 있는 기억이 아니었다.

'그럼 남은 것은 서안 경매장.'

당소소는 자신도 모르게 주먹을 움켜쥐며 미소를 지었다. 내밀 수 있는 패였다. 사천성에서 치료를 받은 주인공과 일행은 서안 경매장에서 큰 소란을 해결하고 명성을 얻는다. 그리고 추후 여행에도 이득을 챙길 수 있는 물품들을 손에 넣는다.

구파일방에 속해 있는 화산파와 종남파의 시선을 피해 지하로 숨어든 경매장. 주인을 알 수 없는 장물, 무림인들이 혹할 수밖에 없는 신병이기라든가, 차마 눈뜨고 볼 수 없는 어둠을 거래하기도 한다. 팔 수 있는 것이라면 무엇이든 경매에 올리는 곳.

'그중에서도 소수의 인원들에게만 허락된 경매장이 있었어. 월화원月花園.'

당소소는 주인공이 천무지체가 지닌 용안이라는 능력으로 월화원의 물품을 쓸어 담던 장면을 떠올렸다. 사람을 초월한 동체 시력으로 대상의 움직임을 하나하나 읽고 그 본질을 파악하는 능력.

'혼돈일맥의 신체 개조를 받은 뒤에는 숫제 독심술을 쓰는 것마냥 묘사됐지.'

당소소는 그 장면을 생각하며 드디어 깊은 생각에서 자신을 끄집어냈다. 주인공처럼 엄청난 가치의 물건들을 사들일 순 없겠지만, 선택받은 이들만 들어갈 수 있는 월화원의 입장권이라면 확실히 내밀 수 있는 패였다. 그녀는 그것을 어떻게 얻을 수 있는지 잘 알고 있으니까.

"제가 가겠어요, 아버지."

"소소야. 이건 그리 간단한 이야기가 아니란다. 사천교류회처럼 연회에 참가해 서신만 주는 일이 아니야. 게다가 방금 일어난 녀석이 벌써 돌아다닐 궁리부터 하느냐? 그냥 지켜보고 있거라."

당진천은 당소소에게 타이르듯 말했다. 당소소는 고개를 젓고 당진천을 바라봤다. 확고한 자신감이 깃든 얼굴이었다.

"알고 있어요. 백능상단과의 거래를 늦춰야 하잖아요?"

"안다면 어떤 연유에서 그런 말을 하느냐?"

"저에게 거래를 늦출 방도가 있기 때문이에요."

당소소는 백서희를 바라봤다. 백서희 또한 걱정스런 시선으로 당소소를 바라보고 있었다. 당소소는 꼭 움켜쥔 옆머리를 놓으며 말했다.

"백능상단도 구미가 당길 거예요."

당소소는 자신이 받았던 부채를 떠올렸다. 그런 물품들을 취급하는 백진오라면 거부하지 않을 것이라는 생각이었다. 당소소의 입이 천천히 열렸다.

"월화원의 입장권."

"…네가 그걸 어떻게?"

백서희의 입가가 움찔거리며 눈빛이 변했다. 걱정에 적셔진 눈망울은 어느새 의문으로 가득 채워졌다.

* * *

"네가 그걸 어떻게…?"

의문을 담아 바라보는 백서희에게 당소소는 자신 있게 웃었다. 둘러댈 수 없다면 처음부터 아무 말을 하지 않는 편이 낫다는 걸 당회와의 일화에서 배웠다. 단순히 선택지가 그것밖에 없어서 선택한 것은 아니었다.

'주인공은 당가의 마차를 타고 서안으로 갔어.'

독무후는 주인공에게 서안까지 가는 마차를 내어주었다. 당소소는 마차를 몰던 당가의 마부에 관한 서술을 떠올렸다. 서안으로 향하는 도중 월화원에 관한 이야기를 하던 당가의 인물. 주인공은 그 이야기를 듣고 월화원으로 향했다. 당소소는 그 구절에서 당가가 월화원과 관계가 있음을 짐작했다.

'독과 암기. 누가 봐도 암시장과 떼려야 뗄 수 없지.'

당소소가 당진천을 바라봤다. 당진천은 찜찜한 표정을 군이 숨기지 않았다. 표정으로 당소소는 자신의 선택에 확신을 가졌다. 원작의 지식을 제대로 활용할 생각에 들뜬 당소소가 백서희의 질문에 답했다.

"난 사천당가의 인물이야. 월화원을 모를 리 없잖아?"

"그건, 그렇지만."

백서희는 새삼 당소소가 고약한 당가의 규수였음을 떠올렸다. 어둠에 숨은 지하 경매장은 고운 시선으로 보기 어려운 것이었으니까. 하물며 백서희는 상가의 자녀였다. 월화원이 얼마나 위험하고 불쾌한 곳인지 누구보다 잘 알고 있었다.

'정말 싫지만, 백진오 그 자식이 좋아할 만한 것이긴 해.'

백서희는 의문을 털어내고 납득과 함께 경계의 태도를 보였다. 당진천은 묘해진 둘의 기류를 훑으며 한숨을 쉬었다.

"후우."

당진천은 딸의 입에서 튀어나온 월화원이라는 단어에 마음이 무거워졌다. 당가와 지하암시장은 밀접해지기 싫어도 밀접해질 수밖에 없었다. 맹독성을 지닌 물건, 야금술 연구에 필요한 희귀한 광물을 양지에서 구하기는 꽤나 어려운 일이었다. 따라서 당가의 가주가 대대로 물려받는 것들 중엔 월화원의 입장권도 포함되어 있었다.

'당가의 어둠에 관해선 나중에나 알려주고 싶었건만. 이리저리 쏘다니더니 기어코 들었나보군.'

당가는 구매자이기만 하진 않았다. 월화원의 회원들에게 당가가 가진 힘은 구미가 당기는 것들이었기에. 치명적인 독과 암기들, 그를 이용한 일처리들. 전대 가주가 취임하기 전까지 당가는 월화원의 주요 구매자이자, 그들이 요구하는 어둠을 파는 판매자였다.

당진천은 이마에 둔 손을 내리며 말했다.

"…자네 앞에서 할 이야기는 아니지만, 월화원은 당가와 꽤 연관이 있었네. 독물과 광물은 상단을 통해 구매하기 쉽지 않은 물품들이니 말이네."

"그렇군요…. 그렇지만, 월화원의 입장권은 그리 쉽게 구할 수 없을 텐데요."

"썩 자랑할 물건은 아니지만, 당가에선 오직 나만 가지고 있네."

백서희는 당진천의 말에 고개를 끄덕이며 당소소의 말을 곱씹었다. 그녀가 제시한 월화원의 입장권은 당가에서도 오직 가주만 가지고 있을 만큼 엄격한 심사를 거쳐 발급되는 물품이었다. 그런 희귀한 물품을 당소소가 만들 수 있을 것 같진 않았다. 하지만 상대는 확신하는 태도로 말하고 있었다.

'거짓을 말하는 것 같진 않아.'

백서희는 당소소의 표정을 살폈다. 감출 생각조차 않는 의기양양한 기색을 보아 이미 월화원의 입장권을 가지고 있는 것 같았다. 그녀는 최근 들어 표정을 감출 생각을 하지 않는다. 백서희는 고개를 당소소 쪽으로 조금 숙였다.

'협상을 시작해야 할까?'

그녀가 입을 달싹거렸다. 비록 검의 길을 걷고 있지만 상가의 딸인 백서희. 기본적으로 협상을 이끌어내는 교묘한 언변 정돈 터득하고 있었다. 저 어수룩한 아가씨가 자신있게 내민 물품에 흠집을 내는 것쯤은 간단한 일이었다.

'누구 좋으라고.'

백서희는 반항적으로 입꼬리를 들어올렸다. 거래를 트는 건 이미 예정된 미래고, 아미파와 청성파가 압박을 해와도 이제 큰 피해는 없을 것이다. 하지만 굳이 그 미래를 앞당기자고 백서희를 당가에 보내 협상의 탈을 쓴 협박을 하게 한 것은 백진오였다.

백진오에겐 아쉽게도, 백서희는 은원 관계에 있어선 칼 같은 인물이었다.

"확실히 월화원의 입장권을 구할 수 있는 거야?"

"난 이런 거 이빨 안 까."

"이빨…?"

"……."

당차게 내뱉는 당소소의 말에 가주전은 잠시 침묵에 잠겼다. 당소소는 어색한 헛기침과 함께 자신의 말을 고쳤다.

"으흠, 이런 걸로 거짓말을 하진 않아."

"그게 사실이라면, 서로 간의 보증으로 여기기엔 충분하겠지."

백서희는 당황한 기색을 털어내며 말했다. 당진천은 월화원의 입장권을 취득하는 방법에 대해 잠시 고심하다 백서희에게 말했다.

"일단 그것으로 보증이 된다면, 연회엔 굳이 참석하지 않아도 되겠나? 자네도 알다시피 소소는 아직 완전히 낫지 않았네."

"이번 연회는 대외적으로 당가와 결연을 맺었다고 알리는 자리기에, 쉽게 무를 수 없는 성질의 것이라고 했습니다."

"조금의 손해도 용납하기 싫나보군."

"…저희 오라버니가 좀 구두쇠인지라."

"하핫!"

당진천은 백서희의 기어들어가는 말에 실소를 터뜨렸다. 그는 당소소에게 물었다.

"입장권을 얻는 방법, 위험한 방식이냐?"

"아니요. 안전해요."

당소소는 경계하는 백서희에게도 말했다.

"건전하고 합법적이기도 하죠."

"월화원은 건전하지도 않고, 합법적이지도 않다는 거, 알고 있지?"

"설마 모를까. 난 그런 점에 있어선 철두철미한 사람이야."

"……."

또다시 가주전이 조용해졌다. 당소소는 눈을 깜빡거리며 당진천과 백서희를 번갈아 바라봤다. 당진천은 고개를 설레설레 저으며 당소소에게 말했다.

"쉬어도 괜찮다. 내가 가도 되는 곳이야."

"몸은 이제 괜찮아요. 제가 말했었잖아요? 아버지의 편이 된다고."

"…넌 방금 일어났다. 그리고 수많은 일을 겪었지. 쉬어야 하는 몸이다. 지금 수련도 솔직히 허락하고 싶지 않다."

"정말 괜찮은데."

당진천은 당소소의 시선을 외면하며 당회의 모습을 떠올렸다.

'주력으로 팔아야 할 것은 아무래도 연철전의 물품들이 될 확률이 높다. 그렇게 된 이상 당회가 가서 거래를 성사시키는 그림이 괜찮긴 하겠지. 허나 당회 녀석의 성깔도 문제일 뿐더러, 당가의 산하 상단인 사천상단을 맡은 일 장로가 가만히 있진 않을 터.'

탁탁.

팔걸이를 두드리는 당진천의 손가락이 당소소를 보내는 것이 가장 효율적이라는 계산을 도출했다. 자신이 자리를 비우면 바쁘게 돌아가야 할 당가의 업무가 정지된다. 당회를 보내면 당가의 한 축을 담당하는 방계의 장로들이 그 의도를 짐작하고 압박해올 것이다.

아무런 직책이 없는 당소소를 연회에 보내는 것이 이치상 맞다. 독천이 아끼는 딸이며, 사천교류회에서 활약을 보였던 당소소. 결례도 되지 않을 것이고, 곧 성인이 되어 공식적인 자리에 나설 연습도 될 것이다.

"좋다. 연회엔 소소가 갈 것이다. 그래도 괜찮겠나?"

"알겠습니다. 그렇게 전해두겠습니다."

"그럼 이야기는 여기까지 하도록 하지."

당진천이 자리에서 일어섰다. 당소소도 만족한 얼굴로 자리에서 일어섰다. 당진천이 당소소에게 말했다.

"하연에게 일러둘 테니, 연회에 갈 채비를 하고 있거라."

"네, 아버지."

"그리고 네 귀여운 사촌동생도 함께 동행할 것이니, 그리 알고."

"네? 저에게 사촌동생이 있었…?"

"있으니 말하는 것 아니겠느냐. 그럼, 자네가 독봉당까지 같이 가주게."

시녀는 당진천의 명에 허리를 가볍게 숙이며 당소소를 이끌고 가주전을 빠져나갔다. 가주전엔 백서희와 당진천만 남았다. 당진천은 다시 자리에 앉으며 백서희를 바라봤다. 긴장한 기색의 백서희. 당진천은 그 긴장을 깨고 입을 열었다.

"당가는 이번이 두 번째인가?"

"예. 작년에 한 번 왔었지요."

"그렇군."

당진천은 고개를 끄덕이곤 다시 아무 말 없이 허공을 바라봤다. 초조해진 백서희는 마른 입술을 당겨 적셨다.

'뭐지, 너무 무례한 협상이었나? 아니면, 당소소가 내밀었던 월화원의 입장권을 선뜻 수락해서 그에 대한 보복을 하려는 건가?'

"저어….'"

"지금 출발한다면, 백능상단엔 언제 도착하지?"

뜬금없는 당진천의 질문. 백서희는 당황했지만, 침착하게 시간을 가늠해 말했다.

"내일 저녁 중에 도착할 듯싶습니다."

"내일 저녁이라. 그럼, 당장 가서 급하게 처리해야 할 일이 있는가?"

"협상을 보고하는 것 외엔 딱히 없습니다. 애초에 수련 중이었던 몸이라."

"그렇군."

당진천은 고개를 끄덕이며 뜸을 들였다. 그리고 문 쪽을 바라보며 말했다.

"그렇다면, 보고는 동행한 다른 이들에게 맡기고 당가에 잠시 머물러줄 수 있겠나?"

"…당가에 말씀이십니까?"

"크흠. 그렇네."

백서희는 당진천의 제안을 뒤집어보며 그 저의를 뒤적거렸다.

'애지중지하는 독천의 딸을 보내는 것이니, 마찬가지로 날 당가에 묵게 하다가 보내 처신에 주의하라는 경고를 하려는 것인가? 아니면…. 무례한 발언에 대해 책임을 묻고 싶은 건가? 하지만 당가주는 사신을 그렇게 대할 만큼 몰상식한 인물은 아닌데.'

"그 연유를 물어봐도 되겠습니까?"

"그, 음."

주저하는 당진천. 이상한 그의 태도에 백서희의 의문은 더욱 커져갔다.

'…뭐야 저 태도는. 이상한데? 몰상식한 짓을 하는 것에 대한 죄책감 같은 건가? 빨리 사과를 하는 편이 옳을 것 같아.'

"저, 협상 중 발언에 대해선…."

"딸이 친구가 없지 않나."

"…예?"

"고약했던 성미 덕에 동성친구는 없는 듯하고, 화검공자라는 놈팽이만 주위에서 껄떡댔었지."

당진천은 턱을 쓰다듬으며 시선을 옆으로 돌렸다.

"다 말할 순 없지만, 저번에 말한 걸 제하고도 소소는 많은 일들을 겪었네. 충분히 쉬어야 할 처지인데도, 자꾸만 일을 찾아 혹사하려고 하지."

"그건, 뭐. 예. 그런 것 같더군요."

백서희는 사천교류회에서의 당소소를 떠올리며 고개를 끄덕였다. 당진천이 숨을 길게 내쉬며 말했다.

"연회에 가기 전까지만 자네가 옆에 붙어서 좀 진정시켜줄 수 있겠나?"

"어, 그러니까."

당황한 백서희의 눈이 갈 곳을 잃었다. 자기도 모르게 당진천의 진의를 내뱉었다.

"소소와 놀아달라는, 그런…?"

더듬거리며 말하는 백서희. 당진천은 볼을 긁적이며 작게 고개를 끄덕였다.

"대충은 그렇네만…. 자네가 싫다면 거절해도 되네."

"음."

백서희는 부끄러워하는 당진천을 보며 입가를 씰룩거렸다. 하지만 초인적인 인내력으로 얼굴을 굳혔다. 영락없이 주책없는 팔불출 아버지로 보였지만, 눈앞에 있는 사람은 당가의 가주이자 구주십이천의 독천이었다. 웃음을 터뜨리는 무례를 저질렀다간 어떤 험한 꼴을 당할지 몰랐다. 백서희는 눈을 지그시 감고 자신의 허벅지를 꼬집었다.

"…그러고보니 저번 사천교류회 때 내려주신 가르침이 있었지요."

"큰 가르침이 아니니, 신경 쓰지 말라고 하지 않았던가?"

"따님을 잘 돌봐주라던 말씀, 아직 유효하지 않나요?"

백서희는 웃음을 참느라 가빠진 숨을 뱉으며 자리에서 일어섰다. 당진천은 자리에서 일어선 백서희를 바라봤다. 백서희가 포권을 하며 말했다.

"그럼 짧은 기간이지만, 신세를 지겠습니다."

"신세는 내가 지는 게지. 부디 편히 있도록 하게. 부족한 게 있다면, 시녀들을 통해 요청하도록 하고."

"예. 그럼 먼저 일어나보겠습니다."

백서희는 그렇게 말하며 가주전을 나섰다. 문이 닫히고, 도저히 참을 수 없었던 힘빠진 웃음소리가 들려왔다.

"……."

당진천은 등받이에 기대 눈을 감았다. 애써 스치는 바람소리라 생각해 봤지만 고수의 육체는 그런 착각을 허락하지 않았다. 당진천의 고개가 부끄러움에 조금 아래로 떨어졌다.

＊ ＊ ＊

독봉당의 처소에 당도한 당소소의 시녀. 시녀는 허리를 숙인 뒤 말했다.

"가주 님께서 당부하셨습니다. 푹 쉬세요, 아가씨."

"네, 걱정에 감사드려요."

시녀가 가볍게 웃으며 독봉당을 떠나자, 당소소는 그제야 큰 숨을 내쉬며 침상에 다가가 벌러덩 누웠다.

"서안의 암시장…."

당소소는 작중의 월화원에 대해 생각했다. 주인공이 활개를 쳤던 장면들이 그녀의 머릿속에 그려졌다. 그러기를 한 다경, 당소소는 자신의 머리를 쓰다듬으며 가주전에서 있었던 일을 떠올렸다.

'그래도 연철전에서 당회에게 겪었던 덕분에 성공적으로 둘러댄 것 같은데. 이번엔 잘한 것 같아.'

당소소가 자부심에 푹 빠져 있을 무렵, 백서희의 목소리가 들려왔다.

"여기가 독봉당인가요?"

"예. 안 쪽으로 들어가시면 아가씨가 계실 겁니다."

"안내 감사드립니다."

"아가씨, 백서희 소저께서 들어오십니다."

대화가 끝나고 발소리가 멈췄다. 시녀의 보고가 들려오고 방 안에선 인기척이 느껴졌다. 하지만 당소소는 이를 인지하지 못했다.

'후후.'

자신의 성장에 기뻐하며 은근한 웃음을 짓는 당소소. 무언가 이상함을 눈치 챈 당소소가 침상에서 슬쩍 몸을 일으켰다.

"누구…?"

"……"

음흉한 미소를 지으며 벌러덩 누워있던 당소소와, 그런 당소소를 바라보는 백서희. 둘의 어색한 시선이 잠시 부딪히다가 어긋났다.

"어…. 웃는 걸 보니까 되게 편한 것 같네. 예전엔 그런 느낌까진 아니었던 것 같았는데."

"……"

"…편한 게 좋지. 응."

당소소가 얼굴을 붉히자 백서희는 나지막한 말로 당소소의 부끄러움을 덜어주었다.

* * *

엉거주춤한 자세로 의자에 앉아 땅을 바라보는 당소소. 그리고 당소소를 마주보고 앉은 백서희.

"……"

"……"

말을 꺼내기엔 공기가 너무 무거웠다. 백서희는 어색해하는 당소소를 바라보며 머리를 긁적였다.

'이렇게 낯을 가리는 사람이 아니었지 않나? 자신의 치부를 들켜도 뻔뻔하게 응대했던 걸로 기억하는데.'

백서희는 일 년 전 모습을 떠올리며 고개를 돌리고 있는 당소소를 지그시 바라봤다. 자신을 헐뜯고 해코지했던 사실이 들통났어도 뻔뻔한 태도로 일관하던 그녀. 백서희는 예전과는 다른 당소소의 태도에 고개를 갸웃거렸다.

당소소는 그녀를 슬쩍 흘겨보고 다시 고개를 팩 돌렸다.

'쟤가 왜 여기 있지? 불편해죽겠네. 아니, 그것보다 언제 들어온 거야?'

당소소는 바닥을 바라보며 백서희의 방문에 대해 생각했다. 잡다한 망상들이 떠올랐지만 이내 고개를 저어 망상을 털어냈다. 작중의 백서희는 무뚝뚝하고 검만을 생각하던 여인이었으니까. 망상을 하는 대신, 당소소는 그녀가 왜 이곳에 왔는지 묻기 위해 입을 살짝 벌렸다.

"하…"

하지만 차마 목소리가 나오질 않았다. 부끄러움을 느끼는 당소소의 감정과 내성적인 김수환의 이성이 재빨리 당소소의 입을 틀어막았다. 시녀 이외의 여성을 방 안에 들인 것은 전생에서도, 현생에서도 처음이었기에. 당소소의 입에선 그저 힘들어하는 짧은 한숨만이 튀어나왔을 뿐이었다.

"흐음."

백서희는 콧소리를 내며 머리를 긁던 손을 내리고 책상을 두드렸다.

'운령을 처음 만났을 때와 비슷하네.'

당소소에겐 다행스럽게도, 백서희는 당소소가 보여주는 모습과 비슷한 행동을 하는 운령을 잘 다루는 편이었다. 백서희는 당소소를 바라보던 시선을 옆으로 쓱 돌렸다. 깨진 동경이 눈에 들어왔다. 그녀는 한줄기로 땋은 머리를 뒤로 넘기며 말했다.

"동경이 깨져 있네."

"으, 응?"

"전체적으로 꽤 낡은 장식품들에…. 그리고 이거 내가 줬던 상자구나."

백서희는 탁자 위에 올려진 나무상자에 손가락을 살짝 문댔다. 살짝 눌러앉은 먼지가 손가락에 묻어 나왔다. 백서희는 먼지를 무심하게 바라보며 말했다.

"아직 안 썼고."

"음. 쓸 일도 없고, 그건 너무 비싸보여서."

"비싸다…."

백서희는 당소소의 짠내나는 변명을 들으며 손가락을 비벼 먼지를 털어냈다. 당소소의 과거를 설명하던 당진천의 말들이 백서희의 머릿속에 떠올랐다. 백서희는 턱을 쓰다듬더니 낡은 옷장을 바라보며 물었다.

"옷장 좀 봐도 될까?"

"으, 응."

당소소가 수줍게 허락하자 백서희는 자리에서 일어나 성큼성큼 옷장으로 다가갔다. 옷장 문을 열자 백서희의 눈썹이 움찔거렸다.

"세상에."

차마 눈 뜨고 볼 수 없는 모양새의 옷들이 그녀를 반겼다. 대부분의 옷이 유행에 뒤처진 것들이었다. 재질도 오래되어 낡고 염색물이 빠진 비단옷. 상단의 딸인 백서희의 눈에 이 옷들은 유행 따위가 아닌, 그냥 시대에 뒤처진 느낌이었다. 백서희는 아찔해져서 눈을 감았다.

"이게 끝이야? 아니지? 다른 옷장이 있는 거지? 그냥 여긴 창고지?"

"응? 옷장은 그거밖에 없는데."

"…하아. 네 시녀는 용케 널 사람 꼴로 입혀서 내보냈구나."

백서희는 옷장 문을 닫으며 한숨을 쉬었다. 당소소에게 괴롭힘을 당할 당시엔 벌을 받았으면 하는 막연한 생각을 했다. 그녀는 안하무인의 표독스런 명문가의 아가씨였으니까. 패물과 값비싼 비단옷을 지어 입는, 유행에 민감하던 전형적인 아가씨.

'이런 느낌의 벌을 바란 건 아니었어. 대체 어쩌다가 이 지경에…?'

백서희는 영문도 모른 채 눈을 깜빡이는 당소소를 흘겨봤다. 안쓰러워 선물해준 장신구들은 비싸 보인다고 사용하지도 않고, 옷장엔 노인이나 입을 옛날 느낌의 옷이 걸려 있었다. 방 안의 장식품들은 죄다 낡았고, 설상가상으로 얼굴을 비쳐봐야 할 동경엔 금이 가 있었다.

"대체 동경은 왜 안 바꾸는 거야? 아버님께 말하면 새 동경으로 바꿔주실 텐데."

백서희는 자기도 모르게 언성을 높였다. 당소소가 몸을 움찔거렸다.

"…마음이 편해서."

"저게?"

백서희는 당소소의 말에 기가 찼다. 바꿀 마음이 있었으면 진작 바꿨을 것이다. 하지만 당소소는 금이 가 여러 갈래로 갈라진 동경을 보면 항상 마음이 놓였다.

'나와 당소소를 구분하는 느낌이라서.'

당소소는 끝말을 삼켰다. 백서희는 우울한 기색이 된 당소소를 바라보며 이마에 손을 올렸다.

"시녀들은 대체 보고하지 않고 왜 내버려두는 거야?"

"내가 내버려두라고 했어. 장식품들은 굳이 바꿀 필요를 못 느끼고. 옷도 살 필요성을 못 느껴서. 지금도 잘 입고 다니는데, 굳이?"

"어휴."

백서희는 한숨을 쉬며 당소소를 바라봤다. 근본적인 문제를 인식하지 못하고 있는 천진한 얼굴이었다.

'주인이 이 지경이니, 그걸 바라보는 시녀들도 죽을 맛이었겠지. 옷을 사야 한다고, 잘 꾸미고 다녀야 한다고 아무리 설파해도 듣질 않았을 테니.'

백서희는 고개를 절레절레 저었다.

"소소."

"응?"

"당장 일어나."

백서희는 화가 난 음성으로 당소소를 쏘아붙였다. 당소소가 엉거주춤 일어서자 팔을 확 끌어안고 팔짱을 꼈다.

"음, 이러면 곤란한데. 우린 아직 어리고⋯."

"무슨 소리야? 당장 옷 사러 가야 하는데."

"어, 어?"

백서희가 당소소를 질질 끌고 침소 밖으로 나섰다. 때마침 시녀장 수업을 마친 하연이 바깥에서 시녀들을 살펴보고 있었다. 침소에서 나오는 둘을 발견한 하연은 허리를 숙여 둘을 맞이했다.

"이름이 하연이라고 했나요?"

"예. 독봉당의 시녀, 하연입니다."

백서희의 입가가 아래로 비틀렸다. 사천교류회에서도 봤던 당소소의 전속시녀였으니까. 백서희는 하연에게 한 발짝 다가서며 화난 음성으로 물었다.

"당신, 소소가 이 꼴이 될 때까지 대체 뭘 하셨어요?"

"죄송합니다. 제가 부주의해서 아가씨 주변을 살피지 못했습니다."

하연이 허리를 더 깊이 숙였다. 백서희의 책망이 어디서 비롯됐는지 곧장 이해했다. 변명할 거리는 많았으나 주인의 마음을 돌리지 못한 것도 자신의 잘못이기에.

"옷들도 죄 낡아빠졌고, 동경엔 금이 가 있고⋯. 우선 제일 급한 옷부터 처리해야 할 텐데."

"드디어, 아가씨가 옷을 사시는 겁니까?"

하연이 고개를 들어 간절한 눈빛으로 백서희를 바라봤다. 애절하기까지 한 하연의 눈에서 백서희는 어떤 일이 벌어졌는지 순식간에 이해했다.

주인이 자신을 관리하는 것을 극도로 거부하니 시녀된 자로서 어찌 감히 그 뜻을 거스르겠는가. 복잡한 심정이 된 백서희는 다소 낮아진 목소리로 답했다.

"네, 지금 옷을 사러 가는 길이에요."

"감사합니다, 백서희 아가씨. 정말 감사합니다…!"

하연은 격한 반응을 보이며 길을 내주었다. 당소소가 하연에게 눈을 가늘게 떴다.

"하연, 그 반응은 뭐야?"

"소소 아가씨는 모르세요. 제가 그 지옥 같은 옷장에서 어떻게 옷을 발굴하는지! 옷을 사셔야 한다고 말하면, 여기 이렇게 옷이 많은데 대체 왜 사냐고 하시고…."

"으, 으흠."

확실히 자신이 의복에 무관심했다는 것을 알기에, 당소소는 하연의 열변에 헛기침을 하며 고개를 슬쩍 돌렸다. 전생에서도 편한 옷 몇 벌로 몇 년을 돌려 입었던가. 김수환이 학교에서 마음에 드는 몇 가지 중 하나가 바로 교복이었다. 별 생각하지 않고 입을 수 있는 옷들이었으니까.

'그냥 저것들 입으면 될 텐데.'

답답해하던 하연과 경악하는 백서희에겐 더욱 속 터질 일이었지만 당소소는 아직도 옷에 대해 별 생각이 없었다. 그저 분위기에 편승해 고개를 끄덕일 뿐. 백서희는 딴 생각을 하면 어김없이 표정에 드러나는 당소소를 바라봤다. 그리고 팔짱 낀 손을 당기며 하연에게 말했다.

"가주 님께 보고해 주세요."

"네, 당장 보고하겠습니다. 그럼, 부디 조심히 다녀오시길."

하연은 싱글거리며 빠르게 독봉당을 빠져나갔다. 당소소가 하연을 어이없이 바라봤다. 그러자 백서희는 당소소를 빤히 바라봤다. 당소소는 백서희의 시선이 민망했는지 머리를 긁적이며 말했다.

"그, 돈도 아깝고."

"…대체 네가 왜 돈이 아까운진 모르겠는데, 어차피 내가 사는 거니까 걱정하지 말고 따라와."

백서희는 당소소의 말을 딱 잘라냈다. 당소소는 백서희의 이런 호의가 목숨을 구해준 데서 나오는 행동이라 생각했다. 그녀는 팔을 슬쩍 빼며 말했다.

"사주지 않아도 되는데. 난 괜찮아. 아, 혹시 사천교류회에서의 일 때문에 그런 거라면…."

"에잇, 왜 이렇게 궁시렁거려?"

백서희가 당소소의 팔을 확 당겨 끌고 갔다. 독봉당의 시녀들도 질질 끌려가는 당소소를 보며 내심 다행이라는 표정을 지었다.

"아가씨, 옷 많이 사서 오셔요!"

"정말 다행이다."

"……."

당소소는 시녀들이 가슴을 쓸어내리는 소리를 들으며 인상을 구겼다.

'내가 이상한 건가?'

당소소는 깊은 고민에 잠긴 채 백서희의 손에 이끌려 당가를 나섰다.

✳ ✳ ✳

백서희와 당소소는 백능상가白陵商街라는 팻말 앞에 멈춰 섰다. 백능상단의 상인들이 세운 건물들이 있는 거리가 하나의 거대한 상가건물이 되어 있었다. 당소소는 건물을 올려다보며 생각했다.

'백화점 같네.'

당소소가 흥미로운 시선으로 두리번거리자 주변 상인들이 백서희를 알아보고 다가와 허리를 굽실거렸다.

"아이고, 아가씨. 오셨습니까."

"백능상가 성도지부에 오실 예정이었으면, 미리 준비를 해놓는 것인데요."

"괜찮아요. 시찰을 하러 온 것도 아니고."

백서희는 짧게 대꾸하며 당소소를 돌아봤다. 그리고 짧은 고개짓을 하며 말했다.

"들어가자."

"여기는 뭐하는 곳이야?"

"…너, 백능상가를 몰라?"

백서희가 당소소에게 물었다. 당소소는 시선을 옆으로 돌리며 천천히 생각했다.

'이거 쌍검무쌍에도 나오는 건가? 아닌데….'

당소소가 침묵을 지키자 백서희는 이상해서 고개를 갸웃거렸다.

"백능상가는 백능상단 소속 상인들이 파견되어 물건을 파는 거리야. 성도지부는 주로 고급스런 제품들을 취급해. 고급품만을 취급해서 너도 몇 번 와봤을 텐데?"

"아, 이제야 기억나네. 응, 당연히 기억하지."

당소소가 황급히 얼버무렸다. 백서희는 잠시 당소소를 바라보다 주변에 서 있던 상인들에게 말했다.

"포목점."

"옛. 예!"

"지금 본 점의 재봉사가 이곳에 있죠?"

"네, 아가씨. 제가 백능의복 재봉사예요."

상인 중 한 명이 걸어 나와 백서희 앞에 섰다. 그를 흘깃 바라본 백서희는 발걸음을 옮기며 말했다.

"포목점에서 이 애 치수 좀 재주세요."

"예. 그리하겠습니다."

"그리고 아주머니 가게에도 만들어 둔 옷들 있죠?"

"당연히 있습죠."

재봉사의 말에 백서희는 고개를 끄덕인 뒤 당소소에게 말했다.

"들어가자."

거침없이 걸어가는 백서희. 당소소는 뒤를 쫓아가며 백능상가 안으로 들어섰다.

'진짜 백화점이네. 소설 속이라 이렇게 만들어진 건가?'

당소소는 감탄하며 주변을 훑어봤다. 구획별로 나뉜 거리에 상점들이 자리해 있었다. 고급스런 화장품을 파는 곳, 약재를 파는 곳. 장신구와 보석을 파는 곳, 이국에서 들여온 희귀한 물품들을 파는 곳, 여러 성의 특산품을 파는 곳 등등. 전생에서 봤던 백화점과 생김새가 흡사했다.

"윽!"

정신을 잃고 두리번거리던 당소소는 멈춰선 백서희의 등에 얼굴을 부딪혔다. 백서희는 당소소를 슬쩍 돌아보고, 같이 따라온 재봉사에게 말했다.

"여긴가요?"

"예."

당소소는 고개를 들어 멈춰선 곳을 확인했다. 화려한 색감으로 눈길을 사로잡는 옷들이 걸려 있는 의복점이었다. 백서희는 의복점에 들어가 옷의 소매를 들춰보며 의미심장한 콧소리를 냈다.

"흐음."

"뭐 문제라도 있습니까, 아가씨?"

"당가의 아가씨가 입을 정도로 최고급 재질은 아니네요."

백서희는 전시된 옷의 소매를 놓으며 재봉사를 바라봤다. 재봉사가 백서희의 말에 동의했다.

"그런 최고급 재질은 따로 주문을 받아야 합니다."

"그렇군요."

"난 정말 괜찮은데…."

"그럼 포목점에 가야겠는걸."

기어가는 듯한 당소소의 말. 백서희는 뺨을 슬쩍 매만지며 당소소의 말을 무시하고 의복점의 옷들을 훑었다. 그리고 지나가는 말로 재봉사에게 말했다.

"일단 여기 있는 옷들 다 내 앞으로 달아놓으세요."

"예, 아가씨."

백서희는 그렇게 말하며 의복점을 걸어 나갔다.

"아."

당소소는 눈을 깜빡이며 작중에서 백서희가 어떤 역할을 했는지 떠올렸다. 주인공 일행에게 아무렇지 않게 고급 물품을 툭툭 던지던 여인.

'물주…!'

쌍검무쌍의 백서희.

그녀는 주인공 주변의 명문가 아가씨들 중에서도 가장 부유한 아가씨였다.

"뭐해? 빨리 안 오고."

백서희가 자신을 뚫어져라 바라보는 당소소를 재촉했다.

* * *

"으, 응. 갈게."

당소소는 의복점을 나와 백서희에게 향했다. 백서희는 어색해하는 당소소가 못마땅한 듯 혀를 찼다.

"목숨 구해준 값 아니니까 그렇게 쩔쩔매지 마. 내가 사주고 싶어서 사주는 거니까."

백서희는 성큼성큼 걸음을 옮겼다. 그 뒤를 따르는 많은 상인들. 당소소는 난감한 기색을 감추지 못했다. 그녀는 종종 발걸음을 멈추고 매대에 놓여 있는 상품들을 들어 쭈뼛거리는 당소소의 몸에 대봤다.

"음, 좀 어울리는 것 같기도 하고."

'이건 안경이잖아…?'

당소소는 자신의 얼굴에 가져다 댄 색안경을 바라보며 눈을 가늘게 떴다. 백서희는 신기한 물건을 봐서 그러려니 생각하곤 미소를 지었다.

"이건 서역에서 만들어 낸 애체靉靆라는 거야. 서역과의 교역로인 비단로緋緞路가 이곳을 지나거든. 사천성의 비단인 촉금蜀錦은 옛날부터 중원 최고로 치는 비단이니까."

"그렇구나."

"이거 가격이 얼마죠?"

"비단 열 필 정도…. 금 한 관 정도 될 겁니다."

백서희가 묻자 상인이 쩔쩔매며 답했다.

"뭐 그렇다네. 필요해?"

"…괜찮아. 정말 괜찮아."

다른 물품을 뒤적거리며 대수롭지 않은 듯 물어보는 백서희. 당소소는 그녀의 대범한 금전 감각에 몸서리를 쳤다. 전생에서부터 각인된 절약 정신이 본능적으로 백서희의 태도에 반응해 몸이 파르르 떨렸다.

'뭐야. 이 정도의 사치는 자기도 부리고 다녔으면서. 왜 이렇게 어색해하는 척하는 거야?'

백서희는 고개를 갸웃거리며 걸음을 옮겼다. 그녀는 백능포목이라는 포목점 앞에 멈췄다. 포목점 상인이 재빨리 걸어나와 가게를 소개했다.

"질 좋은 비단들을 구비해 두었습니다. 우선 이 비단으로 말할 것 같으면 이번에 새로운 기법으로….”

“촉금蜀錦은 지금 있나요?”

백서희는 포목점 상인의 말을 냅다 자르며 물었다.

“그것이 수요가 많은지라, 수량이 없습니다. 아시다시피 이곳 사천성의 비단, 그것도 성도의 비단은 특별한 물품 아니겠습니까? 벌써 예약이 다 차는 통에….”

“아, 예약이 가득 찼다.”

백서희는 팔짱을 끼고 에둘러 말하는 상인을 바라봤다. 그 시선에 상인이 몸을 움찔거렸다. 백서희는 손을 들어 입술을 매만졌다. 잠시 뜸을 들이던 백서희가 드디어 입을 열었다.

“아저씨.”

“예, 아가씨.”

“저 아시잖아요.”

“당연히 알지요, 아가씨. 사천성 비단의 거래권을 움켜쥐고 있는 백능상단 둘째 따님 아니십니까? 거기에 뛰어난 무공 실력으로 철혜검봉이라 불리기까지….”

백서희는 아첨에 이르러서는 피식 웃었다. 그리고 포목점 안으로 거침없이 들어갔다. 한쪽 벽면에 비단이 펼쳐져 있고, 다른 쪽 벽면에는 비단 수납장에 비단이 꽂혀 있었다. 매대를 보던 상인이 백서희의 등장에 긴장하며 침을 삼켰다.

“그러게요. 절 그렇게 잘 아시면서, 왜 저한테 그런 걸 숨기고 그러세요. 일 귀찮아지게.”

“예?”

“비싸게 살 테니까 감추지 말고 꺼내요. 촉금 한 필 있는 거 다 아니까.”

백서희가 상인을 똑바로 쳐다봤다. 상인은 떨리는 손으로 매대 아래 감춰놓은 비단 한 필을 꺼냈다. 고귀해 보이기까지 하는 광택과 부들거리는 질감이 고스란히 묻어나는 최상품 비단이었다. 백서희는 한숨을 쉬며 말했다.

"제가 귀찮은 것과 거짓말을 딱 싫어하는 거 아시잖아요."

"예, 알고 있습니다. 그렇지만."

"왜 그러신 거예요? 따로 예약이 잡힌 것도 아닐 텐데. 중요한 손님이 왔을 때 팔려고 촉금 한 필을 남겨놓는 거잖아요?"

"그러니까 중요한 손님을 위해서 남겨 놓는 것이라…."

포목점 상인이 눈치를 보며 뇌까렸다. 심각한 분위기가 비단을 어둡게 물들였다. 당소소는 둘 사이에서 눈치를 보다가 어색하게 웃으며 끼어들었다.

"난 괜찮아. 옷은 충분해. 굳이 저런 비싼 비단으로 지어 입지 않아도 괜찮은걸."

"…너, 속이 없어도 너무 없구나."

"응?"

자신이 중요한 손님이 아니라고 콕 집어 말하는 포목점 상인의 발언. 하지만 영문도 모르는 당소소의 태도에 백서희는 마음이 쿡쿡 쑤셔오기 시작했다. 대체 무엇이 당소소를 이렇게 만들었는지 의문이 백서희의 머리를 어지럽혔다. 백서희는 고개를 저으며 의문과 동정을 털어내며 말했다.

"아니야. 일단 뭐라도 먹으러 가자. 백능상가엔 객잔도 있으니까."

"그래. 그러자. 난 의복점에서 산 옷들로도 충분하다 못해 넘쳐."

당소소는 찡그린 얼굴의 백서희를 달랬다. 백서희는 앞머리를 입으로 후 불어 화를 털어낸 뒤 거리 한가운데 있는 계단으로 향했다. 곧 온갖 음식 냄새가 당소소의 몸을 감쌌다. 백서희는 한 식탁에 걸터앉아 당소소를 불렀다.

"이리로 와."

"아이고, 서희 아가씨! 이런 누추한 식탁에 앉지 마시고 제대로 된 곳으로….."

호들갑을 떨며 잽싸게 달려오는 주방장. 백서희는 고개를 저었다.

"괜찮아요. 금방 먹고 내려갈 거니까. 소소, 뭐 먹고 싶어?"

"소…."

당소소는 반사적으로 소면이라 말하려는 입술을 손으로 막았다. 그리고 눈을 깜빡이며 조심스레 말했다.

"차림표를 좀 볼 수 있을까?"

"그러던지. 여기, 차림표를 좀 가져다주시겠어요?"

"이것아, 더 빨리 안 오느냐? 이 곳에 온 지 삼 일이 다 되는데, 이리 굼떠서야. 으흠. 여기 있습니다."

주방장이 헐레벌떡 뛰어오는 점소이를 구박하고 그의 손에서 차림표를 뺏어 백서희에게 공손히 내밀었다. 백서희는 차림표를 받아 당소소에게 내밀었다.

"왜 저한테 주세요? 직접 주시지 않고."

"하하…. 그럼, 주문이 끝나는 대로 말씀해주시면 바로 조리하겠습니다."

주방장이 공손히 허리를 숙이며 자리를 떠나자 당소소는 받아든 차림표를 훑었다. 고급품만을 취급하는 곳 아니랄까봐, 들도 보도 못한 음식들이 즐비했다. 불도장佛跳牆이라든지, 백능특선 라조기辣子鷄라든지. 백능정식白陵定食은 무려 금자 하나를 호가했다.

'라조기…. 중국집에서 보기만 했던 건데.'

고급 음식에 짐짓 겁을 먹은 당소소의 시선이 자연스레 밑으로 내려갔다. 그나마 가격이 낮은 소롱포가 있었다. 당연히 소면은 없었다. 당소소는 더 싼 것이 없나 더 아래쪽을 살폈다. 배가 부르다는 핑계로 값 싼 음료수나 마실 속셈이었다.

"…백호은침白毫銀針, 은 열 냥? 이거 금자 반 냥 아니야?"

"차에 관심이 많다니 뜻밖인데. 어린 싹을 그대로 건조시킨 백차 중, 가장 으뜸으로 취급하는 게 백호은침이야. 저 멀리 복건성福建省에서 들여온 거라 좀 비쌀 거야. 그럼 차는 그걸로 시킬게."

"아니, 아니! 그냥 소롱포 하나면 돼."

당소소가 차림표를 내밀며 고개를 저었다. 잠시 차림표를 바라보던 백서희가 고개를 끄덕이며 점소이를 불렀다.

"흐음. 알았어. 여기 주문 좀 받아주실래요?"

백서희는 점소이가 그녀에게 다가오자 차림표를 내밀며 말했다.

"백능정식으로 둘 내오세요. 차는 백호은침으로."

"예, 백능정식 둘과 백호은침. 바로 준비하겠습니다."

"자, 잠깐…!"

"기왕 왔으니 백능상가의 자랑인 음식을 먹어봐야 하지 않겠어? 여덟 번의 순서로 나오는 특선음식들을 차례로 먹는 거야."

백서희는 아무렇지 않게 말하며 다리를 꼬고 당소소를 바라봤다. 당소소는 부담스러워하는 표정을 지으며 무릎 위에 손을 올렸다. 바짝 긴장한 듯한 태도의 당소소. 백서희는 팔짱을 끼며 말했다.

"편하게 있어도 괜찮아. 나도 마침 배가 고파서 먹는 거니까."

"그래도…."

"……."

백서희는 대답 대신 한차례 노려보고는 고개를 돌렸다. 하나로 땋은 머리가 고집스레 흔들렸다. 당소소는 체념하며 한숨을 쉬었다. 백서희가 한

번 노려본 뒤 고개를 돌린다는 것은 쌍검무쌍 작중에선 의견을 꺾을 생각이 없다는 뜻으로 서술되어 있었기 때문이다.

주인공들은 백서희가 선뜻 내미는 금전과 물품을 한사코 거부했지만 백서희가 노려보다 고개를 돌리면 꼼짝없이 받곤 했다. 당소소는 낮은 목소리로 말했다.

"고마워. 잘 먹을게."

"그래. 그거면 돼."

백서희는 고개를 끄덕이며 작게 웃었다. 그때 북적거리는 음성이 들려왔다. 백서희가 눈을 돌려 음성의 발원지를 바라봤다. 채 그녀와 인사를 나누지 못한 상인들이 계단을 올라오고 있었다.

'이래서 백능상가엔 잘 안가는 건데.'

그녀가 백능상가에만 가면 백서희, 그리고 대외적으론 동생을 꽤나 아끼는 것처럼 보이는 백진오에게 잘 보이기 위해 상인들이 부대껴왔다. 당연히 취해야 할 태도였지만, 그렇다고 귀찮지 않은 것은 아니었으니까. 백서희는 길게 숨을 뱉으며 언짢은 마음을 가라앉혔다.

"안녕하십니까, 아가씨. 백능철물의 고심이라고 합니다."

"예. 저번에 봤던 검은 꽤 인상적이었어요."

고심이 살갑게 인사해오자 백서희는 팔짱과 꼰 다리를 풀며 고개를 끄덕였다. 고심은 은근한 음성으로 백서희에게 말했다.

"아가씨, 말씀하셨으면 좀 더 제대로 준비를 하는 건데요."

"괜찮아요. 시찰을 나온 것도 아니고, 잠깐 들러서 옷을 조금 사는 것뿐이니까."

"헌데 저 분은…?"

"사천당가의 당소소입니다."

고심이 눈살을 찌푸리며 묻자 당소소는 고개를 까딱이며 인사했다. 고심은 잠시 몸이 굳더니 과한 몸짓으로 알은 체를 하며 그 인사를 받았다.

"아, 알고 있습니다. 명성이 자자한 독화를 이곳에서 뵙는군요."

"…과찬이십니다."

자신을 독화라 부르는 고심의 말에 당소소는 시선을 바닥으로 떨어뜨렸다. 그 말을 끝으로 고심은 당소소에게 말을 걸지 않았다. 그리고 백서희와 사소한 대화들을 나누며 다소 작위적인 웃음을 지어보였다.

"…그렇게 되었더군요."

"그런가요."

심드렁한 백서희의 말투. 고심은 백서희의 태도에서 그녀의 의사를 읽었다. 식사시간을 그만 방해하라는 의미였다. 고심은 헛기침을 하며 대화를 마쳤다.

"크흠. 그럼 즐거운 식사시간이 되시길 바랍니다."

"감사해요. 고심 아저씨도 번창하시길."

백서희는 눈치 있게 자리를 비키는 고심에게 가볍게 목례를 했다. 고심은 몸을 돌려 원래 무리로 돌아갔다. 고심이 합류한 무리 전체가 백서희에게 인사를 하더니 계단을 우루루 내려갔다. 누군가 소리 죽여 고심에게 말했다.

"정말 아가씨를 이렇게 대접해도 되는 겁니까? 뭔가 좀 더 선물같은 그런걸 줘야 하지 않나…."

"이쪽을 더 편하게 여기시는 분이야."

"그나저나 저 안하무인의 왈패는…."

고심이 조심스레 뒤를 돌아봤다. 계단 너머로 슬쩍 보이는 당소소는 천진한 얼굴로 웃고 있었다. 고심은 다시 시선을 돌리며 말했다.

"왜 이곳에 왔는지 모르겠군. 백능상가에서 진상을 부리던 일들이 떠오르지 않는 건가? 제대로 돈도 쓰지 않으면서 말이야. 패악질이나 하던 년이 어떻게 아가씨를 설득했는지 모르겠지만….”

“그거 아닙니까? 사천교류회에서의 그 소문.”

“아하. 무슨 천괴와 학귀라는 사파의 고수들을 막아섰다는? 헌데 그걸 믿는 자가 있었습니까? 저 왈패가 무슨.”

“으흠. 가지.”

고심은 헛기침으로 무리의 대화를 끊으며 아래로 내려갔다.

“……”

백서희의 입가가 움찔거렸다. 이내 자리에서 일어나 무리를 향해 걸어갔다. 철혜검봉이라 불리는 그녀는 어릴 때부터 쌓아온 영약으로 검기상인의 경지에 이른 몸. 제아무리 작게 조잘거리는 소리일지라도 그녀에겐 또렷하게 들렸다.

“미안해. 내가 또 너에게 폐를 끼쳤구나.”

당소소의 음성이 백서희의 발목을 붙잡았다. 백서희는 걸음을 멈추고 당소소를 바라봤다. 당소소는 처연히 웃고 있었다.

“내가 잘못한 거잖아? 마땅한 비난은 받을 수 있어. 오히려 내가 저들을 찾아가서 사죄할 생각이야.”

단전과 혈맥이 복구되어 기감을 깨우친 몸은 다른 감각들도 날카롭게 만들었다. 그 덕에 당소소 또한 고심 일당의 소리 죽인 험담이 들렸다.

‘당소소의 잘못은, 내 잘못이니까. 그리고 이런 잘못들이 이야기의 그늘이니까.’

당소소는 울적한 심정이 되어 웃음을 지웠다.

‘당소소에게 닥칠 미래의 고난을 덜기 위해서라도 지금 사과를 해야 할 거야.’

당소소는 고심에게 가기 위해 자리에서 일어나려 했다. 백서희가 당소소를 노려보며 말했다.

"앉아 있어."

백서희가 인상을 구겼다. 당소소의 울적한 표정에서 과거의 장면이 묻어났다. 미풍객잔에서 몸을 돌려 서럽게 울던 그 장면. 마치 친한 사람에게 소박맞은 사람처럼 서럽게 울었다. 분명 친한 사이가 아니었음에도.

'이거…?'

백서희의 정신이 번뜩 들며 당소소의 모습을 하나하나 조립했다. 백능상가를 기억하지 못하고, 과거의 패악질을 기억하지 못하고. 그리고 잃어버린 아가씨의 품행. 자신을 친한 사람이라 생각하던 그 모습.

백서희는 주먹을 움켜쥐었다. 그리고 몸을 돌려 다시 자리에 앉았다.

"그래. 그러고 보니 네가 옛날에 날 괴롭혔던 것도 사과했었지. 뭘 먹었더라? 구토약이었던가?"

"어, 응. 구토약. 정말 미안해."

백서희는 몸 둘 바를 몰라 하며 사과하는 당소소를 바라봤다. 드디어 머릿속에서 조립이 끝난 진실을 내뱉기 위해 입을 열었다.

"너 설마…?"

"백능정식, 첫 번째 요리가 나왔습니다."

백서희의 말을 끊으며 점소이가 그릇 두 개를 내려놓았다. 식초와 간장, 소금에 절인 싱싱한 오이 한 토막이 그릇에 다소곳이 담겨 있었다. 점소이가 그릇 옆에 젓가락을 두며 말했다.

"소채小菜, 박황과拍黃瓜입니다. 맛있게 드십시오."

점소이는 허리를 숙이며 다음 요리를 가져오기 위해 주방으로 향했다. 당소소는 백서희가 하려던 말에 대해 물었다.

"무언가 내가 더 잘못이라도 한 거야?"

"…아니야. 일단 먹자."

백서희는 머리를 짓누르는 진실을 외면하고 젓가락을 쥐었다. 하지만 당소소에 관한 생각에 좀처럼 젓가락이 나가질 않았다. 백서희의 마음을 아는지 모르는지, 당소소는 싱글거리며 젓가락으로 오이를 집어 입에 넣었다.

와삭!

오이를 씹는 소리와 목 뒤로 넘어가는 소리. 그리고 당소소는 잠시 침묵했다. 백서희는 조용한 당소소를 보며 젓가락으로 오이를 집었다.

"아무 말 없는 거 보니, 맛있나 보네. 나도 생오이는 싫어하는데, 나름 절이니 맛있더라고."

탁!

당소소가 백서희의 젓가락을 쳐냈다. 백서희는 당소소의 손이 날아오는 것을 보며 피할까 생각하다 순순히 그녀의 손길을 허락했다. 백서희의 시선에 당소소의 얼굴이 들어왔다. 사천교류회에서 자신을 막아섰을 때의 그 진지한 얼굴이었다.

백서희가 당소소에게 물었다.

"이게 무슨 짓이야?"

"독이야."

"뭐…?"

당소소는 길게 숨을 뱉었다. 심장이 격하게 요동쳤다. 혈맥을 긁어대는 독성에 단전이 된 뇌린은루가 격하게 요동쳤다. 당소소의 시선은 격하게 떨고 있는 자신의 손으로 향했다.

'난 사천당가의 금지옥엽.'

그 시선은 당황하고 있는 백서희에게로 옮겨졌다.

'그리고 이곳은 백능상가의 객잔.'

뜨거워진 머리가 고뇌의 증기로 가득 메워졌다. 당소소를 독살할 사람. 지금 당장은 생각나지 않았다. 그녀는 주인공에게 죽으니까. 사천교류회를 습격했던 흑림총련은 이미 문파 간의 합동으로 괴멸 상태였다. 당진천에게 얼핏 들은 바로는 당혁의 흔적이 운남성으로 향하고 있다고 했다.

그럼 누구인가.

당소소의 눈은 여전히 백서희를 뚫어져라 바라보고 있었다.

"아, 아니. 독이 왜…?"

백서희는 사방을 두리번거리며 흉수를 찾고 있었다.

연기일까?

당소소의 시선은 백서희의 박황과로 옮겨졌다. 그녀는 부들거리는 다리를 굽혔다. 풀썩 쓰러진 당소소가 몸을 굽혀 바닥에 떨어진 오이를 주웠다.

그리고 그 오이를 삼켰다.

꿀꺽!

목넘김과 함께 오이가 당소소의 목 뒤로 넘어갔다. 당소소의 표정엔 변화가 없었다. 당소소는 힘없는 손짓으로 백서희에게 다가와달라 요청했다. 커다래진 눈으로 다가와 몸을 굽히는 백서희. 당소소는 그런 백서희의 귀에 나지막이 말했다.

"다행이야."

"무, 무슨 말이야 그게? 뭔데!"

"네가 안전해서."

당소소가 웃으며 말했다.

'백서희는 주인공의 곁에서 희극을 피워낼 씨앗이야.'

당소소의 시야가 흐려졌다.

'이건…. 나라서 다행이야.'

그리고 이내 정신을 잃고 바닥에 쓰러졌다. 백서희는 거친 숨을 내쉬며 그녀를 안아들었다. 사천교류회에서 느꼈던 무기력함이 그녀의 이성을 끊어가고 있었다.

눈앞에 보이는 칼날이라면 쳐낼 수 있었다. 쏘아지는 화살이라면 대신 맞아줄 수 있었다. 하지만 보이지 않는 독은 그녀가 어찌 할 수 있는 것이 아니었다.

"어떻게, 어떻게 구해야 하는 거야…!"

백서희의 절규를 들었는지 녹색 무복의 무인들이 당소소 곁에 홀연히 나타났다.

녹풍대였다.

녹풍대의 우두머리로 보이는 자가 백서희에게 다가갔다. 백서희는 눈물을 흘리며 그를 올려다봤다. 녹풍대의 우두머리는 눈물투성이의 백서희를 달래는 대신, 그녀의 그릇에 남은 양념을 손으로 찍어 맛봤다.

"독이 없군."

우두머리의 살기 어린 시선을 담은 눈물이, 백서희의 뺨을 타고 흘렀다.

12장

황혼지영
黃昏之影

해는 몸을 뉘이고 그림자는 기지개를 켠다.

빛은 어둠에 덮여가고 그림자는 걸음을 옮긴다.

어두워져가는 길은 멀기만 한데, 해는 야속하게 지는가.

행자여, 돌부리를 조심할 시간이 없다.

험한 길을 거슬러 올라야 할 시간이니.

* * *

꾸룩, 꾸룩!

어둑해져가는 강가에 드리운 실 하나가 기포를 뿜으며 미친 듯이 흔들렸다. 실 끝에 이어진 낚싯대를 드리운 것은 도복을 입은 사마문. 지루한 표정으로 바위에 앉아 낚싯대를 들어올렸다. 낚싯대가 낭창거리며 거구의 사내를 강가에서 끄집어냈다.

"푸흑! 어헉! 살려, 살려줘…!"

"좀 더 간절하게 울어야 나에게 닿지 않겠어?"

"대체 무엇을, 무엇을 말하라는 거요?"

거구의 사내가 공포에 젖어 울부짖었지만 사마문은 뚱한 표정으로 낚싯대를 쥔 손에 힘을 풀었다. 거구의 사내의 어깨를 꿰뚫고 있는 갈고리가 아래로 움직이며 다시 그를 강물에 집어넣었다. 옆에 요재가 나타났다.

"소교주 님."

"요재. 꺼져라. 작업 중이니까."

"…예."

요재가 모습을 감췄다. 사마문은 다시 낚싯대를 끌어올려 거구의 사내를 건져냈다. 거구의 사내는 물을 잔뜩 먹었는지 입가로 물을 토해냈다. 얼굴은 사색이 되어 있었다.

"컥, 커억…!"

"그저 무서워하기만 하는 얼굴은 지루한데."

사마문은 따분한 듯 눈을 반개하며 하품을 했다. 당소소를 만난 후로, 그는 더 이상 공포감이 즐겁지 않았다. 좀 더 다양한 감정을, 좀 더 색채 있는 감정을 느끼길 원했다. 그는 지루함을 이기지 못하고 낚싯대를 움직이며 거구의 사내를 담갔다 빼는 행동을 반복했다.

"어푸, 읔, 커억!"

"질리는군. 그냥 죽여야겠다."

"말, 우읍…. 말 하겠…. 끄르륵!"

"괜찮아. 그냥 죽어."

사마문이 낚싯대를 놓으려 하자 거구의 사내가 발악하며 외쳤다.

"마교의 부교주, 그의 계획이었소!"

"알아."

"그럼 대체…?"

"고맙다. 잠깐 지루함을 덜어줘서."

사마문은 고개를 끄덕이다가 낚싯대를 놓았다. 거구의 사내가 그대로 강물의 물결에 쓸려나가며 사라졌다.

사마문은 고개를 저으며 바위 위에 누웠다. 그의 곁으로 흑색 도복을 입은 사내가 걸어왔다. 금색으로 불길을 수놓은 옷깃이 펄럭이며 범상치 않은 느낌을 자아냈다.

"흑림총련주는 쓸 곳이 많을 텐데요."

"따분한 족속이야."

"그 감정이 본래의 계획을 침범하시면 안 됩니다. 딸아, 내려놓아라."

흑의사내의 말이 떨어지자 푹 젖은 흑림총련주가 바닥을 나뒹굴었다. 요재는 자신을 바라보는 사마문의 시선에 곧바로 오체투지를 하며 말했다.

"부교주 님이 오셨다고 말하려고 했으나, 자리를 비키라고 하셔서…."

"알았어."

사마문은 몸을 일으켜 요재에게 사라지라 손짓했다. 요재는 몸을 일으켜 허리를 굽히곤 사마문의 시선에서 사라졌다. 사마문은 옷을 툭툭 털며 부교주를 바라봤다.

"어쩐 일이지. 마교엔 당분간 가지 않겠다고 했는데."

"그게 말처럼 쉬운 일이 아닌 건, 알고 계시지 않습니까?"

"뭐가 쉽지 않지?"

사마문은 뒷짐을 지고 부교주 앞에 섰다. 그의 차분하게 가라앉은 눈빛 아래 이글거리는 정념이 있었다.

"어려운 건 없어."

"…후후."

"내가 하고자 하면, 하는 거야."

푸른 안광이 작게 웃는 부교주를 훑었다. 부교주는 고개를 끄덕이며 말했다.

"헌데 그런 것치곤 아직 사천은 멀쩡하군요. 아미파와 청성파는 아직 미래를 잃지 않았고, 백능상단의 금력은 굳건하며, 사천당가는 오히려 내실을 다지게 됐습니다."

"내가 하기 싫었으니까."

"왜 하기 싫었습니까?"

부교주의 눈이 곡선을 그렸다. 짙어지는 웃음은 사마문에게 경고하고 있었다. 사마문은 오히려 실소를 지었다.

"싫증이 난 것을, 설명해야 하나?"

"싫증이 나셨다면, 교에서의 명을 받들어 돌아오면 그만 아닙니까?"

"같잖은 명령이야. 난 아직 돌아갈 생각이 없다."

"교의 명령은 신성의 영역입니다. 그리 간단히 얼버무릴 것은 아니지요."

부교주는 자신의 수염을 쓸어내리며 나지막이 말했다.

"독화. 그 당가의 여식이 이유였습니까?"

"그저 흥미가 가는 계집일 뿐."

사마문은 별거 아니라고 말했지만, 이미 표정은 굳어 있었다. 여유롭게 뒷짐 졌던 손이 어느새 앞으로 나와 있었다. 부교주는 그 변화를 눈으로 훑으며 생각했다.

'이 어린 마귀를 홀릴 여자가 있을 줄이야.'

사마문은 부교주에게 한걸음 다가섰다.

"요재냐?"

"제 딸아이는, 소교주의 심복입니다."

"그녀가 아니라면?"

"당혁이 제 손에 있습니다."

부교주의 고개가 슬쩍 기울어졌다. 서로 간의 시선은 지척. 불온한 기운이 감돈다. 부교주의 입술이 천천히 열렸다.

"소교주께 넘기겠습니다. 교로 돌아오십쇼."

"……."

"사천당가를 제대로 무너뜨리지 못한 것, 사천교류회의 습격을 제대로 지원하지 않은 점. 불문에 부치겠습니다. 저 바닥에 나뒹구는 멍청이에게 뒤집어씌우면 그만이니."

"날 움직이려 들지 마라."

사마문은 부교주를 향해 으르렁거렸다. 부교주는 그 경고에 고개를 끄덕이며 시선을 위로 올렸다.

"제가 움직이는 게 아닙니다. 천산혈로에서 희생된 소교주 님의 가신들이 움직이는 것이지요. 정말 이곳에 계시길 원합니까?"

"말을 조심히 해야 할 것이다."

사마문은 부교주의 멱살을 움켜쥐었다. 부교주의 웃음기가 흩어졌다. 그의 눈엔 읽을 수 없는 감정이 어렸다. 하지만 그것도 잠시. 부교주는 그 감정을 침잠시키며 말했다.

"지금 가지 않으면, 소교주의 자리를 잃을 수도 있습니다."

"…뭐?"

"사천에 분란을 가져와 세력을 심는 것도 실패했고. 교의 명을 듣냐면, 그것도 아니고. 그렇다고 교의 안에서 당신을 지지해줄 거대한 세력이 있냐면, 그것도 아니고."

"전부 짓밟아버리면 돼."

사마문의 거만한 말에, 부교주의 얼굴이 일그러졌다.

'이 천지분간 못 하는 마귀새끼.'

사마문은 섬길 만한 인물이 아니었다. 심성은 잔학했고, 행동은 제멋대로. 협조성이라곤 단 한 톨도 가지지 않은 자. 그런 그가 가진 것이라곤 의미 없는 과거와 무재가 넘치는 몸뚱이뿐이었다.

'당장이라도 잘라내고 싶지만….'

하지만 부교주에겐 다른 선택지가 없었다. 마도육가 중 가장 세력이 약했던 그의 가문이 다른 가문에 흡수되지 않기 위해선 사마문을 선택해야 했다. 사마문이 천마가 되어야, 비로소 그가 살 수 있었다.

그렇기에 변수는 필요하지 않았다.

"그렇게 된다면 소교주 님의 혈육을 찾는 일이 늦어집니다."

"네놈…."

"천마신교의 현 상태를 생각해 보시길. 해는 지고 있고, 갈 길은 험합니다. 서두른다고 해도 모자를 터."

"……."

사마문은 부교주의 말에 더 이상 대꾸하지 않았다. 그저 한차례 멱살을 흔들고 손을 뗄 뿐. 부교주는 구겨진 옷깃을 정리하며 말했다.

"화검공자의 신변은 제가 정리해두도록 하겠습니다."

"알겠다."

사마문은 살기가 느껴지는 말투로 대답했다. 부교주는 고개를 끄덕이며 손짓했다. 요재가 사마문 앞에 부복했다.

"소교주 님, 저희 가문의 마차가 대기 중입니다."

사마문은 그 말에 안내하라는 턱짓을 보냈다. 일어서서 멈춰 선 마차로 향하는 요재. 사마문은 그녀를 따라가다 고개를 돌려 말했다.

"독화를 건드리지 마라."

"예, 기꺼이."

부교주는 조소를 지으며 답했다. 사마문은 다시 요재의 등을 바라보며 걸어갔다. 그러다 발걸음을 멈추고 고개를 위로 올리며 생각했다.

"청성의 애송이도 목숨만은 살려두고."

"정이라도 드신 겁니까?"

"설마."

부교주의 떠보는 듯한 말에 사마문은 고개를 내리고 웃었다.

"그 애송이의 얼굴이 배신감과 쾌락으로 일그러지는 모습을 보려고 얼마나 많은 공을 들였는데."

"…하하. 여전하십니다."

사마문은 요재를 따라 마차에 올랐다. 한 줄기의 말 울음소리를 뿌리며 마차가 움직이기 시작했다. 부교주가 긴 한숨을 토해냈다.

"하…."

그리고 바닥에 널브러진 흑림총련주의 배를 지그시 밟았다.

"쿨럭, 컥, 크윽!"

"내가 잘 숨어 있으라 하지 않았나? 어쩌다 소교주한테 걸린 거지?"

"흐윽, 허억!"

흑림총련주가 물을 토해 내며 정신을 차렸다. 부교주는 몸을 기울이며 그의 눈을 마주했다. 그는 공포에 젖은 눈으로 뒷걸음질 치려 했다. 그러나 부교주의 발은 태산같이 그의 몸을 눌렀다.

"기껏 살려났더니…."

"당, 당가가 나를…!"

"…사천당가?"

"이상한, 이상한 놈들이었소. 회색의 옷을 입고, 부하들을 독살시키고, 흐으윽!"

부교주는 흑림총련주의 턱을 걷어차며 울부짖으려 하는 그 입을 틀어

막았다. 그리고 손으로 그의 입을 움켜쥐고 가까이 당겼다.

"왜 자꾸 죽여달라고 재촉하는지 모르겠군. 온몸의 피를 빨아줄까?"

"읍, 으읍!"

흑림총련주가 거칠게 고개를 저었다. 부교주는 입을 틀어쥔 손에 힘을 주었다. 그의 얼굴이 고통으로 일그러지며 고갯짓이 멈췄다.

"환요대주."

"예."

부교주의 부름에, 아무 것도 없는 허공에서 소리가 들려왔다. 부교주는 흑림총련주를 내동댕이치며 말했다.

"독각혈가毒角血家는?"

"산양 목장 두 곳을 원하고 있습니다."

"그 음산한 자들이 환유요가幻幽妖家의 산양 목장이 오직 세 곳 뿐이라는 것은 모르지 않을 테고…."

"예. 산양 목장을 내줄 수 없다면, 가주 님께서 데리고 계신 당혁을 넘겨달라는 전언을."

부교주는 환요대주의 말에 혀를 찼다. 당가의 비의가 한 몸에 담긴 사천당가의 적통을 넘기고, 마도육가 중 한 곳을 사마문의 진영에 합류시키는 것. 겉보기에는 그럭저럭 괜찮은 거래 같지만, 실상은 달랐다.

"가주 님. 당혁을 독각혈가에 넘긴다면, 필시 마도육가 중 첫째가 될 겁니다."

"알고 있다. 놈은 사천당가에서도 독을 다루던 제독전주. 독각혈가에게 엄청난 촉매가 될 것이야. 당혁만 가진다면 천마신교를 암중에 놓고 주무를 수 있겠다는 생각이다."

"그렇다면, 당혁을 죽일까요?"

"아니지. 넘겨야지."

부교주는 환요대주의 말을 부정했다.

"냉정하게 우리론 저 마귀새끼를 감당할 수도, 천마로 옹립할 수도 없다. 손이 하나 더 필요해."

"그럼, 후의 일은 어떻게…."

"사천당가에 누가 있느냐?"

"누가 있느냐고 말씀하신다면…. 천하십강의 독무후와 구주십이천의 독천이 있습니다."

부교주는 고개를 끄덕이며 흑림총련주를 가리켰다.

"당혁을 넘겨라. 그리고 저자에게 독각혈가의 병력을 쥐어줘."

"증오를 던지시려는 거군요."

"독은, 독으로 막으라는 말이 있지 않느냐?"

부교주는 그렇게 말하며 수염을 쓰다듬었다.

"정보는 그들이 더 잘 알고 있을게다. 독각혈가가 당소소를 죽이는 데 성공하면, 넌 청성파로 가서 운령을 죽여라. 사천의 환란은 내가 직접 일으키마."

"그렇지만 당소소와 운령은 소교주 님께서…."

"놈은 죽이는 데에만 재능이 있지, 모든 것이 서툴다. 아닌 척하지만 놈은 그 하찮은 계집들과 정이 든 거야. 그런 사사로운 정은 끊어줘야 하는 법."

그는 바닥에 새겨진 마차 자국을 바라봤다.

"그 마귀가 오롯이 천마에 등극하는 데만 집중할 수 있게."

* * *

여러 등불이 천장에 걸려 있는 방 안. 불빛은 약재를 수납하는 거대한 수납장과 독물들이 기괴한 소리를 내는 목함, 그리고 한가운데 놓인 침상을 비췄다.

돌을 깎아 만든 그 침상 위엔 당소소가 누워 있었다. 옆에 당진천과 독무후가 심각한 표정으로 그녀를 내려다봤다. 당진천의 얼굴엔 사천교류회에서조차 보이지 않았던 살기가 듬뿍 담겨있었다.

"……."

"일단 표정을 풀거라, 제자야. 단전의 거대한 독이 그 독을 중화시켜, 목숨엔 지장이 없으니."

"백능상단이었나."

당진천에겐 독무후의 말이 들리지 않았다. 그는 천천히 다가가 여윈 당소소의 뺨을 만졌다.

"모든 상인의 뱃속에 독을 쑤셔 넣고, 백진오의 모든 혈도를 비수로 틀어막아 흉수의 정체를 밝혀야겠구나. 그래도 흉수가 나오지 않는다면, 가주의 자리를 내려놓고 모든 사천의 무인들을 죽여주마. 내 맹세하겠다."

"아니다. 그렇게 분노에 휘둘리는 것은 아니야, 진천아."

"스승은 어째서 그렇게 평온하실 수 있으십니까? 소소가, 이 불쌍한 것이…!"

독무후는 당진천을 바라봤다. 당진천은 분노로 가득한 시선을 감추지 않았다. 독무후는 당진천의 움켜쥔 주먹에 손을 올렸다.

"그 불쌍한 것이 너보다 야무지구나. 소소는 네가 그리 생각할 것을 예상하고 있었던 모양이야."

"무슨 말씀이십니까."

"제 딴에는 백서희를 보호하려고 했던 모양인데, 그 아이의 음식까지 소소가 삼켜 혐의를 단정하기 어렵게 했다. 뭐, 하나만 보고 둘은 보지 못하는 우리 귀여운 제자가 설마 그릇까지 생각하진 못했지만."

"말씀대로, 소소의 그릇에선 독이 발견되고 백서희의 그릇에선 독이 발견되지 않았습니다. 우선 그녀를 추궁해야겠습니다. 그리고 백능상단을 쳐서 흉수를…!"

"이 바보 같은 놈이!"

독무후는 벽력같은 소리로 당진천을 꾸짖으며 주먹을 쥔 그의 손에 힘을 가했다. 그 괴력에서 느껴지는 독무후의 억누른 분노. 당진천의 분노가 잠시 창궐을 멈췄다.

"네 딸이 그 아이를 보호해달라 청한 게야. 아직도 모르겠느냐?"

"……."

"네 딸은 뛰어난 무재나 오성은 없지만, 현명하다. 무엇을 해야 하는지 알고 있는 아이란 말이야. 진정 무엇을 해야 하는지, 그 아이가 아는 것을 네가 모르는 척할 셈이냐?"

독무후는 당진천이 잠잠해지자 그의 주먹에서 손을 뗐다.

"곧 어떤 독인지 밝혀진다. 그때 행동해도 늦지 않아."

"…이미 늦었습니다."

"네 딸은 살아있고, 독의 정체도 곧 밝혀진다. 녹풍대가 정보를 수집하고 있으니 진정하라고 하잖니."

"딸을 돌보긴 너무 늦었단 말입니다. 모두 제 잘못입니다. 집을 돌보지 못해서, 오직 공명심에 미쳐서…."

독무후는 고개를 저으며 당진천의 손등을 가볍게 때렸다.

"이제라도 그런 네 딸이 원했던 요청을 들어줄 생각은 없는 게냐?"

"……."

당진천은 독무후의 아쉬움을 담은 물음에 자책을 멈췄다. 그리고 한숨을 쉬며 방을 빠져나갔다.

독무후는 당진천의 뒷모습을 바라보다 수납함으로 걸어갔다.

"나찰염羅刹鹽. 마교의 독각혈가인가."

독무후는 서랍 하나를 열며 그 안에 들어 있는 잿빛 가루들을 바라봤다. 그녀 옆으로 노인 한 명이 다가왔다. 황철이었다.

"진정하시지요, 오독문주 님."

"황철."

"독무후 님, 아직 세간에 정체를 드러내선⋯."

"옛 악우들에게 선물을 받았으니, 보답 정돈 해줘야 하지 않겠느냐?"

뇌기가 그 수납함을 불사르고, 잿빛의 가루를 움켜쥐었다.

"⋯살살 하시지요."

뇌기를 바라본 황철은 그녀의 온몸에서 넘실거리는 분노를 막을 생각을 조용히 집어넣었다.

✳ ✳ ✳

당가의 가주전. 원목을 깎아 만든 긴 의자 위에 백서희가 다소곳이 앉아 있었다. 그녀는 머리를 아래로 숙인 채 무릎에 양손을 올렸다. 치마를 꾹 움켜쥐는 손가락은, 힘을 지나치게 준 탓에 제 힘을 못 이겨 파르르 떨고 있었다.

'괜찮을 거야. 이곳은 독의 종주, 사천당가니까. 걱정하지 않아도 될 거야. 무사할 거니까. 내가 정말 걱정해야 하는 것은 백능상단이 당소소를 암살하려고 한 흉수로 지목되는 것.'

백서희는 그 생각을 하며 눈을 지그시 감았다. 자신이 누굴 걱정할 상황이 아니었다. 백능상단의 딸이 백능상가에 당가의 딸을 데려갔고, 그곳에서 당가의 딸이 음독을 했다. 비록 미수에 그쳤지만 백서희가 용의선상에 오르는 것은 피할 수 없을 터. 분노한 독천이 백능상단을 상대로 칼을 뽑기 전에 백능상단이 무고하다는 증거를 제시해야만 했다.

"……."

그러나 평소라면 곧장 생각해냈을 변명이 떠오르지 않았다. 백서희의 숨이 거칠어졌다. 손가락은 더욱 세게 치마를 구겼다.

'나는…. 아미파의 후기지수라고 불리는 나는…. 백능상단의 규수인 나는…. 대체 왜 아무것도 할 수 없지? 나는 어째서 이렇게 무력한 거야?'

눈시울이 젖어갔다. 코끝이 아려오고, 무력감이 뺨을 적셨다. 숨이 차올랐다. 독기에 몸을 가누지 못하던 당소소의 모습이 떠올랐다. 겨우 떨리는 숨을 뱉었다.

'아무것도 가지고 있지 않던 너는…. 어째서, 어떻게 날 구해준 거야?'

"흐흑."

굳게 쌓았던 감정의 둑이 무너졌다. 백서희의 어깨가 들썩였다. 그녀에겐 무재가 있었다. 집안의 전폭적인 지지도 있었고, 사문의 기대도 받고 있었다. 모두의 선망 또한.

하지만 그녀를 구해준 당소소에겐 아무것도 없었다. 가문의 총애, 무공, 사람. 그리고 기억마저도.

"넌, 어째서…."

당소소를 만나지 못했던 일 년. 처음엔 확신하지 못했다. 하지만 그녀의 태도, 습관, 행동, 언행에서 느껴지는 기억의 공백. 상냥한 태도와 묘하게 남자다운 습관. 평소엔 소심하다 위기가 닥치면 다른 사람이라도 된 양 목숨을 내던지는 과감한 행동.

'넌 네 악행을 진짜 몰랐었구나.'

백서희는 고개를 더욱 깊이 숙이고 짙은 회의를 쏟아냈다.

'넌 아무것도 몰랐어. 그런데, 모든 일을….'

백서희는 밀려오는 회한에 잠겼다.

미풍객잔에서 봤던 그녀를 떠올렸다. 살갑게 다가온 당소소. 매몰찬 응대에 충격을 받아 굳어버린 당소소. 사과하며 서글프게 웃던 당소소. 뒤돌아 울던 당소소.

사천교류회에서 봤던 그녀를 떠올렸다. 퉁명스레 대하니 서운한 표정을 짓던 당소소. 악행 때문에 손가락질 당해도 묵묵히 그 모두를 구하던 당소소. 자신의 목숨을 구해준 당소소.

백능상가에서의 그녀. 독을 먹은 것이 자신뿐이라 다행이라던 당소소. 혹여 상대가 누명을 쓸까봐 바닥에 떨어진 음식을 삼키고 안심하던 당소소.

'기억하지 못하면, 기억하지 못한 채로 살아가면 되잖아. 조금은 자신에게 관대하게 살아가면 되는 거잖아. 여태 그랬던 것처럼. 속죄하지 않고 편하게 살아가면 되잖아. 넌 그렇게 살 수 있는 위치에 있잖아.'

기억을 잃었다는 사실이 면죄부가 되진 않는다. 누구보다 백서희가 그 사실을 잘 알고 있었다. 그리고 아마 당소소도 알고 있었을 것이다. 그래서 그녀는 기억에도 없는 악행을 사과하고 자신을 증오하는 모든 이를 위해 움직였다. 가장 자신을 고깝게 바라보던 백서희를 구해주었다.

"아…."

백서희는 인사불성이 되어 울음을 터뜨렸다. 옷깃이 축축하게 젖었다. 울음 사이로, 문 열리는 소리가 들렸다. 백서희는 충혈된 눈으로 고개를 들어 문을 바라봤다. 무표정한 당진천이 그곳에 서 있었다. 백서희의 울음이 멈췄다. 공포가 비애를 밀어내고 그녀의 마음을 채워갔다.

"흑…."

"……."

당진천은 백서희의 젖은 뺨을 보다가 가주전 문을 닫았다. 그리고 책상으로 다가가 가주전 의자에 앉았다. 당진천은 책상 위에 손을 올리고, 백서희를 바라보며 잠시 고민했다. 백서희는 울음기가 다 가시지 않은 목소리로 당진천에게 말했다.

"백능상단은, 저는 아니에요. 저는, 하지 않았어요. 저는 소소를….'

온갖 감정에 버무려진 백서희는 평소같이 차분한 언행을 할 수 없었다. 그저 자신없이 더듬거리며 자신의 결백을 되뇔 뿐. 당진천은 백서희의 그 말에 자리에서 일어났다. 백서희는 흠칫거리며 더듬던 말을 삼켰다. 당진 천은 그대로 백서희에게 다가갔다. 백서희는 몸을 파르르 떨며 횡설수설 변명을 늘어놓았다.

"죄송합니다, 이렇게 될 줄은 정말 몰랐습니다. 정말로….'

"일단 소소는 멀쩡하네. 자넨 흉수에 대해 생각은 좀 해봤는가?'

"흑, 네?'

당진천은 한숨을 쉬며 백서희의 시선을 마주봤다. 백서희가 어리둥절 하며 되묻자, 당진천은 백서희의 의문에 답해주었다.

"녹풍대가 왜 자넬 가주전으로 데려왔겠는가.'

"가장 유력한 용의자를 직접 추궁하시기 위해…?'

"가장 도움이 되는 목격자와 협력하기 위해서라네.'

"……."

백서희는 그 말에 눈을 크게 떴다. 공포에 가려 제대로 보이지 않았던 당진천의 얼굴이 보였다. 자신을 추궁하는 얼굴이 아니었다. 오히려 용의 자로 몰릴지 모르는 자신을 걱정하는 눈길이었다. 백서희는 그 시선에 눈 물을 쏟아내며 고개를 숙였다.

"그러니, 안심하시게.'

"흐윽….'

당진천은 머리를 긁적이며 시녀를 불렀다.

"여봐라. 수건을 좀 가져오너라.'

"예, 가주 님.'

문 밖에서 대답이 들려오고 시녀 하나가 수건 한 장을 당진천에게 내밀었다. 당진천이 수건을 받자 시녀는 고개를 숙이며 다시 가주전을 나가 문을 닫았다. 당진천은 백서희에게 수건을 건네며 말했다.

"솔직히 말하겠네. 처음엔 분노가 눈을 가려 백능상단이 수작을 했던 것이라 생각했었다만, 좀 더 깊게 생각하니 백능상단이 굳이 소소를 노릴 이유는 없다는 결론이 나왔다. 이득이 되지 않으니까. 거기에 자네 형제가 꾸민 짓이라기엔, 너무 노골적이고 빈틈이 많아."

"…제 오라버니가 일을 꾸몄다면, 정체 자체를 예측하기 힘들게 꾸몄을 거예요. 여러 사건을 배배 꼬아서 판단에 혼선을 주겠죠. 그렇게 살아온 사람이니까."

백서희는 수건을 받아 눈물을 훔치며 당진천의 말에 고개를 끄덕였다. 당진천은 숨을 길게 내쉬며 이마에 손을 얹었다.

"얼핏 차도살인지계를 생각한 것 같이 보이나, 구성이 너무 어설퍼. 백능상단과는 사천교류회 이후로 비교적 원만한 관계를 유지하고 있었고, 자네를 사신으로 보내 거래의 시기를 앞당기고 싶어 할 정도로 우리를 필요로 하고 있었지."

"말씀대하신 대로…."

"자네를 보내 날 안심시키고, 뒤를 찌르는 기만전술이라고 가정해도 역시 허술하다. 내가 사천성을 오랫동안 비워, 최근 사천무림의 후배들을 대부분 모르네. 그런 나조차 알고 있는 철혜검봉이라는 아미파의 유일무이한 후기지수를 이런 일에 소모시키는 건 말이 되지 않는 이야기."

"……."

백서희는 당진천이 지나가듯 없은 칭찬에 몸 둘 바를 몰라 하며 고개를 숙였다. 당진천은 손을 내리고 뒷짐을 지며 추측을 이어갔다.

"그렇다면 다른 세력이 암중에 독을 탔다는 사실밖에 남질 않는다. 그럼 사천당가의 앞마당에 아무런 흔적도 남기지 않는 철두철미한 자들이 이런 같잖은 계획을 짰다? 말이 되지 않네."

"마치, 알아내주길 바라는 것같이…."

백서희는 당진천의 말에 그제야 사건을 파악하기 시작했다. 힘겹게 사천당가의 앞마당에 잠복해 독으로 일가를 이룬 독천의 딸에게 하독을 한다는 발상. 당진천의 말마따나 너무나 어처구니없는 계획이었다. 당진천은 백서희의 말에 고개를 끄덕였다.

"당가의 눈을 피해, 다른 누구도 아닌 소소를 독살한다는 건…. 수지가 맞지 않아도 너무 맞지 않는다. 그렇기에 백능상단이 용의자가 아니라는 것이고, 이 이면에 다른 계획이 있다는 거겠지."

"흑림총련의 잔당일까요? 천괴와 학귀를 잃고, 세력을 와해당한 앙심에 일을 벌인 것이라면."

"천괴와 학귀를 잃고 정파의 공격에 와해된 그들이, 당가의 눈을 피해 성도에 잠입할 수 있을 것 같진 않군."

당진천은 백서희의 추측에 고개를 저었다. 사건의 단편만으로 이면을 더듬기는 어려웠다. 백서희는 결국 추측을 포기할 수밖에 없었다. 고착상태에 빠진 가주전의 문 너머로 노인의 목소리가 들려왔다.

"작은 주인님, 황철입니다."

"무슨 일이지?"

"독무후께서 독의 성분을 알아내셨다고…."

백서희는 황철의 말에 놀라 당진천을 바라봤다. 천하십강의 고수 중 하나인 독무후는 행방불명 상태로 세간에 알려져 있었다. 당가에서도 달리 입장을 표명하지 않아, 금분세수를 하고 강호를 은퇴하여 심산유곡을 유랑하고 있다는 잠정적 결론을 내린 상태. 그런 독무후가 사천당가의 본가에 멀쩡히 살아있다면?

'사천무림의 역학구도는 이미 돌이킬 수 없는 곳으로 향하게 될 거야. 아니, 몸을 움직이지 않았다 뿐이지 이미 사천의 패자는….'

"…독무후께서 당가에 계셨군요."

백서희가 당진천을 바라보며 말했다. 당진천은 멋쩍게 웃으며 입가에 손을 가져다댔다.

"조만간 스승이 직접 강호에 모습을 보일 테니, 이 건은 비밀로 해줬으면 좋겠네."

"여부가 있겠습니까."

"그래준다니, 다행이군. 그럼…."

당진천은 문 쪽으로 눈짓을 하며 물었다.

"소소를 중독시킨 독이 무엇인지 들어보겠나? 혹시라도 단서가 될 수 있을 테니."

"제가 들어도 되겠습니까? 아무리 그래도 독이라면…."

"상관없네. 자네는 소소가 지키고자 한 사람 아닌가. 그런 자네가 소소에게 해가 될 일을 하겠는가?"

당진천의 말에 백서희의 눈길은 갈 곳을 잃고 방 이곳저곳을 떠돌았다. 분명 해가 되는 일을 했다. 기억에 없는 일을 가져와 윽박을 질렀다. 사죄를 요구했고, 사죄를 받고도 그 심성이 어디 가겠냐며 사천교류회에서도 그녀를 퉁명스럽게 대했다.

"그, 전…. 그러니까…."

"그럼, 나가지."

당진천은 우물쭈물하는 백서희에게 그렇게 말하며 가주전의 문을 열고 황철을 맞았다. 황철이 허리를 숙이며 당진천에게 예를 표했다. 당진천은 고개를 끄덕여 그 인사를 받고, 백서희와 함께 가주전의 돌계단을 내려가며 황철에게 물었다.

"어떤 독인가?"

"작은 주인님, 이 아이는…?"

황철의 물음에 당진천은 고개를 저으며 답했다.

"이 사건의 목격자이자 도움을 줄 아이니, 신경 쓰지 않아도 되네."

"작은 주인께서 그러시다면…. 우선, 나찰염이라 불리는 독입니다. 고산지대에 사는 거미인 천산지주天山蜘蛛의 독을 채취해 소금에 녹여 하독을 용이하게 만든 독이지요."

"천산…."

"예. 이름에서 알 수 있듯, 마교가 지배하는 지역의 거미입니다."

황철의 말에 당진천은 태연한 표정으로 말했다.

"한동안 잠잠하던 자들이, 요즘 들어 포교활동이 꽤나 적극적이군."

당진천은 뒷짐을 지고 웃었다. 뒷짐을 진 그의 손 뒤로 죽통 하나가 잡혔다.

"그렇게 자신들의 집회에 나오라 애원한다면, 못 들어줄 이유도 없지."

가볍게 웃는 말투에서 퍼지는 비릿한 독향. 백서희는 독천의 잔잔한 분노에 몸을 떨면서 한편으론 황철이 던져준 정보를 훑었다.

'마교의 것. 소금…. 그리고 소소와 내가 먹었던 음식. 백능상가의 인물들은 내가 이미 알고 있는 자들. 소금을 다루는 자들은 없어. 주방장도, 상단의 본 점에서 오랫동안 장사를 해오던 장인. 그렇다면 내 기억에 없는 단 한 사람.'

백서희는 등불 아래 있던 그림자를 움켜쥐었다. 그리고 나지막이 말했다.

"삼 일된 점소이. 음식점에 새로 들어온 점소이가 있었어요."

"점소이라고 했나?"

"예. 분명해요. 그자라면 음식에 몰래 소금을 뿌릴 수 있었을 것이고,

정체를 모호하게 숨길 수도 있었을 거예요. 마교의 끄나풀이 상가 안에 숨어 있었다면, 그자일 확률이 가장 높아요."

독천은 백서희의 말에 뒷짐을 풀었다. 그리고 황철을 향해 말했다.

"가지."

"음, 그게 저…."

"보고할 것이 더 있나?"

황철이 당진천을 향해 주저하자 당진천이 눈가를 찌푸렸다. 황철이 설명을 이어가려는 순간, 하얀 구름이 높게 뜬 맑은 하늘에서 갑자기 뇌명이 들렸다.

우르릉!

당진천은 잠시 하늘을 바라봤다. 이윽고 무슨 일이 벌어졌는지 깨달았다.

"…스승님께선 처음부터 알고 계셨군."

"늦게 보고하라 명하셨기에…."

콰강!

황철의 변명을 찢으며 들려오는 번개울음. 당진천은 자신의 스승이 어떤 사람이었는지 떠올렸다. 독예, 수절, 암화. 다양한 이름으로 불렸다지만 그녀를 보면 치를 떠는 자들은 독무후를 다르게 불렀다.

'분명 사천투봉四川鬪鳳이라 쓰고, 사천무림의 싸움닭이라 읽었지.'

그 생각에 화답하듯 뇌명이 연신 성도의 하늘을 울렸다.

* * *

수많은 사람들이 오가는 성도의 대로. 상인들이 좌판을 열고 민중들이 큰소리를 내며 돌아다녀야 할 곳은, 어째서인지 한산하기 그지없었다. 드문드문 보이는 사람들은 주변을 두리번거리며 빠른 걸음으로 지나가고 있었다.

왁자함이 가시고 흉흉함이 엉킨 대로에 소녀 한 명이 멈춰 섰다. 그녀가 등장하자 드문드문 보이던 사람들조차 자취를 감췄다. 그 자리를, 흑의를 입은 무인들이 대신했다. 무인들이 소녀에게 다가가 고개를 숙였다.

"처음엔 완강히 거부하다, 독무후 님이 준 것을 내미니 관가의 허락이 떨어졌습니다. 하루 동안 통금령을 내려준다고 합니다."

무인 중 한 명이 금룡이 장식된 패를 내밀었다. 독무후는 금룡패를 받아 품 안에 집어넣고 말했다.

"수고했다. 흑풍대는 한 발 물러서서 통제에 신경 쓰도록."

"여기 외투를."

흑풍대원이 독무후의 어깨에 외투를 걸쳐주었다. 당가의 표식이 새겨진 두터운 외투였다. 독무후는 외투 안쪽을 슬쩍 들어 확인했다. 각종 암기들이 정갈하게 꽂혀 있었고, 허리춤엔 잘 벼린 단도가 수납되어 있었다. 독무후는 외투를 입고 슬며시 웃음을 지었다.

"이걸 걸치는 게 얼마만인지 모르겠군."

"통금령이 떨어진 곳은 총 여섯 곳입니다. 부디 조심하시길 바랍니다, 제독전주 님."

독무후는 주름이 완연한 얼굴을 푹 숙이는 무인을 바라봤다.

"염려 많은 성격은 여전하군. 지금은 흑풍대 이번조장을 맡고 있다고 했나?"

"…전주 님께선 꽤 변하셨지요."

독무후는 그의 말에 피식거리며 풍성한 소매에 덮인 자신의 손을 내려다봤다. 그리고 고개를 끄덕이며 앞으로 걸어갔다. 큰 외투가 질질 끌리며 바닥을 긁었다. 흑풍대원은 독무후의 움직임을 바라보다 길거리를 통제하기 위해 모습을 감췄다.

"제자를 물어젖힌 뱀새끼가 어디에 숨어있을꼬."

독무후는 양팔의 소매를 걷어붙였다. 드러나는 조그마한 손. 독무후는 땅바닥에 양손을 대고 숨을 크게 들이켰다. 기를 느끼는 감각이 더욱 날카로워지고, 뇌기가 단전을 범람하며 혈맥과 기맥을 적셔갔다. 소매가 크게 부풀어 오르며 몸에선 방전이 일었다.

파직!

뇌기는 감각을 확장시킨다. 확장된 감각은 뇌기를 타고 흐르며 전류가 된다. 전류는 대로의 바닥을 섬광같이 내달린다.

독무후는 눈을 감았다. 뇌람심공, 뇌감[雷感]. 전류에 감각을 동화시켜 주변의 정보를 쓸어 담는 무공이 전개되었다.

눈에 띄지 않는 골목에 숨어서 당가의 행사를 구경하는 자들. 당가의 표식을 보고 서둘러 자리를 피하는 자들. 통금령 때문에 장사에 관한 걱정을 하는 상인들. 낯선 기운에 털을 세우고 그르렁거리는 들개. 상상조차 하지 못할 상승무공에 경악하는 흑풍대 무인들.

노도같이 밀려오는 수많은 정보에 독무후의 인상이 찌푸려졌다. 지끈거리는 두통을 참으며 독무후는 정보를 정리해갔다.

'이곳은 아닌가? 곧바로 성도의 성문을 걸어 잠갔고, 흑풍대도 그럭저럭 빨리 움직여 인구의 유동은 별로 없었을 터. 빠져나가진 않았을 건데…'

독무후는 눈을 뜨며 바닥에서 손을 떼고 일어섰다. 수상한 낌새는 느껴지지 않았다. 그저 평범하게 당가를 경계하는 기척들만이 느껴졌을 뿐. 독무후는 손바닥에 묻은 흙먼지를 툭툭 털어내며 주변을 둘러봤다.

'성도에 아무런 마찰 없이 기어들어올 수 있을 정도의 마교도. 마공을 익힌 자들 특유의 기척을 숨길 수 있는 것으로 보아, 일류이상은 되는 자

겠군. 기왕이면 뇌감이 전개될 때 약간이라도 동요하는 모습을 보고 싶었
건만.'

독무후는 그렇게 생각하곤 발끝으로 신발을 정리하며 고개를 돌렸다.

"당각."

"예, 전주 님."

"성도 안의 무림문파들 위치는 모두 확보해 놓았겠지?"

"가주 님이 직접 협조공문을 보내셨습니다."

흑풍대원 당각이 독무후의 물음에 답했다. 독무후는 고개를 끄덕인 뒤
기지개를 켜곤 당각에게 말했다.

"그게 사실이라면 성도 안의 무림인들은 모두 파악 중이고, 번화가 여
섯 곳은 통제되고 있다. 그럼 지금 성도의 거리를 돌아다니는 자들은 어
떤 자들이겠나?"

"평범한 성도의 백성이거나…."

"성도 안에서 당가의 통제를 따르지 않는 무림인들이겠지."

"하지만 전주 님의 감각에도 잡히지 않는 노련한 자를 어찌 잡으시려는
건지, 이 부족한 노구의 시선으로는 도무지 알 수 없습니다. 대대적인 수
색이 필요한 듯싶습니다만…."

독무후는 고개를 저었다.

"수색이 시작되면 늦다. 놈은 당가의 눈을 속이고 성도에 잠입한 고수
야. 몸을 숨길 시간을 충분히 줄 뿐더러, 바깥이 요란스러워 땅속으로 더
욱 깊이 숨을 게다."

"그럼 어떻게…?"

당각이 묻자 독무후는 웃으며 몸을 날렸다.

"숨지 않을 정도로 요란하게."

우르릉!

우렛소리가 들려오며 독무후의 몸이 수직으로 솟구쳤다. 그 어떤 준비 동작도 없이 하늘 높이 솟구치는 움직임. 절정의 경공인 어기충소御氣衝溯 였다.

시야가 확장되고, 성도의 땅이 한눈에 들어왔다. 통금령의 영향으로 유동인구가 무척이나 한정되어 있었다. 그녀의 시야가 주시하는 곳은 총 여섯 곳. 번화가인 세 거리와 상점가, 관청, 유흥가.

'관청과 상점가는 통금령 때문에 유동인구가 없다. 이곳을 지나간다는 건, 스스로 목을 옭죄는 행위일 게야. 지금은 낮. 유흥가는 영업시간이 아니지. 방금 뇌감으로 훑은 곳을 제외하면, 나머지는 번화가인 두 곳.'

최고점에 이른 독무후의 가녀린 몸이 점점 아래로 떨어졌다. 확장되었던 시야는 점점 줄어들며 두 곳을 확대해나갔다. 미미한 움직임들이 독무후에게 포착된다. 독무후는 손을 앞으로 뻗었다.

한 차례의 방전. 분노 어린 천둥소리가 들려오며 성도의 하늘을 찢었다. 미미하게 보이던 움직임들은 이내 불안한 걸음걸이로 뒤바뀐다. 불규칙적으로 움직이는 걸음걸이들 속, 일정한 보폭의 걸음걸이가 그녀 눈에 들어온다.

천연덕스럽게 불안을 연기하는 얼굴. 허둥거리는 손짓. 그러나 숨기지 못하는 훈련된 보폭. 독무후는 미소를 지었다.

"네놈이구나."

독무후의 말이 떨어지자 분노가 뇌기와 동화했다.

연기화신.

내기는 사상이 되고 사상은 전류가 되어 그녀의 몸을 휘돈다. 펄럭이던 장포가 뇌기를 머금고 잔뜩 부풀어 오른다. 그녀의 몸을 제멋대로 희롱하던 바람도, 그 열기에 복종하여 길을 내준다.

뇌람심공의 양뢰陽雷였다. 오행의 생. 법칙을 이끌며 천리를 인리의 것으로 끌어내린다. 열기를 따라 움직이는 바람이 그녀의 낙하를 가속시킨다. 그녀의 몸은 한줄기 벼락이 되어, 목표로 한 곳에 작렬했다.

콰아아앙!

샛노란 벼락이 대지를 찢었다. 열풍이 튀쳐나와 온갖 잡동사니를 쓸어버렸으며, 채 가시지 못한 전류가 바닥을 타고 흘러내렸다. 그 앞에서 얼굴을 가리고 바닥에 몸을 바짝 붙이는 허름한 모시옷의 사내.

"으으윽, 대체…?"

사내는 팔을 내리며 자욱하게 일어난 흙먼지를 바라봤다. 흙색 안개 속에서 긴 장포를 바닥에 끌며 독무후가 등장했다. 사내는 눈을 의심하며 자신도 모르게 말했다.

"…어린 당소소?"

"괜찮은 연기로고."

소매에 가려진 조그마한 손이 드러났다. 사내는 기겁을 하며 몸을 뒤로 한 바퀴 돌렸다. 그가 있던 자리엔 자그마한 철침 하나가 박혀 있었다. 철침은 땅을 주저앉히며, 새파란 뇌기를 흘려대고 있었다. 사내는 뇌기가 담긴 암기를 바라보다 믿기지 않는다는 얼굴로 입을 열었다.

"설마, 독무후?"

독무후는 의문에 답해주지 않고 다만 코를 킁킁거리며 냄새를 맡았다. 탁한 소금기가 그녀의 예리해진 후각에 붙잡혔다. 독무후는 헤벌쭉 웃으며 주먹을 쥐었다.

"독각혈가의 아해구나."

"……!"

사내는 독무후의 말에 허리춤에 찬 가죽주머니를 움켜쥐었다. 그리고 단검을 꺼내 주머니의 아랫 부분을 북 찢어 바닥에 투척했다.

꾸륵, 꾸륵!

강한 산성이 땅을 녹였다. 사내는 크게 숨을 들이쉬며 산성이 실린 공기를 들이켰다. 독기가 그의 몸을 침노했고, 사내는 받아들였다. 눈가의 핏발이 모조리 일어서고, 전신의 혈관이 드러나며 손이 검붉은 색으로 변해갔다.

'독무후가 당가에 있다는 정보는 전달받지 못했다. 환유요가, 그 빌어먹을 놈들이…!'

사내는 숨을 뱉었다. 게걸스럽게 주변의 공기를 삼킨 독기는 탁기로 화하며 거리로 퍼져 나갔다. 아니, 퍼져 나가려 했다.

바닥에 꽂힌 철침에 잔류하는 뇌기가 탁기를 움켜쥐고 있었다. 뇌람심공, 음뢰陰雷. 오행의 극을 이용해, 탁기의 전파와 증식을 통제했다. 독무후는 사내에게 천천히 다가가 턱을 들어 가볍게 탁기를 들이켰다.

"석구망石龜蟒의 독액이구나. 고도가 높은 산의 정상에서 자생하는 뱀들. 자신을 노리는 날짐승들을 퇴치하기 위해 공기 중으로 독액을 흩뿌리지. 독액은 공기와 쉬이 반응해 금세 탁기를 자아내고 퍼져 나간다. 직접 보니까 확실하군."

"…본 교의 독을, 어떻게 알고 있는 거지?"

"제 입으로 말해놓고도, 본녀가 누군지 알지 못하는구나."

질문을 던진 사내의 얼굴이 일그러졌다. 그녀가 진정 독무후라면 이 질문은 어리석은 질문이었으니까.

만독의 주인이자 암기술의 정점.

모두가 업신여기는 것으로 모두의 위에 선 무의 여제.

"내가 독무후니라."

수식어는 필요치 않았다. 단 세 글자의 단어를 듣기만 했는데도 사내의 숨결이 거칠어졌다. 이성은 마비되고 불같았던 감정이 사그라졌다.

오직, 공포라는 비수만이 심중에 꽂혀 있을 뿐이었다. 독술사로서 그녀를 상대한다는 것은, 천신과 자웅을 겨루는 것과 같았으니까.

사내의 얼굴은 점차 사색이 되어갔다. 뇌람심공의 음뢰는 격렬하게 방전하며 석구망의 독액이 만든 탁기를 짓눌렀다. 탁기의 증식은 한 점으로 농축되고, 독무후의 사상이 실린 음뢰가 그것을 움켜쥐었다.

"더 꺼낼 독이 있느냐?"

독무후는 사내를 동요시키며 뇌감을 운용해 주변의 정보를 간단히 훑었다. 그는 혼자였다. 제아무리 마교의 고수라 해도, 당가의 영역에 단체로 몸을 숨길 순 없었던 것이다. 사내는 괴성을 지르며 독무후에게 내달려왔다.

"우와아악!"

고함과 함께 내질러진 주먹. 끈적끈적한 독기가 묻어 나오며 독무후의 미간을 향해 날아갔다.

'독각혈가의 독혈수毒血手. 놈은 꼬리구나.'

독무후는 고개를 살짝 틀어 그 주먹을 피하고, 자그마한 발로 발등을 짓밟아 으깨버렸다.

"크으으윽! 푸우웃!"

사내는 고통스러워하며 입으로 독혈을 뿌렸다. 검은색의 안개가 자욱하게 일어났다. 사내는 손가락을 굽혀 독무후의 얼굴에 쭉 그었다.

'독혈수, 흉수조혈凶獸爪血!'

검붉은 기운이 사내의 손가락에 맺혔다. 검기상인의 경지였다. 손톱은 칼날보다 더 날카롭게 다듬어져 독기를 얽고 그어졌다.

그의 손에 묵직한 촉감이 어렸다. 사내의 눈에 득의의 감정이 스쳤다. 그러나 잠시일 뿐. 독무후는 잔뜩 일그러진 표정으로 그를 노려보고 있었다. 그의 손톱에 걸린 것은 독무후의 자그마한 손이었다.

'사망탐천蛇蟒貪天!'

사내의 손에 독기가 어리고, 독무후의 가냘픈 손목을 붙잡기 위해 움직였다. 금나술擒拿術이었다. 상대의 근골을 붙잡고, 비틀고, 꺾는 관절기. 사내의 이런 선택은 일견 현명해 보였다. 체급차에서 나오는 육중한 악력은 가냘픈 몸으로 대응할 수 있는 여지가 없었으니까.

상대가 독무후만 아니었다면, 독각혈가의 우수한 무인인 그가 제압하고도 남았을 터.

"……!"

"날 잘 모르는 모양이야."

우득!

독무후의 손이 사내의 두터운 손가락을 쥐고 꺾었다. 그녀가 덜렁거리는 손가락을 놓자 사내는 고통에 떨리는 나머지 손가락으로 독무후의 팔뚝을 잡아채려 했다.

촉감이 있었다.

사내는 독혈수의 독기를 있는 힘껏 뿜어내며 독무후의 팔목을 움켜쥐었다.

하지만 전혀 힘이 들어가지 않았다.

"악, 아아악!"

"난 독무후라 불리기 이전에, 수절手絶이라 불리던 사람이란다."

독무후의 가느다란 손가락이 사내의 손목에 있는 근육에 박혀 손까지 도달하는 힘을 붕괴시키고 있었다. 독무후의 손목을 움켜쥐려던 사내의 손가락은 힘없이 부들거리기만 할 뿐이었다.

독무후는 손톱을 아래로 그어 내리며 근육을 한 올 한 올 찢어발겼다. 사내는 비명을 지르며 독무후에게서 멀어졌다. 근육이 찢어지는 짜릿한 고통은 절로 숨을 가쁘게 했다.

"아아악! 허억, 허억!"

"넌 당가의 분노를 격발시킬 용도로 소비된 화살일 테지. 심문을 하려 시도하면, 곧장 고통스럽지 않게 해주는 독의 힘을 빌려 자결을 할 것이라는 것도 알고 있다."

"푸흐흐. 알고 있다면 이런 푸닥거리가 의미 없다는 것도 이해하고 있겠군…!"

"그래, 알고 있다."

독무후는 손을 털어 검붉은 피를 털어냈다. 허공으로 흩어진 핏방울들은 그녀의 몸이 일으키는 벼락에 의해 핏빛 증기가 되어 증발했다.

"그러니 경고를 하는 거란다."

그녀의 몸을 흐르던 양뢰와 음뢰가 한 곳으로 흐른다. 한 아름의 파도인 뇌람심공은 오독문의 내공심법인 오뢰전리공의 형태를 취했다. 뇌기는 다섯 줄기의 강물로 역류하며 오장으로 흩어진다.

황기黃氣, 토뢰土雷.

상중하, 모든 단전의 내공이 증폭한다. 내공은 내기로 화하고, 내기는 곧 검은 하늘의 거대한 벼락처럼 하늘에 세우는 기둥이 된다. 독무후의 명에 의해, 내기는 거대한 뇌기의 강이 된다.

목기木氣, 청뢰靑雷.

증폭된 뇌기는 신경을 타고 흐른다. 억조창생의 목행을 따라, 근골을 강건하게 만들고 신경과 동화한다. 움직임은 질풍처럼, 판단은 번개가 이는 것처럼 만들게 한다.

백기白氣, 금뢰金雷.

강건해진 육체는 곧 강건한 외공이요, 강건한 외공은 곧 강건한 내공을 부른다. 뇌기는 독무후의 몸에 계속 부딪치며 제 몸을 연련해 나간다. 백련정강百鍊精鋼. 수백 수천 번을 두드리며 뇌기는 더욱 순결하고 강건해진다.

수기水氣, 흑뢰黑雷.

굳건해진 뇌기에 독무후의 사상이 녹아든다. 뇌기엔 방향성이 심어지고, 곧 전류가 된다. 연기화신. 기운은 사상이 되어 독무후의 심중에 번져 간다.

화기火氣, 적뢰赤雷.

심중에 번진 전류는 독무후의 감정을 담는다.

제자를 해한 자에 대한 분노. 망가진 당가에 대한 애처로움. 자신의 손으로 당씨의 친인척을 처단해야 하는 울분. 그 감정들과 이성, 그리고 다섯 갈래로 퍼져 나갔던 뇌기들이 한 점으로 녹아든다.

독무후의 몸에선 오색의 벼락이 몰아치고 있었다. 독무후의 손에 들려 있던 비수가 그 벼락을 담지 못하고 흐물흐물 녹아내렸다. 독무후는 대수롭지 않게 웃으며 말했다.

"신병이기가 아니라서 벼락은 담아지지 않는구나."

"흐윽, 흐윽!"

작은 몸에서 터져 나오는, 인지하는 것조차 두려운 거력. 주변에 깔린 거대한 기운이 사내의 몸을 옭죄어갔다. 사내는 제정신을 유지하지 못한 채 공포에 젖어 주저앉는 것밖에 할 수 없었다.

"보기 싫다면, 빛을 뿜어 보게 하마. 듣기 싫다면, 크게 울어 듣게 하마."

독무후는 그렇게 말하며 주먹을 움켜쥐었다. 오색의 뇌기가 거대한 기둥이 되어 사내의 몸에 내리꽂혔다.

"그것이, 오뢰전리공의 극의인 뇌심용융雷心鎔融라는 초식이란다."

콰아아아!

성도의 모든 거리에 뇌심용융의 빛과 굉음이 울려 퍼졌다.

＊ ＊ ＊

우르르릉!

먼 곳에서 들려오는 뇌명에 수납장이 흔들거렸다. 침상에서도 미약한 움직임이 보였다.

"으윽, 시끄러…."

얕은 신음소리. 침상에서 산발인 소녀가 몸을 일으켰다. 찌푸린 눈을 뜨며 정신을 차렸다. 그녀는 눈을 깜빡이며 자신의 몸을 더듬다 안도의 한숨을 쉬었다.

"…나, 살아있네."

당소소가 눈을 떴다.

＊ ＊ ＊

"나찰염은 어떤 독인가요?"

백서희가 당진천에게 물었다. 당진천은 백서희를 돌아보며 말했다.

"마교의 특정집단이 자주 쓰는 독이네. 기승을 부리던 것은 약 삼십 여 년 전. 아버지가 가장 활발히 활동하던 시절이었고, 당가가 정파로 인정받게 된 이유 중 하나지."

"마교…."

"인간의 몸을 해하는 것은 같지만, 꽤 독특한 성질의 독이야."

"독특하다면, 어떤?"

당진천은 대답하기 난감해 턱을 쓰다듬었다.

"사람 내부에 있는 마성魔性을 자극하거든."

"마성이요?"

"영혼은 세 요소로 나뉘어져 있다. 혼, 귀, 백. 백은 본능이고, 귀는 기억과 감정, 그리고 혼은 이것을 이끄는 이성이지."

"사문에서 듣긴 했던 것 같아요."

"뭐, 기억해두는 것이 좋을 게다. 상승무공의 기초니까."

백서희는 당진천의 대수롭지 않은 듯 지나가는 말에 퍼뜩 정신을 차리며 귀를 쫑긋 세웠다. 당진천은 발걸음을 옮기며 말했다.

"혼이 귀를 이끌고, 귀는 백을 이끈다. 하지만 혼은 귀에 영향을 받고, 귀는 백에 영향을 받지."

"이성은 기억에 영향을 받고, 기억은 결국 육체의 본능에 영향을 받는다는 거군요."

"정확하네. 그리고 그 육체의 본능은 주변 환경이 길러주는 셈이야. 몸가짐, 충동, 태도, 말투 같은 것들. 나찰염은 육체의 성분을 조작해 그 본능들 중 나쁜 욕구들을 증폭시킨다."

백서희는 당진천의 말에 고개를 끄덕이며 볼을 긁었다. 당진천이 하는 말이 사실이라면 꽤 심각한 상황이었으니까.

"그, 따님께선…."

"왜 그러지?"

"걱정하지 마십쇼. 독무후께서 직접 독기를 치료하고, 몸과 마음에 이상이 없다 말씀하셨으니."

황철이 백서희의 걱정을 짐작하고 당소소의 완치를 설명했다. 당진천도 고개를 끄덕이며 황철의 말을 도왔다.

"나 또한 걱정된다만, 스승님께선 거짓을 말하지 않으시니 너 또한 마음을 편히 먹거라."

"예."

백서희는 당진천의 말에 고개를 끄덕이며 가주전 문을 바라봤다.

"정말이겠죠…?"

그곳엔 잔뜩 인상을 구긴 당소소가 서 있었다. 심술이 가득해 보이는 그 얼굴은 백서희의 기억 속에 있던 얼굴이었다.

* * *

당소소는 산발인 머리를 긁으며 자리에서 일어났다. 쿡쿡 쑤시는 단전이 신경을 긁는 것을 빼면 딱히 몸에 이상은 없는 것 같았다. 당소소는 짜증 섞인 한숨을 쉬며 눈을 감고 호흡을 가다듬었다. 기감은 혈맥과 단전을 훑었다. 호흡은 단전에 깃든 만류귀원신공의 쌀알을 움직이게 했다.

'이상은…. 없네.'

단전과 합쳐진 뇌린은루가 조금 과열되었을 뿐, 백금을 씌운 혈맥은 별다른 이상이 없었다. 당소소는 호흡을 거두고 이불을 걷었다. 정신을 잃던 와중에 흘렸던 땀 때문인지 얇고 하얀 옷에선 톡 쏘는 땀 냄새가 풍겼다.

"…뭐야."

그 누구보다 땀 냄새와 친했던 당소소인 터라 별 생각이 없어야 했건만 묘하게 짜증이 났다. 당소소는 머리를 헝클어뜨리며 입을 열었다.

"저기요."

"예."

다소 격양된 당소소의 부름에 황급히 시녀가 들어와 고개를 숙였다. 당소소는 자신의 옷을 가리키며 말했다.

"갈아입을 옷 좀 가져다주세요."

"예. 무사히 깨어나셔서 다행입니다."

"……."

살갑게 대하는 시녀. 당소소는 그런 시녀를 유심히 바라봤다. 그리고 새끼손가락으로 눈썹을 긁으며 말했다.

"잠깐만요."

"네, 넷!"

시녀는 축 내려앉은 당소소의 목소리에 바짝 긴장을 하며 대답했다. 당가에 공공연한 비밀인 당소소의 기억상실. 언제든 기억이 돌아올 수 있다는 공포감이 모든 식솔들에게 있었기 때문이다. 시녀는 고개를 더욱 깊이 숙이며 눈을 질끈 감았다.

'아이고야, 하필 나냐.'

기억을 잃을 당시처럼 독 치료를 받은 당소소. 그리고 짜증 섞인 표정, 위압적인 목소리. 시녀는 당소소가 기억을 되찾았다는 생각을 어렵지 않게 할 수 있었다. 당소소는 천천히 시녀에게 다가갔다. 시녀는 그녀가 다가오면 다가올수록 움츠러들었다. 당소소는 시녀에게 손을 뻗었다.

"히, 히익!"

"당가의 시녀가, 이런 꼴을 하고 다니면 써요?"

당소소는 시녀의 어깨를 툭툭 털어 옷에 얽혀 있는 거미줄을 털어냈다. 시녀가 얼굴을 붉히며 말했다.

"제독전을 청소하던 와중이라 미처 인지하지 못했습니다."

"머리도 헝클어졌네."

당소소는 가벼운 손길로 잔머리가 튀어나온 시녀의 머리를 툭툭 쳤다. 시녀는 황급히 머리에 손을 가져갔다. 당소소는 그런 시녀의 팔을 툭 치며 말했다.

"그렇게 하면 오래 걸리잖아요. 이리 내세요."

당소소는 능숙한 손길로 시녀의 머리를 다시 동여매주었다. 그리고 혀를 차며 어서 나가보라는 턱짓을 했다. 시녀는 연신 고개를 숙이며 병실을 빠져나갔다. 당소소는 무언가 짜증난다는 얼굴로 다시 침상에 앉았다.

'뭐지, 뭔가 이상한데. 왜 이렇게 짜증이 나지.'

당소소는 무언가 바뀌었다는 것을 느끼고 있었다. 하지만 단전을 쿡쿡 찌르는 고통은 다른 생각을 하기 힘들게 했다. 그저 심술궂은 얼굴로 입을 쭉 내밀 뿐이었다.

"아가씨, 갈아입을 옷을 가져왔습니다."

시녀가 간단한 옷을 가지고 들어오자, 당소소는 자리에서 일어나 뺏어들 듯 옷을 받았다. 그럭저럭 어울리는 색조와 그렇지 않은 옷의 형태. 짜증이 팍 솟았으나 당소소는 불만스런 한숨을 푹 쉬고 순순히 갈아입었다. 쓰러지기 직전까진 이런 옷을 선호했으니까.

"무언가 마음에 안 드시는지⋯?"

"⋯아니에요."

하지만 잔뜩 심통이 난 목소리는 그렇다고 말하고 있었다. 당소소는 익숙한 손길로 옷의 매듭을 매고 시녀의 옷을 바라봤다. 평범한 당가의 시녀복이었지만 어쩐지 색이 바란 느낌이 들었다.

"내 옷은 됐고, 그 옷."

"네, 네? 제 옷이요? 분명 제대로 입었는데. 죄송합니다⋯!"

"낡았잖아요. 하연에게 말해서 새 거 받아 입으세요."

팍 짜증을 내며 당소소는 병상을 벗어났다. 시녀는 어리둥절한 표정으로 당소소의 뒷모습을 바라봤다. 병상을 나선 당소소는 제독전의 복도를 익숙한 듯 걸으며 고개를 저었다. 툭 튀어나온 입을 집어넣진 않았지만.

"왜 이렇게 열 받지?"

당소소는 가늘게 뜬 눈으로 복도를 훑었다. 불행 중 다행으로, 원래 몸이 갖고 있던 불쾌한 기억은 일어나지 않았다. 당소소는 산발이 된 머리를 매만지며 혼잣말을 했다.

"에휴, 머리도 엉망이네."

당소소는 한숨을 푹 쉬며 제독전을 벗어나 외각으로 향했다. 그러던 중, 외각과 내각 사이에 있는 연무장에서 익숙한 목소리들이 들려왔다.

"나 진짜 이러다 죽는 거 아니냐?"

"형님, 그러다가 진짜 단혼사 영감님에게 죽으실 수도 있소. 빨리 일어나는 게 신상에 좋을 듯싶은데."

"쯧쯧. 왕오 이놈아, 네 말을 들을 아해였으면 이 고생을 하고 있겠느냐? 그러게 조용히 살라니까, 아가씨의 분냄새에 취해선. 에잉!"

"흑규야. 나 주먹 하나 믿고 살아온 놈이야. 여기 쌍괴파 아닌거 서로 알잖아. 그렇지? 자꾸 긁지마. 서로 조심하자고, 응?"

당소소는 홀린 듯 연무장 입구로 가서 팔짱을 끼고 문턱에 몸을 기댔다. 다른 흑풍대원들은 보이지 않았다. 대신 진명과 왕오, 흑규만이 남아 바닥에 팔다리를 쭉 펴고 누워 있었다. 당소소는 흥미가 돋아 콧소리를 내며 그 셋을 지켜봤다.

"내 말이 틀렸냐? 여자한테 꽂혀서 인생 망치는 건 예로부터 박복한 놈들 몫이라더니!"

"하, 참. 몇 번 참고 넘어가주니까 계속 긁네. 여기 우리 세 명밖에 없어. 목격자도 없다고. 나 이성 잃어, 진짜로."

"어, 그만 하는 게 좋지 않을까…."

서로를 바라보며 으르렁거리는 흑규와 진명. 왕오는 말을 더듬으며 당소소와 눈을 마주쳤다. 당소소는 손가락을 입술에 올려 침묵하라는 의사를 보냈다. 왕오는 침을 삼키며 고개를 끄덕였다. 진명이 침을 튀겨가며 흑규를 향해 말했다.

"제일 먼저 아가씨를 납치하자고 했던 게 누군데, 인생이 꼬인 게 누구 때문인데! 어휴 진짜 이놈의 아가씨, 어디 못 가게 묶어놓던가 해야지."

"……."

"뭐야, 왜 아무 말도 안 해? 쌍괴파에서 날 고생시킨 생각이 솔솔 들지 이제? 네 땡깡을 받아 주던 나에 대한 존경심이 이제야 들어?"

진명은 낄낄거리며 고개를 돌려 하늘을 바라봤다. 분명 푸른 하늘이 보여야 할 시야엔, 잔뜩 심통이 나 있는 자신의 주인이 있었다. 진명은 눈을 깜빡이며 잠시 침묵했다. 그리고 피식 웃으며 잔뜩 내리깐 음성으로 말했다.

"다행입니다. 건강엔 이상이 없으시군요."

"인생이 꼬였다."

"아, 그게. 그런 게 아니라."

진명은 식은땀을 뻘뻘 흘리며 변명했다. 당소소는 손가락을 휘휘 저으며 웃었다.

"아니, 아니야. 괜찮아."

당소소는 허리를 숙여 흩어진 진명의 옷깃을 만져줬다. 진명은 턱을 위로 당기며 잔뜩 긴장했다. 당소소는 그런 진명의 얼굴을 올려다보며 말했다.

"싫어?"

"아니, 아닙니다! 절대 아니죠. 암!"

축축한 눈가를 끌어올리며 바라보는 시선. 진명은 필사적으로 외칠 수밖에 없었다. 숙연해진 분위기에, 당소소는 배를 움켜쥐고 크게 웃으며 말했다.

"하하핫! 표정 좀 봐!"

"…예?"

"내가 설마 진짜 화났겠어? 난 이런 반항적인 거 좋아해."

당소소는 진명의 가슴팍을 툭툭 치며 콧노래를 부르며 몸을 일으켰다. 그리고 넋이 나간 표정을 짓는 진명을 바라보며 말했다.

"그런데 냄새 나."

"아니, 그. 방금 훈련을 한 터라."

"촌스러워."

"어…."

당소소는 얌전히 앉아 있는 왕오의 머리에 손을 올렸다. 미묘한 촉감. 당소소는 자신도 모르게 왕오의 머리를 쓰다듬으며 말했다.

"반짝아."

"옛, 예? 저 말씀하시는 겁니까?"

"여기 너 말고 누가 반짝이겠니."

당소소는 그렇게 말하며 왕오의 머리에서 손을 뗐다. 이번에는 눈치를 보며 슬슬 자리를 피하는 흑규의 소매를 슬며시 잡았다. 흑규는 벼락을 맞은 듯 자리에 멈춰서 천연덕스럽게 말했다.

"흠흠! 무슨 일이신지요?"

"이 사람 잘 타일러서 나한테 보고해. 예전부터 영 밉상이란 말이야."

"타이르라시면…?"

왕오의 물음에 당소소는 영악한 웃음을 지으며 흑규의 소매를 놓았다. 그리고 흑규를 향해 눈짓했다. 왕오는 짙은 웃음을 지으며 고개를 끄덕였다. 당소소는 왕오의 수긍을 받아내자 진명을 향해 말했다.

"그리고 진명."

"예, 예?"

아직도 눈가를 적신 당소소의 얼굴을 잊어버리지 못하던 진명은 화들짝 놀라며 당소소의 부름에 대답했다. 당소소는 진명의 얼굴을 가리키며 말했다.

"얼굴이 못생기면, 옷이라도 신경 쓰고 향기라도 신경 써야지. 안 그래?"

"아니, 저 정도면 괜찮은 거라고 생각하는데….”

"…에이.”

당소소는 진심으로 고개를 저으며 말했다.

"내일 당장 하연한테 가서 다듬어. 알았어? 옷도 새로 사줄 테니까, 그거 입고. 어떻게 훈련복도 그렇게 촌스러울 수 있어?”

"그래도 제 얼굴 정도면…?”

"너 정말 그 꼴로 내 부하를 자청할 수 있어?”

당소소가 으르렁거리자 진명은 입술을 집어넣고 고개를 저었다. 지금 문제시되는 것도 유명한 사파의 말썽꾸러기였기에 전면에 나설 수 없다는 것 때문이었으니까. 당소소는 고분고분해진 진명을 바라보며 키득거렸다.

"그러니까 잘하자, 응?”

"예에….”

"짜증나게 하지 말고.”

당소소는 싸늘해진 표정으로 연무장을 떠났다. 성큼성큼 걷던 평소와는 다르게 도도한 걸음걸이가 아가씨의 표본인 듯했다.

마치 한바탕 폭풍이 지나간 듯 만신창이가 된 분위기는 도저히 수습할 수가 없었다. 진명은 눈을 깜빡거리며 떠난 당소소의 뒷모습을 바라봤다. 흑규도 그 뒷모습을 바라보며 코를 후비곤 말했다.

"원래 저렇게 변덕이 죽 끓듯 하던 성격이었나?”

"아닐걸. 아마.”

진명은 홀린 듯한 표정으로 대답했다. 그리고 퍼뜩 정신을 차리며 흑규를 바라봤다. 흑규는 어깨를 으쓱하며 왜 바라보냐는 태도를 취했다. 진명은 짙은 웃음을 지으며 자리에서 일어났다.

"그러고 보니, 아가씨가 내려주신 명이 있었지.”

흑규는 코를 후비던 손을 멈추고, 장난감을 앞에 둔 악동의 모습을 한 진명을 바라봤다.

* * *

당소소는 홀가분해진 얼굴로 독봉당 입구로 들어갔다. 화색을 띠며 맞이하는 시녀와 하인들. 당소소는 또다시 이유 모를 짜증이 솟구쳤다.

"다행입니다. 아가씨. 별 탈이 없으시군요."

"아이, 씨!"

"예…?"

"아니에요."

시녀와 하인들이 당소소의 발언에 긴장했다. 당소소는 잔뜩 심통이 난 걸음걸이로 돌길을 콱콱 밟으며 걸어갔다. 그러다 도저히 참지 못하는 짜증이 당소소의 인내를 끊어버렸다.

"이봐요."

"네, 아가씨…."

분노 섞인 당소소의 지명에 시녀가 잔뜩 움츠러들어 그녀 앞으로 다가왔다. 언제 기억이 돌아올지 모른다는 당가 내부의 소문은, 독봉당 시녀들의 마음속에 항상 자리 잡고 있었다. 당소소는 미간을 콱 구기며 그녀에게 다가갔다.

"월급 얼마 받아요."

"예?"

"머리가 지금 푸석푸석하잖아. 피부도 그렇고."

당소소는 시녀의 갈라진 머리끝을 매만지며 짜증을 냈다. 그리고 그녀의 뺨에 손을 가져다 댔다. 시녀가 그 손길에 겁을 집어먹고 움츠러들었다.

"……"

"훗, 죄송합니다. 아가씨!"

당소소는 자신의 손을 바라봤다. 그리고 손을 내려놓으며 말했다.

"…주의해요. 부족한 게 있으면 숨기지 말고 말하고."

"죄송합니다, 아가씨. 좀 더 주의를…."

"됐어!"

당소소는 버럭 화를 내며 침소 안으로 휙 들어갔다. 변덕스런 그녀의 태도에 시녀와 하인들은 고개를 갸웃거렸다.

"왜 저러시지?"

"성정이 뒤바뀌어도 온화하신 그대로니, 상관없잖아."

"또 자기가 나쁜 짓을 했다며 겁먹으시고 화내시는 거겠지. 일이나 해."

하지만 금세 일상으로 돌아가 업무를 수행했다. 그녀가 이상한 것은 예나 지금이나 익숙한 일이었으니까.

오히려 결혼을 하겠다며 가문을 뒤집고 갑작스레 납치되며 사천교류회에서 천괴와 학귀를 퇴치했다던 요즘이 더 수상한 아가씨였으니까.

"아이, 씨!"

또 무언가 짜증이 나는 듯, 당소소의 고함소리가 시녀와 하인들에게 들려왔다. 시녀와 하인들은 서로를 바라보며 피식 웃었다. 방금 겁을 집어먹었던 시녀가 고개를 끄덕이곤 당소소의 침소로 들어갔다.

"무슨 일이 있으신지요, 아가씨."

"아니, 가주전으로 가야 하는데. 이 머리가. 그러니까. 아이, 참. 에이, 씨."

당소소는 울상이 된 채 자신의 머리를 매만지고 있었다. 산발이 된 머리는 좀처럼 곱게 빗어지질 않았다. 평소 같았으면 대수롭지 않게 여기고 산발로 다녔을 터였다. 그러다가 하연에게 붙잡혀 강제로 머리가 다듬어지는 게 일상이었다. 제 손으로 하려니 어색할 수밖에 없었다.

"제가 해드릴게요, 아가씨."

시녀는 그 모습에 살포시 웃으며 당소소의 빗을 받아들어 머리를 빗겨 주었다. 당소소는 그 손길을 받아들이며 말했다.

"무슨 이상이 있으면 바로 말하세요? 혼쭐을 내기 전에."

"별 이상이 없는 걸요. 아가씨가 얼마나 후하게 대우해 주시는데요. 그냥 잠을 뒤척이다 그런 것일 뿐."

"내, 내가 뭘."

당소소는 어색하게 대꾸하며 깨진 동경을 통해 자신을 바라봤다. 영 마음에 들지 않는 외모였다. 시녀가 금색 비녀로 당소소의 머리를 고정시키고 손을 뗐다.

"괜찮으신지요?"

"그럭저럭. 나쁘진 않은 거 같네."

당소소는 그렇게 대답하며 자신의 비녀를 매만졌다.

"그럼 이제 아빠를 좀 만나고 와야겠어."

당소소는 표정을 구기며 자리에서 일어났다.

* * *

"다행입니다, 아가씨. 무사…."

"그래요."

"어디 편찮으시진…?"

"괜찮아요."

당소소는 말을 걸어오는 사람들에게 짧게 대꾸하며 가주전으로 향했다. 단답형의 대답이 꽤나 쌀쌀맞았지만 이유를 알 수 없는 속의 열화를 겨우 억누르고 그나마 대답이라도 하는 것이었다. 마음 같아선 당장이라도 멈춰서 쏘아붙이고 싶은 마음이 굴뚝같았다.

'짜증 나.'

감정을 억누르면 억누를수록 뇌린은루가 끓어오르며 단전의 통증이 진해졌다. 당소소는 입가를 비틀며 가슴속 울화와 단전의 통증을 겨우 참아 냈다. 그리고 걸음을 멈춰 뜨거운 숨을 뱉었다.

"하, 미치겠네."

당소소가 숨을 뱉자 채 억누르지 못한 감정이 그녀의 머리에 기억을 쑤셔 넣었다. 당청의 묵인 아래 자신을 업신여기던 하인들. 자신을 건성으로 돌보던 시녀들. 당소소의 눈가가 움찔거렸다.

'…정말 아가씨도 속이 없지.'

'칠칠맞지 못한 거 봐.'

'성질머리하곤.'

당소소는 눈을 감았다. 숨을 들이켜며 기억을 털어내고, 내쉬며 감정을 밀어냈다. 그리고 자신의 묘하게 여성스러워진 태도와 몸가짐을 인지했다.

몸에 밴 습성이 되살아나고, 감정이 들불처럼 일어나 이성을 태우려 들었다. 이 들불에 휘말리면 예전 당소소처럼 행동할 것이라는 두려움이 솟았다. 그녀는 주먹을 쥐어 힘겹게 정신을 차렸다.

'아빠…, 아니. 아버지한테 가면 해결할 수 있을 거야.'

그리고 다시 걸음을 옮겼다. 환한 안색으로 자신을 맞아주는 사람들을 무시했다. 단답형 대꾸도 더 이상 할 수 없었다. 입을 열었다간 남을 책잡는 말을 쏟아낼 것 같았기에.

당소소는 가주전 입구에 서서 숨을 골랐다. 감정을 억누르는 것도 한계에 달했다.

"짜증 나, 짜증 나, 짜증 나!"

당소소는 발을 동동 구르며 감정을 토해냈다. 그리고 잔뜩 심통이 난 얼굴로 고개를 돌렸다. 자신을 바라보는 백서희. 꾹 누르고 있던 이성의 손을 젖히고 감정이 솟구쳤다.

선명한 색의 질투와 증오.

표정이 일그러졌다. 당소소는 바짝 말라가는 입술을 적시며 고개를 돌렸다. 목이 바짝 타는 기분이었다. 그녀 곁으로 시녀 한 명이 쪼르르 달려와 고개를 숙였다.

"다행입니다, 아가씨. 병상에서 일어나신 지 얼마 되지 않아 걱정했습니다."

"……"

살갑게 자신을 대하는 시녀. 당소소의 시선엔 반가운 표정을 짓는 그녀의 얼굴 대신 주변에 있는 그녀의 흠결이 밟혔다. 한 톨이 어긋난 매듭, 채 펴지 못한 눈에 띄지 않는 옷주름. 좀 더 깊이 숙이지 않는 고개의 각도. 미약하게 어긋난 두 발의 위치 등등.

"하아."

당소소는 길게 한숨을 쉬었다. 그리고 고개를 끄덕이며 시선을 피했다. 시녀는 평소와는 다른 기색의 당소소를 보며 고개를 갸웃거렸다.

"불편한 것이 있으신지요?"

"없어!"

당소소는 고함을 질렀다. 시녀가 몸을 흠칫거리며 고개를 숙였다. 백서희의 눈길에 담긴 반가움은 의심으로 바뀌어 물결쳤다. 당소소의 고함소리에 당진천도 고개를 돌려 당소소를 바라봤다. 더 이상 시선 둘 곳이 없던 당소소는 겨우 당진천의 시선을 마주했다.

"으윽."

당소소는 가슴께에 손을 올리고 앓는 소리를 냈다.

그리움, 미움, 선망, 증오. 온갖 감정이 모순을 일으키며 당소소의 마음을 괴롭혔다. 긍정적인 감정과 부정적인 감정이 맷돌처럼 맞물려 이성을 갈아내고 있었다. 당소소는 당진천을 바라보고 나서야 자신에게 무슨 일이 일어나고 있는지 깨달았다.

'…이건 당소소의 감정과 기억이구나.'

육신에 남은 과거의 상흔을 잠시 더듬는 것이기에 자각할 새도 없이 스쳐지나가는 발작과는 달랐다. 잊고 있던 사실을 회상하는 쪽에 가까웠다. 원작의 그녀가 무슨 일을 겪었는지, 무슨 생각을 했는지 당소소 자신이 생생하게 받아들일 수 있었다.

'뭐야. 가는 거야?'

당소소의 목소리가 환청처럼 들려왔다. 당진천의 목소리가 들려오며 당소소가 겪었던 기억이 그려졌다. 그리움이 마음을 꽉 움켜쥐었다.

'소소야. 잠시 무림맹의 일을 보러 가야겠구나.'

'가든지 말든지…. 언제부터 내 말을 그렇게 잘 들어줬다고.'

미움.

당진천은 당소소의 뺨을 쓰다듬기 위해 손을 가져다 댄다. 당소소는 당진천의 손을 쳐내며 그를 노려본다.

'…빨리 돌아오마.'

'흥.'

그리움.

당진천이 멀어진다. 당소소는 멀어져가는 당진천을 바라보며 가슴께에 손을 얹는다. 왜 마음에도 없는 소리를 하며 틱틱대는 것일까. 유일하게 이 집에서 자신을 좋게 봐주는 사람은 그 뿐인데. 이유를 생각한다.

'난 폐품이니까.'

체념.

누구에겐 어머니를 죽인 원수 취급을 받고, 누구에겐 실험을, 누구에겐 그저 정략결혼의 도구로. 무의 재능, 상인의 재능, 대장장이의 재능, 학자의 재능. 온갖 가르침을 받았지만 그 어떤 곳에도 재능이 없다. 그저, 물려받은 미모 하나.

그러나 독화라 불릴 법한 미모 또한 시달림을 받아 시들고 있다. 당진천을 그리워하며 가까이 다가가면 괴롭힘은 더 심해진다. 그래서 멀어지려 애쓴다. 하지만 그 고독을 달래줄 사람은 당진천뿐이었기에 다시 다가가고 괴롭힘을 받는다.

'내가 떨어져 나간다면. 오물인 내가 떨어져 나간다면. 아버지는 더 잘될 거야. 당가의 자랑이시잖아. 난 당가의 수치라고 그랬어.'

선망.

자신이 멈춰 서자 당진천이 다가온다. 항상 원하던 손길이다. 하지만 당소소는 그 손길을 밀쳐낸다.

'맹의 일이 끝나서 돌아왔단다, 소소야. 한번 안아보자꾸나.'

'저리 가. 꼰대.'

'꼬, 꼰대…?'

'아니면 아저씨라고 부를까? 언제부터 날 그렇게 위했다고.'

당진천의 손이 아래로 내려간다. 멀어진다. 당소소는 주저앉는다.

여긴 어두운 늪이다.

허우적거려도 잡히는 것은 나태와 자괴가 엉킨 진흙뿐. 구해줄 이가 없기에, 이내 모든 것을 포기한다.

그리고 아래로, 더 아래로.

이성은 수렁에 잠긴다.

"……."

서글서글하던 당소소의 눈빛이 일변했다. 새초롬한 눈빛은 공격적으로 시녀를 바라봤다. 시녀는 더욱 움츠러들었다. 당소소는 미세하게 어긋난 매듭을 잡고, 살짝 끌어당겨 조정했다.

"정신 차리세요."

"네, 넷…! 죄송합니다."

"그리고…."

당소소는 핀잔을 주기 위해 입을 열었다. 평소와 같이. 하지만 어째서인지 내키지 않았다. 당소소는 핀잔을 주는 대신, 고개를 저으며 그녀의 어깨에 주름진 부분을 툭툭 털었다.

"…아니에요."

당소소는 움츠러든 시녀를 지나쳤다. 그리고 고까운 얼굴을 하며 백서희 앞에 섰다. 백서희는 침을 삼키며 당소소에게 말했다.

"몸은 좀 어떤…."

"아빠."

당소소는 그런 백서희를 무시하며 당진천을 불렀다. 당진천은 자신을 아빠라 부르는 당소소에게 당황하며 말했다.

"딸아, 무사했구나. 다행이다. 어찌나 걱정했는지 모른단다."

그렇게 말하며 당소소에게 다가가는 당진천. 당소소는 안색을 뒤바꾸며 한걸음 뒤로 물러섰다. 당진천은 당소소의 차가운 응대에 발걸음을 멈췄다.

"딸아…?"

"일단 애를 다른 곳으로 보내."

당소소는 차가운 눈길로 백서희를 바라봤다. 백서희는 익숙한 표정의 당소소를 바라보며 당진천에게 물었다.

"이건 그, 나찰염의 부작용이 아닌지….."

"나가. 어서 내 눈앞에서 사라지라고. 제발."

당소소는 백서희를 향해 적의를 드러냈다. 더 쏟아내고 싶은 말들은 많았다. 비꼬고 싶은 말도, 질투하고 싶은 마음도 많았다. 하지만 영 내키지 않았다. 그렇기에 우선 눈앞에서 치워두고 싶었다. 당진천은 황철을 바라보며 말했다.

"아무래도 채 해독하지 못한 부분이 있나보군."

"그럴 리가 없을 텐데…."

"황철. 백능상단의 사신을 객실로 모시거라."

황철은 의문이 들었지만 이내 고개를 끄덕이며 백서희를 가주전 바깥으로 안내했다. 백서희는 계속 뒤를 돌아 당소소를 바라봤다.

'하고 싶은 말도 많고, 묻고 싶은 말도 많았는데. 어처구니없이 지금의 당소소가 사라진다면….'

"저기. 한 마디만. 한 마디만 하게 해주세요."

"일단은 가시지요. 가주 님의 명입니다."

미련이 남는 말투. 하지만 황철은 길을 재촉했다. 결국 백서희는 하릴없이 가주전을 떠날 수밖에 없었다. 당소소는 백서희의 뒷모습을 바라보며 가슴을 쓸어내렸다. 그리고 의문을 가졌다.

'내가 왜 저 계집애가 사라지는 것을 보면서 안심하는 거지?'

그 의문은 오래가지 않았다. 당진천이 다가와 당소소를 바라보고 있었기에. 당소소는 입을 열어 당진천을 밀어내려고 했다.

"저리 가. 꼬, 꼰대."

"……."

당진천은 충격을 받아 입을 뻐끔거렸다. 당소소는 눈을 찌푸리며 단어를 선정했다.

"아저씨?"

"…이리 와보아라."

당진천의 나지막한 말. 하지만 당소소는 가까이 가지 않았다. 당진천은 잔뜩 경계하는 당소소를 바라보며 한숨을 쉬었다. 과거 당소소의 행동을 취하는 것은 나찰염의 영향이 분명했기에.

"지금 넌 독에 중독되어 있단다. 금방 해독을 해줄 테니, 이리 와서 치료를 받거라."

"금방…?"

"그래, 금방."

"항상 금방 온다고 했잖아. 그런데 금방 안 왔잖아."

당소소는 갑작스레 울먹이며 당진천을 바라봤다. 당진천은 손을 뻗다가 얼굴이 굳었다.

"너…."

"가까이 오지 마. 싫어."

"……."

"아니, 싫은 건 아닌데. 그래도 가까이 오진 마."

당소소는 울적해진 당진천의 얼굴을 보며 횡설수설했다. 당진천은 뻗은 손을 거두고 당소소를 바라봤다. 안쓰러움을 담은 당진천의 얼굴을 보며 당소소의 희미하던 기억이 짙어졌다.

"난 멍청해. 나도 알아."

"아니란다."

"하지만 이런 멍청한 나도 당시의 당가가 얼마나 위험했는지 알고 있어. 아빠…. 아니, 아저씨가 해야 할 일이 많던 것도 알고 있어."

"그건…."

당진천은 부정하지 못했다. 부모님의 금슬은 좋았으나 후계는 자신 한 명뿐이었다. 스승은 행방불명. 그렇기에 직계자손만이 맡을 수 있는 제독전과 연철전의 수장 또한 자신이 맡아야 했다. 업무는 과중되고, 혼자의 힘만으론 당가의 덩치를 유지하기 힘들었다.

내부의 일에 치이고 외압에 치였다. 그리고 당가가 흔들리는 낌새가 보이니 장로들이 불편한 목소리를 내기 시작했다. 상황을 타개하기 위해 지역의 유지인 독고 씨의 장녀와 결혼했다. 오랫동안 후사가 생기지 않아 둘째 부인을 들였다.

둘째 부인을 들이자마자 일은 순풍을 탄 듯 흘러갔다. 당청과 당혁이 태어났고, 곧이어 당회가 태어났다. 과중됐던 업무들이 한층 덜어지는 기분이었다. 지역의 유지인 독고 씨는 장로들을 쉬이 달랠 수 있었다.

그렇게 되고 나니, 채 보지 못했던 것들이 그의 눈에 들어왔다.

"…다른 것들은 넘길 수 있었단다. 하지만 폐쇄적인 성향을 유지하며 제 갈길만을 갔다면 당가는 아마 멸문을 했을지도 모른단다. 과거에 쌓았던 어둠이 갖은 오해들과 질투, 시기를 불러왔겠지."

"알고 있다고!"

당소소는 소리를 지르며 숨을 헐떡였다.

"아저씨는…, 아빠는. 큰일을 할 사람이라는 걸 알고 있어. 그래서 폐품인 나를 멀리했던 거야."

"말도 안 되는 소리를!"

"난…. 그래도 좋았어. 아빠가 잘되니까. 그게 내 유일한 소원이 되었으니까. 원망스럽긴 했지만…."

당진천이 큰 소리로 부정했지만 당소소는 허탈한 웃음을 지었다.

"썩 괜찮았어."

"그게 아니란다, 소소야. 나는 너를 한시도 잊은 적이 없었다. 난 절대로 널 그렇게 생각하지 않았단다."

"잊진 않았다는 것을 알아. 알고 있어. 아주 잘."

당소소는 고개를 끄덕이며 인정했다. 그리고 눈물을 흘리며 웃었다.

"가문은 위태로웠고, 해야 할 일은 많았어. 그래서 날 내버려 둘 수밖에 없었다는 걸 알고 있어. 오히려 괜찮았는걸. 아빠가 잘 되는 건 내 유일한 소원이라고 했잖아? 난 그게 좋았어. 그런데 있잖아."

당진천은 그녀의 눈물에 아무런 말도 할 수 없었다. 사실이었으니까.

일모도원日暮途遠, 도행역시倒行逆施.

길은 멀었고 위기는 경각이었으니, 도리에 어긋나는 줄 알았으나 할 수밖에 없었다. 그리고 지금 당소소의 모습은 그런 자신의 죄업이었다. 막연하게 자식들을 믿고 가문을 내버려둔 결과.

당소소는 말을 잃은 당진천에게 다가가며 말했다.

"알고 있는데도 외로운 건 참을 수 없더라고."

"미안하다, 정말 미안하다…."

"미안하지 않아도 돼. 다만…. 응."

당소소는 당진천을 올려다봤다. 애써 지은 서글픈 미소가 그녀의 입가에 걸려 있었다.

"내가 외로웠다는 것. 그것만 기억한다면."

"딸아…."

"아저씨. 정말 이런 걸로…."

당진천은 당소소를 끌어안아주었다. 그 손길을 거부하진 않았다. 하지만 원망하고 싶은 마음은 있었다.

"아니다."

당소소는 원망하는 마음을 더 토해낼까 생각했다. 하지만 내키지 않았다. 당소소는 그 이유가 왜일지 고민했다. 외로움을 거부하는 욕망에 충동된 당소소의 감정. 아버지를, 당가의 모든 이를 증오하는 감정에 휘둘

리는 이성. 휘둘리기만 하는 이성이었다. 소심하고, 어리석은 마음. 너무 어리석어서 제대로 증오해야 할 대상에게조차 증오를 품지 않는 그 마음. 그 마음이 감정의 소매를 잡고 고개를 젓고 있었다.

감정은 순순히 멈췄다. 진득이 뭉쳐 있던 감정들이 토해 내진 탓이었다. 당소소가 말했다.

"내 길도 험해, 아빠."

"…알고 있단다."

"날도 저물고 있어."

"그렇구나."

당소소는 그렇게 말하며 하늘을 올려다보았다. 아직은 푸르른 하늘이었지만 해가 서쪽으로 걸어가며 날을 노랗게 물들이고 있었다. 품 안에서 느껴지는 온기에 외로움을 타던 욕망은 잠시 느슨해졌다. 증오를 품던 감정도 손에서 이성을 잠시 놓아줬다.

그러자 자신이 가야 할 길이 떠올랐다. 비극을 희극으로 써야 하는 일. 그 완벽한 주인공이 신경 쓰지 못한 비극을 거두는 일. 당진천이 맡았던 당가가 가야 했을 길처럼 멀었다. 시간은 그보다 촉박했다. 하지만 집은 따스했다.

그러니 할 수 있는 모든 것을 해주고 싶었다. 그 온기가 당소소와 김수환이 바라는 모든 것이었으니까.

당소소는 팔로 당진천을 밀어냈다. 당진천은 동정의 눈빛으로 당소소를 바라봤다.

"그러니 서둘러야 해. 이게 내 새로운 소원이야."

"…넌 이제 걷지 않아도 된단다. 편히 쉬게 해주마."

당진천은 당소소에게 아쉬운 손길을 내밀었다. 그녀가 무슨 길을 서두르려는 건지 정확히는 알지 못했다. 하지만 어떤 상태의 길인지는 알 수 있었다. 기억하지 못하는 것을 속죄하고, 자신을 증오하는 이들을 구원하는 길. 돌부리가 가득한 험로였다.

"알아. 서두를 수 없을 정도로 내가 못난 거."

"아니란다. 제발. 자신을 깎아내리지 말거라."

당소소는 당진천의 말에 고개를 저었다. 자신의 그릇은 주연이 되기엔 어울리지 않았다. 그렇다고 가만히 앉아 있기엔 아쉽게도 세상은 혼란스러워질 것이다. 이렇게 밝고 따스한 만큼 춥고 어두운 것도 올 수밖에 없다.

대개 이야기는 갈등 없인 전개되기 어려웠으니까.

"이치에 맞지 않더라도."

당소소는 결의에 찬 표정으로 당진천을 바라봤다.

"그래도 난 가야 해."

당소소는 그렇게 말하며 배를 움켜쥐었다. 단전의 고통이 점점 심해지고 있었다. 당진천은 기겁하며 당소소를 업었다.

"일단 몸에 남은 독기를 빼자꾸나. 제독전으로 가야겠다."

"아빠."

당소소는 힘 빠진 목소리로 말했다.

"길이 많이많이 험해."

"…그렇다면 가지 말거라."

"하지만 나만 걸을 수 있는 길인걸."

"그래도."

"콱 아저씨라고 불러버린다?"

당소소가 나른한 음성으로 경고했다. 당진천이 아무런 말이 없자 당소소는 힘 빠진 웃음을 뱉으며 축 늘어졌다.

"그러니까 연회 꼭 갈 거야…."

"…내가 널 어찌 말리겠느냐."

당진천은 고개를 저으며 움직였다.

서쪽으로 기운 해는 둘의 그림자를 길게 늘어뜨렸다. 늘어진 그림자는 곧, 빛인지 어둠인지 알 수 없는 모호한 황혼에 녹아들었다.

3권에서 계속

일러스트 박성완

일편독심을 구매해주셔서 감사합니다.
저는 지금 제 그림을 여러분께 보여드릴수 있다는 생각에
하루하루 즐거운 나날을 보내고 있습니다.
이런 멋지고 기쁜 기회를 얻을 수 있게 도와주신 천사같은 작가님과
느낌이있는책 출판사, 노벨피아 여러분, 그리고 독자님들께 정말 감사드립니다.
항상 행복하고 즐거운 하루 보내세요!

일편독심 2

초판 1쇄 인쇄일 ｜ 2023년 8월 1일   초판 1쇄 발행일 ｜ 2023년 8월 11일

지은이　　　　｜ 천사같은
일러스트레이터 ｜ 박성완
캘리　　　　　｜ 이현정
펴낸이　　　　｜ 강창용
책임기획　　　｜ 강동균
책임편집　　　｜ 신선숙
디자인　　　　｜ 가혜순

펴낸곳　　　　｜ 도서출판 씨큐브
출판등록　　　｜ 1998년 5월 16일 제10-1588
주소　　　　　｜ 경기도 고양시 일산동구 중앙로 1233(현대타운빌) 302호
전화　　　　　｜ (代)031-932-7474
팩스　　　　　｜ 031-932-5962
이메일　　　　｜ feelbooks@naver.com

ISBN 979-11-6195-212-3 13810

씨큐브는 느낌이있는책의 장르, 웹툰 분야 브랜드입니다.